铁葫芦

十一月一日　今天是一个月的第一天，又是这次生炉子的第一天，正在这时候，我换了一本新的日记本，也是一种小有趣的暗合罢。

因为这次换了新的本子，下笔就有些踌躇著了——就让我这样写下去罢：早晨第一点钟读Hölderlin，其余读Iliad。晚上作十九世纪文学的paper。

下午上German Lyric的时候，Steiner给我指定了几本参考书，关于作Hölderlin的论文的。他并且借给了我一本Max Kommerell的Der Dichter als Führer，其中有谈到Hölderlin的一节，据他说是论到Hölderlin的顶好的文章。

近来又感到有些匆忙。其实不但是感到，而且也真的有些匆忙——有许多reading reports要作，又要考试，不算匆忙吗？在这匆忙里，我一方面不能安心读我所愿意读的书，一方面也不能写我要写的文章了。

象牙塔日记

唯一亲定自选集

精装珍藏版

著

浙江人民出版社
ZHEJIANG PEOPLE'S PUBLISHING HOUSE

图书在版编目（CIP）数据

象牙塔日记：精装珍藏版 / 季羡林著．—杭州：浙江人民出版社，2016.1
（季羡林唯一亲定自选集）
ISBN 978-7-213-06983-3

Ⅰ．①象… Ⅱ．①季… Ⅲ．①日记—作品集—中国—现代 Ⅳ．① I266.5

中国版本图书馆 CIP 数据核字（2015）第 282985 号

书　　名	象牙塔日记（精装珍藏版）
作　　者	季羡林
出版发行	浙江人民出版社
	杭州市体育场路 347 号
责任编辑	马方方
责任校对	张志疆　陈　春
印　　刷	北京鹏润伟业印刷有限公司
开　　本	880mm × 1230mm　1/32
印　　张	11.625
字　　数	290 千字
版　　次	2016 年 1 月第 1 版
	2016 年 1 月第 1 次印刷
书　　号	ISBN 978-7-213-06983-3
定　　价	46.00 元

目 录

做真实的自己

（代序）

在人的一生中，思想感情的变化总是难免的。连寿命比较短的人都无不如此，何况像我这样寿登耄耋的老人！

我们舞笔弄墨的所谓“文人”，这种变化必然表现在文章中。到了老年，如果想出文集的话，怎样来处理这样一些思想感情前后有矛盾，甚至天翻地覆的矛盾的文章呢？这里就有两种办法。在过去，有一些文人，悔其少作，竭力掩盖自己幼年挂屁股帘的形象，尽量删削年轻时的文章，使自己成为一个一生一贯正确、思想感情总是前后一致的人。

我个人不赞成这种做法，认为这有点作伪的嫌疑。我主张，一个人一生是什么样子，年轻时怎样，中年怎样，老年又怎样，都应该如实地表达出来。在某一阶段上，自己的思想感情有了偏颇，甚至错误，绝不应加以掩饰，而应该堂堂正正地承认。这样的文章绝不应任意删削或者干脆抽掉，而应该完整地加以保留，以存真相。

在我的散文和杂文中，我的思想感情前后矛盾的现象，是颇能找出一些来的。比如对中国社会某一个阶段的歌颂，对某一个人的崇拜与歌颂，在写作的当时，我是真诚的；后来感到一点失望，我也是真诚的。这些文章，我都毫不加以删改，统统保留下来。不管现在看起来是多么幼稚，甚至多么荒谬，我都不加掩饰，目的仍然是存真。

像我这样性格的一个人，我是颇有点自知之明的。我离一个社会活动家，是有相当大的距离的。我本来希望像我的老师陈寅恪先生那样，淡泊以明志，宁静以致远，不求闻达，毕生从事学术研究，又绝不是不关心国家大事，绝不是不爱国，那不是中国知识分子的传统。然而阴差阳错，我成了现在这样一个人。应景文章不能不写，写序也推托不掉，“春花秋月何时了，开会知多少”，会也不得不开。事与愿违，尘根难断，自己已垂垂老矣，改弦更张，只有俟诸来生了。

季羡林

清华园日记

卷上

引　言

我从来没有认真地想写什么《自传》。可是也曾想到过：如果写的话，就把一生分为八段，《留德十年》是其中一段，《牛棚杂忆》是其中另一段，这都已写成出版了。如果再写的话，就是清华求学的四年，因为我自己的成长是与清华分不开的。但也只是想了想，并没有真正动笔，一直到了今天。

到了今天，想把已经出过二十四卷的《季羡林文集》继续编纂下去，准备先编四五本。我已经把《学海泛槎》（学术回忆录）交给了江西教育出版社的责任编辑吴明华先生。但此书只有十几万字，如编为一卷，显得太单薄。我于是想到了清华求学的四年。我原来是想动手写的，再写上十几万字，二者凑齐了，可得三十余万字，成为一卷，像个样子了。

我找出了“文革”抄家时被抄走的后来又还回来的日记，把前四本拿了出来，仔细看了看，面生可疑，好像不是出于自己之手。大概七十多年前日记写出来后从未再看过。我虽然携它走遍了半个地球，却是携而不读。今天读起来，才知道，我记日记自1928年起，当时我十七岁，正值日寇占领了济南，我失学家居。到了次年，我考上了山东省立济南高中，日记就中止了。1930年，我高中毕业，到北平来，考入清华大学。入学后前两年，也没有记日记。为什么写日记？我说不出。为什么又停写？我说不出。为什么又提笔开始写？我也说不出。好在这些都是无关紧要的与国家大事无关的事情，就让它成为一笔糊涂账吧。

可是现在却成了问题。我要写回忆清华读书四年的经历，日记却缺了前两年的，成了一只无头的蜻蜓。虽然这两年的事情我还能回忆起来，而且自信还能相当准确，我还没有患上老年痴呆症；可是时间的细节却无从回忆了。这是颇令人感到遗憾的事。

我仔细读了读这两年的日记，觉得比我最近若干年写的日记要好得多。后者仿佛记流水账似的，刻板可厌，间有写自己的感情和感觉的地方，但不是太多。前者却写得丰满，比较生动，心中毫无顾忌，真正是畅所欲言。我有点喜欢上了这一些将近七十年前自己还是一个二十二三岁的毛头小伙子时写的东西。我当时已在全国第一流的文学杂志和报纸上发表了一些散文和书评之类的文章，颇获得几个文坛上名人的青睐。但是，那些东西是写给别人看的，难免在有意无意间有点忸怩作态，有点做作。日记却是写给自己看的，并没有像李越缦写日记时的那些想法。我写日记，有感即发，文不加点，速度极快，从文字上来看，有时难免有披头散发之感，却有一种真情流贯其中，与那种峨冠博带式的文章迥异其趣。我爱上了这些粗糙但却自然无雕饰的东西。

这一爱不打紧，它动摇了我原来的想法。我原来是想用现在的笔，把清华四年求学的经历，连同感情和牢骚，有头有尾地，前后一贯地，精雕细琢地，像《留德十年》和《牛棚杂忆》那样，写成一本十几万字的小册子，算是我的《自传》的又一段。现在我改变了主意，我不想再写了。我想就把我的日记原文奉献给读者，让读者看一看我写文章的另一面。这样会更能加深读者对我的了解，对读者，甚至对我自己都是有好处的。我把我这个想法告诉了李玉洁和吴明华，他们也都表示同意。这更增强了我的信心。

但是，这里又来了问题。在过去，奉献日记有两种做法，一种是把日记全文抄出，像别的书稿那样，交出版社排印出版。把原文中的错字、别字都加以改正，漏掉的则加以补充。换句话说，就是稍稍涂点脂抹点粉，穿着整齐，然后出台亮相。另一种做法是把原文照相影印，错别字无法改，漏掉的字无法填，这就等于赤条条地走上舞台，对作者是有些不利的。我经过反复考虑，决定采用后者，目的是向读者献上一份真诚。至于错别字，我写了一辈子文章，到了今天已经寿登耄耋，一不小心，还会出错。七十年前，写上几个错别字，有什么可怪呢？古人说：“君子之过也，如日月之蚀，人皆见之。”我想做一下“君子”。

可我又想到另外一个问题。当年还没有现在这样的简化字，写的都是繁体，今天的青年读起来恐怕有些困难。但是，我一向认为，今天的青年，如果想提高自己的文化修养，特别是如果想做一点学问的话，则必须能认识繁体字。某人说的“识繁写简”一句话是极有道理的。因为，无论把简化字推广到什么程度，绝不能把中国浩如烟海的古籍都简体化了，那是无法想象的事。读点繁体字的书是事出必要、理有固然的。我的日记在这方面对青年们或许有点帮助的。

以上就是我影印日记的根由。

自　序

在本书“引言”中，我已经交代清楚，我之所以想出版此书，完全是为了给《季羡林文集》做补充。有没有出单行本的想法呢？朦朦胧胧中似乎闪过这样一个念头，但也只是一闪而过，没有认真去抓。

前几天，清华大学徐林旗先生驾临寒舍，商谈出版拙作的问题。我无意中谈到我的《清华园日记》，不料徐先生竟极感兴趣，愿意帮助出版。我同李玉洁女士商议了一下，觉得这是个极其美妙的办法，立即表示同意。我是清华出身，我的研究工作发轫之地是清华，送我到德国留学的也是清华。回国后半个多世纪以来，自己虽然不在清华工作，但是始终同清华保持着密切的联系。我的《清华园日记》能由清华人帮助出版，还能有比这更恰当的吗？

我这一册日记写于1932—1934年，前后共有两年。当时我在清华读大学三年级和四年级，是一个二十岁刚出头的毛头小伙子。到了今天，我已经活过了九十。有道是“人生七十古来稀”。九十岂易言哉！我的同级活着的大概也不会太多了。即使还能活着，记日记的恐怕也凤毛麟角。俗话说：“物以稀为贵。”那么，我这一册日记，不管多么庸陋，也自有其可贵之处了。

我的日记是写给自己看的，能够出版是当时做梦也没有想到的。我看到什么就写什么，想到什么就记什么，一片天真，毫无谎言。今天研究清华大学的历史，有充足的档案资料，并无困难。但是，七十年前活的清华是什么样子，恐怕是非身历其境者难以说明白的。我自己是身历其境的人，说的又都是实话，这对了解当年的清华是会有极大的帮助的。谨以此书献给我的母校清华大学。

2001年11月23日

第一册

我生平一共记过两次日记：这以前是日记的开始，这以后是日记的复活。

我尝想，日记是最具体的生命的痕迹的记录。以后看起来，不但可以在里面找到以前的我的真面目，而且也可以发现我之所以成了现在的我的原因——就因为这点简单的理由，我把以前偶尔冲动而记的日记保存起来，同时后悔为什么不继续下来；我又把日记复活了，希望一直到我非停止记不行的时候。

是的，这些日记实在不成东西，这我比谁都知道得清楚。但是这些日记所占的分量却在我生活史上是再重要没有的了。这以前我不曾记过什么日记，这以后也不曾，却单在这时候来冲动地记了一下，不能不说是一个奇迹了。在这期间，五三惨案[1]刚过，我精神是受刺戟［激］萎靡到极致了。又失学一年（生平未曾失过学），在家里蜷伏着。同时，使我最不能忘的（永远不能忘的）是我的H.[2]竟然（经过种种甜蜜的阶段）使我得到der schmerz[3]的真味。我现在想

1　即济南惨案。

2　H.：季羡林的夫人彭德华。

3　der schmerz：痛苦（德文）。

起来仍然心里突突地跳——虽然不成的东西，也终于成了东西了。

一九三二，九，十三，晚九时自记

清华园

以上的这些日记，我始终认为是我生命史中顶有意义的一页。到了无聊到极点的时候，我便取出来看看，使回忆的丝缕牵住了过去的时光，对我，至少对我，是再痛快没有的事了。

一九三三，五，二八

在清华园

时日兵迫城，校内逃避几空。大考延期，百无聊赖。

室外天色阴沉，雷声殷殷。[1]

Resurrection of My Diary Beginning from August，1932 in Tsing Hua Yuan，Peiping[2]

1　以上为作者后来补记的文字。作者最早开始记日记是在济南读高中期间，这段时期的日记起于 1928 年 7 月 14 日，止于 1929 年 1 月 15 日，之后的一段时间，包括作者在清华大学的前两年，日记停记。从 1932 年 8 月 22 日起，作者又开始记日记，这是《清华园日记》的开端。前文“以上的这些日记”指的是作者高中期间所记的日记。

2　此段意为：我的日记的复苏，始于1932年8月北平清华园。

二十一年　八月二十二日　日记刚复活了，第一天就忘记了去记，真该打！总说一句，现在的生活，可以说是很恬静，而且也很机械（不如说单调）——早晨读点法文、德文。读外国文本来是件苦事情，但在这个时候却不苦。一方面读着，一方面听窗外风在树里面走路的声音，小鸟的叫声……声音无论如何嘈杂，但总是含有诗意的。过午，感到疲倦了，就睡一觉，在曳长的蝉声里蒙眬地爬起来，开始翻译近代的小品文。晚上再读点德国诗，我真想不到再有比这好的生活了。

二十三日

真混蛋，今天又忘记了。

同昨天差不多，仍是做那些事情。

把用不着的棉衣寄到家里去。

晚上长之[1]来访，说刚从城里回来，并且买了许多画片。他接到大千[2]的来信，信上说柏寒[3]有失学的可能。我们同样是经济压迫下的呻吟者，能不悚然吗？长之说，最好多做点东西卖钱，把经济权抓到自己手里。家庭之所以供给我们上学，也〈不〉过像做买卖似的。我们经济能独立，才可以脱离家庭的压迫。我想也是这样。

接到梅城姐的信，说彭家爷爷于八月十五日（我起身来平的第二日）死去了。人生如梦，可叹！

二十四日　星期三　寄璧恒公司十元，订购《歌德全集》。

1　长之：李长之（1910—1978），当时与作者同学。

2　大千：许振德（1911—？），山东德州人。1933 年毕业于清华大学外国语文系，后去美国。

3　柏寒：李琪，作者的同乡。

今天究竟又忘了，这种浑浑的脑筋又有什么办法呢？许久没运动了，今天同岷源[1]去体育馆跑了十五圈。从前一跑二十一圈也不怎样吃力，现在只跑十五圈就感到很大的困难，兴念及此，能不悚然！以后还得运动呵！

晚饭后同岷源到校外绕了个圈子。回屋后译完Robert Lynd的*Silence*[2]，译这篇短文已经费了我三四天的工夫了。

今天忽然想到买William Blake[3]的诗集，共约一镑十先令，是刊在Rare Books[4]上。

晚九点钟后到长之屋闲谈。我总觉得长之prejudice[5]极大，从对杨丙辰[6]先生的态度看来就很明显了。杨先生是十足的好人，但说他有思想我则不敢相信。

二十五日　以前我老觉得学生生活的高贵，尤其是入了清华，简直有腚上长尾巴的神气，绝不想到毕业后找职业的困难。今年暑假回家，仿佛触到一点现实似的。一方面又受了大千老兄（美国留学生）找职业碰壁的刺戟［激］——忽然醒过来了，这一醒不打紧，却出了一身冷汗。我对学生生活起了反感，因为学生（生活）在学校里求不到学问，出了校门碰壁。我看了这些摇头摆尾的先生，我真觉得可怜呵！

我对学问也起了怀疑，也或者我这种观念是错误的。

1　王岷源（1912—2000），1930 年考入清华大学外国语文系，后任北京大学西语系教授。

2　Robert Lynd 的 *Silence*：Robert Lynd（1879—1949），英国记者和随笔作家，长期为报纸、杂志写专栏文章。*Silence*，《沉默》。

3　William Blake：威廉姆 · 布莱克（1757—1827），英国诗人、版画家。

4　Rare Books：稀见书目。

5　prejudice：偏见。

6　杨丙辰（1891—？），1913 年留学德国，20 世纪 30 年代初为清华大学外国语文系教授。

现在常浮现到我眼前的幻景是——我在社会上能抢到一只饭碗（不择手段）。我的书斋总得弄得像个样——Easy chairs[1]，玻璃书橱子，成行的洋书，白天办公，晚上看书或翻译。我的书斋或者就在东屋，一面是叔父的。婚姻问题，我以前觉得不可以马虎，现在又觉得可以马虎下去了。

我时常想到故乡里的母亲。

（补）早晨的生活同昨天差不多。午饭后访杨丙辰先生，杨先生早已进城了（刚才长之去访他来）。回来后，又忽然想到发奋读德文，并翻译点东西给杨先生去改。第一个想到的是J.Wassermann[2]，但是他的短篇小说太长。于是又读Hölderlin的*Ein Wort tiber die lliade*[3]，里面有句话：Jeder hat seine eigene Vortrefflichkeit und dabeiseinen eigenen Mangel[4]。午饭前，刚同长之谈杨丙辰、徐志摩，长之说："杨先生攻击徐志摩是真性的表现，他捧孙毓棠[5]是假的，因为人在高傲的时候，才是真性的表现，并且人都有他的好处和怀［坏］处……"他刚走了，我就读到这一句。我简直有点儿ecstatic[6]了！

杨丙辰攻击志摩，我总觉得有点偏。

杨丙辰——忠诚，热心，说话夸大，肯帮人，没有大小长短等的观念。

阅报见姚锦新（我们系同班女士，钢琴家）出洋，忽然发生了

---

1 Easy chairs：安乐椅。

2 J.Wassermann：瓦塞尔曼（1873—1934），德国小说家。

3 Hölderlin 的 *Ein Wort tiber die lliade*：荷尔德林的《关于〈伊利亚特〉的几句话》。

4 此句意为：每个人都有自己的优点，同时又有自己的缺点。

5 孙毓棠（1911—1985），诗人、历史学家。1933 年毕业于清华大学历史系。

6 ecstatic：欣喜若狂。

点异样的感觉。

晚访王炳文，请他说替找的宿舍能否一定。

忽然想到翻译*Die Entstehung von Also Sprach Zarathustra*，是Nietzsche的妹妹Elizabeth Förster Nietzsche作的[1]，据说最能了解他的。岷[2]借去十元。

二十六日 昨天同岷源约今日同往图书馆，找沈先生托往英国购William Blake：*Songs of Lnnocence & of Experience*[3]（一镑十先令）。今晨往访岷，竟不遇，心中忐忑不安，盖余若决意办某事不达目的，心中总是不安的。刚才岷来找我，我们去找了沈先生，大约二月后书就可以到了。到时，经济或发生困难也未可知，反正不要紧，不必管它。（上午九时）

午饭时遇长之于食堂，他说他借我的《新月》"志摩纪念号"看完了，他做一篇文，分析里面所载的十几篇纪念志摩的文章，大意是骂他们。不过，我对他这举〈动〉，颇不以为然。杨丙辰先生骂徐纯是杨个人的偏见——也可以说是谬见，他并不了解徐。我承认，最少徐在中国新诗的过程上的功绩是不可泯的。长之也承认，他近来对杨先生戴的有色眼镜太厉害了。杨不是坏人，但不能因为这一点，就一切都好。长之不该为他张目，难道为的在《鞭策》上登一篇稿子就这样做吗？

刚吃完饭，长之又来找我谈，谈的仍是徐志摩。他说自徐死后，这些纪念文字都没谈徐在文坛的价值。我想这也难怪，因为纪

1 此句意为：《〈查拉图斯特拉如是说〉的诞生》，是尼采的妹妹伊丽莎白·福斯特·尼采作的。

2 岷：王岷源。

3 William Blake：*Songs of Lnnocence & of Experience*：威廉姆·布莱克：《天真之歌》和《经验之歌》。

念徐志摩的这些人都是他的朋友，蓦地一个亲爱的朋友死了，他们在感情上是怎样大的创伤呵！他们的感悼还写不完呢，谈他的价值，是以后的事了。比如，我们一个朋友死了，我们做文章纪念他，这文章登出去，别人一样拿来当艺术品（自然够不上）读，我们这死朋友不必在文坛上或什么坛上有多大价值。长之说，这样还不如印荣哀录或挽联录。这话仍是他的偏见。

后来，他又说，要组织一个德国文学研究会，请杨丙辰做指导。

晚饭后，姜春华君来访，他才从山东回来。谈许久，他说要以后常谈谈。

过午睡了一过午，晚间还是困，真不〈得〉了。

写致遇牧[1]、剑芬信。

理想不管怎样简单，只要肯干，就能成功，“干”能胜过一切困难，一切偏见——这是我读《新月》“志摩纪念号”和任鸿隽译的《爱迪生》起的感想，长之释之曰：干者，生命力强之谓也。

二十七日 今天是孔子的诞日，偶然从长之的谈话里我才知道的。

近几日来，大概因为吃东西太多太杂，总觉得胸口里仿佛有东西梗着似的。今天尤其厉害，弄得一天不舒〈服〉，以后吃东西非要小心不可。这几天来天总是阴沉沉的，今天过午又忽淋淋地下起雨来。我觉得非常寂寞，因为岷源进了城了。我跑阅报室跑了好几趟。内田发表狂谬的演说，汪精卫、张学良演的戏……都引不起我的兴趣。我对所谓报屁股或社会新闻（尤其是《上海报》，最近我才开始看《上海报》）倒很感兴趣。

早晨仍是读法、德文。过午用了一过午的工夫把Don Marquis[2]

---

1 遇牧：孙襄城，作者表兄。

2 Don Marquis（1878—1937），美国幽默作家、诗人。

的《一个守财奴的自传》的序译完。我译东西，无论多短，很少一气译完的，这还是第一次。

晚间，躺在床上看《新月》，听窗外淅淅沥沥的雨声，风在树里走路声。

最近我老感到过得太慢，我希望日子过得快一点，好早叫我看到William Blake的诗。

二十八日 昨天受了一天寂寞的压迫，今天忽然想到进城。一起来，天色仍阴沉沉的，昨天晚上也似乎没断地下着雨。

先到了静轩[1]兄（坐bus[2]）处。吃过了饭（西来顺），就同静轩同访印其[3]。因为我昨天看到今天梅兰芳在开明演《黛玉葬花》，想揩他的油，叫他请我的客。他允了。因为必事先购票，所以我俩两点就开拔往前门外买好了票，时间尚早，乃同往琉璃厂徘徊，以消磨时间。然而时间却越发显得长。

吃晚饭在五点。我不高兴女招待，所以便找没女招待的铺子，然而结果却仍是有。只一个，十五六岁，在生命的重担下做出种种不愿做的举动，真可怜呵！

晚饭完时间仍早，乃同往天桥。到天桥来我还是第一次。各种玩意儿全有，热闹非常，每人都在人生的重压下，戴了面具，做出种种的怪形。真配称一个大的下等社会的exhibition[4]。

戏是晚七点开演，演者有萧长华、尚和玉、王凤卿、程继仙等。因没有买到头排，在后排有时就仿佛看电影似的。但是这是我

---

1 静轩：方振山，作者同乡。

2 bus：公共汽车。

3 印其：徐家存，作者同乡。

4 exhibition：展览。

第一次在北京看旧剧，而北京旧剧又为全国之冠，所以觉得特别好。最末一出是梅的黛玉，配角有姜妙香等。在开台之前，先休息几分钟，黄锦幕落下，开幕时全台焕然一新，平常拉胡琴等皆在台上，台下人皆看得到，我以为不很好，应改良。在梅剧里果然改良了。我心里有一种说不出的感觉，仿佛有什么压着似的，在期待梅的出现。我双目注视着右边的门（出门），全球闻名伶界大王就会在那里出现，我真觉得有点奇迹似的。终于，出现了，我的眼一晃，又狠命一睁，到现在我脑里还清清楚楚画着当时的他的像。果然名不虚传，唱音高而清，做功稳而柔，切合身份，亦天才也。我对旧剧是门外汉，我觉着今晚唱得最好的是梅和姜妙香（名小生），我仿佛重［中］了魔似的，我还要再看他的戏呢。

剧后，坐洋车返西城。车经八大胡同，对我又一奇迹也。宿于静轩处。

今天总之是很充实的，很富于变化和刺戟［激］的：天桥第一次去，梅第一次看，八大胡同第一次走，对我无一不是奇迹。是今总之是很充实的。（二十九日晚补记）

二十九日 昨晚一时才睡，今天老早就给同寓念英文的吵起来。

因为北平大今天出榜，静轩只是沉不住气。八点钟我同刘君到中南海北平大校长办公处去看了〈一〉次，还没出，而等候的已大有人在。因为觉得等着太无聊，便到中南海公园去绕了一周，这还是第一次呢。里面果然好，荷花早已过时了，但残留的一朵一朵，红似血，却更有韵致。东边是故宫，耀眼的黄瓦在绿树堆顶上露出来，北边白塔高高地静默地伫立着。

绕了出来，仍没出，只好回去。顺路到美大书屋买了两张画片——Tolstoi[1]大的一张，Beethoven，Rodin[2]小的各一张，里面有石膏的statue[3]，非常好。十二点，我个人又去中南海，榜张出来了，却没有静轩的名。静轩最后的希望完了，他要怎样难过呢？我简直想不出怎样对他说。果然他听了以后，又拍床，又要回家……我只好劝他冷静，拖他到东安市场吃了一顿饭，解解忧。

出市场到印其处等车，四点半回校。

晚访姜春华闲谈。在长之处看到柏寒的信，说大概要休学一年，噫！

晚早睡。（三十日晨补记）

三十日 起得很晚，只读了法文。因为听岷源说，吴雨僧[4]先生有找我们帮他办《大公报·文学副刊》的意思，我冲动地很想试一试。据岷源说，从前浦江清、毕树棠、张荫麟[5]等帮他办，每周一个meeting[6]，讨论下周应登的东西，每人指定看几种外国文学杂〈志〉，把书评和消息译了出来，因为他这个副刊主要的就是要这种材料。想帮他办，第一是没有稿子，因为这刊物偏重theory[7]和叙述方面，不大喜欢创造。我想了半天，才想到从前译过一篇

---

1 Tolstoi：托尔斯泰。

2 Beethoven，Rodin：贝多芬、罗丹。

3 statue：雕像。

4 吴雨僧：吴宓（1894—1978），时为清华大学外国语文系教授，代主任。

5 浦江清（1904—1957），字君练，时为清华大学中文系教授。毕树棠（1900—1983），字庶澄，时为清华大学图书馆馆员。张荫麟（1905—1942），史学家。号素痴。1929 年毕业于清华大学，1934 年任清华大学哲学、历史两系讲师，1936 年升为教授。

6 meeting：会议。

7 theory：理论。

Runo Francke的《从Marlowe到Goethe浮士德传说之演变》[1]，今天正是Goethe百年祭，所以便想拿它当敲门砖，请吴先生看一看。于是立刻找出来，立刻跑到图书馆，从破烂的架子里（正在粉刷西文部）钻过去，把*German Classics*[2]第二本找出来，同译稿仔细对了一早晨。吃了饭就抄，一抄抄了一过午，六点半才抄完。给长之看了看，他说我的译文里面没虚字，我实在地怕虚字，尤其是口旁的，尤其是“哟”。

长之说他已经找好了房子了（张文华替他找的），我心里总觉得不痛快，我同他约好，已将一年，而现在撇开我。访王炳文不遇，为房子问题。

晚上仍抄，抄Don Marquis的《一个守财奴的自传》的序，预备投“华北副叶”。

今天早晨，替柏寒打听能不能用津贴，然而我的津贴来了（二十五元），领出来，快哉。

第一次吃广东的什锦月饼，还不坏。

自来对德文就有兴趣，然而干了两年，仍是一塌糊涂，可恨至极，是后每天以两小时作为德文之用。

三十一日　早晨起来仍继续抄Don Marquis，到图书馆查了《大英百科全书》Marquis的传，译了附在文后。Marquis是诗人、剧作家，而所写的东西总有幽默的色彩。即如这一篇，骂犹太人贪财，但是许多人何尝不这样。而且在这里面还能看出来，人们（是）对特有的一件事的沾执（长之说）。

1　Runo Francke 的《从 Marlowe 到 Goethe 浮士德传说之演变》：鲁诺 · 弗兰克的《从马洛到歌德浮士德传说之演变》。

2　*German Classics*：《德国古典作品集》。

读法文。饭后读德文。

晚上到长之屋里看了看。大千替找的350号房子听说开着门，我去看了看。原来（听娄说）江世煦还在杭州。同工友说好了，又跑了一趟拿一床毯子铺在床上，以防人占。房子问题算放了心了。

我对长之总不满意，某人要对他好，他总捧他，我还是说他prejudice太大。

岷源借五元。寄行健信。

九月一日 寄友忱信，寄《华北日报》副叶稿。

（以下二日补记）早晨仍读德、法文。

午饭后，当我正在屋里坐着默思的时候，忽然宿舍办公室来找我。到了那里一看，才〈知〉是我在大楼定的房间又叫人（熊大缜、崔兴亚[1]）占了，我同他交涉了半天，他才又同意允许把东西移出去，还是我住。我回来后，赶快把东〈西〉用洋车搬了一部分去。

略为整理，晚上就睡在那里。

一换地方，心里只是不安全，几乎半夜没睡着，又听到北边的枪声。

晚饭后，访吴宓未遇。

现在同学占房子简直像军阀占地盘一般地热烈。

九月三［二］日 昨晚通宵失眠，起得又特别早，当我推开朝北的窗子的时候，一片蒙〈蒙〉的朝雾，似无却有，似淡却浓，散布开去，一直到极远的地方。而近处的蓊郁绿树却显得〈更〉蓊

1　熊大缜（1913—1939），1935年毕业于清华大学物理系。1939年“肃反”运动中被诬为国民党特务，押送途中被乱石砸死。1986年平反。崔兴亚：清华大学学生。

郁了。在这层雾的上边，露着一片连山的山头，顶是蒙着白雪（塞外）——绿树衬着白雪，你想是什么景色呢？起来后，我仍到二院来，因为我的东西只搬了一部分，想念的书都还在二院。心悬两地，只是坐立不安。在大楼和二院之间来往了三四次，每次去都带一点东西，把Tolstoi像也带去挂上了。

过午接到璧恒公司的信，说钱已收接，已向德国代订Goethe，六星期可到，我非常欢喜。

写致梅城姐信，托Herr王[1]索要目录信。昨晚读了一本《幻灭》，今日又借了达夫《薇蕨集》和《莫斯科印象记》来读。

晚访吴宓（同Herr王），室内先有客在。在外等候多时，坐荷花池畔，听鱼跃声，绿叶亭亭，依稀可辨，星光共灯光，飘然似有诗意。

冒险叩门，约以明晚来访。

归眠于大楼。（三日补记）

三日

发梅姐信，要目录信：

Tsing Hua Yuan，Peiping

Sept.2，1932

Maggs Bros

34 &35 Conduit Street

London W.[2]

一起就跑到二院。其实也无所事事，不过总有点舍不了似的。洗脸回来，看到岷源留的字，约我去散步，访之同出。到注册部看了看用

1 Herr 王：王先生。指王岷源。Herr：德文“先生”。

2 Tsing Hua Yuan，Peipng Sept.2，1932：清华园，北平 1932 年 9 月 2 日。Maggs Bros 34 &35 Conduit Street London W.：璧恒公司地址。

的书，只近代小说一样就占了四本，小说又有五本，真要命呵。归后又携一部分书返新大楼，顺路在北京图书公司买了本*Madame Bovary*[1]。

过午我忽然觉得这样两下里跑毫不能念书，于是决心都迁了过来，并且换了张桌子。晚饭后访吴宓，已进城，共访彼三次矣。

晚整理东西，大汗。

听长之说，《大公报•现代思潮》归张崧年[2]接办，改称《世界思潮》，精彩已极，对张的发刊辞，大加捧。彼自今日起定《大公报》。

晚读《莫斯科印象记》。觉得苏俄真是天堂，但吾在中国洋八股先生手里，天堂是早不敢希望的，恐怕比地狱还……罢。（补记四日）

四日　早晨读法文。仍然觉得不安定。

过午，大千来校，同长之往彼屋闲谈，在座者并有熊迪之[3]大少爷等。回屋以后，刘玉衡君来访，言已把东西搬了来。李秀洁、张延举同来。于是跑出大门把他们接进来，先住在二院104号，谈了半天。

晚上一同吃饭。

本来约定同访吴雨生先生，因大千约我替他搬东西，故又急急赶回新楼。在长之屋遇见他，他不搬了，谈了半天。

又到我屋里谈了半天。

九点，约岷源访吴先生，在。从系里的功课谈《文学副刊》，我允许看*London Times：Literary Supplement*[4]，并把稿子交给他。吴

1　*Madame Bovary*：《包法利夫人》。

2　张崧年：后改名张申府（1893—1986），哲学家。时为清华大学哲学系教授。

3　熊迪之：熊庆来（1893—1969），时为清华大学数学系主任。

4　*London Times*：*Literary Supplement*：《伦敦泰晤士报・文学副刊》。

先生说话非常frank[1]，实在令人钦佩。据说，他也非常whimsical & nervous[2]。他屋挂着黄节[3]写的“藤影荷声之馆”，实在确切。阅报见张宗昌在济南被郑金声侄及一陈某刺死，有说不出的感觉。

长之总是有prejudice——王肇裕为例。（补记）

五日 早晨，什么也没读。

帮着大千搬家，累了个不亦乐乎。大千现移至310号与长之斜对门，我们都在三层楼上。午饭与大千同吃。

过午本约与岷源同进城，嗣觉天气太热，延〈迟〉不欲，乃止。同李秀洁等沐浴。

晚饭后，领他们逛了逛。

回屋后长之来访。他拿了他的近作《一只小鸡儿》给我看，到［倒］确能表现出他的意思来。我以前初次看他的诗的时候，我觉得真好，例如《思峻岑》《懈弛》《我思想这个》《深秋的雨》，都是我所极喜欢的。说也怪，当时我觉得，即便与所谓成名的诗人的诗放在一块儿，也不但不会有愧色，而且还要强些。

他现在的诗，我觉得涩化了，同时也深刻化了。《第四十一》（拉甫列涅夫作，曹靖华译）读完了。很好，表现法是新的，里面有种别的书里没有的生命力。

岷借五元。（六日补记）

六日 晨起坐洋车进城，主要就是想买双鞋。先至静轩处，他已搬了家，搬至白庙胡同21号，并得见沛三、连璧、菊岩等。出至

---

1 frank：坦率。

2 whimsical & nervous：性情古怪、神经兮兮。

3 黄节（1873—1935），字晦闻。时为北京大学中文系教授，兼清华大学中文系教授。

琉璃厂，想把Contemporary Novel[1]全买了，却一本也没有，只买了本H.Belloc的*First & Last*[2]。

至市场吃饭、买鞋，至新月买（替长之）《现代伦理学》，至马神庙景山书社预约郑振铎《中国文学史》。

乘洋车归，遇梁兴义、严懋垣于校门口。回屋后，吕宝东自城内来，亦移来新楼，闲扯至晚饭。

饭后同李秀洁等至大千室闲谈。

读《西游补》（董若雨作，施蛰存校点）。

七日　今天是新同学入校办理手续的第一天，挺胸歪帽不顺眼者颇不乏人。体育馆内大行其Toss[3]，共有十三项之多。

早晨导李秀洁等赴注册部，由八点至十一点始得完毕，可见拥挤之甚。又至医院。午饭归来，一觉黄粱，二时半始醒，盖早晨往来于体育馆注册部者不下三次矣。

午饭前，在大千室与长之谈话，彼以反对Toss未成，颇有意气用事之状！

李等对Toss颇形踌躇，最后乃决心pass[4]毕。缴费注册赴宿舍办公室，一人一抽签，真正其［岂］有此理，争之不可，吵之不可，乃抽。李秀洁住三72（与人对移至55），刘玉衡住三62，张彦超住二67，张延举住63。

晚一梦至十点半。

1　Contemporary Novel：当代小说。

2　H.Belloc 的 *First & Last*：希莱尔 · 贝洛克的《第一个与最后一个》。

3　Toss 即“拖尸”，20 世纪二三十年代清华大学老生捉弄新生的一种活动。原意为四个人拽起一个人的四肢向空中抛的动作，后演变出多种花样，包括“搜索敌军”、“测肺呼吸量”、“吃苹果”、“丈量精确度”、“鼻力测验”等。

4　pass：通过。

《西游补》读完，我觉得这是非常非常好的一部书，完全以幻想为骨干，利用旧的材料，写来如行云流水，捉摸不定，写幻想至此，叹观止矣。其中卖弄才情，乃文人结习，不足深怪。

八日 早晨读了点法文。

在长之屋遇梁兴义、严懋垣、郭骞云三人，说刚访我未遇。领他们检查身体，一同午餐。

饭后大睡。

Herr施[1]自天津来，伴之赴洗衣房。

晚饭后，领李秀洁等赴大同成衣铺。

在我认识的西洋文学系同班中，我没有一个看得上的。Herr王脾气太神经质，注意的范围极小。Herr施简直是劣根性，这种劣根性今天又大发作。

晚姜春华、大千、长之同来我一屋讨论请求增加津贴名额。

张露薇[2]又同长之来，大骂赵景深[3]。

九日 早晨除了读了点法文以外，可以说什么也没干。我老早就想到阅报室里去，因为我老希望早些看到我的文章登出来。每天带着一颗渴望的心，到阅报室去看自己的文章登出来没有，在一方面说，虽然也是乐趣，但是也真是一种负担呵。

午饭后Herr武[4]来室内送书，他躺在床上看《西游补》，我不好意思去睡，于是伏在桌上哈息连天，真难过啊。好歹他走了，于是

1 Herr 施：施闳诰，清华大学外国语文系 1934 级学生。

2 张露薇：清华大学中文系学生。

3 赵景深（1902—1985），戏曲史学家。

4 Herr 武：武崇汉，清华大学外国语文系 1934 级学生。

一梦黄粱。

晚饭后访李等。在合作社遇梁、严、郭，说刚找我没找到。跟着他们巡视一周，回室又无所事事了。

这几天因学校正是混乱时期，我的心也终日萍似的漂流着。

十日　昨夜，在朦胧的梦里，听唰唰的声音，风呢？雨呢？不管它，又睡去了。

今天起来，果然下了雨了，而且还很大。雨水顺着墙流到窗子上，一滴滴往下滴，溅得满桌子是水。最近多时不下雨，心里也有点望雨，不意移居后的第一次雨，就闹水灾。

水灾没完，接着是饥荒。早晨心里仿佛塞满了云似的，飘飘的，不能读书，看着窗外云气苍茫一片浓翠色的乡园，如有诗意。午饭时候，仍不停。叫工友买面包，又没有，饿了个不亦乐乎！

过午到Herr王处闲扯。

回来坐在窗前，看烟笼着的远树，白云一片片在山腰里飞。雨过了，山色本来是苍翠有点近于黑的，衬上白云，云越显得白，山也越显得黑了。

晚上找Herr施闲扯，遇小左，大扯一气。Herr施劣性大发，没出息。

十一日（星期）　今天晨间天空又下起雨来。

我冒雨到图书馆去看报，我的稿子还没登出，妈的。

又到邮政局去寄袜子（上元街），星期不寄。发致梅姐信。

翻江君书，翻到两本皂公的《人海微澜》，有吴宓序，作得还不坏。今天全部时间都消磨在读这本小说上了。

过午，施、王、武三君来室闲扯，竹杠满天飞，终于谁也没敲着。一同访Winter[1]，碰橡皮钉一枚。

今天早晨功课表出来了，我一共四十二学分。

今天买了本*Faust*[2]英译本，一元五。

十二日 长之成见之深，无与伦比，每发怪论以自得。今日硬说选英文以陈福田[3]组为最好，张文华及［极］力诋其非，彼无言，言语仍坚持，真没道理。

又言北大选修之自由，予颇不以为然。选修自由有过于清华者乎？北大的确有北大的好处，但也不能盲目地瞎捧。理想是理想，外表上看得尤不可靠，一与现实，就另是一回事了。长之也未必深切了解北大。（晚八时）

早晨就跑到二院，先缴费（$16.2），后注册，再选课。我选的是三年德文、两年法文、文艺复兴、中世纪、莎士比亚、现代文学、近代戏曲、西洋小说、四十学分。我还想旁听Ecke[4]的Greek[5]和杨丙辰的Faust。今年一定要大忙一气的。

干了一早晨，头也昏了。吃饭多吃了几个馒头。饭后，梁、严二君来找，严君要转北大，没意见！替梁筹划好了课程。

回来刚要睡觉，江世煦同大千来，江君刚回来。过了一会儿，又要睡觉，Herr崔[6]来，蘑菇了半天。

---

1 Winter：罗伯特·温德（1887—1987），1925 年由吴宓荐任清华大学外文系教授。时为清华大学外国语文系教授。

2 *Faust*：《浮士德》。

3 陈福田（1897—1951），时为清华大学外国语文系教授。

4 Ecke：古斯塔夫·艾克（1896—1971），1928 年至 1933 年任清华大学德语教授。时为清华大学外国语文系教授。

5 Greek：希腊语。

6 Herr 崔：作者的崔姓同学。

Herr陈[1]今天来校，我看见他这副神气，我就讨厌。Herr吕[2]也够讨厌的。

今天一过午，心里不安定，不敢〈一〉直待在屋里，恐怕碍（耽搁）江君的事，不能〈不〉出去走走，又没处去。

今晨把袜子寄把［给］秋妹。过午接到叔父的来信，叫送李宅奠仪五元。

十三日 昨晚在床上读茅盾的《宿莽》。

今早起来，只温习了几个法文不规则动字的变化，就到二院去找了梁兴义、严懋垣，又遇到孔庆铃，帮助他们选好了课到主任处缴了，直累得口干舌燥。购*Sons & Lovers*和*Swann' s Way*[3]。

饭后同施、王二君出校闲逛，买水果数斤来我屋共啖。

浴时逢田德望[4]邀来室一谈。

晚饭后访王、施两次，皆未遇。北京图书公司言五时可有新书到，来往该处数次，皆无人。又往工字厅访杨丙辰先生，尚未来，累了个不〈得〉了。

十四日 今天早上行开学典礼，老早跑到二院，却不到时候。我又折回来取了注册证领借书证。图书馆实行绝对封锁主义，或者对我们也不很便利。

---

1 Herr 陈：陈兆祊（1911—？），清华大学外国语文系 1934 级学生。

2 Herr 吕：吕宝东，清华大学外国语文系 1934 级学生。

3 *Sons & Lovers*：《儿子和情人》。英国作家 D.H. 劳伦斯的成名作。*Swann's Way*：《在斯万家那边》，法国作家普鲁斯特长篇小说《追忆似水年华》的第一部。

4 田德望（1909—2001），翻译家。先后任浙江大学、武汉大学、北京大学西方语言文学系教授。

十时举行典礼，首由梅校长[1]致辞，继有Winter、朱自清、郭彬和、萧公权、金岳霖、顾毓琇、燕树棠、〈□□□〉等之演说，使我们知道了许多不知道的事情。Winter说的完全希望（？）敷衍的话，谈到欧洲的经济恐〈慌〉，谈到罗马，谈到Moscow[2]。朱自清也说到经济恐慌，欧洲人简直不知有中国，总以为你是日本人，说了是中国人以后，脸上立刻露出不可形容的神气，真难过。又说到欧洲艺术，说现在欧洲艺术倾向形式方面，比如图画，不管所表示的意思是什么，只看颜色配合得调和与否。郭彬和想给清华灵魂。萧公权面子话，很简单。金岳霖最好。他说他在巴黎看了一剧，描写一病人（象征各国国民），有许多医生围着他看，有的说是心病，有的说是肺病，有的主张"左倾"，有的主张右倾，纷纭莫衷一是。这表示各种学说都是看到现在世界危机而想起的一种救济办法，但也终没办法。他又说在动物园里有各种各样的动物，而猴子偏最小气，最不安静。人偏与猴子有关系，语意含蓄。结论是人类不亡，是无天理。他一看就是个怪物。经济系新请的□某最混（自燕大来的），主张团结以谋出路，简直就是主张结党营私。燕树棠自认是老大哥，连呼小弟弟不止。

饭后便忙着上课，一上法文弄了个乱七八糟，结果是没有教授。再上体育，只有人五枚。三上德文而艾克不至。于是乃走访杨丙辰先生，送我一本《鞭策周刊》，有他从德文译出的*Romeo & Juliet*[3]。坐了一会儿，长之、露薇继至，杨先生约我们到合作社南号喝咖啡，弄了一桌子月饼。吃完，他又提议到燕京去玩，于是载谈载行到了燕大。一进门第一印象就是秃，但是到了女生宿舍部分却

---

1 梅校长：梅贻琦。

2 Moscow：莫斯科。

3 *Romeo & Juliet*：《罗密欧与朱丽叶》。

幽雅极了，庭院幽敻，绿叶蔓墙，真是洞天福地。由燕大至蔚秀园，林木深邃，颇有野趣。杨先生赞叹不止，说现在人都提倡接近自然，中国古人早知接近自然了。游至七时，才在黄昏的微光里走回来，东边已经升上月亮，血黄红，如大气球，明天就是中秋节了。

晚上在大千〈处〉遇许振英、老钱[1]。回屋后，鼻涕大流。我一年总有三百六十次感冒，今天却特别厉害，乃蒙头大睡。（以上两节十五日补记）

十五日 今天是旧历的八月十五。早晨跑到一院去旁听Greek，只有一个女生在教室里，我没好意思进去，Ecke也终于没来。上Drama[2]，王文显[3]只说了两句话，说他太忙就走了。过午，杨丙辰的Faust昨天就说不上，我回到屋里一睡，醒了后Pollard[4]的Medieval[5]已上过了。回来读了点法文，吃了晚饭就到武那里一直谈到九点半。

Herr王真没出息，眼光如豆，具女人风。

昨天同杨先生上燕大，走了成府，在一个小庙前面看见一条狗，撒完了尿以后，正〈口〉着腚抓土。我想它的意思（或者是遗传下来的习惯）是想把尿埋了，然而它所抓的土量极少，而方向也不对——这也是形式主义了。

今天一天弄得难过，一方面因功课关系，一方面因心情不好。三年德文只有两人选，明年只有我一个人，倘若不能开班，毕不了业，岂不殆哉。

---

1 许振英（1907—1993），畜牧学家。1927年毕业于清华大学。老钱：钱钟书。

2 Drama：戏剧，指作者的一门课程“近代戏剧”。

3 王文显（1886—1968），号力山，伦敦大学文学学士。1915年回国，曾任中国驻欧洲财政员。后在清华学校任教授、政务长、代理校长。

4 Pollard：吴可读（1894—1940），时为清华大学外国语文系教授。

5 Medieval：中世纪。指作者的一门课程“中世纪文学”。

十六日 今天下了一天雨，弄得满地泥泞。到三院等着去上课，却终无教授。今年现代文学一科弄得简直乱七八糟。好歹Novel[1]，Pollard上课了，Renaissance[2]，Winter也上课了，讲的话很多。过午我去旁听了一班俄文，字母三十二，陈作福[3]（俄人）教授只把字母念了两遍，就写出字来叫别人念，字写得又不大清楚，弄得我头昏眼花。

晚上买了本*Shakespeare' s Complete Works*[4]，四元半。

施、武、王三君来游，十点钟即寝。（前十七日记，后十八日记）

十七日 早起来，上了班法文，Holland[5]泼刺［辣］如故，我还没决定是否选她的，她已经承认我是她的学生了，我只好决意选她的。

课后，到图书馆，今天是第一天借书的日子，挤得很厉害。遇王、施、武三君，我本想检阅杂志，忽然想到可以去趟西山，征求施、武同意后，乃拖王出。赁自行车三辆，王乘洋车往焉。初次颇舒适，过玉泉山后，泥泞载途，车行极其困难。但是，远望云笼山头，树影迷离，真仙境也。到后先休息后进餐，吃时，遇见一个洋人（德国人），他向我说德文，我给他说了两句，手忙足乱。后来知道他能说英文，乃同他说英文。

---

1 Novel：小说。指作者的一门课程“西洋小说”。

2 Renaissance：文艺复兴。指作者的一门课程“文艺复兴时期文学”。

3 陈作福：俄国人，时为清华大学外国语文系教授。

4 *Shakespeare's Complete Works*：《莎士比亚全集》。

5 Holland：华兰德，德国人，时为清华大学外国语文系教授。

饭后先到碧云寺，到石塔上一望，平原无际，目尽处唯烟云缭绕而已。塔后长松遮天。在树中我最爱松树，因无论大小，它总不俗，在许多乱杂的树中，只要有一松，即能立刻看见。下塔至水泉院，清泉自石隙出，缓流而下，声潺潺。院内清幽可爱。来碧云寺已两次，皆未来此院，惜哉。

出碧云寺至香山，循山路上，道路苍松成列，泉声时断时闻。上次来香山，竟未闻水声，颇是失望，今次乃闻，或因近来雨多之故欤。至双清别墅，熊希龄住处也。院内布置幽雅，水池一泓，白鹅游其中。又一小水池，满蓄红鱼，林林总总来往不辍，但皆无所谓，与人世何殊，颇有所感。循水池而上，至水源，状如一井而浅，底铺各色石卵，泉由石口出，波光荡漾，衬以石子之五色，迷离恍惚，不知究为何色，颇是佳妙。但究有artificial[1]气，为美中不足。至双清至香山饭店，门前有听法松。下山乘自行车至卧佛寺。这里我还是初次来，金碧辉煌，仿佛刚刷过似的。此寺以卧佛出名，但殿门加锁，出钱始开。佛较想象者为小，但有庄严气，院内有娑罗树一棵，灵种也，折一叶归以作纪念。

出卧佛寺乃归校。

饭后至Herr施屋闲扯，又来我屋闲扯。吕、长之继之，走后已十时半，铃摇后始眠。

十八日 今天是“九一八”的周年纪念日。回想这一年来所经的变化，真有不胜今昔之感。我这一年来感情的起伏也真不轻。但是到了现在，国际情形日趋险恶，人类睁着眼往末路上走，我对国家的观念也淡到零点。

---

1 artificial：人工。

早晨在礼堂举行纪念典礼，这种行［形］式主义的纪念，我也真不高兴去参加。一早晨只坐在图书馆里检阅杂志，作了一篇介绍德国近代小说（*Kaiser*[1]等）的文坛消息（从*Saturday Review of Literature*[2]）。过午也在图书馆。

今天一天阴沉沉的，晚上竟下起雨来。半夜叫雨声惊醒了。

十九日　阴，一天只是蒙蒙地似断似续地落着雨。早晨只上了一班法文，大部分时间都用在读俄文上。俄文的确真难，兼之没有课本，陈作福字又写得倍儿不清楚，弄得头晕脑浑，仍弄不清楚。过午上俄文，大瞪其眼。

过午大部分时间仍在读俄文。

到图书馆新阅览室看了看，西洋文学系的assignment[3]倍儿虎。

我译的《Faust传说》，听说是今天给登出来，但是没有，真不痛快。抄文坛消息。

二十日　仍然是一天阴沉沉的。第一班法文，下了班就读俄文。接着又上班。过午第一堂是俄文，瞪的眼比昨天少。俄文有许多字母同英文一样，但是读法却大不相同。所以我虽然拼上命读，仍然是弄混了，结果一个字也记不住。几天来，头都读晕了，真难。

德文艾克来了，决定用Keller的*Romeo und Julia auf dem Dorfe*[4]。

抄文坛消息，预备明天寄给吴宓。

又下起雨来了。

1　*Kaiser*：《皇帝》。

2　*Saturday Review of Literature*：《星期六文学评论》。

3　assignment：指定书目。

4　Keller 的 *Romeo und Julia auf dem Dorfe*：凯勒的《乡村的罗密欧与朱丽叶》。

二十一日 早晨仍然下雨，透过窗子，仍然可以看见蒙蒙的灰云笼住远山近树，但为功课所迫，没那么些闲情逸致。

我以为老叶[1]不上班，他却上了，我没去，不知放了些什么屁。

小说，吴可读说得倍儿快，心稍纵即听不清楚。

俄文没去，因为太费时间。今年课特别重，再加上俄文实在干不了，马马虎虎地干也没意思。

买了一本*Chief Modern Poets*[2]，老叶的课本，九元七角，据说是学校order[3]的，这价钱是打过七折的，印得非常好。

今天我忽然想到，我真是个书迷了。无论走到什么地方，总想倘若这里有一架书，该多好呢！比如游西山，我就常想到，这样幽美的地方，再有一架书相随，简直是再好没有了。

过午读Keller，生字太多，非加油不行。

日记是在摇曳的烛光里记的。

二十二日 今天一天没工夫，日记是二十三〈日〉补记的。

没有什么可记的事情，虽然是补记。早晨上班，过午仍然上班。因为到注册部去交退课单，看见布告，说请朱子桥〈即朱庆澜〉演讲，我便去听了听。说话声音洪亮，时常杂了许多新名词，但都用得不当。Broken expression[4]，他自以为人家明白了，但人家却须去费力猜——总之，是粗人的演说，是军人的演说。

他讲完了，又是查勉仲演〈讲〉，是学界出身，但说话也断

---

1 老叶：叶公超，时为清华大学外国语文系教授。

2 *Chief Modern Poets*：《主要的现代诗人》。

3 order：订购。

4 Broken expression：表达支离破碎。

续，无头绪。晚上睡得很早。

二十三日 早晨只是上班，坐得腚都痛了。

过午，第二次Ecke开始进行功课。Keller文章写得不坏。

在下了课回屋的时候，我接到秋妹的一封信。报告了三个消息，一个是小宝死了，据说是中毒死的。这么乖巧的一个小孩儿竟死了，我还有什么话说呢。一个是王妈死了，我真难过，她这坎坷的一生，也尽够她受的了。早年丧夫（秀才），晚年丧子，一生在人家佣工，为何上帝造人竟这样不平等呢？竟这样不客气。自去年我听到她病了回家以后，我只是难过，但仍然希望她不至于死，或者可以再见一面，然而现在绝望了，我真欲哭无泪啊！回想我小的时候，她替我扇蚊子，我有什么好处对她呢？

——王妈死了，一个好人——

自去年因家中多故，又兼“六亲同运”，我仿佛眼前忽然开朗了，仿佛去了一层网似的，我对人生似乎更认识了。

三是报告德华有喜。我简直不知道是喜是悲。一方面我希望这不会是真的，一方面我又希望。I don’t know myself whether I am happy or sorry[1]。我的思想时常转到性欲上去，我这时的心情，我个人也不能描写了，我相信，也没有人能够描写的。

晚上杨丙辰先生请客，在座的有巴金（李芾甘），真想不到今天会同他见一面。自我读他的《灭亡》后，就对他很留心。后来听到王岷源谈到他，才知道他是四川人。无论怎样，他是很有希望的一个作家。

吃了个大饱，日记是在摇曳的烛光下记的。

---

1 此句意为：我不知道自己是喜是悲。

二十四日　星期六　早晨上了一班法文，到书库里去检阅了一次。四月以来，这还是第一次，排列的次序也变，手续复杂了，总觉得不方便，大概无论什么事情才开始都有的现象吧。

过午读Keller。

晚上开同乡会，新同乡与旧同乡数目相等，不算很少了。食品丰富。这种会本来没有什么意〈义〉，太形式化了。

明天本打算进城，散会后同遂千到车铺去租车，却已经没了，sorry[1]。

今天听梁兴义〈说〉，颐和园淹死了一个燕大学生，他俩本在昆明湖游泳，但是给水草绊住了脚，于是着了慌，满嘴里大喊“help[2]”。中国普通人哪懂英文，以为他们说着鬼子话玩，岂知就真的淹死了。燕大劣根性，叫你说英文。

二十五日　星期　阴沉。本想进城，未赁到自行车，作罢。大部分时间都用在读德文上。德文只是生字太多，倘若都查出来，句子也就懂了。

晚上，到大千屋闲谈，大千令兄在，于是胡扯一气，直到十点又回来读法文，因为明天第一课就是法文，弄得日记也没能记，是星期一补记的。

二十六日　晚上蒙眬地醒来，外面是潇潇的雨声。对床大千正在拼命咬牙，声音吃吃然，初听还听不出是什么声音呢。

本来我星期一只一课，现在七改八改弄得第三年德文也成了今

1　sorry：遗憾。

2　help：救命。

天上，杨丙辰先生Faust也今天上，忙起来了。

早起法文完了，就读德文。到书库去了一趟，看见架上的法文书，如La Fontaine，Flaubert[1]……真是倍儿棒，不禁羡慕之至，弄得一天只是想买善本书。

午饭后仍读德文。

晚上杨先生Faust改至下星期上课。到田德望屋。去看*Homeric Grammar*[2]，我想买一本。我对希腊文本就有很大的趣味，我老以为希腊文学是人的文学，非学希腊文不行。

二十七日 最近我愈加对长之感到讨厌。昨天他忽然对我说，他要联络同乡，以据得某种权利，而与“南方小子”斗争，真没出息。说实话，以前我一向以他为畏友，不意他的劣根性也极深，主观太深，思想不清楚，对不懂的事情妄加解释，又复任性使气（Toss为例），真是出乎意料呵！

除了上课以外，只是忙着看德文。生字太多了，看来非常费事。

过午看足、篮球挑选手。

晚上仍是读德文。头晕脑涨，开始看*Swann's Way*。

二十八日 晴 今天上叶公超现代诗，人很多，我觉得他讲得还不坏。他在黑板上写了E.E.Cummings[3]的一首诗，非常好，字极少，而给人一个很深的回忆。不过，interpretations[4]可以多到无数，

---

1 La Fontaine：拉·封丹（1621—1695），法国寓言诗人。Flaubert：福楼拜（1821—1880），法国作家。

2 *Homeric Grammar*：《荷马语法》。

3 E.E.Cummings：卡明斯（1894—1962），美国诗人。

4 interpretations：解释。

然而这也没关系。我总主张，诗是不可解释，即便叫诗人自己解释也解不出什么东西来，只是似有似无，这么一种幻觉写到纸上而已。据他说，Cummings是Harvard[1]毕业生，有人称他为“最大诗人”，有人骂他。

过午仍读德文。现在德文上课时间一改，（星〈期〉一、星〈期〉三），觉得非常忙迫，不过一礼拜以后便可以松一点。

晚上译法文。

真出乎我意料，我的《守财奴自传序》竟给登出来了，我以为他不给登了哩。

二十九日　今天一天实在没有可记的事情。

早上班，晚上班。

Drama同Shakespeare[2]实在有点儿受不住，坐在那儿简直等于抄写机器。

过午中世纪（Medieval）也够要命的。

Herr王的书来了，其中以Faust为最好，可惜是日本纸，未免太vulgar[3]。R.Browning[4]诗集有美国气。

晚上读*Emma*[5]三十页，抄Rare Books，预备买两本，我也知道，Rare Books太贵，但是总想买，真奇怪。

三十日　现在上起班来，生活实在觉得太单调。

1　Harvard：哈佛大学。

2　Drama 同 Shakespeare：戏剧课同莎士比亚。

3　vulgar：俗气。

4　R.Browning：布朗宁（1812—1889），英国维多利亚时期的重要诗人。

5　*Emma*：《爱玛》。英国女小说家简 · 奥斯汀的代表作。

早晨一早晨班，屁股都坐痛了。

过午检查身体，累了个不亦乐乎，回屋来就大睡其觉，一直到Herr田[1]同Herr陈进来才醒。

晚上也没有什么东西，懒病大发，瞪着眼看桌子，却只是不愿意看书。

十月一日 今天只有一班法文，下课后，乘汽车进城，同行者有Herr Chen。先到东安市场看旧书，结果一本也没买，有一本*Story of Philosophy*[2]，给他四元还不卖。出市场至荫祺[3]处，乃同赴东城找鸿高[4]等，途中午餐炮羊肉。至蚂螂胡同，鸿高东西已移至东颂年胡同六号，房主云尚未回平。乃往六号访贯一[5]，至则贯一未在而梁叔训、森堂[6]在，大谈一阵。据森堂云，鸿高定今日返平，已而鸿高果至，真可谓巧矣。

后又至北大二院景山书社取书（郑著文学史，共六本）。

由北大至白庙胡同访静轩，开门则见一Miss[7]卧榻上，颇不恶，余大惊，连呼sorry不止。盖静轩已移至李阁老胡同，而余不知也，真是一件荒唐事。

乘汽车返校，晚间施、王、武三君来屋闲聊，施发现余之文学史内有错页，乃托彼往换。

---

1 Herr 田：田德望。

2 *Story of Philosophy*：《哲学的故事》，美国学者威尔 · 杜兰特的著作。

3 荫祺：即“印其”，徐家存，作者同乡。

4 鸿高：别遇春，作者同乡。

5 贯一：朱延统，作者同乡。

6 森堂：马森堂，作者同乡。

7 Miss：小姐。

二日　星期　连日大风，颇觉不适。

早晨随长之到门外买烤白薯。又至民众学校图书馆，已移至楼上学生会办公室。

归读德文Keller。

午饭后仍读Keller，单字太多，非加油不行。

晚预备法文。

焚烛读鲁迅《三闲集》，此老倔强如故，不妥协如故，所谓“左倾”者，实皆他人造谣。

三日　风，阴沉。

国联调查团报告出来了——哼，一纸空文，承认东三省变像［相］独立，中国政府倚靠国联！当头一棒，痛快！

早晨上了一班法文。即读Shakespeare的*Love's Labour's Lost*[1]，非常难懂。

过午读Keller一直到上班。因Barge[2]头痛，我乃大吃其亏。一译译了两页，confused[3]至极。德文非加油不行。最近我因为有种种的感触，先想到加油德文，又法文，又英文——都得加油了，有时又先想到加油法文，次德文，次英——仍然都得加油。总而言之，三者都加油，同时也还想学Greek。

晚上杨丙辰先生Faust第一次上课，挤了一堂，纵的方面，一、二、三、四年级研究院，横的方面，工程系、心理系，而特别与生物系有缘，该系往听者，以我所知而论共三人。杨先生大发议论，宇宙间

1　Shakespeare 的 *Love's Labour's Lost*：莎士比亚的《爱的徒劳》。

2　Barge：巴尔格，Keller 作品中主人公的名字。

3　confused：糊涂。

题，人天问题，谈锋极健，说来亦生气勃勃——这是以前不知道的，亦能自圆其说，不过我总觉得，rather by intuition[1]，他的思想不健康。

写信家去要四十元。

四日　晴　忽然决意想买Robert Browning，共约二百元。今学期储最少二十元，下学期一百元，明年暑假后即可买到。

早晨一早晨班，我最怕Quincy和Urquert[2]，他俩是真要命，今天一班Drama、一班Shakespeare就足够我受的了。

晚上预备德文，头痛脑晕。

五日　我最近不知道为什么喜欢Contemporary Poetry这个Course[3]，但今天老叶讲得确不高明。

紧接着Novel又是要命的课。

下午旁听第三年英文，盖受人诱惑也。Winter教，教的是R.Browning的诗，还不坏。

德文又弄了个一塌糊涂。

今晚饭Herr施请客，共吃肘子一个，颇香，肚皮几乎撑破了。

今天功课多而重，头觉得有点痛，早睡。

六日　早晨上法文，预备错了，急了个不亦乐乎，幸亏只问了一句，也还翻得不坏。Holland，peevish而obstinate[4]，不过还卖力气。

过午上了班Medieval，说下星期四要考。

1　rather by intuition：主要靠直觉。

2　Quincy 和 Urquert：王文显和吴可读。

3　Contemporary Poetry 这个 Course：当代诗歌这个课。

4　peevish 而 obstinate：乖戾而固执。

又觉得没有事做了。长之来谈一过午，说星期六要回济一行。因其父有病（脑膜炎），非常凶，济南医生几乎请遍了，现在虽然危险期已过，但家中来信闪砾［烁］其辞，终不放心，须回家去看看。家中一生病，连带着发生的便是经济问题，与去年我的情形差不多。

晚上看*Swann's Way*。

今日读《中国新文学的源流》。我总觉得周作人的意见，不以奇特虎［唬］人，中庸而健康。

七日　大风。早晨一早晨班，屁股坐痛了。

午饭后，长之来屋，说他就要回济南。我送他上汽车，黄风大作，沙土扬起来往嘴里钻。

过午头上堂我旁听英文，Winter讲得的确不坏。在图书馆里检阅，想做篇文章寄给吴宓，终于没能找得到。

晚上开级会，到会人数极少，一进门就嚷着吃茶点。所谓讨论会务简直是胡诌八扯。终于茶点吃到了，于是一哄而散，不混蛋者何其少也。

八日　星期六　即旧历重九　因为明天是星期，后天又放假，所以心情格外觉得轻松。早晨在图书馆检阅杂志，看Masaryk和Lunachasky论Goethe[1]。

饭后同王、武两君到校东永安观去玩，到了才知道王有几个同乡住在那里。殿宇倾圮，庭生蔓草，与王君同乡屋内相比，实相天渊，盖屋内整理异常清洁。据王君说住在那里念书。为什么来这样一个偏僻小村去住，真怪。

1　Masaryk 和 Lunachasky 论 Goethe：马萨里克和卢那察尔斯基论歌德。

过午读叶公超先生指定杂志，不觉对Modern Poetry[1]感到很大的趣味。我想把他指定的都读读，然后作一篇关于Modern Poetry的论文。

晚上仍然读。

九日 早晨本想多在床上躺一会儿，但因昨晚喝豆浆太多，半夜就想撒尿，现在实在不能再忍了，于是乃起来。

到图书馆看Tendency towards pure peotry[2]，昨晚未看完，今完之，并做笔记。

过午看R.Graves的*State of Poetry*[3]，不得要领。在*American Mercury*[4]上发现Faust又有Prof. Priest[5]的新译本，乃作一篇小文，拟投文副。

晚上看*Emma*，写致印其信。看Keller。在图书馆又发现也是*American Mercury*，U.Sinclair的新作*American Outpost*[6]，作一文。

十日 今天是国庆日，然而像这样的国庆日也尽够人受的了，政府现通令禁止庆祝，各报也无颜再说什么吉庆话。

早晨作文坛消息两篇，一关于Faust英译本，一关于U.Sinclair近著*American Outpost*。读Keller。过午读Medieval，文副稿子还没登出来，真急煞人也。访吴宓，只谈几句话。

晚上读法文，拟作一文批评周作人《中国新文学源流》。

---

1 Modern Poetry：现代诗歌。

2 Tendency towards pure peotry：倾向于纯诗的趋势。

3 R.Graves 的 *State of Poetry*：格雷弗斯的《诗歌的状况》。

4 *American Mercury*：《美国信使》。

5 Prof. Priest：普里斯特。

6 U.Sinclair 的新作 *American Outpost*：辛克莱的新作《美国前哨》。

十一日 早晨上班，王文显仍然要命。

过午，旁听英文，Winter讲得不坏。

在图书馆看Medieval。

找吴宓关于请Winter演讲事。

晚上读*Confessions*[1]。

今天长之回来了，晚饭一块吃的。谈到我要作一篇文评周作人《文学源流》时，我们讨论了多时，结果发见周作人承认文学是不进化的，我作文的大前提却是承认文学是进化的，但是大前提事前并没觉到，只感觉到好像应该是这样。经长之一说，我倒不敢觉到应该是这样了，这个问题我还得想一想。

最近我想到——实在是直觉地觉到——诗是不可了解的。我以为诗人所表现的是himself[2]，而长之则承认诗是可以了解的，他说诗人所表现的是人类共同的感情。

十二日 倘若诗表现共同的感情，诗人是不是还有个性？

我对于近代诗忽然发生兴趣，今天老叶讲得似乎特别好。

过午看德文，觉得比以前容易了。

旁听英文，Winter讲得真好，吴老宓再读十年书也讲不到这样。今天讲的是Victor Ignatus[3]。

晚上预备中世文学，因明天有考也。

十三日 阴冷。几天以来，枫叶已经红了。今天接到荫祺的信

1 *Confessions*：《忏悔录》。有奥古斯丁和卢梭的两种，不详此处何指，可能是前者。

2 himself：自己。

3 Victor Ignatus：人名，不详。

说星期六来找我到西山去玩。

早晨接到家里的信，并大洋四十元。说二姐已经搬到高都司巷去了。襄城哥十月十三日结婚，倘若是国历的话，岂不就是今天吗？我想恐怕是阴历的。

过午考中世纪，一塌糊涂。

听胡适之先生演讲。这还是第一次见胡先生。讲题是文化冲突的问题。说中国文明是唯物的，不能胜过物质环境，西洋是精神的，能胜过物质环境。普通所谓西洋物质东洋精神是错的。西洋文明侵入中国，有的部分接受了，有的不接受，是部分的冲突。我们虽享受西洋文明，但总觉得我们背后有所谓精神文明可以自傲，譬如最近班禅主持□轮金刚法会，就是这种意思的表现。Better is the enemy of good[1]。我们觉着我们good enough[2]，岂是［其实］并不。说话态度、声音都好。不过，也许为时间所限。帽子太大，匆匆收束，反不成东西，而无系统。我总觉得胡先生（大不敬！）浅薄，无论读他的文字还是听他说话。但是，他的眼光远大，常站在时代前面我是承认的。我们看西洋，领导一派新思潮的人，自己的思想常常不深刻，胡先生也或者是这样吧。

过午又接家中寄来棉袍。

昨天郭佩苍来请我做民众学校教员。固辞不获，只担任一点钟。不过为好奇心而已。

十四日　早晨上课。

过午仍旁听英文，Winter讲得的确好。

1　Better is the enemy of good：更好是好的敌人。

2　good enough：足够好。

今天该到民众学校去上课，心颇忐忑，真没出息。因为这是生平第一次上讲台去教人，或者也是不能免的现象吧。

先到民众学校办事处，会见唐品三、佩苍，课本是《农民千字课》。

学生一共十个，三个不到。活泼天真，叫人觉得亲近。叫他们念，他们都争着念，喧哗跳跃，这正是他们富于生命力的表现。先前自己还觉得在讲台上应当formal，serious[1]，然而一见他们，什么都没了。

晚上看法文。

十五日　早晨上法文，练习做得太坏，非加油不行。

Holland又叫我们作文，她用法文说了两遍。我没听懂，下班再问，她就不说了。真老混蛋。

梁作友（所谓义士者）终究是个纸老虎。我早就看透了。

午饭同王、武、施三君骑车在大礼堂前徘徊多时。读Keller，较前为易。

荫祺说今天来，然而七点汽车进校，却没有他。我回到屋里以后，梁兴义来，长之、荫祺亦来。

十六日　早晨去赁自行车，已经没有了，只好坐洋车到西山。

刚过了玉泉山，就隐约地看到山上红红的一片，从山顶延长下来，似朝霞，然而又不像。朝霞是炫眼了，这只是殷殷的一点红。

由香山一直上去，连双清别墅都没去。顺小径爬上去，忽然发现了一丛红叶，仿佛哥伦布发现美洲似的快乐。再往上看，一片血斑似的布满了半山。乃努力往上跑去，一直到红叶深处——近处的

1　formal，serious：正式、严肃。

显得特别鲜艳，尤其当逼视的时候，简直分不出哪片红哪片不红。远处却只有霞光似的闪烁着，一片，一片，一丛，一丛。

我们在树下大吃一顿。一边是鬼见愁，高高地立着，下面蒙蒙的烟霭里，近的一点是玉泉山，远的一点是万寿山，再远，苍茫一片，就不知道是什么地方了。

下山后，又到碧云寺去玩了一趟。

早晨天本来很好，刚要上时，仿佛要下雨，一会儿太阳又出来了。然而当我们在往碧云寺的路上走的时候，风又吹起来了。

我们喝了一路风才回到学校。

荫祺五点半走。

十七日　早晨法文考了一下，一塌糊涂。

过午因Ecke没来，据说有病。往杨丙辰先生处，谈许久。

晚上旁听杨先生讲Faust。这次讲的是民间传说的Faust的历史的演进。关于这个题目，我曾译过一篇Francke的东西，然而同杨先生讲的一比，差远了。从前我对杨先生得了一个极不好的印象，以后只要他说的，我总以为带点夸大，不客气地说，就是不很通。然而今晚讲的材料极多而极好。

今天文副稿子登了一部分。

好，以后千万不要对人轻易地得印象。

十八日　星〈期〉二　早晨法文发考卷，成绩不很好，非加油法文、德文不成。

读Euripidēs' *Medea*[1]完。

1　Euripidēs' *Medea*：欧里庇得斯的《美狄亚》。

过午在图书馆读*French Reader*[1]。

晚上看*Emma*。

最近天气忽然冷起来了。昨晚尤其冷得厉害，不得已把棉袍穿上。同时又觉得过早，然而实在也撑不住了。

十九日　早晨上班。

过午体育，跑百米，standard[2]是十四秒五分之二，而我跑了十五秒。我真够了，我很〈想〉改选国术。德文Ecke来了，只上了一点assignment就完了。

晚上，做法文。做法文，这还是第一次。不过实在说不上是做，实在是抄。

二十日　早晨上课。

过午到图书馆看Modern Poetry，A.Huxley的*Vulgarity in Literature*[3]，主要意思是写Allan Poe[4]，没有什么意思。

我已决意买Dante[5]全集（*Temple Classics*[6]十二元），Chaucer和*Rubaiyat*[7]，我本想不买此书，因为已经决定买R.Browning了。但是一时冲动，没办法，非买不行。我自己做了个预算，这学年买书费不得超过五十元了。

1　*French Reader*：《法语读本》。

2　standard：标准。

3　A.Huxley 的 *Vulgarity in Literature*：赫胥黎的《文学中的庸俗》。

4　Allan Poe：爱伦 · 坡（1809—1849），美国小说家、诗人。

5　Dante：但丁（1265—1321），意大利诗人，中古到文艺复兴时期最有代表性的作家。

6　*Temple Classics*：《庙宇古典》（丛书名）。

7　Chaucer 和 *Rubaiyat*：乔叟和《鲁拜》。乔叟（约 1343—1400），英国诗人，其代表作《坎特伯雷故事集》是西方中世纪和文艺复兴时期的杰作。《鲁拜》：波斯诗人、哲学家欧玛尔 · 海亚姆的四行诗集。“鲁拜”为阿拉伯语，此处意为“四行诗”。

晚上看*Swann's Way*，真够complex[1]的。

二十一日　星期五　昨天一天大风，今天天气冷极了。

早晨三班，近代小说、西洋小说、文艺复兴，简直等于受禁。

过午，体育，跳高standard是四尺，我只跳三尺七（大约三尺九能过去，因为太累了）。

今天民众学校送来三个借书证。又去上了一班。学生只来了五个，程度不齐。

晚访遂千闲谈。看法文。看《小说月报·最近二十年德国文学》。

二十二日　星期六　天气冷，整天风。

昨晚躺在床上吃栗子，颇妙。

早晨在图书馆看Aristophanes的*Frogs*[2]，只看了一半，我觉得这剧颇有点像中国剧。

过午读Keller，抄近代德国文人的名字。

借《出了象牙之塔》看。

问长之，他说，他因为生物实验做不好，对生物有点灰心。他说，人家看见的，他看不见，人家做得快，他做得慢。他又说，《世界日报》副刊艾君骂他，说他只学了点生物学的皮毛来唬人，自己未必真懂。他笑着说，他或者真成了这样。其实我就以为他是这样了。他对每件事都有意见，这当然很好，不过他的“扯力”也真大，他能在一种事情里发现别的原理，然而大多不通，他自己说得却天花乱坠。譬如他作《歌德童话》那篇文，凡是他那一个期间读的书全扯进去了——歌德与王阳明发生了关系，歌德与生物学某一部分发生了关

1　complex：复杂。

2　Aristophanes 的 *Frogs*：阿里斯托芬的《蛙》。

系，都是他自己在头脑里制成的。他的主观太深，坚持自己的意见。

他又说某英人研究藻类，出书汗牛充栋，然而又有什么用处，普通人不看，科学家不见——他自己说这是对科学起了反叛。不过，我想，科学的目的是得一种彻底的了解。对生命的了解，对宇宙的了解。因为能力的关系，各人不能全部研究，范围愈小，愈易精到。等到把宇宙各部分全研究过了，这种了解就或者可以得到了。这位英人至少把宇宙的一部分研究了。比如堆山，他至少已经堆了一块石头了，哪能说没用处呢？

二十三日　星期　大风。

昨晚在床上预备了许多书，预备今天晚起看的。然而因为昨晚喝水太多，又吃梨，刚一醒就想撒尿，虽然竭力忍耐着，在床上躺下去，终于不行。

读厨川白村的《出了象牙之塔》。我在他骂日本人的毛病里，发现了中国人的白村的思想，我总觉得很moderate[1]的，与中国的周作人先生相似。

读*Medea*和Keller。

过午大睡一通，醒后颇难过。

晚饭后与长之长谈，我看他有转入哲学的倾向。

预备法文。

我的同屋陈兆祊君，这朋友我真不能交——没热情，没思想，死木头一块，没有生命力，丝毫也没有。

吕宝东更是混蛋一个，没人味。

1　moderate：温和。

二十四日 早晨读*Swann' s Way*。

《华北日报》才登启事叫去取稿费。

过午因Ecke请假，只旁听一堂Winter。Ecke真是岂有此理，据说害痢疾，大概又是懒病发作了吧。

同施、王、武三君访Winter（过午四点），商议演讲问题，他的意思不愿意公开演讲，又因一时想不出题目，所以定以后再谈。在他那里喝了杯茶，吃了几块cakes[1]，大聊一阵。Winter谈锋颇健，只一引头便大谈不休，从文学谈到人生政治……他又拿出他的Stendhal全集来，他说他喜欢A.Gide，Thomas Mann[2]。我坐得靠近火（他屋里已经有了火），头痛，因为烤得太厉害，老想走，但是他却老说不完，从四点到六点才得脱身，他指给我们他画的一张铁拐李，真能！

晚上读*Emma*，法文，《出了象牙之塔》。

二十五日 过午在图书馆看*London Times: Literary Supplement*，*Saturday Review of Literature*，又有几个文坛消息可作。

今天主要工作就在读*Swann' s Way*。晚上睡了一觉，只看了二十页。

读傅东华译《奥德赛》，我想骂他一顿。一方面，他的译文既像歌谣，又像鼓儿词，然而什么又都不像；一方面，这样大的工作，应该由会希腊文的来译。翻译已经是极勉强的事，转了再转，结果恐怕与原文相去太远。

二十六日 今天早晨老叶叫作paper[3]。

---

1 cakes：蛋糕。

2 Stendhal：司汤达（1783—1842），法国小说家，代表作《红与黑》。A.Gide：纪德（1869—1951），法国作家，曾获1947年诺贝尔文学奖。Thomas Mann：托马斯·曼（1875—1955），德国小说家、散文家，代表作有《布登勃洛克一家》《魔山》《浮士德博士》。

3 paper：论文。

过午上体育，跳远勉强及格；棒球掷远，差得多。读*Swann's Way*。

作文坛消息两则，一〈是〉T.S.Eliot[1]赴美就哈佛诗学教授，一〈是〉G.K.Chesterton[2]又出版新书：*Sidelegtes or Newer London & New York & Other Essays*[3]。

晚上眷出，看法文。

《华北日报》稿费到，共二元八角。

老想写点文章，只是思想不具体、不集中。奈何！

二十七日 早晨仍是无聊地上班。

过午，听平教会教育部主任汤茂如先生演讲，题为视察广西感想，大捧李宗仁、白崇禧。他说广西当局现已觉悟，实行平民教育，广西政界非常朴素，薪俸很少，只够过简单生活。教育界颇受优待，全省交通利用汽车路，治安很好，非他省所可及。教育形式方面都有，唯内容不行。平民生活亦颇安定，女人劳动，而男人闲逸，与他省正相反。不过因没有优美的家庭生活，所以犯罪的加多，赌盛行，现省当局预定两年计划，训练民团二百万，并组织政治实验区，在这方面因需平教会，所以特别约汤先生视察，总之他的视察印象很好。

我再说我对汤的印象：第一印象，我觉得他是个官僚。第二个印象，我觉得他很能，见什么人说什么话。

晚间读*Swann's Way*，Herr王来闲谈，铃摇始走。长之生日。

---

1 T.S.Eliot：T.S. 艾略特（1888—1965），英国诗人、评论家。

2 G.K.Chesterton：切斯特顿（1874—1936），英国散文家、评论家、小说家。

3 *Sidelegtes or Newer London & New York & Other Essays*：《塞得莱兹或新伦敦和新约克以及其他散文》。

二十八日 早晨连上两班吴可读的课，真正要命已极，吴可读怎么能从Oxford[1]毕业呢，真笑天下之大话。

过午跑一千六百米，共四圈，因为缺少练习，跑到第二圈上就想下来，好歹携着两条重腿跑下来，头也晕，眼也花，也想吐，一切毛病全来。澡没洗好，就赶快回到屋里来，大睡。

又到民众学校上课。又难办，学生程度不齐，而设备又不够。

今天我用所得的稿费请客——肥鸭一只。

晚上东北同乡开募捐游艺会，我的票送柏寒，没去。同长之闲扯，我觉得他是从感情到理智进行着的，他不能写小说，然而他不服气。

同访杨丙辰，谈少顷即回屋。

预备法文。

1 Oxford：牛津大学。

第二册

（1932 年 10 月 29 日—1933 年 10 月 31 日）

二十一年 十月二十九日 星期六 不觉已经记完了一本，我现在愈加感觉到日记的需要，以后大概不会再间断了吧。

我今天一天都在想进城，九点钟没走。一点没有，三点又没有，终于没有。主要原因就是我并没什么事，所以便一直迟疑下来。

看Plautus的*Captive*[1]。

过午看徐霞村的《古国的人们》，是小说，不太坏。不过所得的印象总是头大腚小。

从三点钟起，作Pearl Buck的新小说*Sons*的review[2]——与其说是作，不如说是译。Buck对中国很熟悉，她的丈夫是金陵大学的农科主任，自小说*The Good Earth*[3]出名，已成为一个很popular[4]的作家了。

晚上仍继续作。

---

1 Plautus 的 *Captive*：普劳图斯的《俘虏》。

2 Pearl Buck 的新小说 *Sons* 的 review：赛珍珠的新小说《儿子们》的评论。

3 *The Good Earth*：《大地》。

4 popular：受人欢迎。

三十日 昨天一天想着进城，今天终于成行了。坐的是九点的汽车，下车后，即赴盐务访印其，已移至北大三院，又去访之，在。

谈了半天，又到市场看旧书。有De Musset[1]的诗集，我很想买，但因为索价过昂，没能买成。结果，买了一本Heine[2]的诗，一本Schiller[3]的诗，装订都还讲究，唯因当时未能够把价议妥，吃饭后，心里只是惦念，终于回去买了，所以价钱不免贵一点（$4.0）。

从市场到消防球场看赛足球，汇文对三育，两边踢〈得〉都还好，不过风太大，一阵阵的沙土往嘴里送，实在受不了——当时我真恨北平的怪天气呢。

出球场到李阁老胡同访静轩，一直谈到吃晚饭，并与高耀西、薛德昌等会面。七点钟返校。本来同长之同时进城，他已经回来了。他是去找瞿冰森的。他说瞿与乃兄一模一样，极似一个，理发，态度木僵而谈话坦白有豪气。

三十一日 早晨只上了一班法文，其余的时间都用在抄关于Buck的消息稿，完了，寄了去。过午预备德文。

晚上上杨丙辰先生的班，讲的是Faust的结构。因为伤风太厉害，早睡。伤风几乎成了我的家常便饭，几乎每天有，不知是什么原因。

昨天日记忘记了几件事要写——第一，我买了几〈本〉旧书（其实昨天没忘，是我现在忘了，又重写一遍）；第二，我坐汽车进城的时候，我观察到几乎每个人头上都有顶毡帽，然而又都非常难看。在车窗外面，猛一闪我又看见了一个戴瓜皮帽的。因此想

1 De Musset：缪塞（1810—1857），法国浪漫派诗人、剧作家。

2 Heine：海涅（1797—1856），德国诗人。

3 Schiller：席勒（1759—1805），德国诗人、剧作家。

到，毡帽实在是西洋的东西，现在是被中国采用了。同时又有瓜皮帽存在着，实在是一种不调和。就这种不调和实在是人生一切悲剧的起因，再进一步说一句，不调和就是人生，人生就是不调和的。

十一月一日　一天伤风，好打喷嚏，真不痛快。早晨上三班，读*Captive*完。

过午看崇德对清华足球赛，清华球队今年实力大减。

预备Keller，晚上仍读Keller。

二日　机械般地，早晨仍然上班，老叶胡诌八扯，吴可读简只［直］要命，温德也莫名其妙拜堂。

过午上体育，打篮球笑话百出。球一到手，立刻眼前发黑，分不清东西南北乱投一气。

德文因艾克病还不好，没上。

晚饭时，施、王两君因开玩笑冲突，简只［直］孩子气。到校外去买栗子，又到合作社去大吃一通。

到遂千处去还柏寒书，他〈在〉新日本买了两本书，日金只合中币一元零一分，可谓便宜。我也不禁跃跃欲试，去到丸善去买几本书。借到周作人《看云集》，读*Swann' s Way*。

三日　从前就热了暖气管，这几天来天气暖到可以在露天只穿背心短裤而不觉得冷，你想，能受住受不住？

仍是机械地上班。

过午看汇文对清华足篮球赛。足球汇文踢得比清华实在强得多，然而结果是二比二，汇文还几乎输了呢！篮球清华差得太远。

晚上忽然刮起风来，大得不得了，而屋里又觉得气闷，真不能看书。

读完《看云集》。周作人先生所〈描〉写的东西，在平常实在引不起我的趣味，然而经他一写，都仿佛有了诗意，栩栩如生起来。周作人先生素来主张中国文学有两大思潮，言志与载道，互相消长。白话文的兴趣是言志的（见《中国新文学源流》），然而目前洋八股又有载道的倾向，长之同Herr施〈反〉对这样说。《看云集》里面有一篇《金鱼》，在结尾周先生也表示了同样的意见。

四日 现在一天大都［部］分时间，都在无聊地上班。倘若不记，这一天也实在没有什么可记，记起来又觉得很单调，真没办法。无已，还是记吧——

今晨仍是机械似的上班。

过午体育打篮球。

吹了一天风，晚来天气有点冷了。

我向上海璧恒公司预订的《歌德全集》，计算着早该来了，然而一直到现在不见到。我每天上班回来，看见桌上没有信，真颇有点惘然之感呢。

今天又托图书馆买了两本书，一是Herbert Read的*Phases of English Poetry*[1]，一是Robert Graves[2]的。

五日 早晨只上了一班法文。今天第一次下雪。

预定今天作完现代诗的paper，早晨在图书馆看*Present State of*

1 Herbert Read：疑即 Herbert Edward Read（1893—1968），英国诗人、评论家。*Phases of English Poetry*：《英国诗歌的各个阶段》。

2 Robert Graves（1895—1985），是英国文坛多面手，曾出版大量诗歌、散文、小说、传记、儿童文学以及多种语言的译作。1961—1966 年担任牛津大学诗歌教授。

Poetry[1]。

午饭后接到荫祺来信，借大洋十五元。我立刻写了封信，钱也同时汇了去。不过，《歌德全集》来了的时候，又有我的蜡烛坐呢。

大千来谈，古今上下谈了一下午。李秀洁等四位来谈，同往吃饭。他们不常来我这里，岂知这次来还别有用意呢。到了二院食堂，他们一叫叫了一桌子菜（十五样），是请我的客。叫我真难过。菜太多了，只好退回几样存着。大概因为入学时我替他们办了几件事，这算酬厚意吧。

饭后又到李秀洁屋闲谈。

回屋后又到长之屋闲谈。我开始觉得，我现在才为多思苦，都是受长之的影响。然而，每次冥想一个问题，总是因牵扯过多，得不到结论。于是我又想到no prejudice，no opinion[2]。我对长之说，一个哲学家无所谓系统思想，除非他死前最后一句话是系统思想。因为思想根据知识，而知识是无限的，非到你不能再思索，再得知识，就是死了，你不能决定你的什么观。

六日　早晨躺在被窝里，只是不愿意起，拿了现代诗的notes[3]，想写paper的材料。

起来就开始写，一写写了夺〈一〉早晨，弄得头晕眼花，才只写了两页。

过午仍继续写，好歹算是完篇了。

晚上早睡。

---

1 *Present State of Poetry*：《诗歌的现状》。

2 no prejudice，no opinion：没有偏见就没有思想。

3 notes：笔记。

七日 早晨，法文下了课，到图书馆去整理昨天作的paper。结果费了一早晨的工夫才算整理得有点头绪。

过午预备德文，清华与三育赛足球，只看十几分钟，因为还有德文。两方踢得都乱七八糟。

图书馆新来杂志不少，《新月》亦来，有胡适《四十自述·我怎样到外国去》。原来他做学生的时候，家境也够他受的。先前我以为他家还很阔哩。

晚读Maupassant的*L' Aventure de Walter Schnaffs*[1]，还不难懂。

今天又到书库里去。我每次去，看见那几部法文书，总羡慕得馋涎欲滴，总觉得个人那点书的渺小。我最近对书仿佛生了极大的爱情（其实以前也这样，不过轻点罢了）。同班中也有几个书迷，见面时，大部分总是谈到书。就如我本学期，买书费占总费用的三分之二强，不能不算多了。

八日 日子过得真快呵，一瞬间这个月又过了八天了。

早晨上了三班，过午上了两班。

其余的时间都用在抄老叶的paper上。早晨一点钟只抄了半页，过午伏案两小时，澡也没能洗，与英兵赛足球也只看了几分钟，所得的结果是多抄了二页，头痛不止。抄比作还难哩，因为有许多话，在作的时候，觉得还不坏，一至抄起才发现或者前边已经说过了，或者与前边矛盾。

晚上仍在抄，好歹抄完。

又读Keller一页，头昏昏矣。睡。

---

1 Maupassant 的 *L' Aventure de Walter Schnaffs*：莫泊桑的《瓦尔特·施奈夫的奇迹》。

九日　今天晚上写信到日本买Hölderlin的Life[1]。

又把抄的现代诗paper对了一遍，交上去。后天要考小说，所以今天小说无课。然而虽然说这点钟是留给我们预备，我却仍不能预备。因为前两天的空时间都给作现代诗paper占去了，没有时间预备德文，再不预备今天过午就非刷Ecke不行了。

过午体育踢足球，非常累而有趣。

晚上看法文及小说（Western Novel[2]）。

十日　法文下后看杂志。Shakespeare我没去。

午饭后，我〈在〉Herr王屋完［玩］骨牌，不觉已经一点半钟，我觉得时间过得再快也不比“能赌博”。

过午看小说，晚上看小说——结果又是头昏眼花。我近来常感觉到肩上仿佛多了点东西——就是平常所说的担子吗？倘若可能的话，我还想大学毕业后再做进一步的研究。我总觉得大学毕业平常人以为该是做事的时候，我却不以为然。大学毕业是很不容易的，毕业不能继续研究，比中学毕业还难堪！我有个偏见，中学是培养职业人才的地方，大学是培养研究人才的地方。

十一日　今天考小说，题目多而容易。满满写了四张，颇觉满意。今年我们功课虽多，而预备极容易。

过午，英文没上。体育打篮球。

到民众学校去上课。一共十几个人，然而程度相差，可分为七八级，教着真难。

民众学校送来电影票一张。凡在民众学校服务的同学每星期

1　Hölderlin 的 Life：荷尔德林的生平。疑《荷尔德林的生平》是书名。

2　Western Novel：西方小说。

都有享受看电影的便宜，也不错。今天演的是金焰、王人美合演的《野玫瑰》，前半部分还不坏，最后扯上国难，结果一齐加入义勇军。这是最近小说、电影一个tendency[1]，总得扯上国难，然而大半都非常生硬。我并不反对宣传，然而我总觉得这种宣传仍是劳而无功。

明天放假，后天又是星期，心境颇优适。

十二日 昨夜大千来我屋里睡，不知为什么大谈其［起］来，横的各国，纵的各代，艺术体育，没有没谈到的，一直谈到约莫有早晨五点钟，听远处村里鸡鸣，看窗外朦胧淡灰色的天光——生平尚是第一次。

六点钟时始渐渐睡去，然而到八时就给人吵起来，再也睡不着，头也有点痛，爬起来，昏昏沉沉的一早晨，把Hölderlin的*Die Eichbaume*[2]找出，想再译一遍，只译了两句，又住了。

午饭后同施、王、武到校外去逛，因为天气实在太好了。信步至海淀，渴甚，至一卖豆浆之铺，乃污秽不能入口，咄咄怪事（燕大对门）。

归后，实不能支，乃眠。

晚饭后仍睡。

今天报载Nobel[3]文学奖金已经给了John Galsworthy[4]，不知确否，但Galsworthy究竟是过去的人物了。

十三日 早晨到图书馆读Terence：*Phormio*[5]，未完。

---

1 tendency：趋势。

2 Hölderlin 的 *Die Eichbaume*：荷尔德林的《橡树》。

3 Nobel：诺贝尔。

4 John Galsworthy：约翰·高尔斯华绥（1867—1933），英国小说家、剧作家。

5 Terence：*Phormio*：泰伦提乌斯：《福尔弥昂》。

过午看德文Keller，然而又昏昏想睡。自从星期五晚一夜未睡后，这两天来只是昏昏的，真是太乏了。

晚上预备法文，读Keller，又昏昏睡去。醒时，灯已熄，在黑暗中摸索，收拾被子，再正式睡。

今天读鲁迅《二心集》（其实从昨天就读起了）。在这集里，鲁迅是“左”了。不过，《三闲集》的序是最近作的，对左边的颇有不满，仍是冷嘲热讽，这集的文章在《三闲》序前，却称其［起］同志来了。真叫人莫名其妙。

十四日 大风通夜。半夜蒙眬中摇窗震屋，杂声齐作。上法文后，读*Phormio*及Maupassant的*Walter Schnaffs*[1]，过午预备Keller。

晚上听杨丙辰先生讲Faust。今天讲的是《奉献》（Zueignung[2]郭译“献诗”），讲得非常好，完全从Goethe的life方面来了解这诗。

昨天长之同我谈到要想出一个刊物，名《创作与批评》，自己出钱，以他、我、张文华为基本。他说中国文学现在缺乏主潮，要在这方面提醒别人。我非常赞成。

最近我才觉得我的兴趣是倾向象征的唯美的方面的。我在德国作家中喜欢Hölderlin，法国喜欢Verlaine，Baudelaire[3]，英国Blake，Keats[4]以至其他唯美派诗人。不过这些诗人的作品我读得并不是很多，我所谓喜欢者大半都是by intuition[5]。然而即便如此，他们的天才总是能觉得到的。我主张诗要有形式（与其说是形式，不如说有

1　此句意为：读《福尔弥昂》及莫泊桑的《瓦尔特 · 施奈夫的奇迹》。

2　Zueignung：德文“献诗”，歌德《浮士德》的篇首献诗。

3　Verlaine：魏尔兰（1844—1896），法国象征派诗人。Baudelaire：波德莱尔（1821—1867），法国象征派诗歌的先驱，现代主义的创始人之一，代表作为《恶之花》。

4　Blake：威廉姆 · 布莱克。Keats：济慈（1795—1821），英国浪漫诗人。

5　by intuition：直觉的。

metre[1]，有rhyme[2]）。以前有一个时期，我曾主张内容重于形式，现在以为是不对的。散文（尤其是抒情的）不要内容吗？中国新诗人只有徐志摩试用metre。不过这在中国是非常难的。不过无论难不难，中国诗总应当向这方面走。这是我所以对徐志摩有相当崇拜的原因，无论别人怎样骂他。我觉得诗之所以动人，一大部分是在它的音乐成分。本来拿文字来express[3]感情是再笨不过的了。感情是虚无缥缈的，音乐也是虚无缥缈的。感情有natural harmony[4]，音乐也有。所以——最少我以为——音乐表示感情是比文字好的。倘若不用文字，则无所谓诗了，没有办法的办法就是在诗里多加入音乐成分。

十五日　今天接到静轩的信，说没有图章不能领贷费，我赶快给他写了一封信，请他替我刻一图章寄去。

亏了《歌德全集》还没来，不然又得坐蜡，大概借钱总是免不了的了。

早晨上Drama & Shakespeare，做了一早晨Typewriter[5]，真要命。

过午读Keller。

晚上读Keller。看Swinburne[6]的诗。

读希腊文。我近来有一个野心，想把希腊文弄好。我总觉得希腊文学是世界上最人性的文学。

1　metre：格律。

2　rhyme：韵律。

3　express：表达。

4　natural harmony：自然和谐。

5　Typewriter：打字机。

6　Swinburne：斯温伯恩（1837—1909），英国诗人、文学评论家。

十六日　早晨现代诗讲Swinburne，还不坏。

过午未上英文，预备德文，因为今天同美兵赛篮球，美兵是北平最棒的队，很想一看。下了体育恐怕没有工夫预备，所以牺牲英文。

看的人非常多。美兵似乎并不怎样好，也或者不是第一队吧。

只看了三个quarter[1]，就急忙赶着去上德文。晚上预备法文，读希腊文。

十七日　最近报上载着狮子星座放射流星，每三十三年一次，上次为一八九九年，今年适为三十三年。每年都在十一月中旬，尤以十六、十七两日为最好，古人所说“星陨如雨”者是。我为好奇心所鼓动，半夜里爬起来，其他同学起来也大有人在。同长之到气象台下去等着看，天气简直冷得要命，我急忙中没穿袜子，尤其觉得冷。刚走到气象台下空场上，忽然天上一闪——是一个流星，然而这一闪别梦还依稀，只我一人注意到了，于是就倚在台下等着。还有其他同学数十人。朦胧的月色，使一切东〈西〉都仿佛浸在牛乳里似的。蓦地两边又一闪——是一颗流星。然而谁都不以为这就是所等着、渴望地等着的奇迹，都以为还有更大的奇迹出现，最少也得像玩盒子灯般地下一阵星雨。然而结果是失望——仍是隔半天天空里一闪，一颗流星飞过去，赶着去幻灭。

我实在支持不了，跑回来加了衣裳又出去。朦胧里游移着一个个的黑影，也到［倒］颇有意思。抬头看着天，满天星都在眨眼，一花眼，看着它们要飞似的，然而它们却仍站着不动，眨着眼。

终于因为太冷，没等奇迹出现就回来了。白天才听说，所谓奇迹者就是那半天一跑的流星——奇迹终于被我见了。

早晨上了一早晨班，很觉得疲乏。过午小睡两点钟。

1　quarter：指篮球比赛中的“节”。

晚上Winter讲演，题目是André Gide[1]，讲得很好，可惜人甚少（不到二十人），未免煞风景，不过他这种题目也实在不是一般人可以了解的。他一讲讲了两个钟头，我手不停地做笔记，头痛极了。回屋后，因为明天头一堂有法文，还没预备好，焚烛加油。这篇日记也是在烛影摇曳中记的。

十八日 星期六第一堂的法文移在今天，所以我早晨有四堂课要上，但是我只上三堂，因为我实在有点累了——被刷的是Winter。

过午英文又刷。

到民众学校去上课，今天考他们，大半都不会写字。晚饭后访李秀洁谈半点钟。又访长之，他仍然同我谈到出刊物问题。我向他谈了谈我对新诗的意见，就是——诗之所以感人，我以为，大半都在音乐成分。中国新诗在这方面完全忽略了。外国诗有rhyme，这在中国诗可以办得到。但也有metre，而且这metre随着感情而变化，非常重要。譬如Browning的*As I ride*一首，不懂英文的，又要听别人一念，也会感到是骑在马上的一颠一簸的情绪。不过中国文是单音字的，要来讲metre是非常难的。对这一问题我想了好几天，忽然想到论理学上有一章，名字是忘了，譬如“我吃饭”一句话，重读“我”就表示“我”吃饭不是“你”吃饭，重读“吃”就表示我“吃”饭不是我“拉”饭，以此类推。在中国旧诗里也有把主要字放在末尾的（长之补充的）。倘若我们以重读来代表英文的高音，按照个人情绪的不同，把主要字放在前面或后面，重读了，形成iambic或trochaic[2]……来表示不同的感情，也未始不可的——这意

1 André Gide：安德烈·纪德。

2 iambic 或 trochaic：抑扬格或扬抑格。

见，我自己也知道，自然是很荒谬的。不过，还有老话，没偏见没意见，也总是不失为一种偏见吧。长之给我很多的鼓励，我向这方面研究的心更大了。

九点半后，访杨丙辰先生。谈到出刊物的问题，他对我们谈到他自己的根本思想。他说，几千年来，人类都走错了路了。现在应该猛醒，用和平方法来消除武力，世界大同，废止战争。无论什么主义，即如共产主义，这是人类同情心最大的表现，然而到后来，同别的主义一样，变成不人道的了。我们所需的是真正的人道主义。

谈至十二点始返宿舍。

十九日 早晨读*Sons & Lovers*。

到书库去查A.Symons的Symbolism[1]和杨丙辰先生介绍的两本书，一是Kant的*Critic of Judgement*[2]，一是Schiller的哲学论文，结果只借到Kant的一本。

过午清华同燕大赛足、篮球，我没去看。结果足球4：1，篮球17：15，清华大腾，真侮辱。

我最近忽然对新诗的音节问题发生了兴趣。午饭后同长之到民众图书馆，借了一本民〈国〉十五年的《晨报诗刊》，晚饭后又借了Herr施的两本最近的诗刊。

晚上看电影，是贾波林［卓别林］的*Big Adventure*[3]，不很高明。

二十日 今天进城。先访静轩，他说我的领贷费的图章丢了，今年恐怕领不到——不胜焦急。我本预算着可以有四十元，所以才

1 A.Symons 的 Symbolism：西蒙斯的象征主义。

2 Kant 的 *Critic of Judgement*：康德的《判断力批判》。

3 *Big Adventure*：《大冒险》。此处似有误记，查卓别林无此影片。1917 年卓别林演过一部 *Adventurer*。

大胆去order书，现在中途发生变故，又只好向家里要钱去了。

同静轩到东安市场，看旧书，没有什么好的。饭后我到朝阳去访鸿高，他不在。又访贯一，他也不在。其他人我又不知道住在什么地方，只好淡然地往回走。

到青年会时才一点钟。又到市场去逛，无聊地来回地跑。二时余，又回到青年会，等三点的汽车。

回校后，觉得非常累，澡也没洗，懒懒地过了一下午。晚上好歹预备了法文，又读了点Keller。

今天接到Mags Bros[1]寄来的Rare Books目录。

读到《论语》第五期，有林玉堂[2]《论美国大学》。呵，原来是这么一回事。我本来对美国留学生就没信仰，现在是更怀疑了。

二十一日　早晨下了法文就预备德文。

过午第一点英文旁听，脑袋仿佛要破裂似的，迷迷糊糊的一点钟。下了英文仍是预备德文。在上德文前到杨丙辰先生处送杂志。上德文脑袋痛极了，好歹上下来。

晚上又预备法文，脑袋痛得实在有点撑不住。杨丙辰先生讲Faust，讲得真好。比看中译英译本明白得多，不过脑袋仍然痛——今天实在用它用得太过了。没办法，睡觉。

长之对哲学发生了兴趣，简直是个奇迹。他才入清华时，根本不承认哲学的存在，只有科学。现在对生物学感到厌倦（我想，大部分原因是他干生物，他自己说，吃力也没有成绩，不相近），然而也可以证明他以前对哲学并不认识，只是无聊地prejudicially[3]

1　Mags Bros：书商名。疑即“璧恒”。

2　林玉堂，即林语堂。

3　prejudicially：偏激地。

攻击。前天他曾同我谈到这问题，他说他要转系——哲学系，今天果然转了。以前他只要谈到生物系，总是比别的系好，无论什么都好。现在刚转哲学系，于是哲学系又变得好了——我想，他的这种倾向是非常显著的。只要他认识的朋友，也不许别人说半句坏话，虽然那个朋友满是缺点，在别人眼中。

二十二日　今天同星期四是我最怕的一天，因为有王Quincy[1]的课，上他的课，做抄写机，真比上吴可读的课都讨厌。过午中世纪文学，说下星期又要考，真混蛋。

读Keller。今天是只用一点钟（5—6）就预备完了，这也是新纪录，在图书馆里也的确比屋里静。

晚上读Swinburne，*Emma*。焚烛读*Hölderlin' s Leben*[2]。

今天接到叔父的信，非常高兴。

刚才我焚烛读Hölderlin——万籁俱寂，尘念全无，在摇曳的烛光中，一字字细读下去，真有白天万没有的乐趣。这还是第一次亲切地感到。以后我预备做的Hölderlin就打算全部在烛光里完成。每天在这时候读几页所喜欢读的书，将一天压迫全驱净了，然后再躺下大睡，这也是生平快事吧。

夜十二时，记，摇曳烛光中。

二十三日　早晨上课三堂。

过午，午饭后在Herr王屋打骨牌。

体育后预备Keller，急急跑着去上德文。今天本定清华对中大赛

1　王 Quincy：指王文显。

2　*Hölderlin's Leben*：《荷尔德林的生平》。

球，因故不能举行，不然德文又有不上的可能，球瘾实在太大了。

今天读《苦闷的象征》。以前也读过，大概因为难懂没读完，而且董秋芳先生在高中时还特别开了一班讲这书，我似乎也不大能了解，现在读起来真觉得好，话的确应当这样说，中国只要有个白村就够了。

因这本书而对精神分析学感到兴趣，太想明了一下。最近我自体验得到，无论读什么书，总给我很深的印象，而使我觉得自己太空虚了，空虚得有点儿可怜了。而且，我对任何问题都感到兴趣，兴趣的方面加多了，精力也愈觉得不够省——这或者也是很好的现象吧。今天Herr王同我说，瞿冰森托曹葆华[1]作一篇关于Galsworthy的文章，曹诗人不愿意作，转托他，他又转托我，我本来正作Hölderlin，不想应——然而终于应了。晚上大部分时间是用在读参考书上，结果是头痛。

二十四日　今天寄家信要五十元。

头午只上了法文，别人一律大刷。在图书馆看关于Galsworthy的书。

忽然不见了借书证，我以为掉了呢，大贴布告，又因为急切地想到书库去查书，同图书馆打了半天麻烦，才准许进去。结果找了几本书。

吃午饭时才知道借书证忘在Herr王那里了。

过午仍在图书馆加油，一瞬间，已经到了晚饭的时候了——工作紧张的时候，真的不觉时间的逝去的。

晚上预备法文。听Winter讲Gide。

今天工作顶紧张了。几年来没这样了，也颇有趣。

1　曹葆华（1906—1978），翻译家、诗人。1931年毕业于清华大学西洋文学系，1935年毕业于清华大学研究院。

二十五日　星期五　早晨仍然只上法文，别人一律大刷，仍然看关于Galsworthy的参考书。

过午上体育，下来仍然看。

因为明天没班了，晚上更放心大胆地看Galsworthy。工作紧张的态度同昨天差不多，头有点痛了。

以上几天的日记，和以下三天的都是二十九日补记的，做这篇Galsworthy，直费了我五整天的工夫，参考书十余本，五天之内读千数页的书，而且又读好几遍，又得写，这还是以往没有的纪录。这几天每天几乎都到下一点睡，早晨醒得又极早，只有Galsworthy盘桓在我脑子里。我觉到这种刺激非常有趣。在近几天以内，我又要开始做Hölderlin了。

二十九日晨写

二十六日　今天开始做Galsworthy的生平和著作（二十五日做的），过午做戏剧家的Galsworthy和为长篇小说家的Galsworthy。不过，这所谓做，并不是定稿，不过把书上的材料摘下来。至于前后次序，那是抄的时候的功夫了。

晚上头颇痛，需要休息。民众学校送来电影票，去看电影以解困。片子是《招请国王》，一塌糊涂，坏极了。

电影完后，点蜡，作为短篇小说家、小品文家和诗人的Galsworthy和一篇附尾。睡觉时下一点。

二十七日　星期日　昨天虽然睡得晚，但今天一早就醒了——Galsworthy把我催醒的。

我开始抄，这抄的功夫也真正要命。又要顾到是否前后重复或冲突，又要顾到文字。有时因为一两行费半点钟的工夫。头也因而更痛了。

过午仍继续抄，终于没抄完。

二十八日　早晨上法文，也是心不在焉。

下课后，又抄，至十一点完——这可完了。总共费了五天的工夫，坐卧不宁。

自己重看了一遍，交给曹诗人，他答应写信。

因为明天还要考中世纪文学，今天Holland又催作文，真要命。德文没去上。做法文，读中世纪笔记，又是要命的事。而且还要预备明天的法文。

晚上终于又点了蜡。

二十九日　早晨仍只上法文，别人一律大刷，看中世纪也。过午中世纪考得倍儿坏，然而也没关系，总是过去了。今天接到丸善来信，说Hölderlin没有了。我最近买书的运气一向不佳。前两天接到璧恒公司回信说，《歌德全集》卖完了，今天又接到这信，真不痛快。

晚上看Keller和*Emma*。

最近做了这篇Galsworthy以后，本来懒于动笔的我，现在却老是跃跃欲试了。我计划写一篇Hölderlin介绍和一篇新诗的形式问题。后一篇我是想发起点波澜的。

三十日　早晨上了三班，老叶是胡诌八扯。

过午体育打篮球。

赶着上德文，但是我却预备错了。我上次没去，我以为已经把上一次assignment讲了哩，但是星期一张、朱二位也没去，班没上成。今天讲的仍是上星期三的assignment。

因为最近才感到多思苦，所以想写点东西，总名就想叫“梦话”，就是因为自己也不清楚的意思。晚上预备法文。

十二月一日　星期四　今天早晨上三班。又叫王文显念了一通，我干抄了一遍，结果手痛了。

过午看同志成中学赛足球和女子篮球。所谓看女子篮球者实在就是去看大腿。说真的，不然的话，谁还去看呢？

听人说班禅大法师来游清华，并且还向同学“训”了十分钟的话。我竟失之交臂，没见这个大法宝、大怪物，实在可惜。

晚上听Winter演讲，不精彩，有点进了要命的意思。读完《创造十年》，我第一就觉得郭沫若态度不好，完全骂人。哪有历史性的文章呢？又读《春醪集》。

二日　今天Holland忽然在班上dictate[1]，弄得一塌糊涂。

现代小说没上，其余两堂上了。

过午体育测验，单腿闭眼站二十二秒钟，起初觉着很易，然而做起来却极难，不过，终于pass了，别人没pass的还多着哩。

又测引身向下五下，也pass了。

回来写《茧》——小品文。

到民众学校上课。

晚饭后，到Herr王屋去打牌。本想理发，人多未能挤上。回屋大睡。

1　dictate：听写。

三日 早晨到图书馆去读*Spanish Tragedy*[1]，倍儿长，没读完，又读*Hölderlin' s Leben*。

过午仍到图书馆去读*Spanish Tragedy*，仍未读完，因为心急去看足球。

足球是师大对清华。

看球后同Herr施闲聊，长之及长楫来。

晚饭后，理发，到Herr施屋闲聊，目的是在等到八点钟看电影。七点半过，就到大礼堂去，一看没有灯亮。施说："已经开演了。"我乃大慌，跑到门前一看，门关着，没有人。又回到二院布告一看，是星期日。笑话。

晚上读Keller，盛成[2]的《海外工读十年纪实》。

四日 早晨到图书馆，本想借Drama，但是已经给人借净，只好看*Emma*。还好，一点半钟，看了五十页。

过午洗澡，到图书馆去，看完了*Spanish Tragedy*。

晚上看电影。《火山情血》，开头很好，愈来愈糟。我看了几部中国片子，全是这一个毛病——《野玫瑰》亦其一。我真奇怪，有些地方，简直可笑。

在看电影的期间，想到——Turgenev[3]说Hamlet[4]代表人的怀疑，Don Quixote[5]代表人勇往直前的精神。阿Q这两样全有。

1 *Spanish Tragedy*：《西班牙悲剧》。

2 盛成（1899—1996），作家。

3 Turgenev：屠格涅夫。

4 Hamlet：哈姆雷特。

5 Don Quixote：堂吉诃德。

在烛下写给芬妹信。

五日 早晨法文。

下来到图书公司，本想〈买〉法文字典，卖完了，只买了本Everyman' s Library的*Conversation with Eckermann of Goethe*[1]。

到图书馆去看*Emma*。

过午预备Keller，看Marlowe[2]。上Ecke班。

晚上到一院去上浮士德，等了半天没人来，下来一看，杨先生请假——真怒，大风天白跑了一趟。

预备法文。读*Emma*。

头午天阴，过午晴。一天大风，颇冷。

六日 今天寄信到丸善去买Kleist，Lenau，Novalis[3]全集，不知能寄来否。

早晨上三班。

过午上一班，洗澡。

晚上看*Emma*和*Hölderlin' s Leben*。

长之来谈，灯熄后，继之以烛，兴会淋漓。

七日 大风，飞沙走石。

老叶请假，不亦乐乎。

---

1 Everyman's Library 的 *Conversation with Eckermann of Goethe*：人人文库的《歌德与艾克曼谈话录》。

2 Marlowe：马洛（1564—1593），英国戏剧家、诗人。此处指的是他的戏剧《浮士德博士的悲剧》。

3 Kleist：克莱斯特（1777—1811），德国戏剧家、小说家。Lenau：莱瑙（1802—1850），奥地利诗人。Novalis：诺瓦利斯（1772—1801），德国诗人。

过午预备德文，上体育。忽然决定再托图书馆买书，同时，又决定买Hölderlin全集。下德文后，问Ecke，他说，Hellingrath和Seebass[1]合辑的全集已绝版，但能买到second hand[2]，晚上遂写信到Max Hössler[3]问是否可以代买。

看法文及*Comedy of Errors*[4]。大千借十元。

八日　早晨上三班。

过午一班。看华北与清华足球赛。

今天本来想再托沈先生买书，但据云图书馆八月间所order之书现尚未来，不久即打电报去问，先叫我们等一等。

接到家信，并五十元。

接到瞿冰森信，言稿子稍缓即登。

看李达译《辩证法唯物论教程》，比看英文还费力。这是最近译新社会科学书的一个通病。据鲁迅说，日文也同样难懂（这些书多半从日文转译的）。这是中国文字的毛病。但是我从这本书看出来，用叫人懂的文字并非不能把意思全表达出来，我真不明白，他们为什么非用这种天书似的文字呢？

晚上读法文，*Sons & Lovers*，*Emma*。

九日　早晨本来有四堂课，上了三堂就已经太累了，所以只好再刷Winter（文艺复兴）。

回到屋里——呀！又有挂号信。去领，是清平吕仲岩先生代领的

1　Hellingrath 和 Seebass：《荷尔德林全集》的编者。

2　second hand：二手。

3　Max Hössler：书商名。

4　*Comedy of Errors*：《错误的喜剧》，莎士比亚的喜剧之一。

贷费。我这两天真是财运亨通，昨天接到五十，今天又接到四十。

过午体育。看大一与大四赛球。

到民众学校上课。

晚上大千来谈。我本预定看*Sons & Lovers*到一百四十页，看到一百三十页时，施、武二君来谈，直至十一点始走，我决定非看完不行。幸亏今天演昆曲，因未完场，电灯晚熄。终于看完了，而且还多看了几页。然而眼苦矣。睡。

十日　今天一天没课，然而颇加油。

早晨看*Sons & Lovers*六十页，*The Star of Seville*[1]。

过午看Keller，看完*The Star of Seville*。

晚上看*Sons & Lovers*四十页。

自从看了林语堂一篇文章，我对教授（尤其是美国留学生）总感到轻蔑。他们穿的是虎皮，皮里是狗是猫，那有谁知道呢？只觉得他们穿的是虎皮而已。有信仰就好说，即便信仰而到了“迷”信也不打紧，最苦的是对任何事都失了信仰的人。

十一日　今天九点钟进城。

半夜里给风震醒，早晨风势愈加大了。下了车一直到盐务去找印其，他还没来，满眼是沙子。

同印其坐电车到前门，至琉璃厂，买了三本Everyman’s Library——Euripidēs[2]两本，Aeschylos[3]一本。由前门到东安市场，风凶得不得了，满眼是沙子。

---

1 *The Star of Seville*：《塞维利亚的明星》。

2 Euripidēs：欧里庇得斯（约公元前 480— 前 406），古希腊三大悲剧诗人之一。

3 Aeschylos：埃斯库罗斯（约公元前 525— 前 456），古希腊三大悲剧诗人之一。

逛旧书摊看到Scott[1]全集，Reuter[2]全集。我买了一本De la Mare[3]的短篇小说集，四元，印的装的都非常讲究，原价是美金三元五角。

到真光去看电影——《兽男子》，Busk Keaton[4]主演，是有声的。这是生平第一次听有声电影，片子还不坏。不过不深刻，趣味极低。

五点散场，到盐务。风在窗外的暗夜里狂奔，震得窗纸响。我一想到还有四十里的路去走，回学校，仿佛有索然之感呢。

七点回校，冷甚。

预备法文。长之来谈，烛继电。

接到鲍芳园借钱的信，真讨厌，我能借给他吗？

十二日　仍大风，一夜没停。

早晨一堂，由四院至一院，为御风而行。

预备Keller。

过午仍读Keller，蒙胧睡去。

上德文，钟打十分钟后无Ecke，于是便去找杨丙辰闲扯。回屋问Herr陈，才知道今天Ecke来了。但是我们的班他为什么不去呢？去晚了吗？晚上听杨丙辰讲Faust，讲得仍然极好。唯废话太多，时间未免不经济。

回屋预备法文。

十三日　早晨仍大风，颇冷。

上王文显的班真是相当地讨厌，把手都抄痛了。

1　Scott：斯各特。英国文学史上有多个斯各特，此处大概指瓦尔特·斯各特，小说家、诗人。

2　Reuter：弗立茨·罗伯特·罗伊特（1810—1874），德国小说家。

3　De la Mare：德拉·梅尔（1873—1956），英国诗人、小说家。

4　Busk Keaton：似应为Buster Keaton（1895—1966），美国电影演员。

过午看*Emma*。

在图书馆看到许多杂志，如《大法》《平明》等，都可以寄篇稿去试一试。心中跃跃欲试，但想不起写什么，自己也空虚得够劲了。第一想到写的是France[1]的文学批评论，我想到日本去买他的*Life & Letters*[2]。晚上看Shakespeare的*Romeo & Juliet*，对照徐志摩译文。

十四日 天气真怪，前两天大风，颇有些冷，今天又热得在屋里直出汗。雪也不下了。

早晨现代诗，老叶胡诌八扯。

Renaissance，Winter讲的是要命。不过今天讲的是Montaigne[3]，我觉得很好。非买他的全集看看不行。

接到挂号信的通知单——我愕然了，怎么又有挂号信。取出来一看，是璧恒寄来的书，只一本Thomas Mann的*Der Tod in Venedig*，Eichendorff[4]，大概又须向德国去订了。我真没想到能来得这样快。

看女子篮球赛，对翊教。但因为德文，只看了一个quarter就赶快跑了。

晚上看Shakespeare’s *Romeo & Juliet*，法文。

今天报载中俄复交了。真出人意料。孙科、陈友仁主张中俄复交，不成而去。现在却终于实现，咄咄怪事。

十五日 早晨三班。

---

1 France：法朗士（1844—1924），法国小说家，1921 年获诺贝尔文学奖。

2 *Life & Letters*：《生平及书信集》。

3 Montaigne：蒙田（1533—1592），文艺复兴时期法国思想家、散文作家。

4 Thomas Mann 的 *Der Tod in Venedig*：托马斯 · 曼的《死于威尼斯》。Eichendorff：艾兴多夫（1788—1857），德国诗人、浪漫派作家。

今天我的高斯桑绥剧［居］然登出来了。我真没想到能这样快，虽然已经不算快了。这是我第一次在北晨《学园》发表东西，颇有点飘飘然呢。

接到璧恒公司的信，Eichendorff到德国买去了。说八星期可到，其实最少须用三个月。

今天天气太好了。没风、和暖。过午下了课，简直不愿在屋里坐着。一听说一二年级赛球，非看不行。归后读*Sons & Lovers*。

晚上读法文，*Sons & Lovers*。

十六日　几天来，天气真太暖了。

早晨四班，刷吴可读一班。

过午看*Sons & Lovers*。到民众学校去上课。

晚上吴宓请客，居然不是一毛五的客饭，真也算稀有。他请客的意义，大约就是我们都帮他办《大公报·文学副刊》。其实我最近对文副也真有点反感呢。

吴先生遇见盛成。真够个怪物，谈话极多，最奇怪的是面部表情。两倒［道］眉毛，一高一低，变幻莫测，真可谓眉飞色舞了。

回屋后看*Sons & Lovers*，今天一共读了一百页。

十七日　今天本来预定看的书极多，然而结果等于零。原因是——

早晨正预备看书，长之拿了一份*Monde*[1]，上面有Henter Barbusse[2]作的一篇论Zola[3]，叫我翻译，是张文华的《文学周报》上

1　*Monde*：《世界》。法文文学刊物。

2　Henter Barbusse：生平不详。

3　Zola：左拉（1840—1902），法国小说家。

要。Barbusse“左倾”，张这周报，据我看也有点“左倾”，我之所以答应去译，并不是我喜欢“左”，也并不是我喜欢Barbusse，实在因为我学一年半法文，还没有译过东西，有这机会来试一试也不坏——所以就答应。然而就有了苦吃——生字多。

过午同辅仁赛篮足球，我还能在屋里安坐吗？站了一过午，结果清华两路人马败北。

晚上更忙了。民众学校送来电影票，片子是*Shadow*[1]，还能不去吗？去了，结果是失意。乱七八糟，莫名其妙，加入了两个中国人，怪头怪脑。又杂了传教，我从来没有看过这样坏的片子。

十八日　星期日　看完*Romeo & Juliet*。看*Life is Dream*[2]。

有暇则翻译Barbusse论Zola。

看*Sons & Lovers*。

看Keller。

晚上预备法文。

十九日　早晨上了一班法文。

看Keller。翻译Barbusse论Zola。法文其实非常简单，然而一句都不懂。

过午看*Emma*，看《超人哲学浅谈》。

上德文。

晚上上杨丙辰先生Faust，讲得仍然很好，他在班上又提到我那篇Galsworthy。

1　*Shadow*：《影子》。

2　*Life is Dream*：《人生是梦》，疑即西班牙戏剧家卡尔德龙的代表作，是一部哲理喜剧。

看Maupassant的*L' Aventure de Waiter Schnaffs*。现在一想，这四年真不能学什么东西。我们现在书看得倒不少，可惜，都生吞活剥地往肚里填，等于不读。真可叹。

二十日　这两天，天气又返暖。新搭的冰棚，然而冰结不了，不能溜冰，真怪事。

早晨三班。

过午，吴可读请假。

看*Emma*。借*Der Tod in Venedig*英译本，我打算翻译这本书。

复校所译Zola。这篇文章，简直不成东西，真叫人头痛。我潦草地抄出来（只一半）交给长之，叫他再看一遍。

晚上看*Emma*。

二十一日　今天接到秋妹的信、璧恒公司的信。

璧恒公司的信上说：Hölderlin全集或能代我买到，但是须先寄二十元去——接到信，就立刻写了封信，寄了二十元去。大约明年三月书可到，倘若买到的话，还不知道价钱是若干呢。

早晨现代诗，讲Yeats[1]，才知他的老婆是个下神的，而Yeats本人也是个大怪物。

过午德文，颇形疏散。看清华对附中女子篮球赛。说实话，看女人打篮球，其实不是去看篮〈球〉，是在看大腿。附中女同学大腿倍儿黑，只看半场而返。

晚上看法文，整理书籍。

1　Yeats：叶芝（1865—1939），爱尔兰诗人、剧作家，1923 年获诺贝尔文学奖。

二十二日　快要考了，早晨Holland将这学期所念的节数全写了出来，以便预备——我想，最好把别的课全drop[1]了，只选Holland的一样，才能念那样多。真岂有此理！过午看铁大与清华赛足、篮球，足球两方都太泄气，结果是五比一，清华胜。篮球他们打得不坏，结果仍是清华胜。

又翻译Barbusse论Zola，简直是受罪。

晚上看法文。最近有个毛病，晚上老好睡觉，颇荒废时间，非改不行。

曹诗人来，闲聊，摇铃后始走。

点烛看*Mrs. Dallowy*[2]。

二十三日　山东教育厅津贴发下，又领到二十五元。

早晨上了一早晨班。

过午看*Emma*五十页。

到杨丙辰先生处，告诉他我要翻译Thomas Mann的*Der Tod in Venedig*。他说，他能帮我的忙。

到民众学校，真讨厌。真没办法，要认真教，一班五六十人，程度不齐，从哪里教起呢？要不认真教，又对不住学生。

晚上看法文，是温习。

二十四日　早晨看*Emma*五十页。译了一点Zola。

过午看球，共三场——女子篮球，师大对清华锦标赛，男子足、篮球，清华对潞河，结果是两路大胜。看完*Emma*。

1　drop 意为“逃课”，即前文所说的“刷”。

2　*Mrs. Dalloway*：《戴洛维夫人》。英国女作家弗吉尼亚·吴尔夫的小说。

晚上看电影，德国乌发公司《曼侬》，是法国小说家A.Prévost的*Manon Lescaut*[1]的改制，原书情节，删去大半，与原〈书〉几全不符，原书好处，也丢尽了。而且片子也有十年以上的历〈史〉，破痕甚多，光线暗淡。清华真不演好片子。

回屋后，翻译Zola。

点烛仍读《春醪集》。

二十五日　星期日　早晨看Keller。

本来打算多看点书，然而过午一点书也没看，先是王红豆[2]来约出校一走，从新开的门出去，从新开的门回来，到化学馆新宿舍看了看。

回屋后，正预备看*Swann's Way*，长之同张露薇来找，谈了一会儿，又约我出去走走，出的仍是新开的门，在校外徘徊多时，溜了一会儿冰，从西门回来，已五点矣。

晚上预备法文。

二十六日　早晨法文过后，抄翻译的Zola。翻完了仍是莫名其妙拜堂，真苦极了。

过午看Keller。上德文时同Ecke谈到明年是Hölderlin的死后九十年纪念，我希望他能写点东西，我替他译成中文。他说，他不敢写Hölderlin，因为Hölderlin是这样地崇高，他写也写不出。他介绍给我Stefan George[3]的东西，说Steinen[4]那儿有。

1　A.Prévost 的 *Manon Lescaut*：普雷沃的《曼侬 · 莱斯戈》。

2　王红豆：王岷源的绰号。

3　Stefan George：格奥尔格（1868—1933），德国诗人。

4　Steinen：石坦安（1902—？），德国人。德国柏林大学哲学博士。1929 年 9 月到清华大学任教，讲授拉丁文。

一晚上听杨丙辰先生Faust。

看法文。

二十七日 早晨上三课。

过午吴可读中世纪没课，乐哉。

抄Zola翻译。

看Keller。

晚上仍抄。念法文。

二十八日 早晨吴可读忘带讲义，不能lecture[1]，小说又没上。

过午Ecke没来，于是乃放心大胆地去看清华同税务赛篮球。

Zola抄完。

同长之畅谈。

我觉得我所认识的朋友够了解我的实在太少了。人们为什么一天天戴着面具呢？我感觉到窒息。我要求痛快。我并〈不〉是天才，然而人们照样不了解我，这我还说什么呢？我大笑呢，我还是大哭呢？

晚上念法文。

前几天济南又有假皇帝案件，我想到他们这般人是可以同情的，我想用Freud[2]解释梦的说法来解释这些下等社会的迷信宗教团体。

二十九日 早晨忽考法文，结果一塌糊涂，真是岂有此理。

戏剧结束了，王文显说，非将所有指定戏本看完不行。过午中世纪文学也结束了。

---

1 lecture：讲课。

2 Freud：弗洛伊德。

吴宓的稿费发给了我——我真想不到，竟能得十元大洋。因为法文答得不好，一天不痛快，非加油不行。

三十日 今天早晨又结果了一样——现代小说。吴可读先生好容易敷衍了一学期，我们也真受够了。

过午体育已经考过了，没有课。看*Swann's Way*。看*Sons & Lovers*，一点钟可以看四十页，这书最多也不过看三十页，真够讨厌的。

到民众学校上课。

晚上仍看*Swann's Way*。

三十一日 从今天起四天没课，然而心里实在觉不出轻松，因为需要看的东西实在太多。

早晨给叔父写信。

看*A Woman Killed with Kindness*[1]，这篇剧也够长的，拼了一早晨的命好歹看完了。

过午看清华对新学足、篮球赛。篮球清华相差还甚，新学沈聿功是龙腾虎跃、矫健非凡，结果清华当然大"腾"。

晚上看电影——《冒充女婿》，还不坏。

看*Swann's Way*六十页。

二十二年（1933年） 一月一日 又过了一年了——在我说来也太泄气，还不感到是过了一年。我脑筋还是给旧历年占据着。我

---

1 *A Woman Killed with Kindness*:《被仁慈杀死的女人》,英国剧作家托马斯·希武德的"家庭悲剧"。

丝毫感受不到过年的滋味。在中国，无论什么事情都变为形式主义了。过年——多么可爱的名词！也变为形式主义了。

元旦似乎该有什么“元旦试笔”之类的东西，不过，我的笔却有点怪，元旦，一整天，没向我脑袋里跑，只好不去试了。

晨九点钟的时候，Herr施急匆匆地跑了来，说是要进城。我也急匆匆地收拾了收拾，随他走了。汽车已经没有了，只好坐洋车。非常冷，施、武、我，共三人。

今天进城的唯一任务，就是Herr施要请客——请吃烧鸭，所以一进城，先〈奔〉宣外便宜坊。吃烧鸭，我这还是第一次。印象还不坏，不过油太多。

由便宜坊到东安市场，我买了一本G.K.Chesterton的*The Ballad of the White Horse*[1]。是诗，还是第一版呢（1911）。非常高兴。

到光陆去看电影——《金发爱神》。还不坏，主角忘记了是什么名字了，倍儿迷人。

放场后已经五点了。又到盐务去访荫祺，不在。又到朝阳访贯一、鸿高，又不在。返回来赶汽车，遇见长之。回校后，乏极，大睡。

二日　早晨看完*Love' s Labour' s Lost*。真不易，然而眼受不了矣。

过午看*Mrs. Dalloway*和*Swann' s Way*。

晚上仍看*Swann' s Way*。

到张露薇处拿了一张《文学周刊》。

三日　过午看报，榆关战启。晚上就听人说，榆关失守了。于

1　G.K.Chesterton 的 *The Ballad of the White Horse*：切斯特顿的《白马民谣》。

是，一般人——在享乐完了以后——又谈到日本了。这所谓“谈”者，不过骂两句该死的日本鬼子，把自己的兽性借端发一发，以后，仍然去享乐。

我怎么也同他们一样呢？这些混蛋，我能同他们一样吗？沪战正酣的时候，我曾一度紧张。过后，又恢复了常态，因为刺戟［激］拿掉了。现在刺戟［激］又摆在你面前，我又只好同他们一样地想到了日本了，又紧张了。

这样的人生，又是这样的我，还能活下去吗？还配活着吗？

早晨看*Alchemist*[1]。

过午看完*Alchemist*。

看*Swann' s Way*五十页。

*Mrs. Dalloway*一百页。

——结果眼痛。

四日　接到璧恒公司信，说二十元已经收到了，我希望他能替我买到Hölderlin。

早晨现代诗结束了，没有考。

过午看*Swann' s Way*五十页。

看清华校友对燕大校友足球赛。

上德文。

报载，山海关失守，安营全营殉亡。平津指日将有大变。心乱如麻。日本此举，本不为得平津，目的只是在拿热河。然而即便不想得，也够我们受的了。

1　*Alchemist*：《炼金士》，英国作家琼森的社会讽刺喜剧。

五日 拼命预备考试，同时又感到现在处境的不安定，在这种矛盾的心情下，糊涂地过了一天。

人类是再没出息的了，尤其是在现在这个严重的时期。一有谣言总相信，于是感到不安定。听了谣言总再传给别人，加上了自己的渲染，于是别的同我们一样的人也感到更大的不安定。就这样，不安定扩大了开去。于是无事自扰，于是有了机会，于是又有人来利用这机会，傻蛋于是被别人耍弄，变得更傻了。

我的原理是——非个人看见的，一切不相〈信〉。

晚上又听了许多，心绪纷乱。半夜失眠。

六日 想看书，其实又不能不看，然而又坐不住。

昨晚听说代表会议请求学校停课，学校否认了，但是办法却没有。

我最近发现了，在自己内心潜藏着一个“自私自利”的灵魂，开口总说：“为什么不抵抗呢？”也就等于说：“别人为什么不去死呢？”自己则时时刻刻想往后退。有时觉得这种心要不得，然而立刻又有大串的理由浮起来，总觉得自己不能死，这真是没办法。

熄灯后，到大千屋闲谈，后又到长之屋。谈的当然不外乎现在平津安危的问题。结论是这件事情非常严重。长之预备明天回家。

忘了一件事——今天晚上开级会，本来请梅校长报告，因事未果，张子高[1]代表。大意说，学生请求停课，不接受。但是倘若想走，请假学校也批准。

七日 这几天来，一方面忙，一方面又心里不安定，日记也没记。

这以下几天都是九日晚补记的。

1　张子高：张准（1886—1976），化学家。时任清华大学教务长。

今天早晨长之走，只拿了几本书。其余一切，都托我处理。游魂似的，各处漂流，坐不稳，书也不能看。

八日 今天进城。

访荫祺，已回家。北大走得很多。

访鸿高，在子正处遇，闲聊半天。又赴市场，无心看旧书矣。因为我现在所挂心者只是这几本破书。以前只嫌少，现在又嫌多了。

九日 顾宪良走，又托我替他寄书，却之不好。于是我便成了311号留守司令、善后督办。

忙了一天，替长之寄书。

十日 一天各处漂流，坐不稳，立不定。

人们见了就问："你考不考？"头几天问："你走不走？"我烦了。然而我见了人也想问："你考不考？"

晚上有许多同乡来闲谈。

十一日 今天果然有许多人去考。

我一方面——感情方面，觉得他们不应当考，一方面又觉得我没理由去责备他们——矛盾的内心的冲突得不到解决，再掺入些别的混乱的心情，难过极了。

于是提笔大写道：

一切不谈！

一切不信！

接到叔父的信，预备最近回家。

图画表示的是感情的结晶——感情的型。因为它是固定的。文字、音乐表示的感情，可以进展、变化。

十二日 早晨很晚才起。

到图书馆看*Philaster*[1]。

过午闲扯。

晚上看*Philaster*。

宏告送了我一本他著的《诺贝尔文学奖金》，我打算替他吹一吹。

最近交战于心中的是什么时候回家的问题，再进而乃走与不走的问题。本来很容易解决，然而却老是解决不了。我现在才知道有决断的难。

晚上一夜大风，寒风砭骨。今天好点了。听说昨晚到零下十三度半。今天零下十二度。

十三日 一天过的仍然是漂流无定的生活。

交战于心中的是——走呢，不走呢？

十四日 今天早晨到城里去。先到北平晨报社领稿费，结果没领到，因为下午三点才办公。

出来北晨社，到朝阳访鸿高。冷极了，尤其脚受不了。在鸿高处一直待到下午两点，又到市场，又到北晨报社领到了——十元。

回校后，晚餐。

大睡，疲极矣。

十五日 在清华。

1 *Philaster*：全名 *Philaster*, *or Love Liesa-Bleeding*，即《菲拉斯特，又名流血的爱情》。

十六日　在清华。

十七日　决定走。同行者甚多。大千等。

下午一点进城，住鸿高处。

十八日　早出购物。

过午登车，五点十分开。不算很挤。

至天津，登车者多。乃大挤，有挤在门外不能进内者，亦云苦矣。

十九日　下午两点始到济南，误三点矣。

看到叔父信，说十九日晚车抵济。乃赶往车站去接，接到了。与叔父一别又年余矣。

二月二日　在火车里真难过，总睡不好。

十一点到北平。

乘洋车到青年会，坐十二点的汽车回校，乏极矣。

睡。晚上仍是睡。

三日　知道先考Drama，一早起便看Drama。

到校后，心里面酸甜苦辣咸的滋味全有。幸而我不是慌慌张张地逃走的，不然更觉得滑稽了。

无论怎样，心里总不能安稳。

四日　早晨读完Drama。

过午看中世纪。晚上看文艺复兴。

今年暑假回清平。

五日 还是预备功课。

在济南听到母亲身体不好，心里的难过和不安非笔墨所可形容，这几天总想到回清平。

六日 今天仍然拼命看书，因为明天就要考试了。学期的成绩就全仗这两天挣，现在更感到考试无用与无聊。

七日 今天第一次有考。戏曲，只一个题，预备的全没用。

八日 今天考三样。晚来头痛身疲，如乘三日火车者然。

九日 今天考两样。完全是临时乱抓，预备的全用不上。

十日 今天休息一天。看法文。

十一日 今天考法文。早知道Holland的题目一定要“绝”不可言。果然，又有dictation[1]，又有translation[2]，又有conjugation[3]，又有composition[4]，仓促答完，已两点有半矣。过午一时进城，先到市场。

到鸿高处，又复到市场吃涮羊肉。买Tennyson[5]一本。宿鸿

---

1 dictation：听写。

2 translation：翻译。

3 conjugation：动词变位。

4 composition：作文。

5 Tennyson：丁尼生（1809—1892），英国诗人。

高处。

十二日　过午一时，与鸿高同赴天桥。游览一过，趣味不减上次。又到大森里，据鸿高云，此处昔日为树艳帜之所，当日车水马龙，今则移于八埠，而此地荒凉矣。又畅游八埠，但没进去。到琉璃厂，买Milton[1]一本。

到横源吃饭。

晚仍宿鸿高处。

十三日　今天是上课的第一天，第一堂就是法文，我住在城里只好大刷。

记得是十点有汽车，然而记错了，是十二点。没办法，只好到市场大逛。

返校后，洗澡。

晚上大睡。

十四日　又开始过notes-taker[2]的生活，真无聊。

同王红豆到校外一游，看了许久牛。

长之来找，出去走了半天，谈的是他正读的《红楼梦》，他读后的感想。

这学期我也想正正经经地读点书。

十五日　开始看*Richard The Third*和*Old Goriot*[3]。

1　Milton：弥尔顿（1608—1674），英国诗人。

2　notes-taker：抄写笔记者。

3　*Richard The Third* 和 *Old Goriot*：《理查三世》和《高老头》。

近来对一切人都感到讨厌，对一切事情都感到空虚，想好好地念点书，又静不下心。

接到叔父的信，说已就小清河水文站长，颇慰。买Baudelaire: *Fleur du Mal*[1]一本，是用Papier de Hollande[2]印的。

十六日　上班。

看*Goriot*。

近日时局又不好，心不免又慌起来了。但归根结底，还是自私自利的心作祟。

十七日　早晨四堂课，颇疲倦。

过午体育是棒球。大汗，颇有意思。

看*Richard The Third*和*Goriot*。

十八日　这几天极暖。昨天过午大风，今天竟下起雪来了。

过午雪晴，同王、武、施三君到校外闲逛。

读张天翼的《小彼得》和胡也频的《活珠子》。从胡到张，白话文显然有进步。张并不像一般人所说的那样好，不过文字颇疏朗，表现法也新。

晚上忽诗兴大发，作诗一首。

十九日　今天进城。

到盐务访荫祺，一同到东安市场闲逛。到琉璃厂，买了本

1　Baudelaire：*Fleur du Mal*：波德莱尔：《恶之花》（法文）。

2　Papier de Hollande：荷兰纸。

Spenser[1]。

到真光去看电影——《裙带累》，不好。

晚七时回校。

今天张学良发出通电，决心抗日，心中颇忐忑。

二十日 近几日来，心中颇空虚而不安。有烦闷，然而说不出，颇想放纵一个时期。

我讨厌一切人，人们都这样平凡。我讨厌自己，因为自己更平凡。

晚上长之要稿。他刚就任《周刊》文艺栏主任。

二十一日 抄笔记如故。

决心做Hölderlin。

把《代替一篇春歌》交给长之。

二十二日 今天最值得记的事情就是接到母亲的信，自从自〈己〉出来以后，接到她老人家的信这还是第一次。我真想亲亲这信，我真想哭，我快乐得有点儿悲哀了……的确母亲的爱是最可贵的呵！

读Wilhelm Dilthey的*Erlebnis und Dichtung*[2]。

二十三日 今天借到Steinen的*Tage und Taten*[3]，因为里面有篇文章讲到Hölderlin。Steinen说这篇文章非常难懂。

借回来后就抄，因为他急着要还回去。

---

1 Spenser：此处可能指的是埃德蒙·斯宾塞。

2 Wilhelm Dilthey 的 *Erlebnis und Dichtung*：威廉·狄尔泰的《经历与创作》。

3 Steinen 的 *Tage und Taten*：石坦安的《日子和行动》。

二十四日　今天下午听伯希和演讲。用英文，其实说得并不算坏，然而很刺耳，因为调子还是法国的。映了许多照片，还不坏。

晚间，同长之访毕树棠，不在。

二十五日　今天一天没课。

早晨到图书馆看Stefan George。

过午——呵，没刮风，天气实在太好了，在屋里怎样也坐不住，同H.施出去遛弯。

最近穆时英[1]派的文章颇为流行，我看，他的特点就在只有名词，没有copula[2]。从一方面说，现在文明进步了，速率也进步了，我们受到刺激，不容易发生反响。一个个都发生反响，而且刺激也太多。但是我们却看到许多东西，所以用这种法子写也未始不可。但是在另一方面，我以为那派文章是受未来派诗的影响而产生的。有人批评未来派诗说：最好也不过是一幅低级的油画。我想，也可以拿来送给这一派的文章。

二十六日　**星期日**　早晨看Stefan George和*Richard* Ⅱ[3]。

几天来都没刮风，真乃天老爷开恩。饭后骑自行车遛了一圈，真是lovely weather（Jameson语）[4]。

开始译George的文章。

1　穆时英（1912—1940），现代小说家。1929 年开始小说创作，以《南北极》成名。

2　copula：系词。

3　Stefan George 和 *Richard* Ⅱ：格奥尔格和《理查二世》。

4　lovely weather (Jameson 语)：可爱的天气（翟孟生语）。翟孟生（1895—1959），美国人。时为清华大学外国语文系教授。

二十七日　开头考了个法文，弄得一塌糊涂。

看Nietzsche。

过午Ecke第一次上课。我问了他许多关于S.George的问题。

晚上听杨丙辰先生Faust。

几天来，老叶的Faust老在脑子里转，大有非买不行之概。今天晚上又托许大千，转托老常买。

二十八日　早晨做notes-taker数小时。

近日报载，热河我军屡退，瞻顾前途，不禁感慨系之。

晚上Faust竟然买到了，欣喜若狂。这书真是相当地magnificence[1]。

三月一日　寄家信要四十元。

回来心绪不好，总不能安定。看《红楼梦》。

二日　今天接到叔父的信，说婶母的意思诸事宜从〈俭〉，附注说："此汝自招之也。"我看了，真有说不出的难过。这种事，我经两次了。自己的老人既是这样脾气，自己再偏混蛋，不是"自招"是什么呢？我看到将来，我战栗了。总有一天，使婶母更失望的。但是又有什么办法呢？

人生竟是这样的吗？！

三日　这几天心绪坏极了——人生反正不过这么一回事，只有苦痛、苦痛。到头也是无所谓。说我悲观厌世吗？我却还愿意活下

1　magnificence：豪华。

去。什么原因呢？不明了。

家庭，论理应该是很甜蜜。然而我的家庭，不甜不蜜也罢，却只是我的负担。物质上，当然了，灵魂上的负担却受不了。

四日 九点进城。先访静轩，真也巧，他刚从清平回来。又访鸿高。森堂、贯一都回来了。

同鸿高到真光去看电影——《战地二孤女》，胡珊主演，有声的，不过还不如无声好。说话简直像破锣，像演新剧。

前方紧急，抓汽车运输，街上无一汽车，凄凉现象。

宿鸿高处。

五日 赶十二点汽车，又记错了钟点——是下午三点。没法，只好到印其处。报载承德失守，呜呼！

同印其到市场一逛，三点回校。

心绪坏极，不能静心读书。

六日 应景上课。

七日 应景上课，心绪乱极。我真看腻了一般人的死沉麻木的脸。

八日 今天清华汽车因怕被抓停驶。因为同自己有了切身的直接的关系，数日来麻木死僵的空气才有点激动。

九日 应景上课。麻木，麻木，麻木。

十日 上课——麻木，非见血不会激动了。

十一日 一天没课，颇觉闲散。在强制的无可奈何的镇静下，又要想做点事情了。于是想到了Hölderlin。到图书馆借了几本德国文学史。

十二日 看德国文学史，用笔记下来。

今天荫祺本来说找我逛西山，昨天打了电话来说不来了。不知为什么。

十三日 早晨看德文。

晚上听杨丙辰先生Faust。讲的是*Studierzimmer*[1]一幕，讲得非常精彩，这说明Goethe同Spinoza[2]是不同的。

杨先生说，古北口丢了——我不信。

看晚报——真丢了。

心里有许多感想，而且感情也颇激动。但是是喜呢，是悲呢？写不出来也说不出，反正“有”就完了。但是，我在自己内心的深处发现了一个大的“自私”。

十四日 读《南唐二主全集》，后主词真好极了。我尤爱读“帘外雨潺潺”一首，我真想哭呢。

我最近发现个人的感情太容易激动了——我看孙殿英（以前我顶恨的）的战报，宋哲元的战报，我想哭。报上只要说一句动感情的话，我就想哭。

---

1 *Studierzimmer*：《书斋》。《浮士德》第一部第三、四场。

2 Spinoza：斯宾诺莎（1632—1677），荷兰哲学家。

十五日 连日报上警告蒋王八蛋不要为李鸿章第二，今天晚报又有妥协消息，无怪罗文干连日奔走。

我兴奋极了，我恨一切人，我恨自己。你有热血吗？为什么不上前线去杀日本人。没有热血吗？为什么看见别人麻木就生气。我解决不了。我想死。

十六日 经过一阵感情的激动以后，我镇定了——于是想到念书。昨天Ecke介绍许多德文书，可惜我的德文泄气，不能看得快，非加油不行。

十七日 机械般地上课。真无聊。

晚上精神大为萎靡，真没出息，刺戟［激］刚拿来就不能振作了。

十八日 星期六没课，颇觉得闲散。

早晨看Ibsen的*Doll' s House*[1]，看Dante[2]。看Dante别的倒没觉出来，只觉得味很厚。

昨晚同Herr陈谈到李义山，说到他是中国象征诗人。我的趣味是趋于象征的、唯美的，所以便把他的全集借了来。

过午看《红楼》。原来看到宝玉、宝钗提亲便不忍再看了。我看到林黛玉的孤独，别人的瞒她，总动感情。我这次再接着看，是拿看刽子手杀人的决心看下去的。但终于把九十七回——黛玉死——隔了过去。

同长之谈到佛教。

非读书不行。

---

1 Ibsen 的 *Doll's House*：易卜生的《玩偶之家》。

2 Dante：但丁。

晚上看《苦闷的象征》。还想过我对Hölderlin的认识。

今天本学期《周刊》第一期出版，有我的一篇译文《代替一篇春歌》。我在《周刊》发表文字，这还是第一次。

十九日　星期日　早晨读Hölderlin的诗。

二十日　法文下后，看Nietzsche。

Nietzsche的文章绝不像哲学家的文章，有生命力，有感情，我宁可说他是诗人。

二十一日　一想到明天考小说，今天似乎又忙了起来。又想看R.Haym的*Die Romantische Schule*[1]，又不能不看*Old Goriot*，真难过。结果还是先看*Old Goriot*。

二十二日　早晨躺在被里——满屋里特别亮。下雪了吗？抬头一看，真的下雪了。今年北平本有点怪，冬天不下雪，春天却大下。这次雪又有点怪，特别大而松软。树枝上满是雪，远处的上［山］也没了，只有一片似雾似烟的白汽，停滞在天边。近处的树像一树梨花，远处的只是淡淡的黑影，像中国旧画上的。远处的树，衬了朦胧乳白的背境，真是一片诗境。

我站在窗前，仿佛有点inspiration[2]，又仿佛用力捉了来的。于是，我怀疑所谓感情的真实（平常都说感情是顶真实的）性。面对着这一幅图画，不去领略，却呆想，我于是笑了。

1　R.Haym 的 *Die Romantische Schule*：海姆的《浪漫派》。

2　inspiration：灵感。

二十三日 今天一天除了上班外都在忙着看*Romantische Schule*，生字太多，颇是讨厌。学三年德文，而泄气的是，我已经下了决心非master[1]德文不行，此后的一年我定它为德文年。

今天财运亨通，领到山东省津贴五十元，又领到稿费二元二角。说不定贷费这几天内还领得到呢。

二十四日 今天早晨上四堂，简直有点儿讨厌。

过午打排球，颇是痛怪［快］。不过我的技术坏到不可开交，终于把手指（？）了一下。

明天没课，晚上可以大看*Romantic School*[2]。

二十六日 早晨看了一早晨*Die Romantische Schule*，对我的确有很大的帮助，不过太难。

吴宓叫作Sara Teasdale[3]纪念文，到图书馆找参考书，借了两本*New Republic*[4]。

过午仍看德文。

二十七日 早晨仍看《德国浪漫派文学》。

到书库去找旧杂志。

过午把*Living Authors*[5]上关于Sara Teasdale的一条译抄下来。

---

1 master：掌握。

2 *Romantic School*：《浪漫派》。

3 Sara Teasdale：萨拉 · 蒂斯代尔（1884—1933），美国诗人。

4 *New Republic*：《新共和》。美国自由派评论周刊，创刊于 1914 年。

5 *Living Authors*：《在世作者》。可能是《新共和》的一个栏目。

晚上听杨丙辰Faust。

二十八日 今天整个下午没课。费了一下午的工夫，把Sara Teasdale纪念文写起来。

明天放假，晚上颇觉得轻松，于是想到做Hölderlin。抱着头硬想，只是想不出什么东西，外面也或者因为明天没课，人声、笑声似乎特别加多了——真讨厌！

拼命地在床上想了一晚上，好歹想起了个头，但也不曾〈怎〉样满意。而今才知道做文章的难。做不出文章，心里终放不下，半夜里醒来，终于又点蜡写了一点。

二十九日 今天革命先烈纪念日，放假。

昨天同长之约定进城。早晨到他那里去，看了一篇校刊的投稿，是旧诗，用了"宫柳"等term[1]的佳作，只写了个别号，地址是西院十号。于是在去赶汽车的当儿，顺便去访了这诗人。然而，结果只知道他姓胡，别的再也打听不出了。

进城，先到琉璃厂，几乎每个书铺都检阅到了。我买了几本书。

又到市场，看旧书，我买了一本Longfellow译的*Divine Comedy*[2]。

回校后，看到璧恒公司的信——我tremble[3]了，我订的Hölderlin准没有了，我想。然而，不然，却有了——我是怎样喜欢呢？我想跳，我想跑，我不知所措了。我不敢相信，我顶喜欢的诗人，而且又绝了版的，竟能买得到。我不知所以了。

1 term：术语。

2 Longfellow 译的 *Divine Comedy*：朗费罗译的《神曲》。

3 tremble：战栗。

长之（昨天）说，他要组织一个文学社。我赞成。

三十日 因为下星期是春假，所以心总有点“野”，不大能安心念书。

三十一日 今天晚上，长之在工字厅请客，算是召集这次他发起的文学社的社员。我真想不到，他请的全到了，除了两个实在不能到的以外。

谈到十点才完，定名为清华文学社。

印象还不坏。

四月一日 今天Herr武请客，在城里。

十点坐洋车进城。到绒线胡同予且川菜馆吃饭。

饭后，到平安去看电影——《大饭店》。因为许久以前就开始宣传了，所以三点钟开演，两点钟座就满了。七大明星合演的，有Garbow[1]等。Garbow的片子我还是第一次看，真不坏。十点回校。

Hölderlin全集，剧［居］然来了，因为太晚不能取。Sorry之至。

二日 今天同武、王、左登金、蔡淳去逛颐和园。

走了去，因为我去的次数比较多，我于〈是〉成了向导了。先上山，后逛排云殿，又坐船到龙王庙。逛的人非常多，但是总觉得没什么意思——尤其玉兰花不开，更令人失望。

不过，今天天气终归是太好了。没有太阳，也没有风。我穿了棉袍来，却糟天下之糕——因为太热。

---

1 Garbow 应写作 Garbo，即嘉宝（1905—1990），瑞士出生的美国女影星。

过午又去逛玉泉山。出颐和园，坐洋车。玉泉山军事训练时期（三星期）来过一趟，但没能够上山顶，这次上了山顶了，而且还上了塔的最高顶——呵，just marvelous[1]。能看到多远呵。你想，在山顶上再建上塔，够多高呢。

晚上我在合作社请客。

三日 一天都在做Hölderlin。限今天做完他的life。

四日 限今天做完我对他的认识。果然——没做完，然而究竟也差不多。

五日 早晨把文章做完了。本预备今天进城，早晨天阴，又因同大千谈话，起晚了，早晨没走。

过去［午］又下雨——然而终于进城了。

先到静轩处，因为接到清平寄来的贷费，寄错了，把我应得的款寄给静轩，我去同他说。

仍是蒙蒙的小雨。

又到鸿高处。七点回校，把书箱拿了回去。

六日 天阴，微雨。

开始抄Hölderlin，抄比做还费劲。埋头抄了一天，还不到一半，真悲观。

七日 天仍阴。

1 just marvelous：真不可思议。

前人说“沾衣欲湿杏花雨”，似乎很有诗意的境界。然而连绵的阴雨，却只叫人感到腻。“这春假又完了”——我老这样想。倘若（没）有工作占着身，说不定要怎样难过呢。杏花刚开了，可怜雨一打，便凋零了。也或者因为最近心情不好，因而连自然的风景也影响坏了。

八日　今天才抄完。

天气仍阴沉。

九日　今天早晨看了一点Ibsen。

同施、武到海淀去玩，买了许多荸荠、甘蔗回来，大吃一通。

十日　今天又上课了——昨天一想到上课，颇不痛快，总觉得春假过得太快了，今天一上课，也觉不出怎样。上德文，把Hölderlin拿给Ecke看，他大高兴。

十一日　又开作dictator，真倒霉！

晚上Hölderlin稿子送了来校对，德文居然排得很不错，也真不容易——当初写文章的时候，看着，不如说觉得还不坏。抄的时候，我觉得有点儿坏了。这次校稿，简直觉得坏得不可救药，我真就这样泄气吗？

能有这么一部Hölderlin全集，也真算幸福，我最近觉得。无怪乎昨天Ecke说：“你大概是中国第一个有这么一部书的人。”

十二日　今天西苑演习高射炮，大刷而去。清华同学最少去了一半，但结果颇不满意。炮名是高射机关枪，一九三〇年法国，构造极复杂。但悲观的是，不少小兵（他们只会放）不懂怎样精密计算，官不懂，连大队长也不懂。呜呼。

我的感想是——以前我真以为大刀可以杀日本人，但是我现在才看这新式武器（其实已经不能算怎样新了），构造那样精密，不用说我们中国没有，就算有，一般军官、士兵的程度，远在能去用之下。大刀能对付这样的武器吗？

回到学校，刚吃过饭，听说早晨吴可读因为上课人太少，要礼拜五考*Madame Bovary*[1]，大惊，因为我只看了二十页，于是拼命看——头也晕，眼也痛，但也得看，不然看不完。

十三日 今天主要工作就是看*Madame Bovary*，无论怎样，总得今天看完——眼更痛，头更晕，但我也更往下看，终于完了。不禁大快，但也骂吴可读。

十四日 今天考，题容易。

过午下体育后同吕、陈打Handball[2]，颇有趣，自运动以来，未有如是之累者。

十五日 早晨看*Le Cid*[3]完。

过午又去打Handball，同吕，比昨天更累，后来，连臂都不能抬了。浑身痛，腰也不能直。

几天来前方情形不佳，连日败退，不知伊于胡底也，呜呼。

---

1 *Madame Bovary*：《包法利夫人》。

2 Handball：手球。

3 *Le Cid*：《熙德》，法国剧作家高乃依的悲剧代表作。

十六日 早晨开始看*Paradise Lost*[1]，颇难懂。又看Molière的*Tartuffe*[2]一半。

过午出外遛弯。

晚预备作文。

十七日 早晨Herr陈买了网球，于是大打网球。

十八日 这几天因为前方后退，心境总不安定。看书实在看不下去，上课更是难过。

下午下了中世纪又打网球。

晚上谈天，睡觉。

十九日 早晨大刷打牌，前方更紧了。老想走，但是走了，回了家更难过。

过午又打网〈球〉。这一星期来，几乎每天运动，而且还最少延长三小时，开有生之纪录。

二十日 一夜细雨潇潇，晨间雨更大，起来时已八时，而误为七时半，吃早点后，始知，法文乃不得上。

云气朦胧中，远树迷离，近者愈苍翠欲滴。

过午又打手球。

二十一日 早晨上四班，颇忙。

过午因不能打网球，颇觉无聊。

---

1 *Paradise Lost*：《失乐园》。

2 Molière 的 *Tartuffe*：莫里哀的《伪君子》。

今天中国文学系请顾随演讲，本拟去听，而下体育后一觉黄粱，乃不得往，怅。

二十二日 早晨包扎书籍。

今天过午七八级对抗运动会，看了一过午。

又抽暇与武、施打手球，晚与何其芳见面。

二十三日 今晚仍与何其芳见面，曹诗人请客。

他的诗我颇喜欢，美是美了，不过没内容。

二十四日 吃了午饭出去走着玩，忽然王红豆说，他听别人说城里太庙飞来了许多鹤——这真是奇迹。去见，于是我们三人，我、武、王便坐洋车走了。已经两点，到了，果然有许多鹤，它们叫作灰鹤，都在太庙南边松树上筑巢。据说每年来去是定时。鸣声高亢，时在云际盘〈旋〉，亦奇观也。比鹤小一点。又到市场，我买一本Charles Lamb[1]全集，是一八六七年版，颇满意。

七点回校。

几天来，心仿佛漂在水上似的，不能安定，想寄书，又怕寄坏了。然而终于没寄。

晚上上Faust。

二十五日 早晨上课。

过午还是上课。

晚上大睡。

1 Charles Lamb：查尔斯 · 兰姆（1775—1834），英国随笔作家。

二十六日 从昨天来，日本兵忽然大退，不知什么原因，向前进是normal[1]的，不叫人觉得惊奇，向后退却有点令〈人〉摸不着头脑。

与第五级赛排球，我们级胜。

天雨土，黄澄澄的。

二十七日 近来日记好〈久〉不按天记，以后补记起来非常费劲。就说今天，也是五月一日补记的，因为事情早已忘了，所以拿几句闲话来凑热闹。

二十八日 星期五 上课颇勤。

二十九日 今天是本校二十二周年纪念日。

校友回校的很多，外人来的也不少，热闹极了。

早晨在大礼堂开会，有邵元冲演讲，我没去听，同王、武等各处逛。因为女生宿舍开放，特别去看了一遍。一大半都不在屋里。

会开过后是夺旗，非常有意思。

过午毕业同学与在校同学球类赛，凑热闹而已。级歌校歌级争比赛，亮开喉咙唱了半天，结果一个锦标也没得，泄天下之大气。

晚上音乐会。

三十日 早晨看书。

过午忽然想进城，便去了。一访静轩不遇。访荫祺，也不遇。在盐务遇之。访鸿高，候半小时，只会森堂。

---

1 normal：正常。

要买一个Handball，终于没买到，因为没有。

七点回校。

五月一日　刮天下之大风，大得有点奇怪，仿佛一切东西，无论树木、房屋都要随了风跑走似的。过午稍停。

二日　今天又刮风，天气也有点冷。

过午去打Handball。

看了一天Dante的*Inferno*[1]，想作中世纪文学论文。

晚上仍在看。

三日　除了上班以外，仍然看*Inferno*。

过午跑四百米，大累。

晚饭后同蔡淳出校去take a walk[2]。蔡极天真，有小孩气，颇可爱。

四日　以下五天日记都是八日晚补记的——

今天忘了做了些什么事。

五日　今天放假，为什么忘了，大概不外乎什么纪念日之类吧。

想把中世纪paper作完，但未能。

六日　今天开运动会。本不想看，但是外面报告员一声大喊，却把我喊出来了。

1　*Inferno*：《地狱》。但丁《神曲》的第一部。

2　take a walk：散步。

我对运动样样泄气，但颇有看别人运动的兴趣。

零零碎碎地终于把paper写完了。

七日 今天荫祺同璧如来。

领他们在学校各处走了一趟。

过午到圆明园去，天太热，不可当。昨天，据说比去年的昨天温度高十度。

晚上做法文。

八日 天热甚。

看德文。

过午去上德文，而Ecke不至，乃走。其实心里正记挂着工字厅后面荷花池捕鱼，合［和］与大一赛排球。

九日 天仍热，上班则沉沉欲睡。

过午本想上中世纪文学，但未往。

打网球及手球，汗下如雨。

晚抄paper（中世纪文学）。大诌一通。

读《两地书》（鲁迅与景宋通信）完，颇别致。

十日 天仍热。

早晨上现代诗，讲T.S.Eliot。

过午swim[1]，打Handball。

最近写日记老慌，一想没事，就想打住，其实再想还有许多。我最近发现，自己不只写日记好慌，无论做什么事总想早做完，不

1 swim：游泳。

知什么毛病。

十一日 仍然是呆板的生活。

今天早晨有日本飞机来北平巡视，据云并没有掷弹。我最近发现，自己实在太麻木了，听了日本飞机也没有什么回响。

十二日 六点钟起就听到轰轰的飞机声，是日本的吗？一打听，果然。

晚上看晚报知道城里颇为惊慌，在清华园却看不出怎样。

十三日 早晨进城。坐洋车，同行者有长之、Herr施。

先到崇效寺，牡丹早已谢了，只余残红满地，并不像传闻的那样好。

又同长之到中山公园，牡丹也已谢，但尚余数朵，以我看似乎比崇效寺强，虽然听人说，不如崇效寺种类多。

又到太庙，主要目的仍在看灰鹤。访静轩不遇。访荫祺，晚同访璧如、鸿高、贯一。

宿盐务学校。

十四日 本来今天想早走。吃过了午饭，璧如忽出外购戏票，吉祥，荀慧生演。

一点戏开，出颇多。荀演两出，一是《探亲》，一是《战宛城》，以我论以时慧宝为最好，年已老，而嗓音洪亮。

《战宛城》未能看完，因赶汽车。荀身高，做派颇attractive[1]，再不客气地说就是“浪”，唱得不好。

---

1 attractive：迷人。

七点回校。

十五日　昨晚北平情形颇严重，各路口、马路皆堆麻袋，据云今晚恐有暴动。心颇忐忑。

昨日访静轩主要目的即在要钱，未遇。囊空如洗，怅怅。归校后，第一即见到秋妹信，言家中近日尚不能寄钱，德华生一女。心颇急，精神靡颓。乃写信致鸿高借钱。头堂考法文，头晕体乏，难过已极。

长之定今日回济，十一时即乘洋车赴平。

过午因精神不佳刷德文。

十六日　今天听王宗贝说，鸿高已于昨日回鲁，借钱不到，奈何。

上课也只是敷衍。

十七日　今天请黄杰师长演讲南天门作战经过。黄极年轻，颇奕奕有英风。

现代诗因演讲停止。

过午打Handball。

十八日　我自己真泄气，开口向别人借钱，又有什么大不了，何必这样在心里思量呢。

精神坏极。

十九日　早晨四堂课，只上三堂。回屋一看，有挂号信，钱来了，喜极。

过午体育，打Handball。

接到长之的信。自从黄郛到平以后，空气已大和缓，妥协是没有问题的了。

过午出校散步，有许多兵过，一打听是黄杰的兵。我心里难过极了——据说黄的兵在南天门牺牲了三分之二，这些回来的都是百战余生了。我们为民应当怎样对他表示欣喜感谢呢？然而一般人却都旁观者似的站着看，漠不关心。又往前走，看见一个农人牵着骡子仓仓促促地藏躲。哎呀，中国人！

中国兵为谁而死呢？连他们个人也有点渺茫。我心里太矛盾，对什么事情不敢想，不敢想。

二十日 寄长之信。

看*Return of Native*[1]。

过午清华、燕京一二年级对抗运动，看了一回，又打Handball。

晚饭后同吕、武去看黄杰部兵士掘战壕，妥协看来是没有问题，但空气又颇紧张。今天有十一架飞机飞平示威，难道故意作样给人看吗？

二十一日 五点起，因为同王、武、蔡约好打网球。

因为昨天太累，昨晚又没睡好，所以打完网球吃过早点即行大睡。

过午看完*Hamlet*。看*Return of Native*，觉得不好，描写dull[2]，既笨拙又毫无艺术技巧。

晚上看*Return of Native*。

---

1 *Return of Native*：《还乡》，即 *The Return of the Native*，英国小说家哈代的作品。

2 dull：沉闷。

二十二日　这几天空气又有点紧张起来。在路上走，随便就可以听到各种各样的谣言。

过午三点，校长忽然召集全体同学在大礼堂讲话——不好。果然是不好，他接到北平军事当局的通知，说倘若学生要走，现在就可以走了。

于是，人心大慌，见面总离不了——“走不走？”

全校大混乱。

二十三日　一早起来去赶汽车，想到城里去看看风色。汽车在西院就被人占满了。刚从城里开来一辆汽车，应该到大门下车，然而在西院候车者都不放汽车走（其中最勇敢的是曹诗人），汽车又偏要走，于是都攀援到车上想被带到大门，一个tragi-comedy[1]——终于汽车没走。我也拼命挤了上去，天空飞着日本飞机。

先到北大，印其已走。又到朝阳，璧如也走。自己到市场买了只箱子，坐洋车回来。

然而消息又好了——据说英、法公使从中调停，先停战，《北平晚报》大出号外。真的吗？

又打Handball。

二十四日　看报证明消息是真的。于是又上课，然而大部分同学却都跑光了。教授提了皮包，昂昂然上讲台，然而不到一分钟，又淡淡然走回来，因为没人，真是滑天下之大稽。

这几天生活虽然在confusion[2]中过去，然而却刻板单调。晚上大

1　tragi-comedy：悲喜剧。

2　confusion：乱糟糟。

睡，早晨晚起，上课是捧教授场，下课聊天，喝柠檬水，晚饭后出去遛弯，真也无聊。

过午又打手球。

二十五日　消息渐渐好起来，虽然还不敢保险。上了堂法文，只我一个人。

仍然是睡觉，打Handball，喝柠檬水，遛弯，聊天，仍然是刻板的生活，也真无聊。

二十六日　今天学校出布告，大考延至下学期。

我还想再在学校里住两天，玩个痛快，济南真没有好地方。

图书馆代买的书来了，真想不到这样快。亏了昨天郑康祺同校长交涉，山东同乡向学校给每人借了五十元，以津贴作抵押，我也领到五十元，不然干了。

二十七日　夜里淅淅沥沥地响，下雨了。

生活仍然是照样单调。把新买的书从图书馆里取出来，颇满意。

过午又打Handball。

借了几部小说。今天只看了《绿野仙踪》，不甚高明。

二十八日　想回家，今天写家信要二十元。

今天Baseball[1]在本校try-out[2]，因为实在太无聊了，出去看了看，也没有什么意思。

1　Baseball：棒球。

2　try-out：选拔比赛。

今天是旧历端午节。去年这时候我已经在家里了，但今年却无聊地守在这儿。古人说“每逢佳节倍思亲”，因为太糊涂了，根本没想到佳节，亲也更无从思了。

二十九日　昨夜雷电交加，大雨如注。

今天没上法文。Holland大打电话来催，我已决意不去。刷她。

昨天看《东游记》，简直不成东西，《绿野仙踪》比较好一点，不过也不高明。这一比较，才看出《红楼梦》《儒林外史》的好处来。

看张天翼的《鬼土日记》，还不坏。不过讽刺太有点儿浅薄，也太单调。文字很经济。

三十日　今天早晨上了一堂现代戏剧。

过午仍然是打Handball。

天气忽然冷起来。

晚上遛弯儿回来在王红豆屋大打其牌，一直到十点才回屋。你猜回屋干吗？大睡其觉。

三十一日　早晨上现代诗，老叶竟然不去。

过午二至三〈点〉打网球，三至六〈点〉打Handball，直打得遍身软酥，一点力量也没有了。打破以往运动时间长的纪录。

借了一本《岭南逸史》，不甚高明，文字之坏，不可言说，内容也贫乏得可以，结构也没〈有〉，总是那一套佳人才子，又加上神仙富贵，真正极无聊之能事。这几天看的这几部长篇小说，一部比一部坏。从前只说《红楼梦》好，不知其所以然，现在一比，才真见出《红楼梦》之高明哩。

六月一日　今天到城里托中华捷运公司把两只箱子运回济南。是坐洋车去的，一路上道路坎坷泥泞，高摆在车上，好不难煞人。十二点半起行，三点才到西皮市公司，结果叫车夫敲了一下，又叫公司敲了一下。

四点钟回校。

今天中日停战和约签了字了，内容对中国实在太侮辱，我想最近恐怕有人要出面反对吧？！

回校后大累，八点就睡。

二日　昨夜雷声殷殷，早晨大雨倾盆。从窗户里看出去一片苍翠，雾气朦胧。

过午打Handball，一直到五点半。

昨天接到家里的信，要我赶快回去。在这里无聊，回家更无聊。怎么是好？

三日　天色阴沉，老像下雨的样子。

早晨接到家信，并$20.0。在图书馆借了两本小说，一本《北史演义》，一本《梼杌闲评》。最近因为无聊看了几部中国小说，都是乌烟瘴气不成东西。

过午看Baseball try-out。

决定下星期三走。

四日　本预备今天进城，早晨天色阴沉，恐怕下雨，没能走。

吃午饭的时候，武、王、施三君忽然决定饭后徒步进城，我也赞成。于是开步——袜子前边破了，脚趾被摩擦，倍儿难过。顺着平绥路，走，走，走。天虽阴而沉闷，也热。到西直门刚上电车，便大雨倾盆，其势猛极。我想，倘若走慢一点，非淋在路上不行。到西单下电车的时候已经停了。

到老天利买了个景泰蓝的小瓶。

坐四点半汽车回校，雨又蒙蒙地下起来了。

五日 淅沥，淅沥，下了一天雨。

早晨看《北史演义》。

过午在王红豆屋打牌，打了一过午。

晚上回屋睡觉。

仍然淅沥淅沥地下着。

六日 终于晴了天。

早晨跑了一早晨，忙着汇钱，汇到Toyle[1]。

过午打网球及Handball。

晚饭后，到朗润园一游，风景深幽。

七日 决定今天走了。

早晨在王红豆屋打牌。过午一点钟进城，先买了车票，又到琉璃厂买了几瓶酸梅露。

车上人少极了，与从前一比，大有天壤。从坐车的方面说不能不算痛快了。

车内尘灰太多，车外玉盘似的月高悬。

八日 东方刚刚发亮，就可以模模糊糊看到车外的景致。

---

1 Toyle：书商名。

九点半到济南——不知为什么，我每次来到济南，总有许多感想之类的东西萦回在脑子里。一方面觉得济南人与地之卑微，但是一方面又觉得个人的渺小。

到家里所见的，结果是——理想见了事实要打折扣，折扣的大小，看事实与理想之高下而定。

九日 到孙二姐家住了一天。吃东西，听洋戏。

本来因为无聊才来家，然而刚来家又觉得无聊了。无聊如大长蛇，盘住了我。

十日 游神似的过着生日。

济南空气总令人窒息。看着浅薄的嘴脸，窄的街道，也就够人受的了。

早晨访长之、柏寒、秋妹，照例的俗套，无聊已极。

十一日 今天到运动场打了几个钟头的球。因而［为］打完了不能接着洗澡，总不敢多使劲。

晚上去洗澡。

济南天气同北平差不多，忽阴忽晴，莫知所以。还蒙蒙地下着雨，转眼就可以晴天。

心里觉得烦。

十二日 今天又同志鸿弟到运动场去打网球，倍儿泄气，天热极。

秋妹来，菊田[1]亦来。打牌大败。

---

1 菊田：弭菊田，有时写作“鞠田”。作者堂妹夫，画家。

终日来来往往的净是客，绝不能安坐读书。这暑假，我想大概就这样过去了。好在预先没有大的计划和野心，即便实行不到，也没有什么。但是一想到时间就这样让它白白地跑过去，又似乎有什么了。

十三日 菊田又来，同秋妹、四舅同游千佛山，山下正凿井，据说已经一年了，还没凿出水来。

山上风物如故，实在不见高明。济南山水的大缺点就是不幽不秀，千佛山尤其厉害，孤零零一个馍首似的山，没有曲折，没有变化，不过因为多了几棵树，在济南就成了宝贝了。

晚上刚要睡觉，婶母忽然大发病，呕吐不止，人事不知，冷汗遍体，状极危险。赶快往高都司巷跑，去请梅城姐，还好，她在家。

一宿没睡，连跑带颠地弄了一宿，只高都司巷一处就不知跑了几次。

十四日 从今天以后，因了婶母的病，颇含有危险性的病，使我尝到了平生没曾尝过的滋味。一方面看着病人发急，一方面不能睡觉，又一方面还得出去张罗医生药料，还有一方面是不能吃东西——就在这种情况之下，我活了七八天，我仿佛在大雾里似的，茫茫得看不见光明。

病人的症状像是——睡着时也颇安静，一醒则大嚷头痛，胡言乱语，有时竟还唱。我一听她的唱，真比用刀子割我的心都痛。

正在我感到无可奈何的时候，接到长之的信，转据峻岑[1]说中国家庭是免不了病人的。旨哉斯言。

十八日 打长途电话致叔父，催他回来。晚上病人竟大发其

1 峻岑：王联榜，作者济南高中时期同学。

昏。私念，倘有好歹，我的责任可就难免了。不过还好，第二天，叔父就回来了，同时又请了王兰斋。到了第二天（二十日），婶母的病就有转机了。

截止到这里，我的心情有了个大的变动——以前老是忧虑着病人的病，自己散出许多扑朔迷离的幻影，想到了许多不应当想的事情。这以后，是为自己，为自己的环境，为因叔父的到家而袭来的意外之不痛快而发躁。我给长之一封信上说："我前途看不见光明，我渐渐发现自己是一只鸭子，正在被人填着，预备将来宰了吃肉。"其实，还不这样简单，这不过表示一时的whim[1]。事实是这样：我对秋妹感到了十二分的不满，同时又听到，婶母的病是我气的。我听了，真是欲哭无泪啊。整个晚上，我焦思着，我织就了一副烦闷的网，深深地陷在里面——我想到了故乡的母亲。

二十日 王兰斋又来。

二十二日 又来。

二十三日 到菊田、三姨处。到菊田处是因为听说他不好，奉命去的。就因为秋妹那副神气，弭家我还真不愿意去呢。以前的秋妹是轻浮，现在是在轻浮之外，加上一层自己莫名其妙的高傲。因为嫁了一个刚刚够看见饭碗的女婿，就烧成这个样，将来还堪设想吗？

二十四日 又请王兰斋，遇牧来谈，病人大好。

二十七日 天气大热。

1 whim：怪想。

半月来未洗一澡，腻极矣。过午去理发，又到遇牧处，不在。去浴德池洗澡，已止水矣，回家后，遇牧在。

二十八日　现在才能零零碎碎地看点书，我预定把中国所谓“经书”均看一遍，先看《诗经》。Hölderlin的诗也读了点。过了〈午〉访遇牧，洗澡。

二十九日　早晨到三姨家去。

秋妹来，故态依然。

昨天四印弟送了我一个龟。不知为什么我对龟特别有点儿喜欢。记得很小的时候，我就曾为买一个龟而费了许多事。去年从彭府拿了一个来，本来想带到北平去，可是冬天在水缸里泡死了。今年这个比去年的还大还厚呢。

三十日　几天来就闷热，早晨又下起雨来了。到兴隆店街请了一趟先生。

遇牧来，彭三亦来，谈了一头午。

过午遇牧又来，我骑他的车去弄烟土，非所愿也。

我近来对家庭感到十二分的烦恶，并不是昧良心的话。瞻望前途，不禁三叹。

〈七月〉一日　今天没有什么可记的事情，但是是颇有意义的一天。几日来，因为事情太复杂，精神渐渐萎靡下去，但是自己却还没有意识到——

今天晚间访长之，纵谈一晚，谈到文学、哲学，又谈到王静安[1]先生的刻苦励学。长之说："一个大学者的成就并不怎样神奇，其实平淡得很，只是一步步走上去的。"这最少给我们一点兴奋剂，使我们不致自甘暴弃。回家后，心情大变。I have gotten refreshment[2]。

二日　星期日　访遇牧，彭三哥亦往遇牧处。遇因有先约，乃与三哥同往公园，游人如鲫，唯地燥无水，颇觉蒸热。据三哥谈，因当局命妓女着坎肩，以资表示，彼等不欲，故往公园卖俏者大不如以前。

在致美斋吃饭。

看贾波林的《城市之光》。一叔由家来。

三日　早晨忽然接到艾克的通知，说他到济南来了，叫我去找他，陪他去逛。

我到瀛洲旅馆去找到了他。先请他吃饭（唐楼），陪他到图书馆，因为是星期一，锁了门，费了半天劲，才弄开的，各处逛了逛，替他详细解释。又请他逛了个全湖，对张公祠的戏台大为赞赏。他说他预备到灵岩寺去工作。同行者尚有杨君。

四日　早晨早起来，买了四盒罗汉饼，又跑到瀛洲旅馆去找艾克，因为他说今天起身。到时他已经走了，遂把礼物转赠武崇汉，约定明天过午去找他。天气热极。

几日来，心情非常坏，一方面因为个人的前途恐怕不很顺利，

1　王静安：王国维。

2　I have gotten refreshment：我恢复了精神。

一方面又听一叔说母亲有病，香妹定七日出嫁。母亲她老人家艰难辛苦守了这几年，省吃俭用，以致自己有了病，只有一个儿，又因为种种关系，七八年不能见一面。（别人），除了她的儿以外，她的苦心，她的难处谁还能了解呢？母亲，我哭也没泪了。谈到香妹，又有了经济问题。婶母为什么病的呢？不是因为经济吗？现在刚好了，又来了经济问题，我说什么？我能说什么。母亲办事的苦衷我能了解，别人也能了解吗？

五日　长之来谈。同往图书馆，我的主要目的是找傅东华译的《失乐园》，同时再检查检查旧书目，是否够用的，结果是都满意。

出图书馆同赴商埠访柏寒，谈至四时又同赴胶济站访Herr武。我本意想请他吃一顿饭，再请他逛千佛山，长之说不如到山上去吃，于是就买了东西出发，到山时已五点半了。

吃毕下山，游运动场，又同到家来。疲极矣。天热甚。

六日　秋妹来家，商议香妹出嫁事。

一天不痛快，正是哑巴吃黄连，有苦说不出。

晚上在门外乘凉，快甚。

昨天同长之谈到，一同到北平，就计划出刊物。

七日　晨间，出乎我意料地，虎文[1]来访我了。事前，我写给他一封信，看看他是否在济南。

谈了半天，他说我们几个志同道合的人顶好组织起来，做有规模有计划的翻译工作，我很赞同。

1　虎文：张天麟。

早饭后同菊田、秋妹、叔父打牌。

晚遇牧来，竟日伤风流鼻涕，极不痛快。

八日　我本来同虎文约定，今天同长之去访他，然而他又来访我了。他说，他约我今晚去游湖。

五点半后，访长之，同赴高祥后访石生、虎文、西园及一徐君。杨君已先在，谈了半天，遂出发，在张公祠上船。在白天里，看大明湖的河道实在太小了，胡适之说她是一湾臭水，实在并非过苛。但是晚上在朦朦胧胧的暮霭里，看来却不甚小呢。先到北极庙，停了一会儿，又开着走，两旁的芦苇，在暗色里沉静得想说话，河里的水也一样地静暗，间有一二只流萤，熠熠地发着光，仿佛加了一丝活气，但是一切仍是静静的。

在古历亭前水阔处停了船，等月亮上来，少焉，果然上来了。徘徊于洋楼之上，湖面上顿时添了几道金蛇，但因为没风，这金蛇都是死板板地卧着。

同长之谈到创作与了解。

十点半回家。买了一本新出的《文学》创刊号，还是以前文学研究会那班人包办。

九日　连十日也算上，对我太渺茫了，因为日记是十三日早晨记的，想了半天，只是想不起，一个个影子似的，捉不牢。不，根本就不能捉。

仿佛记得读Hölderlin的*Hyperion*[1]，就在这两天的一天开始的，而且还决心译它一下。

1　*Hyperion*：《许佩里翁》，荷尔德林的书信体小说。

十日 过午同三哥游运动场，在谷丛里的墓碑前面，有一男一女，相背而坐，等我们买甜瓜回来了，仍然在同样的情况下。我们觉得奇怪，“秋”［瞅］了他们一会儿，便追上去了，一追追到教场，无言分手，乃独追女人，追到司里街首一小门前，站有二三小妮，开口呼彼女曰“二姑”，彼女驻足与谈，我们因不奈，走了。

其他的时间大半都用在睡觉、看杂书上。

十一日 今天仍在平凡呆板里过去的。

明天一叔预备回家，到了很晚很晚的夜里才开始收拾东西。我们替他收拾。我总觉得香妹出嫁的陪送，是我的责任，然而没想到竟提前了。我的责任减却了，却减却不了我内心矛盾的苦痛。在半天［夜］里，东西收拾完，回屋睡觉的时候，我带着沉重的心。

十二日 早晨送走了一叔。

遇牧来，谈了一天。这几天来谈访的范围，总出不了社会的黑暗和个人的将来怎样，今天也不例外。我常自己想，我把任何事情都看得太复杂了。其实复杂的还没看见。我以前只知道社会的复杂，然而这所谓“知道”只是真［直］觉。现在听他谈起来，才真的认识了社会的几［真］相。

十三日 今天长之来谈，谈了一天，吃西瓜而走。

所谈到的范围极广，社会的黑暗也谈到了，使我更深地明了一层。我总觉得，只有同长之谈话的时候，才能听几句人话，几句“通”话。

我们以前曾提议出一个刊物——《创造与批评》，因故未果，我意回北平后就出，还想组织一个德国文学研究会。

十四日 几日来，天气热极。终日蜷伏在地上，稍微一动，也会弄一身大汗。我感觉到，往年似乎没有这样热过。

十五日 白天里仍然蜷卧在地上，门绝不敢出，这真是过的一种蛰居生活了。

晚上，遇牧来，谈到十二点才走。

现在我对家庭种种方面总感到不满意。最初我以为我的命运真算坏到家了，虽然还有些人在羡慕着我。但是又一看，我还没发现一个好命运的人。我的命运，也颇感自慰了。

十六日 今天是星期。

早晨读*Hyperion*，觉得非常好。拿抒情诗的笔法来写小说，他还是第一个。

过午同志鸿、四舅到甜瓜地去买瓜，刚摘下来就吃，别有风味。

十七日 仍然是那些事。

三哥在这里玩了一天。天气转凉，但仍不能支持。

晚上遇牧来。

最近往往自己制造幻影，再去追求。本来，我觉得所谓人生之意义者也就在有希望上。希望，无论将来能否如愿，总能给人生气，叫人还能活下去。一个幻灭了，还会有另一个，一直到，一直到——tomb[1]！希望往往不能实现，所以人生也便空虚起来。Petöfi[2]（？）（见鲁迅《野草》）说——

1 tomb：坟墓。

2 Petöfi：裴多菲（1823—1849），匈牙利诗人、革命家。

"希望是娼妓。"

是的，但是这样一来，把娼妓却看得太重了。倘若我是个捧娼论者，我一定认为这句话是完全对的。还有，在他的口气上，似乎痛恨希望，这不过是诗人的矫情罢了。连希望都不能有的人，还能活下去吗？自从去年以来，我的心常常转到娼妓身上去。我觉察到她们的需要。

十八日　天气似乎好一点，但是据说还是很热，不过我已经觉不出了。

仍然读*Hyperion*，抒情的成分仍然极大。

过午赴西关弭家。这种签到似的应酬，我真不愿意干呢。

十九日　今天仍然热，又没能读了多少书。

把屋子整理了一遍。我常有一个毛病，倘若屋子里乱七八糟，我能任着它糟下去，而且我还enlarge[1]这糟。倘若我想整理，非整理得彻底了才行呢。过午又来了无谓的客，不能不陪他坐。

访长之，阍者云，他已走了三天了。

二十日　早晨读*Hyperion*，读得倍儿不少，也痛快。

天气蒸热，屡阴屡晴，至晚乃雨。彭四姐来玩，阻于雨，乃打牌消遣。予大负。

二十一日　今天接到长之到北平来的信，我近来老想到回北平去。

早晨同四舅到万国储蓄会去领奖，因为婶母中了四奖。天外飞

1　enlarge：扩大。

来之财也。

过午访遇牧。见景华嫂，印象颇佳。

二十二日 今天遇牧同景华来。

王子安亦来，所以一过午没做事。晚饭后，同遇牧、子安到运动场去玩，又到甜瓜地去吃瓜。一方面嘴里吃着，同时看着拖长了的瓜秧，点缀着稀疏疏的叶。吃完了，迎着黄昏，在乱坟堆里走回来。看西天晚霞的残晖。

二十三日 早晨忽然想译一首诗，选定的对象是Hölderlin。又拿出卞之琳译的Paul Valéry[1]的《和蔼的林子》看着，想得点翻译的灵感。结果是看人家译得愈好，自己愈不敢下手，就此打住了。

饭后希元来，上下古今谈了半天。晚饭后想到甜瓜地去吃瓜，走在路上下了雨，折回来，在大门口又上下古今谈了半天。

孙二姐来，谈了几句话。

这几天，叔父又闹耳朵。今年暑假我正走背运，先是婶母病，还未好，又接上叔父。

二十四日 叔父想往羊角沟打一个长途电话。我去打的。等得时间非常长，说话的时候却听不清楚，来来往往的走路的脚步声，窸窸窣窣直响。

在候话室里遇见老同学董世兰，他已经成了第二乡师的训育主任了，谈了半天。

晚上孙二姐来，住在家里。

---

1 Paul Valéry：保罗 · 瓦莱里（1871—1945），法国诗人。

二十五日 又决心念德文了。将来只要有一点机会，非到德国去一趟不行。我现在把希望全放在德国上。

天忽地又下了一阵雨。

天气凉爽多了。

二十六日 早晨到储蓄会去拿钱。顺便访董义亭，谈了十几分钟。

三姨来，二印亦来，志鸿又来，闹嚷嚷，好不热闹。在这种不清静的环境里很难塌心读书。

晚饭后同四舅、希元、志鸿到运动场去玩，逾圩而出。在圩墙口，看南边的山，下边的高粱，西天的落日，颇有潇洒之致。晚上孙大姊、彭大嫂来，更热闹得不堪了。

二十七日 因为吃东西，尤其是瓜太多，几天来肚子就不好。今天索性拉起来。过午吃了点硫苦，泻了几次。

今天接到长之的信，说他已经渐渐安定了下来。他在暑假中作了一篇《我对于文艺批评的要求加主张》投到《现代》，现在接到杜衡的长信，要在八月号里登出来，喜得不得了。我每在精神衰颓到极点的时候，非有外来的inspiration不能振作起来，而inspiration的来源往往是长之，这次也不例外——我自己看了看，觉得太“见拙”［绌］了。我急于跑回北平去，同长之一块，也做点有意义的事情，写点有意义的文章。

二十八日 早晨写信复长之。

今天天气又忽然热起来。早饭后，一梦到四点，起来觉得头痛脑晕，极不痛快，午饭吃得也不多。

晚上在天井里凉快，咽喉忽然又痛起来——妈的，夏天里人毛病真多。喝了一壶藏青果茶，好了。我自己想——倘若可能的话，我也把我的文艺批评的主张写出来，大概也能写几万字。我还想写一篇论小说的文章。我以为，小说太把人生简单化、机械化了，补救的方法就是加入抒情诗的成分。

二十九日　今天旧历是六月初八，我的生日。昨天晚上叔父拿出了两块钱。今天早起就同四舅到菜市去买菜，一方面过生日，一方面上供。

秋妹来。饭后，菊田亦来，打牌消遣，微负。晚饭后又打，又负，怪矣。

接到宏告信，说杨丙辰先生已为叶企孙[1]等排去，下年四年德文恐不能开班。吴雨僧先生说学校当有变通办法，但不知何所指，不胜焦急。

三十日　一早起来同四印弟去替叔父买走的东西，到三合糁馆吃了点糁，颇不坏。

饭后，遇牧来，打牌消遣。顷刻志鸿、希元来，牌毕乃同游千佛山，乘自行车。与志鸿、四印在庙中折而上山顶。顶上凉风颇急，唯苦无树荫。趺坐石上，股下石蒸热甚。

曩者每游辄见“第一弭化”四大字，悬山腰上。欲登者屡，而苦不能寻径。今次登山顶，乃与志鸿、四印约，披荆斩棘，顺其疑似方向而去。道陡而棘多，动辄刺人手。止而绕进者数，乃得达。哥伦布发现美洲，其乐不过是也。字极大，刻镂极深，下列众僧

1　叶企孙（1898—1977），物理学家、教育家，时为清华大学理学院院长。

名。北望黄河，水光帆影，漾荡浮游。

五时下山。

晚饭后，又同遇牧、希元、志鸿乘自行车游运动场。自运动场顺圩墙抵安徽义地。至进德会，偕志鸿入，游人甚多，修治极佳，大不似以前之游艺园。观猛虎，押铁槛中，而声威犹迫人，信为百兽之王。

出，同赴公园，游人众多。出公园，又赴大观园，颇显冷落，游人寥寥。电灯无光，唯缺月挂空，与数点疏星，抖擞寒风中。

归，又打牌，直至两点。

三十一日　昨晚睡觉不足，早晨仍昏然睡。起后精神不佳，饭后仍大睡不止。倘若可能的话，我最近就回到北平去，不然照这样下去，还得了吗？

晚上又打牌。

八月一日　半夜里听到外面窸窣直响，是下雨。早起仍在淋漓地下着。

饭后，打牌。

晚饭后访遇牧，谈了半天，吃了一大块青州府甜瓜。回来的时候已经十点了。

最近老想到回北平。因为叔父的关系，我总不好走。但是倘若太晚了，我只好自己先走了。

二日　最近想到恐怕不能很早回北平，不在家里念点书不行了。今天开始，硬着头读Shakespeare的*First Part of King Henry Ⅳ*[1]，

1　*First Part of King Henry Ⅳ*：《亨利四世》上篇。

读完了。

晚饭后，同胡二太太打牌，一直到十一点。

又想到职业问题，实在有点讨厌。家里所要求的和自己所期望的总弄不到一块儿，这也是矛盾吗？但却不能谐和。

三日 早晨随便看了点书。

早饭后亦然。

晚上去推头，热了一身汗。回来，孙二姐来打牌，大负。不但不能和，连听和都不听，只看着别人和，仿佛跑万米跟不上别人，只看别人的屁股一般。

四日 早晨开始看*Crime & Punishment*[1]。吃了饭仍然继续看。本来预定看一百页，只看了五十页，也就觉得乏了。

五日 早晨开始温习法文，成绩还不坏。但是一想到才一暑假的工夫就几乎忘净了，不寒而栗。

饭后遇牧来，打牌，大胜。

晚同遇牧、二舅赴三姨处，在河堐凉快一会儿，又回至天井中围坐，遇牧操琴，二舅清唱，十一时归。

六日 今天又没能做什么工作。

本来约定（同遇牧、希元）游开元寺，因为今天是星期。他俩又因故没来。菊田来，打牌。

晚又打牌。

---

1 *Crime & Punishment*：《罪与罚》。俄国作家陀思妥耶夫斯基的小说。

七日 现在成了打牌时代了。几天来，几乎一天打两场，手腕都打得痛了。晚赴上元街，听无线播戏。

八日 早饭后，打牌。昨夜一夜雨声，今天仍然绵绵不断，天色阴沉，实在除了打牌再没有好消遣法了。

晚饭后，赴彭家，又打牌。

九日 预定明天回北平。说实话，家庭实在没念的必要与可能，但心里总仿佛丢了什么东西似的，惘惘地，有醉意。

今天是秋妹的生日。饭后打牌。忽然希元来，说有人让我一张车票，要我到西关去会面。到那里才知道是襄城哥请我，恐怕我不去，所以骗我。吃的江家池旁的德盛楼，小轩临池上，俯视游鱼可指，小者如钉，大者如棍，林林总总，游浮不辍。

归又打牌。

十日 预定今天走，但早晨一睁眼就下雨了，阴得很黑，于是决意改期明天。

饭后，打牌，一共打三场，大负。

晚上又打牌，胜。

十一日 今天太阳出来了，决意去了。早晨去买车票。

虽然每年来往两次，但当近离别的当儿，心里仍然觉得不很自然，仿佛丢掉什么东西似的，惘惘的。

饭后又打牌。

五点半出发。

到站时，车已经来了。找了半天，才找到一个位子。三人已先在，一军人，认识徐大爷（玉峰），自言曾为旅长，口操曹州白，微吃，精神奕奕，极有神气。一人燕大毕业，现在南开教书，年纪不大，谈到几个清华同学，却连呼“那小孩子先毕业了”。一人貌似商人，而自言曾为军需处长，上车即开始吃东西，一直到天津不停口——真是有趣。我的寂寞也因之而赶掉。

十二日　车上人很挤。过天津即看见车右黄水滔天，汪如大海，连绵八九十里。始止，然车左又发现大水，色清，亦连绵八九十里。今年雨的确太多了。

十一点到北平。适值大雨倾盆，雇汽车不成，乃雇洋车。时街中积水没踵，而雨势仍大。车夫冒雨而行，雨珠在头发上跳跃，白茫茫一片，令人看了有说不出的感觉。在这种情况之下，自然不能走快了。所以从下车一直走到两点才到清华。又时时顾到恐怕湿了箱子，又急切地想到目的地。有时闭了眼，有时一秒一秒地自己数着，计算时间的逝去，但睁眼看时，车夫仍在无精打采向前挨着走，真狼狈极了。到清华时，雨仍未止，满园翠色，益浓。心里的烦恼，一抛而开了。

饭后，同长之闲聊，他向我谈到最近他的思想和事情。晚上睡大觉。

十三日　因为坐火车实在太累了，今天精神仍不好。但是一想到抛了家庭，早早赶回北平的动机是想念书，也只好勉强拿起书来读。读的是法文和*Crime & Punishment*。

十四日　今天是很可纪念的一天，最少对我来说是这样的。

九点同长之一块儿进城，先访杨丙辰先生，谈到各种学问上的问题。他劝我们读书，他替我们介绍书，热诚可感。一直谈到下一点，在他家吃过饭才走。

又到北大访李洗岑，因为我常听长之谈到他，我想认识认识。他在家，谈话很诚恳，他能代表山东人好的方面。长之给我的关于他的印象是内向的、阴郁的，但我的印象却正相反。

又会到卞之琳。对他的印象也极好。他不大说话，很不世故，而有点近于shy[1]。十足江苏才子风味，但不奢华。他送我一本他的诗集《三秋草》。在一般少年诗人中，他的诗我顶喜欢了。

四点半回校。

访毕树棠先生，谈了半天小说。领到了六元稿费。

十五日　一天昏头晕脑，精神太坏，仿佛戴上了灰色眼镜，看什么东西都有薄薄的悲哀笼罩在上面。

仍然是乱读，实在不高兴读，但心里又放不下。

晚上到长之屋去打牌，打的是扑克。

十六日　今天一天精神不好，一方面因为还有点想家，（笑话！）再一方面就因为看到这次清华公费留学生考试。我很想到外国去一趟，但是学的这门又不时兴，机会极少。同时又想到同在一个大学里，为什么别人有出洋的机会，我就没有呢？——仿佛有点近于妒羡的神气。其实事情也极简单，用不着苦恼，但是却盘踞在我的心里，一上一下，很是讨厌。

大部分时间仍用在预备功课上。

1　shy：害羞。

晚饭后，同王、施二君出去散步。在黑暗里，小山边，树丛里，熠耀着萤火虫，一点一点，浮游着，浮游着，想用手去捉，却早飞到小枝上去了。这使我想起杜诗“却绕井栏添个个，偶经花蕊弄辉辉”。

昨天忽然想把我近来所思索的关于诗的意见都写了出来，名为《诗的神秘论》。

十七日　今天精神比较恢复了。

早晨读Chaucer，对照着modernized edition[1]，怪字太多，不过也不难。

过午打Handball，有某君赤身卧Handball室，行日光浴。驱之不去，交涉半天，才走。真宝贝。许久不运动，颇累。

晚饭后同吕宝到校外散步，归到长之屋打牌。接到大千的信，当即复了一封。

最近又想到非加油德文不行。这大概也是因留学而引起的刺激的反应。昨天晚上我在纸条上写了几个字：“在旋涡里抬起头来，没有失望，没有悲观，只有干！干！”然而干什么？干德文。我最近感觉，留美实在没意思，立志非到德国去一趟不行。我先在这里做个自誓。

十八日　今天一天都在看Chaucer，文法颇怪，字亦不凡，对着modernized edition一行行看下去，颇是讨厌。

晚饭后，同长之、张明哲、蒋豫图到新宿舍屋顶上去玩，吃着烟台苹果，相互地用石子投着玩，看雨天的落日余晖酿成了红晕的晚霞。

1　modernized edition：现代版。

看巴金的《家》，令我想到《红楼梦》。

十九日 一天都在读Chaucer。

我〈最〉近觉得很孤独。我需要人爱，但是谁能爱我呢？我需要人了解，但是谁能了解我呢？我仿佛站在辽阔的沙漠里，听不到一点人声。“寂寞呀，寂寞呀！”我想到故乡的母亲。

我的本性，不大肯向别人妥协，同时，我又怨着别人不同我接近，就这样矛盾吗？

二十日 我要做的文章——因看了巴金的《家》，实在有点感动，又看了看自己，自己不也同书上的人一样有可以痛哭的事吗？于是想到把这些事情写下来，不然老在脑海里放着，怕不久就要磨灭净了呢。总名曰《忆》，因为都是过去的事情：

《忆大奶奶》

《忆父》

《忆王妈小宝》

看《家》，很容易动感情，而且想哭，大声地哭。其实一想，自己的身世，并没有什么值得大声哭的，虽然也不算不凄凉。

二十一日 在济南时，报上就载着，八月二十一日要日食。当时还以为很遥远，一转眼，到了眼前了。今昨两天的报上大吹大擂，说五十年来之奇观。我的好奇心被引动了，一点时便同长之等出去等着。我满以为要天昏地暗，白昼点蜡。其实不然，白日当天，看也不敢一看。失望而回。最后还是听同学说，日食是果然，不过得等。晚上曹葆华来屋说，瞿冰森已经允许他，每月借北晨《学园》三天给他，办“诗与批评”。听了大喜。他约我帮他的忙。

二十二日 预备Drama，倍儿讨厌，因为笔记太不清楚。见田德望，说Ecke明天来，我们预备请他。

晚饭后，与长之长谈，读到林庚的诗和洗岑的诗。洗岑的诗我觉得很好。

二十三日 今天我同田德望合请艾克，地点是西北院，菜是东记做的，还不坏。

吃完了后，又同到合作社去喝柠檬水，同到注册部去解决三年德文考试问题。他大概这是最后一次来清华了。他预备下星期出国。

回屋后，做《家》的书评，想寄给《大公·文副》，写篇不成东西的文章为什么还要费这么大劲呢？晚上才写完，结果是非驴非马，还加上头痛。

二十四日 肚子不好，泻。一天不大能吃东西。

说不看书，又丢不开。说看，又不能沉下心真看。一天就这样过去了。

本来预备进城找大千，他来了，所以中止。

晚上，人很难过，迷糊糊地在床上躺着，然而也终于强制执行看了二十页《罪与罚》。

二十五日 早晨仍然预备功课。

下午一时同长之进城。先到市场买了一个银盾送大千的哥，因为他结婚。又访大千，遇于途。又折〈到〉了东安市场买了两本书，一本*Adam Bede*[1]，皮装颇美，一本John Mansfield的*Enslaved*[2]。

---

1 *Adam Bede*：《亚当·比德》，英国女小说家乔治·艾略特的小说。

2 John Mansfield 的 *Enslaved*：约翰·曼斯斐尔德的《被奴役者》。

七点回校。

二十六日　一天胡乱看，预备功课最是无聊的事了。

读丁玲的《母亲》，觉得不很好，不过还没读完。访吴宓（晚饭后），他说Steinen将教Faust或其他Research Course[1]，可以代替四年德文，满意。

忽然想到职业问题，好一阵儿在脑子里盘旋。明年就要毕业，职业也真成问题。

二十七日　早晨只是不想看书。

过午读*Paradise Lost*，虽然不能全懂，但也能领略到这诗雄壮的美和伟大的力量。

读臧克家的诗，觉得有些还不坏。

又下了决心——下年专攻德文，不知能办到否。我希望能。

读丁玲的《母亲》，觉得不好。按材料说起，顶少得再长三倍，现在硬缩小了，觉得背景不足。

二十八日　早晨读讲义，真讨厌死了。

过午忽然下起雨来，从窗子里望出去，看一层薄烟似的东西罩住了每一丛树，真佩服古人“烟雨”够多好。

长之说，郑振铎回信，《文学季刊》已接洽成功，叫他约人。他想约我，我很高兴。

又写了一篇评臧克家诗的文章。

1　Research Course：研究课。

二十九日 昨夜里下了一夜雨。

仍然预备功课，知道是无意义，白费时间，但又不能不念。真是天下第一大痛苦事。

访长之，遇靳以。听长之说，郑振铎所办之《文学季刊》是有很大的规模的，约的有鲁迅、周作人、俞平伯，以至施蛰存、闻一多，无所不有。我笑着说，郑振铎想成文坛托拉斯。其实他的野心，据我想，也真的不小，他想把文学重心移在北平。但是长之所说的哄孩子玩，却错了，于是我也是孩子之一，也就被刷，而感觉到被遗弃了的痛苦。但是因这痛苦，也引起了自己的勉励的决心，觉得非干一个样不行。同先前一样，又想到干什么，我想了半天，最终得不到解决，但总〈想〉不出。

“中国文学批评史”“德国文学”“印度文学及Sanskrit[1]”，三者之一，必定要认真干一下。最近我忽然对Sanskrit发生了兴趣，大概听Ecke谈到林藜光的原因吧。

三十日 仍然是无聊地预备功课。

读丁玲的《母亲》，觉得不好。因为曼贞变得太快，用王文显的term说，motivation[2]不足。

终日接触些无聊的人，说些无聊的话，真无聊。

晚上写信致叔父，寄《学衡》一册。

三十一日 过午林庚[3]来找我，同他谈，觉得人极好。

同施、王诸君（所谓我们这个group[4]）总觉得不自然，虽然同

1 Sanskrit：梵文。

2 motivation：动机。

3 林庚：1933年毕业于清华大学中文系。曾任厦门大学、燕京大学教授。

4 group：组。

班三年，但了解一点也谈不上。我以前以为或者自己太隐藏了，不让别人了解。但是倘若同他们谈两句真话，他们又要胡诌八扯了。只要你一看那红脸的样子（王）和嘴边上挂着的cynical[1]浅笑（施），也要［就］够了。

同长之、林庚又谈到所办的刊物。因而我又想到自己的工作，下年一定最少要翻译两部书，一是Höilderlin的*Hyperion*，一是Thomas Mann的*Der Tod in Venedig*。

九月一日 今天整天心仿佛浮在水面上一般，只是不想念书，看来好像都预备好了，其实没有。

林庚来屋大谈，真是诗人，真是大孩子。在别人面前，自己总时时刻刻防备着，只有在他面前，我觉得不用防备了。晚饭后又同长之到五院顶上去看望。真是好地方。施君亦来，拿了几本李唯建、陆志韦的诗，真肉麻得要命，我真想不到竟有这样坏的诗。

吴宓送我一本臧克家送他的诗。

大千来校，事情已经找到了。

二日 今天才更深切地感到考试的无聊。一些放屁胡诌的讲义硬要我们记！

大千走了，颇有落寞之感。

晚饭又登五院房顶。同长之谈到他的文字，我说我不喜欢他的批评《阿Q正传》，他偏说好。

我近来感到为什么人都不互相了解。我自己知道，我连自己都不了解，我努力去了解别人，也是徒然。但是为什么别人也不了解

---

1 cynical：挖苦。

我呢，尤其是我的很好的朋友？

三日　今天开始头痛，因为发现自己的笔记太坏了。

同艾克到济南的杨君来了，我到李嘉——日记刚记到这里，长之来找我，出去看月亮。刚走到操场，就看见碧空如海，月亮发着冷光。沿生物馆后面大路走去，踏着迷离的树影，看远处烟笼着树丛，在月光下，仿佛淡淡一层牛乳。立在荷池边，荷叶因月光照着太亮的缘故，叶面上的冷场分得太清了，仿佛萎了似的。沐浴在月光里，吸着荷香。再接下去写日记——言屋里去看他，谈了半天。五点半才去，约我星期去看他。

回屋里，又同吕宝、武宝去打Handball，热得很。

四日　仍然是预备功课。

晚上，正要记日记，施君来约出去散步，同行者有曹诗人。月色仍然极好，不过天上有点云彩，月光不甚明。

五日　今天过午第一次考试——Drama。在上场前，颇有些沉不住气之感。窃念自小学而大学，今大学将毕业，身经大小数百考，亦可谓久征惯战了，为什么仍然沉不住气呢？

在考前，我就预言，一定考High Comedy[1]，因为我的笔记就只缺这一次，按去年的事实，只要我缺，他准考。这次果然又考了。急了一头汗。幸而注册部职员监场，大看别人笔记，他来干涉。与橡皮钉一样。因为知道可以看书，明天Shakespeare，今天也不必预备。

1　High Comedy：高雅喜剧。指一般取材于上流社会生活，主题严肃、含义深长的喜剧，与低俗喜剧依赖于形体动作、庸俗可笑而紧张的场面以及下流玩笑相比较。

晚上心里颇舒散，同曹诗人出去大遛。

六日 今天过午考两场：小说和Shakespeare。Shakespeare的题目又叫我预言着了——Talestoff[1]。

今天考Shakespeare，监场者颇知趣。

又打Handball。

晚上预备Renaissance，一塌糊涂。睡大觉。

七日 早晨考Renaissance，想不到这样容易。

虽然在考试中，Toss新生仍然举行。午饭后到体育馆一看，花样比去年又变多了。

考现代剧，仍然是照抄。

晚上看法文。

八日 今天没有考，但是须要预备明天的法文。

卞之琳来游，在长之屋同他谈了半天话，真是诗人。他最近又写了一首诗，我觉得不好。

想丢开法文，不〈但〉丢不开，想看又看不下去。这也是dilemma[2]吗？

晚上终于谈了半晚上话，回来大睡其觉了。

九日 早晨，怀着不安定的心走到教室里。考法文，出的题不太难，不过答得也不好。

---

1 Talestoff：故事素材。

2 dilemma：进退两难。

考完了，回屋收拾屋子。因为没有事情做，心里又觉得空虚了。

晚饭后，同蔡淳到车站去散步。到王红豆屋闲扯，又到长之屋同卞之琳谈话，又随之琳到曹诗人屋谈了半天。

十日 九点进城，同行者有卞之琳、长之。

先到杨君处，他原来请我吃饭。他家庭是老式的北京家庭，父母都在，也都极和蔼。姊妹都不避人，这是与济南不同的。他已经是三个孩子的父亲了，然而他的夫人的肚子又有点儿显得大了。

访鸿高，不遇，他已移入朝阳大学内。

访印其，遇。

到西斋访峻岑，长之在那里候我。同长之一同到琉璃厂，我买了一本*German Lyric Poetry*[1]，太简单，不过也还满意。

七点回校。

十一日 今天请求缓缴学费。

一天没能做什么正经事。早晨替王岷源看屋，因为他刚从二院搬至五院。

《大公·文副》又有一篇文章登出——巴金的《家》的review[2]。

想翻译*German Lyric Poetry*，但是里面引的诗太多，不甚好译。

十二日 早晨到教务处去打听，缓缴学费已经允准了，于是一被挤于会计科，二被挤于注册部，再加上来往于系办公室与注册部者数次。

——而注册的手续已完成，又被承认是正式学生，成了dignified

---

1 *German Lyric Poetry*：《德国抒情诗》。

2 review：评论。

senior（Bille语）[1]了。

十三日　早晨行开学典礼，只同吕、陈出去遛了个圈，没去参加盛典。

长之叫我替郑振铎办的《文学季刊》做文章，我想译一篇T.S.Eliot的*Metaphysical Poets*[2]给他，他又叫我多写书评。

晚饭后，同曹葆华在校内闲遛，忽然谈到我想写篇文章，骂闻一多，他便鼓励我多写这种文章，他在他办的《诗与批评》上特辟一栏给我，把近代诗人都开一下刀。

在长之处，看到臧克家给他的信。信上说羡林先生不论何人，他叫我往前走一步（因为我在批评《烙印》的文章的最末有这样一句话），不知他叫我怎样走——真傻瓜，怎么走？就是打入农工的阵里去，发出点同情的呼声。

十四日　早晨上了一课古代文学，有百余人之多，个个都歪头斜眼，不成东西，真讨厌死了。

过午上十八世纪，Jameson只说了几句话。

早晨抢着借了几本书，想翻译，过午回到屋里，想了半天，只译了一点，T.S.Eliot的文章真不好译。

十五日　今天早晨只上了一课。大部分时间都用在抄我以前译的一篇文章——《从马洛到歌德（浮士德）传说之演变》。因为我昨天感到临〈时〉翻译的困难，又不甘心不给长之一篇文章去登，

1　dignified senior（Bille 语）：高贵的高年级学生（毕莲语）。

2　T.S.Eliot 的 *Metaphysical Poets*：艾略特的《玄学派诗人》。

总还是名心不退，所以只好抄出这篇给他。

又忽然想译一首Hölderlin的诗，但是硬干了半天，自己看着，终究不像诗。难道我真的就不能写出或译出一首诗吗？

这几天，读书的雄心颇大，但是却还没有什么效果，自己觉得，似乎还没开始似的。

十六日 夜里雷电交加，雨势似乎不小。早晨云仍然蔽了天空，但雨却不下了。于是我就进了城——一上汽车雨便开始在下，一到下汽车的时候，雨已经很可观了。先到静轩处，他在家，谈了半天，吃了饭，到琉璃厂，买了一本Virgil的*Aeneid*[1]。到宣武门外中央刻经院买（替长之）《六祖坛经》，没有，于是到市场，于是又到大佛寺买到了。

到西斋去看峻岑，在；看虎文，又不在。

四点半回校。

十七日 早晨又下雨，阴沉沉的一天。

读Hölderlin的诗，我想从头读起，每天不要贪多，但必了解，我想写一篇《荷尔德林早期的诗》。

又读Wilson[2]论Symbolism[3]，他以为Symbolism是Romanticism[4]的第二个复兴，在反抗Naturalism[5]颇有见解。

老想找个题目，替长之做一篇文章，但是想不出。想做文章而

1 Virgil 的 *Aeneid*：维吉尔的《埃涅阿斯纪》。

2 Wilson：威尔逊（1895—1972），20 世纪美国著名评论家。

3 Symbolism：象征主义。

4 Romanticism：浪漫主义。

5 Naturalism：自然主义。

没有题目的痛苦，还是第一次感到。

十八日 今天是“九一八”两周年纪念，其实我早已麻木，根本感觉不到什么了，别人也不是一样吗？今天读书颇不少，Hölderlin的诗，Macleod的German Lyric[1]都读了一些，聊以自慰。

过午去打球。

卞之琳来，晚上陪他玩了会儿。

林庚的诗集出版了，送了我一本。

十九日 读Witkop的*Die Deutschen Lyriker*[2]里专论Hölderlin的一章。起初我借这书的时候，只是因为题目好，后来在Macleod的German Lyric里发现Witkop还是个颇有名的批评家哩。

仍然读Hölderlin的诗，有一首*An einen Heide geschrieben*[3]去［曲］调回还往复，觉得很好。

二十日 今天上班比较多一点，所以没能读多少书。

过午上German Lyric，讲了几首诗，觉得颇不满足，因为照这样讲下去，诗未必讲得多，即使多也没有多大意思。

又打Handball，晚上林庚请吃饭，大餐一次。

二十一日 上吴宓的中西诗之比较，他看重旧诗，并且说要谈到什么人生问题，我想一定没多大意思的。

仍然读Hölderlin的诗，单字觉得似乎少一点，几天的加油也最

1 Macleod 的 German Lyric：麦克雷德的德国抒情诗。

2 Witkop 的 *Die Deutschen Lyriker*：维特克普的《德国抒情诗人》。

3 *An einen Heide geschrieben*：《致异教徒》。

终有了效果。

过午读Witkop，又感到单字多得不得了，而且如读符咒不知所云，德文程度，学过了三年的程度，弄到这步田地，实在悲观。但这悲观，不是真的悲观，我毫不消极，非要干个样儿不行。连这个毅力都没有，以后还能做什么呢？

二十二日　今天虽然只上了一课，但似乎没读多少书。零零碎碎地读了点Hölderlin的诗。昨天读Witkop感到该文的困难，同时也就是对自己德文的泄气，心中颇有退缩之感，但不久却又恢复了勇气。今天读起Hölderlin来，又有了新鲜的勇气了。

一天把Hölderlin挂在嘴上，别人也就以专家看我，其实，自问对他毫无了解，诗不但没读了多少，而且所读过的大半都是生吞活剥，怎配谈他呢？真是内愧得很。

晚上看电影，是合作社五周年纪念请客，片子是《奋斗》。陈燕燕、郑君里主演。陈燕燕颇charming[1]，郑君里演《火山情血》里面的不笑的人，要命得很，在这片子里更是流氓气十足——总之，这片子失败了。

二十三日　今天一天没有课。读Witkop和Hölderlin，早晨又读了Gueben的*Classical Myth*关于Trojan War[2]的一部分，觉得颇有趣。

看到沈从文主编的《大公报·文艺副刊》，今天是第一次出版，有周作人、卞之琳的文章，还不坏。

晚上没读书，同施君谈天，脑筋不清楚。以后再不同他谈到较有意义的话。

1　charming：妩媚。

2　Gueben 的 *Classical Myth* 关于 Trojan War：顾本的《古典神话》关于特洛伊战争。

二十四日 早晨施君来约我进城，一同到海淀去赁车，没有，进城只好作罢。

回来就开始写《再评烙印》，我现在才知道写文章的苦处——满脑袋是意见，但是想去捉出来的时候，却都跑得无影无踪，一个也不剩了。写了一早晨，头也痛了，才勉强写成，只一千字左右。

过午读Gueben。

晚上读Hölderlin，渐渐觉得有趣了。

二十五日 早晨，读Hölderlin的诗，把Gueben里的assignments读完了——是关于*Odyssey*，*Iliad*和Virgil的*Aeneid*的myth[1]，颇有趣。

过午检查身体，完了又打球，累极了。

晚上仍读Hölderlin的诗，天下雨。

二十六日 今天Jameson的assignment下来了，书多得不〈得〉了，真令人害怕。但是无论怎样，多念点书总是好的。我决定先看Pope[2]。下课后，就到图书馆去借书。

打Handball，刚在练习着玩，还没正式打就跌了一跤，腿摔坏了，只好看别人打。

晚上读Pope的*Rape of Lock*[3]，如对符咒，莫知所云。

二十七日 又借了几本关于Pope的书，读来如嚼蜡，但也硬着

---

1 *Odyssey*，*Iliad* 和 Virgil 的 *Aeneid* 的 myth：《奥德赛》《伊利亚特》和维吉尔的《埃涅阿斯纪》的神话。

2 Pope：蒲柏（1688—1744），18 世纪英国诗人。

3 *Rape of Lock*：《夺发记》。

头皮读下去。

功课渐渐堆上来，于是头两天那种悠然读着关于Hölderlin的诗的文章或Hölderlin的诗的心情，已经跑得无影无踪了，所以不得不把一天的时间分配一下——每晨读Hölderlin诗一小时。

把*Rape of the Lock*读完了。

晚上又读Pope的*Essay on Man*[1]。

〈十月〉二十四日

［羡林按：母亲故去，还乡治丧。这一段时间没有日记。］

昨晚大睡一场，今天身体比较舒适。早晨跑到图书馆去做Pope的reading report[2]。好歹做完*Essay on Man*的summary[3]。

过午仍然在读Pope，颇是难读。

有时候，脑筋里仿佛一阵迷糊，我仍然不相信母亲会真的死去了。我很难追忆她的面孔，但她的面孔却仿佛老在我眼前浮动似的。天哪，我竟然得到这样的命运吗？

晚上听朱光潜的文艺心理学，一塌糊涂。

〈十月〉二十五日　大部分时间仍然用在看Pope。Summarized莫知所云，读来如对天书。

过午上German Lyric，我已经决定了我的毕业论文题目——"The early poems of Hölderlin"[4]，Steinen也赞成，他答应下次给我带参考书。

1　*Essay on Man*：《人论》。

2　reading report：阅读报告。

3　summary：综述。

4　*The early poems of Hölderlin*：《荷尔德林的早期诗歌》。

二十六日 开始抄做的关于Pope的summary，比做的时候还讨厌。

有时候，忽然一闪，仍然不相信母亲会死了。（我写这日记的时候还有点疑惑呢。）她怎么就会死了呢？绝不会的，绝不会舍了我走了的。

几天来，因为忙于应付功课，有许多要写的文章都不能写，真也是苦事。

二十七日 Pope的reading report算是弄完了，不禁舒一口长气。

晚上西洋文学系开会，是同曹葆华一块儿去的。到会的人颇不少。吴主任大写其红布条，摇其头，直其臂，神气十足，令人喷茶。

我同Steinen谈话时间最多，他对于Hölderlin的意见，与Ecke颇不一样，他不承认Hölderhn诗里有musical elements[1]，我虽然不懂，但总觉得不大以为然。

二十八日 今天开始做Philology[2]的reading report，说是做，不如说是抄，因为实在因为时间的关系，我只从别人处借了几份卷子拿来一抄了了这事。起初看着很容易，后来真做起来却还真有点讨厌。

过午看Hölderlin的诗，已经有月余没读他的诗了。现来读来，恍如旧友重逢。

晚上仍读他的诗。

二十九日 早晨看Hölderlin的诗。

---

1 musical elements：音乐成分。

2 Philology：语文学。

午饭后，同施、王、左诸君到圆明园闲逛，断垣颓壁，再加上满目衰草，一片深秋气象，冷落异常。我仍然不时想到我的母亲——不知为什么，我老不相信她是死了。她不会死的，绝不会！在这以前，我脑筋里从来没有她会死的概念。

结束Philology的reading report。

晚上仍然读Hölderlin的诗。

把在济南时作的《哭母亲》拿出来，加了几句话。

三十日 今天开始看Homer的*Iliad*[1]，未看前，觉着不至于很难看，但看起来还是真讨厌，充满神名和地名。在这里，我们可以看到原始希腊人的生活。

打Handball。

晚上仍然看Homer，看了一点Hölderlin。

图书馆新买到许多德文书，有Hölderlin，Herder[2]，Schiller，颇为高兴。

三十一日 除了读了几句Hölderlin的诗以外，大部分时间都用在读*Iliad*上，仍然不能感到什么趣味。

最近一方面读许多书，一方面又要做文章，觉得忙碌起来了。

前几礼拜，作了一篇《再评〈烙印〉》，是骂臧克家的，不意给曦晨[3]看见了，以为有伤忠厚，劝我不要发表，曹诗人又不退还稿子，我颇为难——昨夜几乎失眠。

---

1 Homer 的 *Iliad*：荷马的《伊利亚特》。

2 Herder：赫尔德（1744—1803），德国思想家、作家。

3 曦晨：李广田。

第三册

（1933 年 11 月 1 日—1934 年 8 月 11 日）

十一月一日　今天是一个月的第一天，又是初次生炉子的第一天。正在这时候，我换了一本新的日记本，也是一种非常有趣的暗合吧。

因为初次换了新的本子，下笔就有点踌躇了——就让我这样写下去吧：早晨第一点钟读Hölderlin，其余读*Iliad*，晚上作十九世纪文学的paper。

下午上German Lyric的时候，Steinen给我指定了几本参考书，关于作Hölderlin的论文的。他并且借给了我一本Max Kommerell的*Der Dichter als Führūer*[1]，其中有讲到Hölderlin的一节，据他说是论述Hölderlin的顶好的文章。

近来又感到有点匆忙。其实不但是感到，而且也真的有点匆忙——有许多reading report要做，又要考，能不算匆忙吗？在这匆忙里，我却一方面不能安心读我所愿意读的书，一方面也不能写想写的文章了。

1　Max Kommerell 的 *Der Dichter als Führūe r*：马克斯·科莫雷尔的《作为领袖的诗人》。

二日 昨天已经有点感到匆忙，今天在匆忙之外又加了匆忙了——Criticism[1]又要有个test[2]。

我虽然竭力自己劝自己，但心里终究仿佛坠上什么东西似的，沉甸甸的。

在文学批评班上，我又想到我死去的母亲。这一次“想到”的袭来，有点剧烈，像一阵暴雨，像一排连珠箭，刺痛我的心。我想哭，但是泪却向肚子里流去了。我知道人生不过是这么一回事，但我却不能超然，不能解脱。我现在才真的感到感情所给的痛苦，我哪一天才能把感情解脱了呢？我决定作《心痛》。

三日 今天一天没课，但心情并不闲散，而且还有点更紧张。因为上课的时候，有一个教授在上面嚷着，听与不听，只在我们。现在没有课，唯恐时间白白地逃走了，只好硬着头皮往下干。

把Johnson的*Life of Congreve*[3]的summary作完了。又看Philology。

看Saintsbury的*Loci Critici*。Dionysius的*The Sources of Beauty*，有一句话：“A charming style must result from what charms the ear.”[4]这明明是他的主张，文字里面应该有音乐的谐和，与近代象征主义、形式主义的主张不谋而合。

四日 今天同虎文约定他来看我。从早晨就在屋里等他，只

---

1 Criticism：批评。指作者的一门课程“文学批评”。

2 test：测试。

3 Johnson 的 *Life of Congreve*：约翰逊的《康格里夫的生平》。

4 此两句意为：看圣茨伯里的《文学评论家》。狄奥尼休斯的《论美的源泉》，有一句话：“动人的风格必须源自那打动耳朵的东西。”

是不见他来。到了晚上，快熄灯的时候，才从工友手里看到他的名片——他来了，竟然没见到我，同来者还有杨丙辰先生。我不能写出我是怎样地抱歉！立刻写给他一封信。

今天读的书仍然是Philology和*Loci Critici*。

晚上同长之谈话，谈到我写文章的困难。真的，我为什么把写文章看作那样一种困难痛苦的工作，许多好的意念，都在想写而不写之间空空跑过了。

五日　整天刮着大风——北平一切都平静，静得有点近于死寂，唯独吹大风的时候，使一切都骚动起来。

一天都在同Philology对命，都是非常机械而为所不了解的图表。不能了解是真的，但又不能不往脑子里硬装，这使〈我〉想到了填鸭子。

所要作的《心痛》，到现在还没作起来。但是，我无时不在脑子里思量着怎样去写。有时仿佛灵感来了，拿起笔来，一沉吟，头里又仿佛填满了棉花，乱七八糟，写不下去了。我做篇文章真的就这样困难吗？

六日　今天考Philology。考前一直都在预备，但所讲的那些定律等，我一点儿也不了解，只是硬往头里装。我笑着对长之说："现在我练习念咒了。"

现在每天总要读点Hölderlin，除了少数几首外，都感不到什么，因多半的趣味都给查生字带走了。在他的早期诗里，我发现一个特点，就是他写的对象，多半都不很具体，很抽象，像freundschaft，liebe，stille，unsterblichkeit[1]等，这些诗多半都是在

1　freundschaft，liebe，stille，unsterblichkeit：友谊、爱情、寂静、不朽。

Tübingen[1]写的，时间是1789—1793年。我们可以想到他怎样把自己禁闭在“自己”里，去幻想，去作成诗——这也可以算作他自己在幻想里创造了美，再把这美捉住，成了诗的一个证明。

美存在imagination[2]里——忽然想到。

七日　今天早晨上古代文学，吴宓把他所藏的Papyrus[3]传给我们看，恍如到了古希腊。

过午下了课，回到屋里来，工友向我说，你有挂号条——我的心跳起来了，我的手战栗，我飞奔到宿舍办公室。然而结果是家里寄来的皮袍。真的，我现在正在等清平寄来的贷费，急切地等着。听到挂号信，怎能不狂喜呢？给了我一个小的失望。

晚上听朱光潜讲文艺心理学，讲的是psychical distance[4]与近代的形式主义。我昨天所想的那些，又可以得到一个新的根据。Hölderlin，我想，真的能把一切事物放到某一种距离去看，对实际人生他看到的只有抽象的schönheit[5]，freundschaft等。但这些东西，又实在都包括在实际人生里面。所以我们可以说，他对实际人生不太远，也不太近，所谓“不即不离”。一方面使人看到“美”，另一方面，也不太玄虚。

八日　今天整天都在沉思着作《夜会》的书评。一起头，就使我感到困难。

1　Tübingen：图宾根，德国的一个城市。

2　imagination：想象。

3　Papyrus：纸莎草纸。

4　psychical distance：心理距离。

5　schönheit：美好。

过午上德国抒情诗，问了Steinen几个关于Hölderlin的诗的问题，解答颇为满意。

晚上终于硬着头皮把《夜会》的〈书〉评写〈完〉。我现在真的觉得写文章困难，在下笔前，脑子里轮廓打得非常好，自己想，倘若写成了文章，纵不能惊人，总也能使自己满意。然而结果，一拿笔，脑袋里立刻空空，那些轮廓都跑到哪里去了？捉风捉不到。写成的结果是自己也不满意——然而头痛了，电灯又警告了，只好淡然走上床。我想到了鸡的下卵。

九日　文章写完了，文债又少了一件。但是仍然有缠绕着的事——就是林庚找我替他译诗，我推了几次，推不开。今天过午，只好把以前译的稿拿出来修改修改。一个是《大橡歌》，根本不能修改；一个是《命运歌》，修改了半天，仍然不成东西——结果却仍然是头痛。我又新译了Stefan George的短歌，颇为满意。

晚上做Philology的reading report。这种无聊的工作，到底只是无聊。

十日　今天做Philology的reading report。书上所说的，我十之八九不能了解，但是却不能不耐着心干下去。我忽然想到，我这是对符箓坐着，我自己笑了。

正在急着用钱的时候，吴宓把我们的稿费发下来了。量的方面，实在不多。但是，自己的钱都在一个近于荒唐的举动里（我做了一件大衣，用所有的钱，还了账）花净了，现在领到这区区的钱也如鱼得水了。

十一日　早晨把Philology结束了。过午进城，先到静轩处，不在；又访荫祺，不在；到盐务里去访他，仍不在；折回来又访他，依然不在。同虎文约定晚上找他。这许多时间，怎么过呢！——无已，乃独往天桥。我又看到一些我看到就难过的现象，不，其实不是难过，只［至］多可以说看到就使我发生异样的感触吧。我又看到人们怎样在生活压迫之下发出来的变态现象。总之，我又看到一切我不愿意看到的。但对这些，我却一向有着极大的趣味。我把时间消磨过了。

回到北大三院，适逢电灯出了毛病，很是黑暗，我径自摸了进去。没找到印其，又摸了出来，摸东［到］西斋。当时真如丧家之犬，我对一切都不熟悉，何况又在黑暗里。还好，我找到虎文。他桌上的那一点蜡烛的光明，不知道给了我多大的慰藉呢！

同虎文到杨丙辰先生家，谈到十点半，睡在西斋。

十二日　早晨到西城去找静轩，找到了。又同到中大访沛三，不遇。

十点半回校。因为这两天来跑的路比较多一点，所以累得〈很〉，回校后即大睡。

晚上读*Iliad*和Hölderlin的诗。

在长之屋里，见到吴世昌。看到长之作的《梦想》，他把他所希望的，梦想将来要做到的，都写了出来，各方面都有。我也想效一下颦，不知能做到否？我写的，恐怕很具体，我对长之这样说。是的，我真这样想。

十三日　早晨就向自己下了紧急命令，限今天把Homer的*Iliad*读完。早晨没读了多少，因为心里好想看Hölderlin。过午，坐在图书馆里，读下去，读下去，忽然被人拖走了，拖到合作社，请我吃东西，结果肚子里灌满了豆浆，接着又是上体育。满以为晚上可以把过失的损失补过来，于是又坐在图书馆里读下去，读下去，忽然又被人拖走了，是到合作社请我吃东西，结果灌了一肚子豆浆——在这两拖之下，我只好点蜡了，果然读完了。

十四日 一天过得实在没有什么意思。因为明天又要补考Philology，所以只好留出一部分时〈间〉去勉强看一看。这种勉强真是无聊得很，但是究竟读了几首Hölderlin的诗，也差堪自慰了。

晚上上文艺心理学，讲的是移情作用，我觉得颇有意思。

十五日 早晨又补考了Philology。真讨厌，讲得四六不通而又常考，何不自知乃尔。

过午上German Lyric，问了Steinen几个关于Hölderlin的诗的问题。我想，以后就这样读下去，一天只读一首，必须再三细研，毫无疑问才行，只贪多而不了解也没有多大用处。

忽然又想到下星期要考古代文学，终日在考里过生活，为考而念书呢？为念书而考呢？我自己也解答不了。

十六日 今天大部分时间都消费在读*Odyssey*上。

母亲的影子时时掠过我的心头——久已想写的《心痛》到现在还没写，写文章就真的这样困难吗？一想到写，总想到现在的匆忙。我现在真的感到匆忙了。但是想下去，想下去，匆忙，匆忙，没有完，也没有止，文章还有写的日子没有？我必须在匆忙里开出一条路来。

十七日 几日来，给不愿读而非读不可的书压得够劲了，一切清醒都烟似的消去。忙里偷闲读一点Hölderlin，也有同样匆匆之感。

现在不敢向前看——前面真有点儿渺茫。我现在唯一自慰，不，其实是自骗的方法，就是幻想着怎样能写出几篇好的文章，做点有意义的翻译。然而就这幻想也就够多么贫乏呢？是的，真的是贫乏，但是，说来也脸红，我早知道蓬莱没有我的份，只好在这贫乏里打圈子。

今天读Virgil的*Aeneid*。觉得在结构上，颇有点像模仿*Odyssey*。

十八日 生活太刻板了，一写日记，总觉得没有什么东西可写。我现在的生活的确有点刻板，而且也单调，早晨读书，晚上读书，一点变化就是在书的不同上，然而这变化又多么难称得上变化呢？

过午看篮、足球赛。我虽然对两者都是外行，但却是有球必看，即便在大考的当儿。

晚上荫祺来，他要我替他解决学校问题。

十九日 早晨虎文同张君嘉谋来。听虎文说，张君德文非常好，这使我很羡慕。

饭后，同他们到圆明园去玩。我对有历史臭味的东西总很感兴趣——你从芦苇里想象出游艇画舫来，能从乱石堆里想象出楼阁台榭来。圆明园正是这样一个地方。

风很大，我们绕着湖转了一周。看风吹在水面上拂起皱纹，像渔人的网，又像一匹轻纱。

二十日 早晨读Hölderlin的诗。

过午做十八世纪的reading report。打Handball。说到运动，我是个十足的门外汉，但是对Handball我却产生了极大的兴趣，我喜欢它的迅速和紧张。晚上因为听到吴宓说古代文学明天不考，心里猛然一松，又觉得没事干了。

二十一日　今天真的觉得没有什么事情干了。平常是，一没有事情干，总想到自己所喜欢的书，于是我又想到了Hölderlin。看得颇不少，而且也感到兴趣。

过午看清华对志成赛球。

晚上上朱光潜课，讲的是感情移入之理由。不知为什么，我在他班上，总容易发生“忽然想到”之类的感想，今天又发生了不少。也许他讲的东西，同我平常所思索的相关联，我平常所想解决而没有解决的问题，也正给解决了。

二十二日　昨天晚上终于下了决心，要写《心痛》。点蜡点到十二点，没写完，而且自己也不满意。这篇文章在我脑里盘旋了不知多少天，而真的心痛一天也不知道要袭我几次，但是一写成文章却费了这样大的力量，结果只是使自己都不满意。我仍然要问，写文章真这样困难吗？

晚上，因种种刺激，又发生了心烦意乱的毛病，大概也可以叫作无名的怅惘吧。这种怅惘的袭来，不知什么原因，不知从什么地方。初起时，仿佛像浓雾，渐渐扩散开来，糊住了我的全心，黏黏的。

二十三日　说也怪，一上文学批评，因为吴老先生讲得太坏，不愿意听，心里总觉得仿佛空下来似的。于是去想，《心痛》的开始就是在文学批评班上想出的，今天又去想，结果又续写了点《心痛》。

看穆时英的《公墓》，技巧方面还不坏。

接到清平寄来的贷费，心里仿佛又一松。经济问题还真能影响人的心情。关于《烙印》的几句话在《诗与批评》登出来了。

二十四日　因为功课又松了下来，心情也跟着松了。于是又犯了旧毛病，觉得没有什么可做，书也不愿意多念。

早晨是游神似的在图书馆东晃西晃，过午仍然游神似的在图书馆里东晃西晃。

晚上吴宓请客，是西餐。我正式吃西餐，这还是第一次，刀叉布前，亮光耀目，我莫名其妙拜堂了。于是我只好应用Aristotle的学〈说〉——imitation[1]，同席的有王力[2]先生。他谈到他留法的经过，没有公费，没有私费，只凭个人替商务译书挣钱，在外国，费用又是那样大，这种精神真佩服。其实说佩服，还不彻底，最好说，这给了我勇气。因为我的环境也不容许我到外国去。但是环境（经济的）不能制人，由王力先生证之——在佩服以下，这不过是私衷里一点欣慰而已。

二十五日　早晨看Langfeld的*Aesthetic Attitude*[3]。

过午在长之屋闲谈，看清华对辅仁足、篮球赛。

我最近很想成一个作家，而且自信也能办得到。说起来原因很多，一方面我受长之的刺激，一方面我也想先在国内培植起个人的名誉，在文坛上有点地位，然后再利用这地位到外国去，以翻译或者创造作经济上的来源。以前，我自己不相信自己会写出好文章来，最近我却相信起来，尤其是在小品文方面。你说怪不？

这几天来，我就闲闲落落地写着《心痛》。因为我想把它写成一篇很好的文章，所以下笔不免踌躇起来。

1　Aristotle 的学〈说〉——imitation：亚里士多德的学〈说〉—— 模仿。

2　王力（1900—1986），语言学家。1927 年毕业于清华学校研究院，法国巴黎大学文学博士。1932 年回国，任教于清华大学、广西大学、西南联合大学、北京大学。

3　Langfeld 的 *Aesthetic Attitude*：朗费尔德的《美学的态度》。

二十六日　虽然是星期，但却没能读多少书，因为自己觉得，星期日本来应该进城的，竟没进城。只读一点书，也就觉得比不读强多了。

看老舍的《离婚》，很不坏，比《猫城记》强多了。

几天来，老想到要写文章。根本没有写文章而自己以为是个作家，不是很滑稽的事吗？

二十七日　早晨仍然读Hölderlin。

过午只是东晃西晃，没做什么事情。接着又上体育，所以一直到晚饭，终于也没做什么事情。

自己觉得有意义的，还是又继续写了点《心痛》。至于完了没有，连我自己也不知道，因为我还不知道是否再有烟士披里纯之类的东西光临我，让我再写下去。其实，截止到现在，说完也就可以算完了。

晚上从体育馆出来，看到东边墙外的远处，红红的一片。到了屋里，因为高了一点，才知道是山上的野火，不过太远了，看不真切。但是我却能想象到，倘若看真切了，应该是怎样有意思呢。

又看到金星（Herr陈告诉我的）比别的星特别亮。我到图书馆去的时候，再看，已经没有了。

二十八日　没做什么有意义的事，连Hölderlin也没看。

但是也究竟做了件有意义的事，比一切别的事，我以为还更有意义，就是我把《心痛》写完了。以前我写文章，自比为鸡下卵，其困难可知。但这次写，却没感到怎样困难，除掉开始写的时候。也许因为延长时间太长，散碎地写起来的缘故。说到延长时间，我不能不感谢吴可读，因为一大半自以为满意的，都是在他班上写的。说来也有点奇怪，写到某一个地方，本来自己以为已经穷途末路了，但又不甘心就完结了，一上吴老先生的班，他一讲，我心里一讨厌，立刻不听，立刻拿出纸来写，立刻烟士披里纯不知从哪儿就来了。今天收尾，也是在他班上，写着的时候心里颇是痛快，自以为写得很好，而且当时还幻想着说不定就成了中国小品文的杰作，但是拿到屋里再看的时候，热气已经凉了一半，虽然仍然承认写得还不坏。

二十九日　明天就要考古代文学，又不能不临阵磨一下枪。但是这枪磨起来并不感到困难，感到的只是讨厌。整整一天，无时不想去磨，同时又无时真想去磨，七零八碎地磨了一点，好坏只看明天的运气了。吴宓又要稿子，限制到五百字，我替他写了一篇《离婚》的review，短短的一篇，却使我感到困难。不是难做，而是意思太多，难定取舍——终于点了十分钟的蜡，才做完了。

三十日　考古代文学，运气还不坏，不过在上班前，满以为有了预备，可以畅所欲为地去看书。然而吴大先生忽然跑到我后边坐起来，摸着傅东华译的《奥德赛》大看，频摇其头，嘴内频出怪声，而且连呼“不好”。我虽然也偷看了点书，但是却不怎样“畅”。

考过了照例是不想念书，今天也不例外。心里空空然、漠漠然，不能附着在一定的东西或地方上。晚上把《心痛》抄完了，但是只能算是初稿，将来恐怕还要休［修］改。几天来，都有关于写《心痛》的记载，看来不知道我take它多serious[1]，费了多大劲，但

1　take 它多 serious：对它多认真。

其实却不然。只是零零碎碎地心血来潮的时候写一点，也就写完了。这种“时候”大半都是在吴可读堂上（在这里，我证明Habit of thinking[1]），并没费多大劲。

十二月一日 今天十九世纪没课，党义也请假——一天没课，颇是痛快。

看郭沫若译的《浮士德》，因为太快，尤其是为功课而看，真仿佛猪八戒吃人参果似的，并没多大的兴味。终于一天就看完了，而且还take了notes[2]。

熄灯以后，又拿出《心痛》来看、改，改的地方不少，自己还颇满意。我总觉得使我写这篇文章的环境是我一生的第一次，也是第末次。而且写着的时候，总觉得还不坏，所以我轻易把它潦草地弄完了。但是是否像我想的那样，不管好与坏，那就只看别人的批评了。

二日 今天作*Faust*的summary[3]。无论多好的书，even *Faust*[4]，只要拿来当课本读，立刻令我感觉到讨厌。这因为什么呢？我不明了。

过午看女子篮球赛，不是去看想［打］篮球，我想，只是去看大腿。因为说到篮球，实在打得不好。

今年我总觉得北平不冷，但是一看气温报告，去年今日尚不像如是这么冷。这又是因为什么呢？我不明了。

三日 今天整天都在预备Philology，真无聊。我今年过的是什么

---

1 Habit of thinking：思考习惯。

2 take 了 notes：做了笔记。

3 *Faust* 的 summary：《浮士德》的摘要。

4 even *Faust*：即便是《浮士德》。

生活？不是test，就是reading report，这种生活，我真有点受不了。

晚上又听到长之谈，《文学季刊》出广告事情。我心里总觉得有点特异的感觉。仔细分析起来，仿佛是看到长之能替自己开辟了这样的局面，自己有点羡慕，也有点惭愧。以后非多写文章不行，写了文章以后，才能谈到那一切。

四日　今天早晨考Philology，不算好。

过午做*Faust*的summary，也不甚有聊。

这几天来，一方面因为功课太多，实在还是因为自己太懒，Hölderlin的诗一直没读，这使我难过，为什么自己不能督促自己呢？不能因了环境的不顺利，就放弃了自己愿意读的书（写文章也算在内）。

经过几次的修改，《心痛》终于作完了。有许多小的地方，修改了以后，自己也觉得颇是满意，虽然费了不少的事。在最近几天内，我想无论如何把它抄了出来。

五日　今天又犯了老毛病，眼对着书，但是却看不进去，原因我自己明白：因为近几天来又觉得没有功课压脑袋了。我看哪一天能把这毛病改掉了呢？我祈祷上帝。

零零碎碎地看了点Hölderlin，读来也不起劲，过午终于又到体育馆去看赛球。

最近老想做文章，想做的题目非常多。但是自己一想到做文章，先总踌躇，于是便不敢下笔。我做文章真的就这样困难吗？今天长之告诉我，不要想它困难，自然就不困难了。我想他这话大概是对的，最少也有几分对，我要试试看。

六日 早晨读Hölderlin。

过午仍然读。

今天一天老想到要做文章，无论在班上、在寝室里还是在图书馆里，都费在沉思上，怎样去开头，怎样接下去，而且想做的题目非常多。但是终于一篇也没写。晚上在图书馆里写了一篇名叫《枸杞树》的开头。我以前做文章仿佛有股气助着，本来直接可以说出来的，偏不直接去说，往往在想到怎样写之后，费极大的劲，才能写出来。我并不是否认这样写不好，正相反，我相当地承认这是好的，但是总（自己）感觉到不自然。所以我要试着去写，一气写完，随了我的心怎样想，便怎样去写。我读周作人的文章，我的印象是自然，仿佛提笔就来似的，我觉得好，但是叫我那样写，我却不。真的，有许多文章我觉得好，我却不那样写，这是什么原因呢？恐怕只有天知道吧。

七日 早晨糊里糊涂上了两堂课。心里想着许多别的杂事，过午作Goethe：*On Nature*[1]。晚上抄起来，仍然间间断断地作《枸杞树》，晚上一直作到熄灯，连日记都没能记，是八日午补记的。

这篇《枸杞树》，我觉得应该是一篇很有诗意的文章，但我写起来，自己再看，总使自己都失望，诗意压根儿不知跑到什么地方去了。

八日 今天下雪，其实雪是从昨天晚上就开始下了。真奇怪，北京今年为什么这样不冷，已经到了十二月，而天气仍温和如初春。雪下在地上，随之就化了。

过午终于把《枸杞树》写完了，我并没再看一遍。对这篇文

---

1 Goethe：*On Nature*：歌德：《论自然》。

章，我有着矛盾的心情，一方面我觉得还不坏，另一方面，因为写来太容易，我对它总不敢很相〈信〉。想给长之看，我求他指点迷津，问他这样写下去是不是行。他说这篇还不坏，这样写下去就行。

九日　半夜里听得风声震窗。自念预定今日进城，天公却不作美。起来后，风却不怎么样。

于是进城，先访静轩，从静轩处走到东安市场买了一本Grierson的*Metaphysical Lyrics & Poems*[1]。此书以前想买而没买到，现在竟买到，高兴至极。

到朝阳访鸿高，我知道他是常不在家的，然而竟找到了，大谈一阵。到北大访曦晨，未遇；访虎文，遇于途，亦云幸极。访印其，他已决定住盐务，我不赞成。四点半回校。

晚上高中校友会开成立大会，开了一晚上，我被选为文书。

十日　今天北大同清华球类锦标赛。早晨九时开始，我是无球不看，八时多就在体育馆恭候矣。结果清华三路大胜。尤以女子篮球最精彩。

午后心懒神疲，《赵子曰》也不愿意看，蒙头大睡。睡后已四点，到图书馆作《地狱》，是想插入《心痛》里面的。晚上仍作，作完了。

这几天来，仍然时常想到母亲。我脑筋监控着一个大的幼稚的“？”：我同母亲八年没见面，她就会死了吗？我的心真痛。

十一日　早晨在图书馆做Langfeld：*Aesthetic Attitude*的summary，极

1　Grierson 的 *Metaphysical Lyrics & Poems*：格里尔森的《玄学派抒情诗和诗歌》。

是讨厌，不甚好懂，所以做来很慢。过午仍然做。晚上也做。

写日记本来是愉快的工作，但是有时却也令人觉得讨厌。当我初次换一个新日记本的时候，写来颇加踌躇，而且也比较好。现在又有点老病复犯，安不下心，写来仓促潦草。

十二日 早晨读了一首Hölderlin的诗。

过午读*Gulliver' s Travels*[1]，只读了三十几页。这样读下去，一年也读不完。

这几天来，老想把《忆》写起来，老在脑子里盘桓，但是却捉不着具体的意见。我想试以［一］试，预先不想，临时捉来便写，不知怎样？

十三日 早晨做*Gulliver' s Travels*的summary，读Hölderlin的诗。

最近写日记老觉得没有什么可写，刻板似的日常生活实在写来没有意思，然而除掉这个又有什么可写呢？在每天，写过了刻板生活以后，总想两件可以发表思想的事加上，意在使篇幅增加。就是今天这一段废话，也是目的在使篇幅增加。

十四日 早晨忙着上班，过午看*Gulliver' s Travels*。

没觉得怎么样，又快过年了。时间过得快，是“古已有之”的事，用不着慨叹，但是却非慨叹不行。这慨叹有点直觉的成分，但是随了这而来的，是许多拉不断扯不断的联想。我想到济南的家，想到故乡在坟墓里躺着的母亲——母亲坟上也该有雾了吧？想到母亲死了已经快三个月了，想到许多许多，但是主要的却还是无所谓

1 *Gulliver's Travels*：《格列佛游记》。

的怅惘。在某一种时候，人们似乎就该有点怅惘似的。

天气也怪，阴沉沉，远处看着有雾，极冷，但似乎蒙蒙地下着，却是雨，不是雪。晚上似乎有下雪的意思，但当我从图书馆出来，在昏黄灯光下走回宿舍的时候，雨已经比以前大了，仍是蒙蒙地。

十五日 一天没课，早晨在图书馆做*Gulliver' s Travels*[1]。过午看了*Loci Critici*，坐了三个钟头才看了二十多页，真悲观。

晚上本来预备写篇文章，叫《黄昏》，不过思想不集中，没敢动笔。又想写老舍《猫城记》的book review[2]，也没动笔。只看了几页*Loci Critici*，又冒着风到校外去买水果，大吃一顿。

十六日 早晨仍然看*Loci Critici*。

过午看清华对燕大球赛，本想全胜，但结果却几乎全败。

想写的文章很多，不但"很"多，而且"太"多，结果一篇也写不出来。《黄昏》想了一个头，没能写下去。

我老想我能在一年内出一本小品文集，自己印，仿《三秋草》的办法，纸也用同样的。我最近也老想到，自己非出名不行，我想致力于写小品文。因为，我觉得我这方面还有点才能（不说天才）。

十七日 想着写《黄昏》。昨晚梦影迷离，想着的只是《黄昏》。今天早晨，迷离间，在似醒不醒的时候，想着的仍是《黄昏》。但究竟也没想出什么新意思，所以仍未动笔。

只读了点*Loci Critici*，我觉得以前所谓大批评家却未免都令人觉

---

1 此句意为：做《格列佛游记》的读书笔记。

2 book review：意为"书评"。

得太浮浅。

晚上读*Gulliver' s Travels*。

十八日　脑袋里乱七八糟地满是作文的题目，但是却一篇也写不出——今天只想作一篇《自咒》。

早晨读*Gulliver' s Travels*，颇幽默。

过午仍读。打球乏甚。

晚上在图书馆里呆坐一小时又半，回屋读副刊，副刊愈不成样子了。连中文也写不通，就想译诗。

十九日　早晨做*Gulliver' s Travels*的reading report。

又是满脑袋都装满了作文的题目和幻想，《黄昏》的影子老在我脑子里徘徊，但是终于没有很好的意念。我想，明后天在黄昏的时候，一个人出去散一回步，仔细领略一下黄昏的滋味，得点好的妙的新意念。

晚上在朱光潜堂上又讲［想］到几个想写的文章——《灰的一段》，描写我对年华逝去的感觉。

二十日　无聊的工作，无聊的人，怎么这样使人感到无聊？早晨在图书馆忙了一早晨，无聊地做Philology的reading report，说是做，有点不妥，不如说抄。

无聊地抄。

晚上终于抄完了，不由得自己长叹一口气。

老想把《心痛》抄出来，但是，说也奇怪，我总〈觉得〉它太好了，不忍抄，其实抄了又有什么坏处呢？好不能仍然好吗？但是我却觉得不，理由我自己也不知道。

二十一日 今天把很早就想写的《自咒》写完了，但是自己极不满意，心里仿佛塞着什么东西似的不痛快。同长之长谈，他劝我就这样写下去。

又同施君长谈，他对我写的这种诗般的散文颇不赞成，这使我惊奇，然而同时也使我回省，我以前并没想到会有人反对这种体裁。

晚上想抄《心痛》，又没抄，只把《哭母亲》抄了一点。

二十二日 终于开始抄《心痛》了，写文章真不是易事，我现在才知道。就即如这一篇吧，当初写着的时候，自己极满意。后来锁在抽屉里，也颇满意。现在抄起来，却又不满意。我所牺牲的精力是这样多，现在却落了个不满意。你想，我是怎样难过呢？但是，我还有点希望，就是看别人的意见怎样。

抄了一天，没抄完。

晚上再抄的时候，又想到母亲，不禁大哭。我真想自杀，我觉得我太对不住母亲了。我自己也奇怪八年不见母亲，难道就不想母亲吗？现在母亲走了，含着一个永无［远］不能弥补的恨。我这生者却苦了，我这个恨又有谁知道呢？

二十三日 今天终于把《心痛》抄完了——这篇文章曾给我大的欣慰，同时又给我大的痛苦。作的时候，我喜欢它，抄的时候，我讨厌它。但是无论如何我又颇重视它，我希望它成为一篇杰作，但我又怀疑，我真痛苦。为文章而受这样的痛苦，还是第一次。

我给长之看，我对他要求的是极端的批评。

二十四日 早晨我在被窝里，长之看完了《心痛》来找我谈了。

他说形式松而内容挤，还有许多别的意见，我都颇赞同，但是我检查自己，在心的深处仿佛藏着一个希望，就是希望他说这篇文章好。

过午又想写文章，只写了两个开头，写不下去了。

晚上又想到母亲，又大哭失声。我真不了解，上天何以单给我这样的命运呢？我想到自杀。

二十五日 今天是洋人的圣诞节，对我似乎如浮云。

只是做着无聊的reading report。我自己有个毛病，就是越讨厌、越无聊的事，我总先去做。我自己觉〈得〉，把那些讨厌的事情做完，就可以自己随便做点喜欢做的事情，心里也没那样一块石头坠着。我之所以拼命做reading report，就是想早一天把这些无聊的债打发清楚。

二十六日 早晨仍然做那些无聊的report。

过午开头写《忆母亲》。颇喜欢这篇，不知写出的结果如何。

看了沈从文给长之的信，长之把我的《枸杞树》寄给沈，他信上说接到了。我仿佛有一个预感，觉得这篇文章不会登，不知什么原因，心里颇痛苦。

二十七日 今天《枸杞树》居然登了出来，不但没有不登，而且还登得极快，这真是想不到的事。而且居然还有几个人说这篇文章写得不坏，这更是想不到的事——我真有点飘飘然了。

今天早上非常懊丧。我自己想：倘若这篇文章不登（其实是不关紧要的事），我大概以后写文章也不会起劲，也许干脆就不再写。前几天，长之告诉我，沈从文很想认识我，我怎好去见他呢？

——居然登了出来，万事皆了。今天大雪。

二十八日 外面雪不下了，早晨天还没亮，雪光照得屋里发着淡白光。

一天都仿佛有雾似的，朦胧一片白色，远处的树只看见叶子，近处的树枝上都挂着一线线的雪。吴宓说："今天应该作诗。"真是好的诗料。但是外面虽然是有诗意的美景，但关在屋里做的却是极不诗意的工作——做reading report。

二十九日 今天没课，仍然做reading report。

为什么老做reading report呢？很简单，因为我觉得它们讨厌、无聊。我常常有一个毛病：愈是坏的东西我愈先吃，留着好的以后〈吃〉；愈是讨厌的工作，我愈先做，留着个人喜欢做的以后做。

三十日 早晨没做什么，因为讨厌的reading report已经做完了。

过午杨丙辰先生来讲演，张露薇亦同来。请他们在合作社坐了会儿，又到生物馆去讲演，我真想不到还有四五十人去听，在这星期六，又是年假前的星期六。题目是关于Literaturwissenshaft的，名叫《文学与文艺学——文艺——创作与天才》，很满意。

晚饭前，之琳忽然来了，喜甚。晚上陪他谈话，又到体育馆去看足球队与越野赛跑队化装女子篮球比赛。

三十一日 早晨同之琳、长之在林庚处谈了一早晨话，林庚病了。过午之琳走了。回屋竟然大睡，把篮球、足球赛都睡忘了，起来后就到体育馆去聚餐。同餐者约千余人，经过了训词、国歌等仪式才能大吃，真不耐烦它。出体育馆就到大礼堂去听学生会主办的游艺大会，演者为中华戏曲专科学校，满是小孩儿，极有意思，一直演到夜里三点。

二十三年（1934）　一月一日　早晨十点才起。我知道这是过年了，论理似乎应该有感想之类的东西，但却没有，我并没能觉得这是过年，也没觉得我已经长了一岁了——这一切都是旧历年时的感觉，有点太怪，难道我脑袋里还是装满了封建势力吗？

到图书馆去看报，却有年的滋味——冷清清。

前天听说《大公报》致函吴宓，说下午停办《文学副刊》，还真岂有此理。虽然我是文副一份子，但我始终认为文副不成东西。到现在，话又说回来，虽然我认为文副不成东西，大公报馆也不应这样办，这真是商人。

一天忙着做李后主年谱和传略，对付吴宓也。

二日　早晨看*Loci Critici*。

午饭后，同长之到西柳村去访吴组缃[1]。他太太来了，谈了半天。

在长之屋打扑克。

晚上想作《忆母亲》，又想作《黄昏》，结果没作成，只是想，想，想——头都想痛了。

三日　我自己觉得今天似乎是没白活。早晨在图书馆写《黄昏》，过午仍然接着写，大体总算完了。这个题目在我脑筋里盘旋了许久了，我老想写，总写不出来，今天一拿笔，仿佛电光似的一掣，脑筋里豁然开朗，动手写了起来，居然写成了。自己颇满意，

1　吴组缃（1908—1994），原名吴祖襄。1952 年在北京大学中文系任教授至今。

不知将来抄的时候又作如何感想了。

看施蛰存的《善女人行品》，除了文章的技巧还有点可取外，内容方面空虚得可怕。

四日　头午忙忙乱乱地上课。

从上星期六就听说（今天星期四）大公文副被cut[1]了。今晨吴宓上堂，果然大发牢骚。说大，其实并没多大，只不过发了一点儿而已。

晚上去找他，意思是想安慰他一下，并且把做成的李后主年谱带给他。

五日　看Norwood的*Greek Tragedy*[2]，意在看summary。连看加抄，干了一早晨。

吃了午饭，忽然看到窗外。早就想写一篇《窗外》，一直没动笔，今天忽然似乎灵感来了，于是写。脑筋里计划得非常好，但写出来却不成东西。

晚上抄《黄昏》。

六日　今天文学季刊社请客，我本来不想去，长之劝我去，终于去了。同车者有林庚、俞平伯、吴组缃。

下车后，因为时间早，先到前门、劝业场一带走遛，十二点到撷英番菜馆。

群英济济，三山五岳的英雄好汉群居一堂，约百余人。北平文艺界知名人士差不多全到了，有的像理发匠，有的像流氓，有的像

1　cut：砍掉。

2　Norwood 的 *Greek Tragedy*：诺拉德的《希腊悲剧》。

政客，有的像罪囚，有的东招西呼认识人，有的仰面朝天一个也不理，三三两两一小组，热烈地谈着话。

到会的我知道的有巴金、沈从文、郑振铎、靳以、沈樱、俞平伯、杨丙辰、梁宗岱、刘半农、徐玉诺、徐霞村、蹇先艾、孙伏园、瞿菊农、朱自清、容庚、刘廷芳、朱光潜、郭绍虞、台静农等。

两点散会，每人《文学季刊》一册。访露薇不遇。在市场遇长之，又再访之，直追至王姓家中，才找到他——四点半回校。

颇乏，脑海里老是晃动着这个会的影子，那一个个的怪物都浮现出来。

七日　看《文学批评》，看了一天。

这几天又忽然穷起来。昨天进城的时候，只剩了一元六角钱，汽车洋车费用去了一元。我本不想进城，但终于去了，结果，带了仅余的六角钱回来。

我现在真急需用钱，稿子［纸］要买，墨水要买。说起稿纸，更可怜。《黄昏》只抄了一页，就因为没了稿纸抄不下去。

写给家里要钱的信，只不见复。

好不急煞人也。

八日　早晨把《文学批评》看完了。回屋来看信，结果没有，不禁失望。

过午从图书馆赶回来看信，仍然没有。

我希望家里会有钱寄来，只是不见寄来。

想抄《黄昏》也无从抄起，心里颇烦闷。

九日　今天钱仍然没寄来。我真不行，为了这点小问题，竟有点糊涂，将来还能做什么呢？

预备文学批评，今年虽然只考三样，但考试总是个讨厌的事，预备起来，心里极不痛快。终于借了钱，买了一本稿纸，抄了半页《黄昏》。

十日 今天开始学期考试，我没有什么考。

一天都在同文学批评对命，结果是一塌糊涂，莫名其妙。

在事前，我知道这次考试不成问题，然而到现在临起阵来却还有点惊惶。我自嘲道："自小学到大学，今大学又将毕业，身经何虑大小数百阵，现在惊惶起来，岂不可笑吗？"

十一日 说惊惶，还真有点惊惶。早晨七时前就起来了，外面还没亮。

考古代文学，大抄一阵。

考文学批评，颇坐蜡，但也对付上了。

考完了，又觉得没事干，到书库查书。

晚上，到图书馆抄《黄昏》，只抄一页多。

今天家里仍然没寄钱来，颇急，但因而多大［少］也多了个希望，希望能在桌上发现挂号信条，一天也仿佛更有意义似的。

十二日 今天颇痛快——家里的钱寄到了，《黄昏》也抄完了。抄完了一看，自己还颇满意，想把它寄出去，试试它的命运，同时，也是试试我的命运。

一天没有什么事干，看小说。徐志摩的《轮盘》，太浓艳。郁达夫的《自选集》，简直不成话，内容没内容，文章不成文章。

忽然又想到将来——我同长之谈：我决意努力做一个小品文

家。关于研究方面，也想研究外国的小品文和中国小品文的历史，他极赞成。

十三日　虽然还有一样没考，但总觉得不成问题，好像已经没了事可做一样——但也就得到更大的无聊和淡漠，一天东晃西晃，不能坐下来读书。

果然把《黄昏》寄出去了，寄给《文艺月刊》，不知命运如何，看来是凶多吉少吧。

十四日　这日子过得真无聊，明天要考Philology。说预备，实在用不着，因为太容易了。说不预备，又实在放心不下——就在这预备与不预备之间，呆坐在图书馆里。

早晨呆坐在那里。

过午仍然。

晚上仍然——真无聊。

朱企霞来。

十五日　今天早上又在图书馆里呆坐着。

终于到了考试的时间，而且终于考完了，仿佛去掉一块心病。

过午打手球。晚上去听Balalaika[1]的演奏，这是一种俄国乐器，三角形，演奏者是Bolshekoff Dinroff[2]。还不坏，不过大部分听不懂。我觉得*Volga Boatman*[3]顶有意思。

1　Balalaika：巴拉莱卡，俄罗斯民间拨弦乐器，18 世纪初开始流行，19 世纪末经改良而趋于完善。

2　Bolshekoff Dinroff：生平不详。

3　*Volga Boatman*：《伏尔加河上的船夫》。

今天《世界日报》上有人骂我对《夜会》的批评。又听长之说，转听巴金说，蓬子[1]看见那篇文章非常不高兴——听了之后，心里颇不痛快。

十六日　昨晚在长之屋同林庚谈话，至夜一时始返屋，觉得头非常痛，而且流鼻涕——躺下后，头更痛了，发热又发烧，一夜翻来覆去睡不着，嘴里要喷火。迷乱的梦绕住了枕头，简直不知梦到哪里去（现在想来，大概还是梦到《文学季刊》多）。

有时自己清醒一点，简直觉得这就要死了。

早晨迷迷糊糊地，起不来，头仍然痛，嘴里烧成了红色，牙上沾满了红色的块粒。

一直睡到下午两点，只吃了一点东西。

晚上仍然睡。

十七日　今天好点了，早晨到图书馆里去，预备看书，但看不下去。

一天就这样糊里糊涂地过去了。

又预备写一篇文章，叫《年》。

十八日　总觉得浑身没有力气，走起路来也仿佛鬼影似的，这恹恹的残息，怎么了？

很吃力的书不能看，而且也不愿意看。对于写文章本来就有点蹙眉，现在更仿佛找到充足的理由了，一提笔，自己就先想："身

1　蓬子：姚蓬子（1891—1969），作家。1927 年加入中国共产党，1933 年被国民党当局逮捕，次年 5 月发表《脱离共产党宣言》。

子不好，停几天再写吧。”

想作朱光潜的paper，决意作《李后主》。

晚上同长之访老叶，明明在家里，却说出去了，不知什么原因。真正岂有此理。

十九日 妈的，真讨厌，大风呼呼地直刮了一天。比以前都大，弄得满屋是黄土。因为伤风，鼻子不透气，只好用嘴呼吸，这样以［一］来却正巧，净吸黄土。

长之过午进城，明天回济。

身体方面不舒适，心理方面也不好——我觉得寂寞，没有事做，只好睡觉，但是睡醒后，身体方面却更不舒服。

二十日 今天风住了，说住，其实也没全住，只比较小点罢了。同样的毛病在作祟——寂寞。到图书馆看书，看不下去，杂志都给我看净了，找人谈话也没有。

又是睡觉，起来又是身体不舒服。这样下去，恐怕又要生病了。明天决意进城。

二十一日 说决意进城，然而又没进，原因是又刮风。

实在无聊极了，把《李后主》作了点，也不起劲。

过午在张明哲屋打扑克，消磨了一下午。无论如何时间消磨了，总是痛快事情。

晚上想作《年》，但想来想去想不出。不知哪里来的灵机一动——我这几天不是觉得无聊和寂寞吗，于是真写起来，但也只写了个头。

二十二日 一起来就写《寂寞》，像鸡下蛋似的在屋里写了一早晨，写得不甚痛快，恐怕不好，但我自己却不能说什么话，我只是直觉地觉得它不好而已。

过午，终于写完了。一想到自己又写了篇文章，心里也自然地浮起一点欣慰，但再一转念，想到这是一篇怎样坏的文章，心里不禁又难过起来了。

晚上又开始作《年》。这恐怕是篇很美丽的散文，我自己这样觉得。但又有许多话不知怎样安排，且待说出了，再说好坏吧。

二十三日 几天来好想进城，但终于自己想出了种种口实，没能进得成，其实唯一原因就是恐怕在城里找不到人。今天过午决定进城了，拿起了帽子就走，碰着吕宝，走到大门口，看着汽车来了，我却又转了回来——打了一过午手球。

也好，晚上作《年》，有几段自己真满意。

二十四日 今天仍然继续作《年》，好歹作完了。作着的时候，自己挺满意的。但作完了一看，又觉得，虽然意思不坏，但都没安排好，而且前后不连贯。——这我又没有办法了。不管它，反正还不坏。

因为有工作，所以无聊寂寞也减轻了点，但也不是完全驱除净尽，有时仍不免愣愣地对着桌子走上那么半天神。

二十五日 今天终于决心进城了。九点钟赶汽车，去晚了，十一点才赶上。

下车后，就到北大访曦晨，他正在考中，好容易碰着他，只谈了几句，就到西斋去访虎文，也遇着了，真不容易。上次给他信，没收到复信，我以为他走了呢。折回了市场，因了无聊，就

〈到〉真光去看电影。因为逃避无聊才到城里来，能情愿再碰上无聊吗？——片子是《兴登堡血战记》，说的是德文，不甚好。

七点回校。

二十六日　又开始无聊了。早晨东晃西晃，过午仍然东晃西晃。

分数差不多全出来了，真使我生气，有几门我简直想不到我能得那样坏的分数。这些教授，真是混蛋，随意乱来。

因为分数的关系，又想到将来能否入研究院，山东教〈育〉厅津贴能否得到——心里极不痛快。

二十七日　一天差不多又没做什么事，书只是念不下去。

过午看同英兵赛足球，无论怎样，一过午的时间总算消磨过去了。

晚上也没念什么书。

想到毕业论文就头痛。Hölderlin的诗，我真喜欢，但大部分都看不懂，将来如何下笔作文。

二十八日　早晨听马玉铭说，文艺心理学的论文，他已经交去了。我慌了，于是回屋赶作，因为以前已经作了很多，所以一头午就结束了。虽然作得不痛快，但时间在不知不觉之中消磨过去，也算痛快。

过午企霞来，听他说之琳、曦晨已经先他而来，为什么我没见到呢？等到六点，不见，乃往林庚处去找，途遇林，又在合作社遇之琳、曦晨。晚上到林庚处，闲扯。

二十九日　早晨因企霞起得很早，我也只好起来，同曦晨三人到气象台上一望：四处浮动着一片片的白雾，似透明又不透明，枯了的树枝仿佛芦苇似的插在里面，简直像一片大湖——这种景象我还是第一次看到。

因为夜里没睡好，过午大睡。

抄《年》这篇文章，我还满意。

三十日 早晨仍然抄。

过午看清华对交通大学足球赛，从昨天以来我总觉得这仿佛是一件大事似的。交通在上海颇有点儿名气，但实在说踢得并不怎样好。清华还不错。

接到叔父的信，说一叔到济，以前母亲丧事所欠的账，都筹好了款。然而又出了麻烦，新买了十二亩地同大嫂子对换坟地，用钱四百元。值此山穷水尽之时，又如何筹这些款呢？只筹了一百元，叔父说，心里很焦急。我看了，心里更焦急。一方面又想到毕业问题，心里不知是什么味儿，我已决意不向家里要钱，凭自己这一笔写出下学期的费用。

三十一日 早晨把《年》抄完了。

过午又去打手球，乏极。

的确有许多事情等我做，譬如论文就是其一。但终日总仿佛游魂似的，东晃西晃，踏不下心读书。虽然已不像前两天那样感到无聊，但一想起来，却仍然觉得无聊。

二月一日 早晨看Hölderlin的诗。

天从昨天晚上起就在下雪，到现在没停，下得虽然时间长，但不甚大，不像上次那样痛快。

同施君、左君踏雪到海淀去玩，颇是痛快。

晚上因为太乏，精神萎靡。实在这几天来，精神都不强，自念身世环境，为什么上帝要叫我贪［摊］上这许多不痛快的事？！

二日　今天长之回来了。大概我的寂寞可以减少点。他对我谈了许多济南的事情，自己不能回家去，听别人谈家乡里的事情，大概也有“客自故乡来，应知故乡事”的情味吧。

开始作一篇散文《兔子》，这是我幼年的一件真事。当时就想写一篇文章，没写，现在想起来了，就写下来。大有“悲哀的玩具”的神气。

三日　早晨去注册，觉得这是最后一学期的注册了，心中颇有空漠的感觉，像悲哀，又不像。

仍然写《兔子》，不很满意，然而又满意，莫知其如何，大概写来总不很顺利。写《年》的时候，虽然不是一气写下来，但是写每段的时候，inspiration总像泉涌似的，很充足。让郁达夫说来，也许是“通篇无一败笔”吧，《兔子》则不然。

从图书馆回屋时，邂逅朱光潜，在他屋小坐片刻，晚上又同施君去找他，谈颇久。

终于把《年》寄给《现代》了，大概我想总应该登出来，其实登不登也没关系。

四日　开始抄《兔子》，总抄不下去。

这几天来都不能做什么正经事，难到［道］一要毕业就觉得自己老了吗？

晚上同林庚去找叶公超。我对他的印象不很好，所以我一直不愿意去找他。最近听长之说，他一点也不乖戾，我于是又想去找他谈谈了。一直谈到十一点，谈到中国文坛上的人物，谈到他要办一个刊物，意思之间，还有约我帮忙的意思。我对他讲我最近很喜欢写essay[1]。他给了我很多的指示，并且笑着说："现在中国文坛上缺少写essay的人，你很可以努力了。"他对我第一年的事情都记得很清楚——这一夕谈改变了我对他的印象。我走出他的门来的时候，心里充满欢欣与勇气。

五日 仍然间断地抄着《兔子》。

一天都在苦闷中。以前我也曾想到，我这样写下去，会不会把材料写净了？当时觉得不会写净的。今天对《兔子》太不满意，这样好的材料都写不好，还能找到多少这样的材料呢？于是因为对这篇不满意，又想再作一篇好的，想了又想，想作《忆母亲》，想作……脑袋里乱七八糟，得不到出路，只在苦闷中。

然而，前面分明又有亮，这对我是个大的诱惑——我莫知所云了。

六日 早晨看打冰球的。

仍然不能安下心做什么用力的事，这样下去，将来还有什么希望吗？

看Hölderlin的诗，一行也不了解，但也就看了下去，仿佛是淡淡的影子飘在面前，又仿佛什么也没有，但一旦意识到了的时候却的确在看书。

还有，我每次（只是这几天来）一坐下看Hölderlin，脑子就纷纷起来，回旋着想，想的总不外是要作一篇什么essay，什么题目，怎样

---

1 essay：随笔。

作，往往对着书想几个钟头，多半没结果，时间也就这样过去了。

今天又是在这样情形之下，想到一个题目《回忆》，于是立刻拿起笔来sketch[1]，文思汹涌，颇不坏，什么时候写成，却就不得而知了。

七日 今天开学。

寒假过得太快，但在寒假中却的确无聊，现在上课了，又不愿意上课——最近老不能振作，终日像游魂似的。

过午只上了一课。

看《儒林外史》，觉得写得的确不坏，充满了irony[2]，几百年前能写这样的文章，真不容易。

八日 看《陶庵梦忆》，有几篇写得真好。

我现在对小品文的兴趣极大，明末这两派——公安、竟陵的文章是不能不看的，我还有个野心，想作中国小品文史。

过午又开始干所谓正经功课——看*Cats*[3]。

吴宓把中西诗文比较paper发还，居然给我I，真浑天下之大蛋！我的paper实在值I，但有比我还坏的，也竟然拿E拿S。一晚上心里不痛快，我觉得是个侮辱。

九日 一天颇苦闷，想找一个题目，做一篇文章，作为中西诗之比较的论文，但找不到。

最近所做的文章，过于细微，在乱嚷的声中想不出这样细微的

1 sketch：打草稿。

2 irony：反讽。

3 *Cats*：《猫》。

ideas[1]。今天过午，自己到气象台下向隅一坐，静得很，远望路上的行人，恍如隔世，沉思又沉思，也想出了点儿好的ideas。

老不能沉下心念书，最近才觉得，不但没入了学问的门，连看还没看到呢。

十日 又决意作词的起源。鼓着勇气，到了书库里，一查书，简直莫名其妙拜堂，勇气又没了。

过午看足球。

晚上又想起一个题目——其实也并没有题目，只能说范围，这范围是：西洋的Nature Poets[2]大半都有点Pantheistic[3]，何以中国的nature poets如陶潜不？换了话说，就是中西诗人对nature态度之不同。想写《忆》，写不出来。

十一日 早晨看篮球赛。

过午，长之送我一张票，弋昆社在哈尔飞演戏，非叫我去不行。结果是去了，到场名流甚多，刘半农、郑振铎、杨丙辰、盛成、冰心、吴文藻、陶希圣、赵万里等全到，演者是韩世昌、白云生、侯益隆与马祥麟等，印象不太好。

七点回校。

十二日 早晨看Addison[4]。

过午因为借书证没有相片，同图书馆人员大吵，真混蛋。又打

1 ideas：念头。

2 Nature Poets：自然诗人。

3 Pantheistic：泛神论。

4 Addison：艾迪生（1672—1719），英国文学评论家。

Handball。

疲甚，晚上不能看书，本来想写文章，也因为太乏，蒙头睡去，睡时已十点，不能再写。

十三日　明天是旧历年初一，今天晚上就是除夕。

我觉得我还有一脑袋封建观念。对于过年，我始终拥护，尤其是旧历年，因为这使我回忆到童年时美丽有诗意的过年的生活。我现在正写着《回忆》，我觉得回忆是粉红色的网，从里面筛出来的东西都带着香气。没有回忆，人便不能活下去，对年的回忆尤其美丽。

晚上同长之、明哲一同吃年饭、打纸麻将，一直到十二点。

十四日　今天学校里照常上课，我却自动刷了。又同左、王、蔡打麻将。晚上又打，一直到一点。但在百忙中，我却〈把〉《回忆》写完了，这是一件使我欣慰的事。

这篇小文我还满意。我最近写文章走的路太窄了——写的东西往往抽象到不能说，写来的确费力，几乎半天写不出一个字，但不抽象的东西，我却又不愿意写，究竟怎样好呢？

十五日　没上课，但也没念什么书——说没念书，其实也念了点儿，念的Addison的*Criticism on Milton' s Paradise Lost*[1]。

昨天晚上打牌，睡得太晚，今天起得颇早，所以很困。过午大睡。

又把《回忆》修改了几处。现在细想起来，我写的这些文章中，我还是喜欢《年》。

十六日　今天《现代》把《年》退回来了，我并不太高兴——

1　Addison 的 *Criticism on Milton's Paradise Lost*：艾迪生的《对弥尔顿〈失乐园〉的批评》。

文章我总以为还是好文章，我只说编辑没眼。

拿给长之看，他总不喜欢我这种文章。我所不喜欢的，他却觉得好，我于〈是〉把经过再三努力仍然没抄完的《兔子》拿给他看。我之所以没抄完，是因为我太讨厌这篇文章。他果然又说好，我一努力回来抄完了。我把《年》《枸杞树》《兔子》拿给叶公超看，并且附了一封信，明天可以送出去，我希望他能说实话。午饭后约同施、左二君游大钟寺，乘驴去，乘驴返。寺内游人极多，我向大钟的孔内投了几个铜子，三中。乘驴颇乐，唯臀部摩擦痛甚。古人驴背寻诗，我却无此雅兴了。

十七日　一天刮大风，想大钟寺游人一定不如昨天了。

我又想把《回忆》抄出来。《回忆》也可以同《年》《心痛》《黄昏》算为一类的文章，都是写抽象观念的。我曾有一个期间想，只有这样写下去，才能达到我理想中的美的小品文。但拿给长之看，他总不赞成。以后这样的文章我仍然要写。施君说：我的文章很像V.Wolf[1]那一派，这在以前我自己并没conscious[2]到。

十八日　九点进城，同长之。

先访印其，同赴同生照毕业相片，十年寒窗，熬了这一身道士似的学士服，真不易。但穿上又是怎样的滑稽呢？访曦晨，遇萧乾及邓恭三[3]。

同长之、印其、马玉铭同游厂甸，人山人海，非常热闹。逛了半天，也没买什么书，我老希望能看到一本《陶庵梦忆》之类的

1　V.Wolf：应写作 Woolf，指弗吉尼亚·吴尔夫。

2　conscious：意识。

3　邓恭三：邓广铭。

书，做梦。

在北大二院的门口遇峻岑，他告诉我宋还吾有请我做高中教员的意思，但不知成不成，我倒非常高兴。

十九日 今天高兴极了，是我一生顶值得记忆的一天。

过午接到叶公超的信，说他已经看过了我的文章了，印象很好，尤其难得的是他的态度非常诚恳，他约我过午到他家去面谈。

我同长之去了，他说我可写下去，比徐转蓬一般人写得强。他喜欢《年》，因为，这写的不是小范围的whim，而是扩大的意识。他希望我以后写文章仍然要朴实，要写扩大的意识，一般人的感觉，不要写个人的怪癖，描写早晨、黄昏，这是无聊的——他这一说，我的茅塞的确可以说是开了。我以前实在并没有把眼光放这样大，他可以说给我指出了路，而这路又是我愿意走的。还有，我自己喜欢《年》，而得不到别人的同意，几天来，我就为这苦恼着，现在居然得到了同意，我是怎样地喜欢呢？他叫我把《年》改几个字，在《寰中》上发表。

萧乾同李安宅来访，我正〈在〉叶先生家，不遇。

二十日 今天开始作论文了——实在说，论文的本身就无聊，而我这论文尤其无聊，因为我根本没话说。

最近功课又多起来，没多大工夫自己写文章了。几天前就预备写一篇《墙》，现在还没酝酿成熟。

今天晚上本来有文艺心理学，竟不知怎的忘了去上。

我现在总觉得，一切事情都可以不去做，但却不能不写文章。我并不以为我的文章是千古伟业，藏之名山，传之其人，只不过我觉得这比一切都有聊，都更真实而已。

二十一日 最近这几天我可以说是非常高兴，第一因为我居然在老叶身上找到一个能了解我的文章的，难得的是他的态度诚恳，又答应把《年》在他们办的杂志上发表。第二，《文学季刊》下期又有我的文章，寄给《文艺月刊》的《黄昏》没退，恐怕也能发表出来，这两次使我有了写文章的勇气与自信。第三，是听峻岑说，说不定宋还吾要请我做教员，不致受家里的非难。第四是目前的，今天又领到五十元津贴。本预备这学期不向家里要钱，现在大概可以办到了。

今天尤其高兴，因为我又想到了一个文章题目《自己》，我觉得非常好，高兴极了，不知写来如何。但也有不高兴的事情，就是从前几天骑驴到大钟寺后，回来腚上就生了一个瘤子，走路时非常不方便，今天破了，到医院走了一趟。

二十二日 一天都在读Nietzsche的*Thus Spoke Zarathustra*[1]，这种哲学书的summary真难作。

昨天站在窗口向外望，柳梢上又有一层淡色的雾笼罩着了。我知道，春来了。本来这几天天气实在有点太好了。有这样好的天气，真有点在屋里坐不住。

我自己觉得，对人总是落落难合，而且我实在觉得人混蛋的的确太多了，即如所谓朋友也者，岂不也是中间有极大的隔膜吗？

二十三日 仍然无聊地做着summary。

想着怎样写《自己》。平常我常对自己怀疑起来，仿佛蓦地一阵失神似的。但现在想作《自己》，自己的精神永远集中到自己身上，

---

1 Nietzsche 的 *Thus Spoke Zarathustra*：尼采的《查拉图斯特拉如是说》。

那种蓦地一阵失神似的感觉也不复再袭到我身上来——过午，逃出了图书馆，走到气象台下的条凳上坐着，对“自己”沉思着，但却没有什么新的意念跑入我的头里去，只觉得太阳软软地躺在自己脸上。

二十四日 除了做summary外，没做什么有意义的事。

过午，虎文来，同长之在紫曛的黄昏里，在气象台附近散步，谈着话，抬头看到西山的一抹红霞。饭后，又出校去玩。月很明，西山顶上有一片火，大概是野火吧，闪耀着，微微地发红。自一下楼就看到了，沿着生物馆后的马路走向西门，随时抬头可以看到这片火。出了校门，在影绰绰的树的顶上，又看到这片火。沿着校外的大路走回来，走到宿舍门口的时候，西山顶上的火还在亮着，而且更亮了。我笑着说：“这是上帝给我的启示，我的inspiration。”

二十五日 早晨同虎文、长之出去散步，昨夜谈话一直到下三点，所以有点乏，但天气实在太好了，也不觉得怎样。出校北门沿圆明园北行，折而上铁路，随行随谈，又食橘子、苹果，高兴极了。

过午仍在屋里闲扯。忽然谈到要组织一中德学会，以杨丙辰先生为首领，意想取中德文化协会而代之，三个人都高兴得跳起来了。以后又热烈地顺着这个会谈下去，想怎样办、怎样征求会员等，三个人都高兴极了——我们自己又制造了一个梦。

晚上之琳来，在长之屋谈话，陈梦家亦来，真有诗人的风趣，有点呆板，说话像戏台上的老旦。谈到熄灯以后才散。

二十六日 没做什么有意义的事。

想写几篇骂人的文章，也只想出了题目，写来恐怕不能很坏。

我最近有个矛盾的心理，我一方面希望能再入一年研究院。入研究院我并不想念什么书，因为我觉得我想从事的事业现在才开头，倘离开北平，就不容易继续下去。一方面我又希望真能回到济南做一做教员，对家庭固然好说，对看不起我的人，也还知道我能饿不死。

二十七日　几天来，天气非常温和。今天忽然下起雪来，而且很大，整整下了一天。

过午同吴组缃、长之到郑振铎家里去玩。踏着雪，雪还在纷纷地下着，非常有意思。上下古今地谈了半天，在朦胧的暮色里我又踏着雪走了回来。

今天把《年》改了，抄好了，又看了一遍，觉得还不坏，预备明天送给叶公超。

二十八日　这几天以来，人变得更懒惰了，没有而且也仿佛不能做什么有意义的事情，因为一方面有许多功课要做。这是我自己的毛病，在讨厌的功课没有打发清以前，我是不愿意做什么事情的。另一方面，自己的心情也不好。

看梁遇春译的《荡妇自传》（*Mole Flanders*），非常生硬僻涩，为什么同他的创作不同呢？

想《自己》——怎样去作，在以前没有想到这个题目的时候，有时对自己忽然产生一种奇妙的感觉，但现在想起来，想《自己》的正是自己，结果一无所得。

三月一日　仍然没做什么有意义的事情。

昨天看清华对中大篮球赛，今天看女子篮球对崇慈。

想作一篇《我怎样写起文章来》骂人。这篇写出来，恐怕我自己还能满意，但不愿意发表。因为，我想这种题目是成名的作家写的，我写了，一定有人要笑我。

二日 昨天记日记竟然忘记了。二月只有二十八天，写了二月二十九日。

今天早晨我有个顶不高兴的事——施闳浩什么东西，随便乱翻我的稿纸。我的一九三四年的《新梦》，他竟然毫不知耻地看起来，真正岂有此理！每人都有几句不能对人说的话，他这种刺探人隐私的劣根性竟能支使我［他］做这样的事情！我认为是一种侮辱。

这几天来，不是做summary就是做bibliography[1]，我自己怀疑，为什么自己不能爬出这无聊的旋涡呢？

我对张露薇不能妥协，我对他的批评是：俗，clumsy，不delicate，没有taste[2]（你看他的外表和穿的红的衣裳），胡吹海旁［谤］，没有公德心。

三日 今天进城。

先到露薇处。同长之我们三人谈了半天关于文学评论（我们几个人办的）的事情。关于特别撰稿人、编辑各方面的事情都谈到了，不过唯一的问题就是出版处。我们拿不出钱来，只好等着看郑振铎交涉得如何——不过我想，我们现在还在吹着肥皂泡。不过这泡却吹得很大。我们想把它作为中德学会的鼓吹机关，有一鸣惊人的气概。但是这泡能发生什么样的变化，我们现在还不敢说。无论怎样，年轻人多吹几次肥皂泡，而且还是大的，总归是不坏的。

买鞋，取相片后，四点半回校。

---

1 bibliography：书目。

2 clumsy，不 delicate，没有 taste：笨拙，不灵巧，没有品位。

在校内访杨大师不遇。

晚上回来，又做bibliography，无聊极了。

四日　今天盼着上海《申报》，看《文艺月刊》的广告，我的《黄昏》登出了没有，但不知为什么《文艺月刊》却没登广告。

早晨又把十八世纪的reading report做完了一个，终日弄这些无聊的东西，真有点儿不耐烦。

这几天来，因为无聊的功课太多，心情不能舒缓下来，文章一篇也不能写。

五日　早晨钻到书库里去干bibliography，终于交上了，又去了一件心事。

开始作论文，真是“论”无可“论”。

晚上又作了一晚上，作了一半。听别人说，毕业论文最少要作二十页。说实话，我真写不了二十页，但又不能不勉为其难，只好硬着头皮干了。

六日　这几天日记老觉得没什么可记——平板单调的功课，我不愿意往上写。真写也真无聊，又不能写什么文章。

看到沈从文给长之的信，里面谈到我评《夜会》的文章，很不满意。这使我很难过，倘若别人这样写，我一定骂他。但沈从文则不然。我赶快写给他一封长信，对我这篇文章的写成有所辩解，我不希望我所崇敬的人对我有丝毫的误解。

七日　今天开始写《我怎样写起文章来》，觉得还满意。还没写完，写来恐怕一定很长，因为牵掣的事情太多。

最近几天看《文艺月刊》的广告，老看不到，恐怕不是改组就是停办。我投稿的运气怎么这样坏呢？

但也有令人高兴的事，我在图书馆遇见叶公超，他说，我那篇《年》预备在第一期上登出来，这使〈我〉高兴得不〈得〉了。

八日　今天整天时间仍然用在写《我怎样写起文章来》，不像昨天那样满意，果然真比昨天写得坏了吗？但总起来说，我对这篇是颇为满意的。

总有不痛快的事，不知［是］这个考，就是那个test，我们来上学就真的把自己出卖了吗？

读杨丙辰先生译的《强盗》，译笔非常坏，简直不像中文，为什么同他自己做的文章这样地不同呢？

九日　终究把《我怎样写起文章来》写完了，有五千多字，对于我写的文章，就算不短的了。再看一遍，觉得还不坏。

李健吾要编《华北日报》副刊，今天接到他请客的柬。

在写这篇文章的时候，我本来想骂几个人，但写到末尾，觉得通篇都很郑重，加入骂人的话，就把全篇都弄坏了。但人仍然要骂，我想另写一篇文章。

十日　今天接到沈从文的信，对我坦白诚恳的态度他很佩服。信很长，他又劝我写批评要往大处看，我很高兴。

过午看对师大足、篮球赛。同蔡淳一同吃饭、散步，以前我真误解了他，我觉得他不过是个公子哥，不会有什么脑筋的。但现在谈起来，居然还有一大篇道理，我看他还够一个朋友。

十一日　早晨朦胧起来，天色阴沉，一问才知道已经快九点了——本来预备进城，仓卒［促］去洗脸，水管又不出水，真急煞人。赶到大门口，已经是最末的一辆汽车了，同行有长之、吴组缃。天在下着细雨。

先到北大访虎文，据说到良王庄去了。同峻岑谈了谈，又赶回露薇家，同长之、组缃到新陆春应李健吾请，同座有曹葆华等人，无甚意思。后同访杨丙辰先生，在杨处遇虎文，惊喜。他才〈从〉天津回来，谈了半天，又得了点inspiration，赶汽车只长之一人上去，我没能上去，又折回市场同虎文谈了谈，七点回校。

十二日　大风，房屋震动，今年最大的风了。

满屋里飞着灰土，书页上顷刻都盖满了。不能坐下念书，而且精神也太坏。

长之因为接到母亲的信而伤感，对我说："你是没有母亲的人，我不愿意对你说。"——天哪！"我是没有母亲的人！"我说什么呢？我怎样说呢？

今天把《我怎样写起文章来》拿给叶公超先生看，又附上了一封信。

十三日　昨夜一夜大风，今天仍然没停，而且其势更猛。

北平真是个好地方，唯独这每年春天的大风实在令人讨厌。

没做什么有意义的事——妈的，这些混蛋教授，不但不知道自己泄气，还整天考，不是你考，就是我考，考他娘的什么东西！

十四日　仍然大风，这次大风刮得可真不小，从星期日刮起，一直到现在。

今天又考Philology。在考前，要看一看笔记，在考后，心里总觉得有点轻松又不愿意读书——今天就在这种情形下度过了。

这几天来，晚上总想困，几乎十点前就睡。这个习惯，须要痛改。

十五日　今天风仍在刮。

这几天来，总想写点东西，但总写不出来。一方面固然因为自己太懒，一方面也真觉得没有什么东西可写。

看了看这几天记的日记，也总松松懈懈，没有一点爽利活泼的味儿，真不好办。这原因我自己也清楚，每天刻板似的读几本教科书，做几件无聊的事，我不愿意记。而每天所做的有意义的事又真少到不能计算，所以每次记日记的时候，只感到空洞了。

十六日　过午同长之到燕大访萧乾，未遇——今天天气好极了，没有风，非常和暖。

在燕大看中大美兵赛球，很好。

晚上同长之访叶公超，谈了半天。他说我送给他的那篇东西他一个字也没看，这使我很难过。看题目，当然我不配写那样的文章，但我里面写的却与普通人想我应该写的大不相同，我本来给他看，是想使他更近一步了解我，但结果却更加误会，我能不难过吗？

十七日　心里老想着昨天晚上叶公超对我的态度——妈的，只要老子写出好文章来，怕什么鸟！

今天又刮风。

过午想作《自己》，但苦思了一过午，结果只使脑袋发了痛，什么也没思出来。

我已经决定，叶某太不通情理，我以后不理他了，真正岂有此理，简直出人意料。

十八日 一天在想着《自己》，然而想不出什么头绪。

午饭后同施、左二君到郊外去散步——天气实在太好了，真不能在屋里读书。回来时，仍然想着《自己》，作文的题目是《自己》，然而在想怎样去作这个题目又是自己，所以想来想去，越想越糊涂，结果一个字也写不出来。从写文章以来，恐怕还以这篇给我的痛苦最大，能不能写成还是个问题。

晚上听长之说——《文艺月刊》把我的《黄昏》登出来了，听了很高兴，编者不都是瞎子。

十九日 一天又可以说是糊里糊涂地度过了。

《自己》仍然写不成——写文章这样慢，而且总觉得没有什么东西可写，想起来真是不寒而栗。

接到《文艺月刊》的稿费通知单——七元。

昨天晚上，因为想写《自己》熬了半夜，但也没写成。在白天里，我总觉得太吵嚷，但在夜里，又感到沉默的压迫。

二十日 这几天，自己又有这个感觉：自己像影子似的活着。

春假预备到杭州去旅行，先是因为人数不够，几乎组织不成，今天终于组织成了。

晚上朱光潜讲"笑与喜剧"，所引的许多大哲学家的关于笑的理论，我没一个赞成的。我觉得都不免牵强附会，不同处就只在荒谬的程度不同。我以前总以为哲学家多么艰深，其实不然。我自己有一个很滑稽的念头，我未必就不能成为一个大哲学家。

二十一日 今天又没做多少事。

Steinen要毕业论文，又须赶作交上，这种应制式的论文实在没有什么价值。我们大半对自己所选的题目没有什么话说。

文章写不起来，总觉耿耿，心里总仿佛有块〈石头〉似的坠着。

二十二日 文章虽然仍然没写起来，但却有一件事使我高兴了——我以前总以为可用作写文章的材料实在太少，我现在才写了不到十篇文章，就觉得没什么可写了，将来岂不很悲观吗？但今天却想到许多题目，而且自己都相当地满意，像《花的窗》《老人》《将来》等。

我自己心胸总不免太偏狭，对一切人都看不上眼，都不能妥协，然而说起来，又实在没有什么原因，倘若对自己表示一点好感，自己就仿佛受宠若惊，这岂不是太没出息了吗？这恐怕是受母亲的影响，我父亲是个豁达大度的人。

二十三日 今天忙着做reading report，真无聊，这种东西实在不值一做，虽然不费劲，但却极讨厌。

过午打球，看赛排球。

《老人》的影子老在我脑筋里转，这老人应该改作老妇人，因为实在是一个老妇人，但我讨厌这三个字，不知为什么。

非写好文章不行。一切东西都是无意义的，只有写文章有意义。

二十四日 九点进城。

先访静轩，略谈即赴西交民巷中国银行取稿费，到市场买了一本《文艺月刊》。

到朝阳访鸿高，他还没回来，只见到森堂和叔训。

又回到西城静轩处，谈了谈——四点半回校。

今天天色阴沉而且很冷，我穿得太少，颇觉不适。

晚上把十九世纪的reading report做完了。

二十五日　这几天心里很不高兴——《文学季刊》再版竟然把我的稿子抽了去。不错，我的确不满意这一篇，而且看了这篇也很难过，但不经自己的许可，别人总不能乱抽的。难过的还不只因为这个，里面还有长之的关系。像巴金等看不起我们，当在意料中，但我们又何曾看得起他们呢？

今天开始抄毕业论文，作到［倒］不怎样讨厌，抄比作还厌。

又是因为稿子的问题，我想到——人与人之间为什么有这样多的无聊的误会呢？但同时也自己鼓励着自己，非写几篇像样的东西出来不行。

二十六日　今天抄了一天毕业论文，手痛。

因为抽稿子的事情，心里极不痛快。今天又听到长之说几个人又都现了原形，巴金之愚妄浅薄，真令人想都想不到。我现在自己都奇怪，因为自己一篇小文章，竟惹了这些纠纷，惹得许多人都原形毕露，未免大煞风景，但因而也看出究竟。杨丙辰先生有大师风度，与他毕竟不同。

二十七日　论文终于抄完了。东凑西凑，七抄八抄，这就算是毕业论文。论文虽然当之有愧，毕业却真的毕业了。

晚上访朱光潜闲谈。朱光潜真是十八成好人，非常frank。

这几天净忙着做了些不成器的工作。我想在春假前把该交的东西都做完，旅行回来开始写自己想写的文章。

二十八日 做Philology的reading report。

昨天晚上我对朱光潜说我要作一篇关于Charles Lamb[1]的论文，我想Lamb实在值得研究一下。

明天放假。晚上同长之谈到神鬼的问题，结果，我们都不能否认没鬼，顿觉四周鬼气沉沉。

看《西游记》，觉得文章实在写得不好，比《红楼梦》差远矣。

二十九日 早晨到燕大去看运动会，清华、燕京、汇文三校对抗。

过午又同露薇去，五点才回校。

身体非常乏，同露薇、长之又谈到出版一个杂志的事情。我现在更觉得自己有办一个刊物的必要，我的确觉得近来太受人侮辱了，非出气不行。

三十日 杨丙辰先生介绍替中德文化协会翻译一篇文章，*Roman Philology*[2]。今天看了一天。翻译的本身并没有什么意义，只不过借此可以多读点德文，同时也能提起我对德文的兴趣。

晚上开始写一篇散文《老妇人》，这篇自己非常满意，但不知写出来怎样。我想，总不会很坏的，虽然不能像想的那样好。

三十一日 今天又是大风。

一天都在写着《老妇人》，仍然很满意。我觉得写文章就是动笔难，总是不想动笔，迁沿［延］又迁延，但一动笔，虽然自己想停住也

---

1 Charles Lamb：查尔斯 · 兰姆。

2 *Roman Philology*：《罗曼语族语文学》。

不可能。这时你可以忘记了外面的大风、图书馆里的喧哗写下去。

晚上开高中校友会，一群俗物，不能与谈。

十时才回来，舒一口气，坐下再写文章。

长之说："我们想出的文学评论，大学出版社已经答应出版了，是月刊，杨丙辰先生也被说服，而且非常热心。"我听了很高兴。

四月一日　星期一　天气好得古怪，并没觉得春来了，一抬头，却看到桃花已经含苞。

把《老妇人》写完，颇为（不如改为极为）满意，还没再看第二遍。按照现在说来，恐怕是我文章中顶满意的一篇了。

今天是西洋的万愚节，早晨有人贴出条去，说过午有女子排球赛，届时赶往体育馆者甚多，我也几乎受了骗。看到他们这些fools[1]从体育馆内失望地挤出来，颇觉可笑。

二日　今天天气又阴沉而且冷。

《文学季刊》第二期把我的《兔子》登出来了。晚上同长之到周刊社又听李洪谟说，他在大学出版社见到我的一篇文章在排印，我想，大概是《年》在《学文》第一期上发表——很高兴。

大千来，谈了半天，他爱书之癖，不减往昔。

三日　刚一晴天，接着就来了风，北京的春天实在太不像春天了。

把《老妇人》看了一遍，仍然觉得很满意。

到杭州旅行，预备这星期六动身，心里总不很安定。长之叫我替文艺专号写文章，也写不出来了。

1　fools：傻瓜。

看冯文炳的《竹林的故事》，觉得还可以，不过太幼稚了一点。

四日 这几天又成了游神了——不能安坐下来念书，老是东游西逛。

前几天另外一页上露薇作了一个消息，说到《文学评论》要出版，对《文学季刊》颇为不敬，说其中多为丑怪论（如巴金反对批评）。这很不好，本来《文学评论》早就想出，一直没能成事实。最近因为抽我的稿子和不登长之的稿子，同郑振铎颇有点别扭。正在这个时候，有这样一个消息，显然同《文学季刊》对立，未免有悻悻然小人之态，而且里面又有郑振铎的名字，对郑与巴金的感情颇有不利。昨晚长之去找郑，据说结果不很好。

今天长之进城，杨丙辰先生非常高兴，他热心极了，实在出乎我们意料。一切事情他都要亲自办，约人，有周作人及未名社、沉钟社等人——我听了非常高兴，原来我们并没想这样大。

五日 天气实在太好了，不能在屋里坐着。听长之说，《文学评论》五月一日出版，我七号到杭州去，十九号才能回来，我非要写一篇文字不行。《老妇人》我实在太爱了，我要用来打破《现代》的难关，势必最近就要写。今天早晨先想到要写什么东西，结果想出了两个，一个是《老人》，写陈大全，另一个是《老妇人》，写王妈。但最后决定写王妈，改名为《夜来香花开的时候》。

过午同长之到校外去看植树。今天是植树节，有校长、教务长演讲，妙不可言。

长之说，吴组缃说《兔子》写得好极了，他读了很受感动——这也使我高兴。

六日　明天就要动身赴杭州，今天心里更不安宁了，不能坐下念书，东走西走，就走了一天。

过午，萧乾来访，陪他吃了顿饭，走了走。

我现在老梦着杭州，尤其是西湖——怎样淡淡的春光，笼罩着绮丽的南国。西湖的波光……不知身临其地的时候，能如梦中的满意否？

七日　今天动身到杭州去，其实早就都预备好了，但仍然安坐不下，仿佛总觉得丢掉什么东西似的。

过午两点半乘汽车进城，六点五十分火车开行。这算是我生平最长途的一次旅行，心里总有点特异的感觉。

车上不算甚挤，车过天津，人乃太多，几不能容膝。中国交通之坏，实在无以复加。

八日　整天都在火车上，路程是德州到徐州。人很疲乏，但却睡不着，车外还蒙蒙下着细雨。

九日　八时到南京，过江。长江的确伟大，与黄河一比实有大巫小巫之别。

转乘京沪车，到镇江的时候，车忽然停下来，一打听，才知道前面火车出轨，正在赶修，非常急。

Very fortunate[1]，一会儿火车就开了。

到现在，南北的观念才在脑筋里活动起来，同车的大半是南方人，语言嘲啾不可辨。

晚十二时抵上海。久已闻名的苏州，只在夜灯朦胧中一闪过去了。

1　Very fortunate：非常幸运。

宿上海北站旅社。

十日 晨七时转车赴杭，沿路红花绿柳、波光帆影，满眼的黄花，竹林茅舍——到现在我才知道南方真是秀丽。

车进杭州，真用到marvelous[1]这个term了——绿水绕城，城墙上满披着绿的薜萝。辽远处，云雾间，有点点的山影……杭州毕竟不凡！

住浙江大学理学院，睡地板。

十一日 雨忽大忽小。

冒雨乘汽车到灵隐寺。寺的建筑非常伟大，和尚极多。现在正是西湖香市，香客极多，往来如鲫，许多老太太都冒雨撑着伞挂着朝山进香的黄袋急匆匆地走着，从远处看，像一棵棵红蘑菇。

从灵隐到韬光，山径一线，绿竹参天，大雨淋漓，远望烟雾苍渺，云气回荡，绿竹顶上，泉声潺潺——生平没有见过这样的景色，描写不足，唯有赞叹，赞叹不足，唯有狂呼。

再游岳坟，小孤山，雨仍未止。

湖面烟云淡白，四面青山点点。昨天晚上同林庚在湖滨散步，只留了个模糊的印象，现在才看清楚。

乘舟经阮墩至湖心亭，三潭印月，合摄一影。又至净慈寺、南屏看雷峰塔遗址，但见断砖重叠而已。

十二日 仍然下着雨。

由旗下乘小艇到茅毛［家］埠，湖中波浪颇大，艇小，颠簸，心忐忑不安。

---

1 marvelous：不可思议。

由茅毛［家］埠至龙井，景象同韬光差不多，而水声（竹边、山径）更响彻，竹色更翠绿，山径更邃深。龙井寺在乱山中，泉清竹绿，深幽已极。和尚招待我们吃素斋，买了点龙井茶。

由龙井沿着山径到九溪十八涧，四面乱山环绕，清泉盘曲流其下，山上红花绿竹，更加以苍茫云气。行不远则有小溪阻前，赤足涉水而过。峰回路转，又有小溪阻前，如是可八九次，山更绿，花更红，雨更大，雾更浓，溪声更响，竹更高，水更清，涉之更难，而游兴亦更浓——比之韬光，又胜多多。生平没见此景，几非复自我。

转过一个山头，到楠木寺（理安寺），楠木参天，清溪绕之，沿路竹篱茅舍，到□洞□洞[1]，雨大极矣。下山至虎跑泉，泉极小，而不甚清，和尚怪甚，问他，他说，这个泉没有什么好处，喝了可以止渴，洗衣可以洗净。我喝了一杯，极甘洌。

由虎跑至六和塔，远望钱塘江，暮色四合。乘汽车回城。

十三日 天虽阴而不下雨。今天可以说是馀兴——先到照庆寺，登南山到保俶塔，由山顶至初阳台，三天来没看到的太阳居然出了一出，可谓巧合。游黄龙洞、□洞[2]。

由黄龙洞至玉泉道中，黄花满地，小溪绕随左右，另是一番乡村风味。

玉泉鱼的确不小，大者可二三十斤，有红色大鱼。

由岳庙乘船游郭庄、刘庄等处，也没有什么意思。

至白云庵月下老人祠，同人相与磕头求签。

乘小艇，返旗下回校。

---

1 □洞□洞：原文缺字，应为“水乐洞、石屋洞”。

2 □洞：原文缺字，应为“紫云洞”。

十四日 今天要离开杭州了。

虽然只在这里住了四天，但走时仍仿佛有恋恋不舍的心情。

晚六时抵上海，住江苏省立上海中学，又是睡地板，心里非常不高兴，但也无法。

十五日 今天出去逛。

上海一切都要speed[1]，以前在静的环境里住惯了的人，一到这里觉得非常不调和。

先逛外滩，又到永安、新新、先施三公司，楼房虽然很高，但还不是我想象中的上海。

回校后，晚上又到南京路去了一趟。

十六日 早晨离开上海，原来想在苏州下车，大家因为疲乏，也都不愿意下了。

一直到无锡，原来决定下车，后来在上海决定不下，然而一上车又因为车票关系，不能不下了。住铁路饭店。

饭后乘汽车游太湖。远望黄水际天，茫茫浩浩。我生平还是第一次见这样大的水，乘小艇至鼋头渚。

回时经梅园下车。梅园很有名，但看来则没有什么意思，不过还颇曲折幽邃，大概冬天梅花开时，一定很好。这里女人很风骚。

十七日 早离无锡。

至南京稍停即过江，改乘平浦车。

---

1 speed：速度。

十八日 一天都在车上，没有什么意思。

过午五时到济南，下车到家中。家庭对我总是没缘的，我一看到它就讨厌。

婶母见面三句话没谈，就谈到我应当赶快找点事做。那种态度，那种脸色，我真受不了。天哪！为什么把我放在这样一个家庭里呢？

十九日 非走不行了——我希望能永远离开家庭，永远不回来。

到运动场看了一会儿国术比赛。

四点离家。

二十日 早八点到平，一宿困极。

乘汽车返校，浑身无力。本来这十几天来，白天爬山，晚上睡地板，真也够受。蒙头大睡，不知天日。有生以来，仿佛还没睡过这样甜蜜。

洗澡后又大睡。醒来时，蒙眬里，觉得肚里有点空，才想到一天没吃东西，但看时间已经十点半了。

二十一日 长之约我进城，因为今晚文学评论社请大学出版社社长吃饭，谈论印刷问题。

先访静轩，没找到。又访虎文，虎文现在有点病。

访曦晨，谈了半天。

文学评论社的信及特约撰稿人的信，代表人没写我的名字，非常不高兴，对这刊物也灰心了。

这表示朋友看不起我。

在经济小食堂请客。事前先访杨丙辰，同往公园散步。又同到小食堂，结果扯了许多淡话，没讲到什么正经事。

宿露薇处。

二十二日 因为虎文病，不放心。又去看他，他却一夜没回学校，更不放心。

访鸿高，他又约我到公园去散步，又到广和楼去看富连成的戏，太乱，而且戏也不好，头有点痛。

他让我住下，实在不能再住了。七时回校。

二十三日 开始上课，一上课，照例又来了，Paper，reading report，test……妈的，一大堆，一大串，我这是来念书的吗？

晚上仍然大睡。

二十四日 上课没有别的感觉，只是觉得一点钟比以前长了一倍，屁股都坐痛了！仍听不到打铃。

晚上上文艺心理学，更显得特别长，简直要睡过去。

二十五日 几天来，心情不很好，似乎还没休息过来。因为要考试，书不能不念，但这样去念书而且又念这样的书，能有什么趣味呢？

暑假一天一天地就要来到，一想到这说不定就成了学生生活的最后的几个礼拜，心中有说不出来的感觉。

二十六日 现在简直像游魂。

种种事情总都不随心。昨天我对长之说：“以前老觉得自杀是件难事，现在才知道自杀是很容易的了。”谁没曾钻过牛角〈尖〉呢？

二十七日　早晨顶早起来，预备到图书馆去抢书。好容易等到开门，一看到别人抢馒头似的跑的时候，自己却又觉得无聊，不愿意同他们竞赛了。结果是抢不到。

然而别人抢到了，只好借机会看，反过来是noun[1]，掉过去是verb[2]，这样的书有什么劲呢？

晚上把《寂寞》交给长之，在《文学评论》上发表。预备再写一篇，但也终于没能写成。

二十八日　明天是学校二十三周年纪念日，今天先开运动会。本来预备在图书馆看点书，但一想到外面操场上的热闹，却无论如何坐不下去了。

于是只好出来，站在圈子外看。

又觉得无聊，去看了看清华美社的展览。

晚上也不能做什么正经事。

二十九日　今天正式开纪念会。

照例梅老先生说两句泄气话，又把何应钦弄了来，说了一大套。

会开完了抢旗，把旗子缚在树上，每班各出二十名代表去抢，凶极了。结果，谁都没抢到。

过午有棒球、排球比赛。

晚上是游艺会，有音乐，有跳舞，有新剧，没有多大意思，我老早回来睡了。

三十日　本来预备念书，但没念成。并不是有人来扰乱我，其

1　noun：名词。

2　verb：动词。

实一个人也没来，只是我自己就念不成。

过午出去走了走，觉得天气太好了。结论是这样的天气还能念书吗？于是回来大睡其觉。晚上也没能念书。

昨天文学评论社在城里开会，我对《文学评论》并不怎样起劲，我没去。听长之说，去的人还不少，如周作人、刘半农之流全去了。

五月一日 忙着预备文字学，过午遇见毕莲，说文字学改下星期三考，心里一松。

预备写文章，但只有题目在脑子里转。

二日 今天开始写《夜来香开花的时候》，在想着的时候，这应该是一篇很美丽的文章，但写起来却如嚼蜡，心中痛苦已极，虽然不断地在写着，但随时都有另起一个头重写的决心。这样，哪能写出好东西呢？

对《文学评论》虽然因为长之的热心也变得热心了一点，但晚上看张露薇那样愚昧固执的态度，又不禁心凉了。行将见这刊物办得非驴非马，不左不右，不流氓不绅士，正像张露薇那样一个浑身洒着香水穿着大红大绿的人物。

三日 今天写了一天《夜来香开花的时候》，当构思——其实也说不上是什么构思，只是随便想到而已——有的时候觉得一定有一篇美丽又凄凉的文章，但自从昨天开始写以来，似乎没有一个paragraph[1]写得痛快过，脑袋像干了的木瓜，又涩又皱。

看到《学文》月刊的广告，我的《年》登出来了，非常高兴。

1 paragraph：段落。

晚上又继续写，写到最后，一直没动的感情终于动了，我大哭起来。

因为想到王妈，又想到自己的母亲。我真不明了整八年在短短一生里占多长的时间，为什么我竟一次也没家去看看母亲呢？使她老人家含恨九泉，不能瞑目！呜呼，茫茫苍天，此恨何极？我哭了半夜，夜里失眠。

四日 早晨又把《夜来香开花的时候》改了改。

过午去打网球。

叶公超先生送来了三本《学文》。他说从城里已经寄给我一本了，为什么没收到呢？《学文》封面清素，里面的印刷和文章也清素淡雅，总起来是一个清素的印象，我非常满意。在这种大吵大闹的国内的刊物，《学文》仿佛鸡群之鹤，有一种清高的气概。

五日 预备文字学，但大部分时间却用在看杂志上，东看西看，翻了不少的书。林徽因的《九十九度中》写得不坏，另有一种风格，文字像春天的落花。

过午又去打网球，打得非常泄气。

看露薇的《粪堆上的花蕾》，简直不成东西。

六日 仍然预备了一天文字学。

近来心情不很好。一方面想到将来，眼看就要毕业，前途仍然渺茫，而且有那样的一个家庭，一生还有什么幸福可说呢？

七日 文字学考过了，星期三还有一次考——毕莲真混蛋，讲得简直不成东西，又考，像什么话。

一天都在下着雨，极细，雾蒙蒙的，花格外红，叶格外绿。

最近一写东西，就想普罗文艺批评家。自己很奇怪：在决定写小品文的时候，小品文还没被判决为有闲阶级的产品，现在却被判决了。自己想写小品文，但心中又仿佛怕被他们骂，自己不甘于写农村破产，不甘于瞪着眼造谣，但又觉得不那样写总要被人骂。被人骂有什么关系呢？我要的是永久的东西，但心里总在嘀咕着，我现在深深感觉到左联作家的威胁。

八日 又拼命看了一天文字学，我仍然骂一声：毕莲混蛋！

最近心情很坏，想到过去，对不住母亲，对不住许多人。想到将来，茫茫，而且还有这样一个家庭。想到现在，现在穷得不得了。

九日 终于把文字学考完了，不管多坏，总是考完了。

心里很轻松，又不高兴念书了。

《文学评论》前途不甚乐观，经费及各方面都发生问题，办一个刊物真不容易。因为种种原因，我对这刊物也真冷淡，写代表人不写我，显然没把我放在眼里，我为什么拼命替别人办事呢？

十日 心里一轻松，就又不想念书了，于是我又变成游魂了。

晚上，有人请客，在合作社喝酒，一直喝到九点，我也喝了几杯。以后又到王红豆屋去闲聊，从运动扯起，一直扯到女人、女人的性器官以及一切想象之辞，于是皆大欢喜，回屋睡觉。

十一日 今天继续做游魂。

因为前几天吃冰激凌太多了，几天来就泻肚，现在却干脆转成痢了。老想屙屎，老屙不出。

晚上同乡会欢送毕业，在工字厅吃饭，我又喝了几盅黄酒，觉得还不坏。饭后到赵逢珠屋里去聊天，一直到九点。

十二日 今天开始抄《老妇人》。心里总觉得没事情做，其实事情多得很，只是不逼到时候，不肯下手而已。

毕业真不是个好事，昨天晚上被人家欢送的时候，我有仿佛被别人遗弃了似的感觉。

十三日 早晨坐洋车进城。

先去看虎文，他已经差不多快好了，不过精神还不大好。

又到静轩处，他同沛三、耀唐、连璧送我毕业，照了一个相，就到西来顺大吃一通。

饭后逛公园，牡丹已败。

访峻岑，最近因为快要毕业，心里老有一个茅［矛］盾——一方面是想往前进，一方面又想做事。

访印其，同赴市场。

七时回校。

十四日 日来心境大不佳，不想做事，又想做事，又没有事做——我想到求人的难处，不禁悚然。

十五日 有许多功课要预备，但总不愿意念书，晃来晃去也觉得没有意思。

心境仍不好。人生真是苦哇！

十七日 前两天下了点雨，天气好极了。

今天看了一部旧小说——《石点头》，短篇的，描写并不怎样秽亵，但不知为什么，总容易引起我的性欲。我今生没有别的希望，我只希望，能多日几个女人，〈和〉各地方的女人接触。

十八日　看Plato的*Dialogues*[1]。

一天糊里糊涂地过去，没有多大意思。同长之晚饭后到海淀去，我印了五百稿纸。同访赵德尊。

十九日　功课很忙，但却仍然想看小说，在看Criticism和Classical Literature[2]的当儿终于把《唐宋传奇集》的第一册看完了。

高中同学会欢送毕业，真不好过。喝了几盅酒，头沉沉然。

二十日　早晨进城。

先访虎文，他已经快好了。

访印其，他要送我毕业，共同照了一个相。到市场吃饭，饭后到中山公园去看芍药，开得很多，不过没有什么意思，只有红白两色，太单调。

访杨丙辰先生，《文学评论》出版社、大学出版社又不肯承印。昨天长之灰心已极，今天访杨先生定进止，结果一塌糊涂。

二十一日　一天都在看*Practical Criticism*[3]，结果是莫名其妙。

把《母与子》（即《老妇人》）寄给《现代》，我总有个预感，觉得这篇文章他们不会登的。真也怪，我以前觉得这篇文章好

1　Plato 的 *Dialogues*：柏拉图的《对话录》。

2　Criticism 和 Classical Literature：文艺批评和古典文学。

3　*Practical Criticism*：《实用文艺批评》。

极了，但抄完了再想起的时候，却只觉得它不好了。

二十二日 把十八九世纪文学的paper全作完了。当停笔的时候不禁叹了一口气，觉得这是全学期，今年，这大学的四年，这一生学生生活（说不定）的最后的paper了。惘然。

仍然有矛盾的思想。今天接到峻岑的信，高中教员大概有成的可能，心里有点高兴。但又觉得，倘若成了，学生生活将于此终结，颇有凄然之感。

晚上听中文吟诵会，这在中国还是创举。我只听了一半，印象是太戏曲化了，我总以为吟诵东西与演剧总不能一样。

二十三日 几天来，记日记都觉得没有东西可记。本来，每天的生活太单调了。

读Richards[1]的*Practical Criticism*，仍然莫名其妙。

自己印的稿纸送来了，非常满意。

二十四日 过午三点乘洋车进城，访峻岑，见梁竹航、宋还吾有信来，仍然关于教员之事。我先以为要找我教英文，岂知是教国文，这却教我不敢立刻答应，这简直有点冒险。

晚上到公园去看芍药，住在西斋。

二十五日 晨八时乘汽车返校。

仍然看*Practical Criticism*。

过午打手球。

教员问题一天都在我脑筋里转着。我问长之，他答得不着边

1 Richards：理查兹。

际。我自己决定，答应了他再说，反正总有办法的。

二十六日 今天写信给峻岑、竹航，答应到高中去。尽管有点冒险，但也管不了许多。

晚上学校开欢送毕业同学会，有新剧比赛，至十二点才散。

二十七日 明天就要考Criticism，但却不愿意念书。早晨很晚才起，到图书馆后仍然恹恹欲睡，过午又睡了一通。

晚上大礼堂有电影，片子是徐来的《残春》，光线太坏，简直不能看——这电影本来应该昨天晚上放，因为机器坏了，改在今天。

二十八日 过午考Criticism，没怎样看书，头就痛起来，考题非常讨厌，苦坐两小时，而答得仍很少，又不满意——管他娘，反正考完了。

晚上因为头痛没看书。

我们的《文学评论》到现在仍在犹疑中，今天你赞成，我不赞成；明天我赞成，你不赞成，犹犹疑疑了，不知所措——地地道道的一群秀才，为什么自己连这点决断力都没有呢？

二十九日 想看古代文学，但看不下去。

晚上听朱光潜讲游仙派诗人，我觉得很有趣。将来想读一读他们的作品。

下雨，很大。

三十日 今天作《中西诗中所表现之自然》，是中西诗比较的paper，我想给朱光潜也用这篇，不知能行否？

我认识了什么叫朋友！什么东西，我以后一个鸟朋友也不要，我为什么不被人家看得起呢？

三十一日 前两天教育部通令，研究院非经考试不能入。昨天评议会议决毕业后无论成绩好坏皆须经过考试才能入研究院——我虽然不想入研究院，但想做两年事后再入。这样一来，分数何用？不必念书了。

所以一天大闲，过午同吕宝出去照相，我照了几个怪相，回来后打手球。晚上喝柠檬水，岂不痛快也哉。

六月一日 非自己打开一条路不行！什么朋友，鸟朋友！为什么堂堂一个人使别人看不起呢？

从昨天夜里就下雨，躺在床上听了半夜的雨声，非常有趣，早晨起来一看，雨还在下着，烟雾迷了远树。

心里更不想念书，觉得反正已经是这么一回事了，念了有什么用？

二日 宁与敌人做小卒、做奴隶，不与朋友做小卒、做奴隶。我诚恳地祈祷：《现代》上把我的文章发表了吧。不然我这口气怎样出呢？

雨仍然在下，下了一天。自从杭州回来后，我真喜欢雨，雨使树木更绿润。

不愿意念书，学校生活就要从此绝缘，将来同黑暗的社会斗争。现在不快活，还等什么时候呢？

三日 断断续续地读德文诗和Plato’s *Dialogues*。

心里空空的，觉得一切都到了头，大可不必再积极想做什么事，但是心里并不是不痛快，认真说起来觉得自己能找到事做，还有点痛快。

四日 仍然看古代文学和德文抒情诗。

过午同王、武二宝到王静安先生纪念碑上面的小茅亭上看书，四面全是绿树，天将要下雨，烟重四合，颇有意思。

五日 照例看古代文学，明知道看与不看并没有多大的差别，反正脱不了上班去抄，但却不能不看，正像匹老驴，无可奈何地拖了一辆破车。

六日 这几天真有点无聊。考，反正没有什么关系，但我不能安心做别的想做的事情，虽然不预备功课。

七日 早晨考古代文学，明知道上班要抄书，但心里总仿佛有件事似的，不能安心睡了下去。六点半就起来，在勉强起来的一霎我深深感到睡觉的甜蜜。

过午又考德国抒情诗，是讨论式，结果费了很多的时间，也没什么意思。

昨天又想到母亲，其实我时常想到的。我不能不哭，当想到母亲困苦艰难的一生，没能见她的儿子一面就死去了，天哪，为什么教我有这样的命运呢？

当我死掉父亲的时候，我就死掉母亲了，虽然我母亲是比父亲晚八年以后死的。

八日　过午进城，见峻岑、虎文、竹航、洁民等。虎文病大见好，进城的目的仍然为的是高中教员一事，现在已大体成功。

逛太庙铁路展览会，天气太热，汗流浃背，没能大逛就走了出来。

四点回校。

九日　天气仍热，徘徊在四院与图书馆之间，不能安心坐下读书。

过午考党义，平时只一二人上课，今天则挤了一屋，大嚷大笑，遥望教师自远〈处〉姗姗来，则鼓掌以迎之，教师受宠若惊，咧嘴大笑，每人都尽可能地发着怪问题，说着怪话。怪声一出，全堂〈哄〉然，说者意甚自足。结果每人胡抄一阵走路。

晚天阴，大雨雷电交响明［鸣］。

十日　昨晚雨究竟没能延长着下起来。今天是五大学运动会，我看了一天，结果清华总分第一，个人总分第一，还满意。

北京天气真有点怪，昨天热得不可开交，今天吹着风又有点凉意了。

明天还有一样考，考完了，万事全无，好不逍遥自在。

十一日　预备Philology，下午要考。

终于考完了，题目不难。大学生活于此正式告终，心里颇有落寞之感。

原来以为考完了应该很痛快，而今真的考完了，除了心里有点空虚以外，什么感觉也没有。

十二日 早晨着手翻译*Romanische Philologie*，非常讨厌，自己德文不好，又想不好适当的中文。

过午大睡，运动。

晚上去听音乐会。我对音乐始终是门外汉，今天晚上也不例外，不过也似乎有了点进步，我居然能了解一两段了。

十三日 今天仍继续翻译，这样细细读下去对德文了解很有裨益，我想今年暑假把Hölderlin的*Hyperion*这样一字字地细读一下。

晚上吴宓请客。还满意。

最近我一心想赴德国，现在去当然不可能。我想做几年事积几千块钱，非去一趟住三四年不成。我今自誓：倘今生不能到德国去，死不瞑目。

十四日 今天仍然翻译，枯燥已极，自己大部分都不甚了解，即便了解也找不到适当的中文。真是无聊的工作。

写日记好〈像〉觉得没有什么可写。记日记本来应是件痛快的事情，现在却像一个每天有的负担，这不太讨厌吗？然而究其原因，还是怪自己太沉不住气。

十五日 今天我们西洋文学系同班在城里聚餐照相，九时同众红一齐进城。

先同吕、陈二君同逛太庙铁路展览会，直游至十二时。

到中原去照相，到大陆春去吃饭，饭后到北海漪澜堂坐了半天，晚上宿朝阳。

十六日 同鸿高、贯一游先农坛。天想下雨，但终于没下得起来。先农坛地方很辽阔，没有什么意思，只有里面养着几圈鹿非常好玩。

从先农坛到天坛，只看了看（从外面）祈年殿顶，在古槐下面望了望就走了。

到“中央”去看电影，片子是《春蚕》，茅盾作。很普通，大体还不坏，唯不能被一般人了解。又到中山公园，仍宿朝阳。

十七日　早晨访静轩、沛三，办理关于教书证一事。访虎文。访杨丙辰先生，谈关于《文学评论》出版一事。

四点半回校。

几日来，天气酷热，又加到处乱跑，身体非常疲乏。

十八日　赶着翻译德文，非常讨厌。

耀唐来清华玩，陪他走了一早晨，过午把德文译完。

晚上同长之在气象台下面乘凉，四周无人，黑暗中云影微移，也颇有意思。

十九日　早晨在长之屋讨论我译的德文不能了解的地方，回屋就抄，这抄比翻译还无聊。我当初为什么答应干这种工作呢？

天气太热，不想做什么事。

二十日　仍然是抄抄抄——天气太热，本来就做不多事。

过午大半都给睡眠占了去，晚上也只有在外面聊天。

二十一日　仍然是抄抄抄，觉得自己译得太荒唐了，而且不懂的地方也太多，从译文本身也得不到什么好处，这种工作真无聊。

二十二日　今天抄得实在不能忍了，所以只抄了一点，再不愿意抄。

晚饭前在长之屋〈与〉露薇、组缃、宗植讨论到创作时的理智与感情的衡量，讨论了半天，结果归结到生活再改变，作品不能做［改］变。

今天早晨行毕业典礼，我没去。晚上毕业同学留别在校同学，演电影，我去了，片子是《暴雨梨花》。

二十三日　今天仍然抄译的东西，实在腻极了。

想着二十前后回济，现在已经后了，却还没有走的可能，不禁焦急。

二十四日　昨天晚上打牌到下两点，又出去走了走，回屋睡时，身体疲极。今天早上六点钟，长之来约我上西山。

我乘自行车，他坐洋车，天气不算很热，不过爬起山来也有点吃力而流汗，先到碧云寺总理衣冠冢的上面，我还是第一次上去，建筑真不能算不惊人。

后到双清别墅，山腰里居然有水，而且还有不小的一片水，真也是个奇迹。

四点回校，又打网球，疲乏得像软糖，不能支持了。

二十五日　早晨睡了一早晨，十二点张嘉谋〈来〉，乃勉强支着疲倦的身体陪他去玩。

整天都在渴望着休息，现在我才了解疲倦的真味。

二十六日　说是尝到疲倦的真味，其实还没尝到。今天过午又打网球，从两点一直到五点，打完了，简直浑身跟卸开了一样，走一步也希望有别人扶着——现在才可以说尝到疲倦的真味。

一宿蒙蒙眬眬的，连捉臭虫的能力都失掉了。

二十七日　早上又进城，因为武宝有请帖。

一下车就下雨，而且下得大得不〈得〉了，同王宝在亚北，一直到十一点才停住了。

武宝是结婚，事前只发了一个请吃饭的帖子，我们都莫名其妙。来宾有三十多位，男女各半，没有仪式，倒也干脆。

四点半回校，预备明天回济南。

二十八日　过午一时进城，火车六点五十分才开，坐在车站上一个人等起来，天气热得厉害，等的时间又太长，大有不耐之势。

车里面如蒸笼，夏天坐车真是自找罪受，人也太多，空气浊污不堪。

二十九日　早九时到济南。

怀了一颗不安定的心走进了家门。我真不能想得出，家里会有什么事情发生，还好，一切都还照旧。

家庭毕竟同学校不同，一进家庭先受那种沉闷的空气的压迫。

三十日　早晨到西关秋妹处一行，顺便到三姨及彭家——亲戚家的境况除了极少数的例外，真是问不得，大概都是吃了早上的没有晚上的，难道真是六亲同运吗？

晚上去见蒋程九，谈了半天。

七月一日　今天随叔父到陈老伯、潘老伯处，又去看了看大姨，她病得要死了。我回家来听到的没有别的，只是——贫与病。

晚上又去见蒋程九，我们一同去见宋还吾，谈关于教务上的事情。

二日　几天来，老在下着雨，说实话，我倒是喜欢下雨。这几天像南方的天气使我高兴。

一天闷在家里，真有点讨厌。

三日　天仍然在下雨。

家里我更不耐烦了。中国的家庭真要不得。家庭本来是给人以安慰的，但大部分的家则正相反，我的家庭也是其中之一。推其原因，不外乎家里多女人，终日吃饱了无所事事，再加上女人天生的劣根性，其糟就可以想见了。再加上贫与病，益发蔚然大观，于是家庭几成苦闷的源泉。

四日　仍然待在家里——天气热。

五日　早晨去访宋还吾，到高中学校内，见到蒋程九先生，谈的仍然是关于教务上的事情。

天气热极。

六日　天热，在家。

七日　天热，在家。

八日　天热，在家——地上铺上席，满以为很凉快，其实不然。一刻停扇，大汗立至，晚上也睡不熟。不，岂但睡不熟，简直不能睡，再加上蚊子的袭击，简直支持不了，身上也起了痱子了。记得往年没这样热过。

九日　天气热得更不像话了，连呼吸都感到不灵便。在冬天的时候，我也曾想到夏天，但现在却只想到冬天，而且我又觉得冬天比夏天好到不知多少倍了。

十日　早晨早起来，到北园去看虎文——他病得不知道怎样了。见了面，还好，他的病已经好了一半，精神更好。谈了一会儿就回来了。

从午到夜，仍然在百度左右的热流里浸着。

十一日　早晨到大姨家里——大姨病得要死，今天情形更不好。过午遇牧来，大姨已经死了。人真没意思，辛苦一辈子，结果落得一死！

十二日　早晨到万国储蓄所去拿钱。

过午七时由家中赴车站，是沪平通车，人不多，而车辆极新，里面也干净。

几天来，天气太热，今天却有点例外，有点阴，所以不甚热。

十三日　早晨十点到北平——看铁路两旁，一片汪洋，不久以前大概下过大雨。到北平天仍然阴着，十二点乘汽车返校——清华园真是好地方，到现在要离开了才发现了清华的好处：满园浓翠，蝉声四起，垂柳拂人面孔，凉意沁入心脾。

十四日 把东西整理了整理，要预备念书了。先念郑振铎的《文学史》。天气还不怎样热，不过住在三层楼上，三面热气蒸着也有点郁闷。

十五日 仍然读郑振铎的《中国文学史》，没有清代，非常可惜。

北平天气实在比济南凉爽，每天饭后到校外一走，实有无穷乐趣。

十六日 早八时进城，长之同行。

先到大成印刷厂看印的《文学评论》，后到琉璃厂看书。因为要教书，事前不能不预备点材料。访峻岑，他今天就要离开北平。

访曦晨、之琳皆未遇，暴日晒背，热不可当，六时回校。

十七日 早晨读完《陶庵梦忆》，明人小品实有不可及者，张宗子文章尤其写得好。

过午读《近代散文钞》，有几篇写得真好，叹观止矣。

晚上同长之、蒋豫图在王静安纪念碑后亭上吃西瓜，萤火熠熠自草丛中出，忽明忽灭，忽多忽少，忽远忽近，真奇景也。杜诗“忽乱檐前星宿稀”，妙。

十八日 早晨在图书馆读《梦忆》自序及《西湖七月半》，查《辞源》《康熙字典》，颇为吃力。

过午又按照郑《文学史》把应当选的文章抄了抄，总是个很讨厌的事情。

别人当教习，谈话多为教习事，自己觉得可笑。现在自己来当，脑筋里所想的无一而非教习事，不更滑稽吗？

十九日 早晨在图书馆里读《瑯嬛诗序》和其他几篇张宗子的文章。

晚上同长之、明哲、蒋豫图在我屋里打牌，一直打到十二点，颇为兴奋。

二十日 今天开始写一篇文章《红》。一开头，文思竟显得意外地艰涩。难道一个多月没写文章，就觉得生疏了吗？我又感到写文章的痛苦，浑身又发冷，又发热，将来非拿写文章作个题目写篇东西不行。

过午打网球，晚上又打牌。

二十一日 我常说，写东西就怕不开头，一开头，想停都停不下——一早起来，心里先想着没有写完的文章，于是提笔就写。我写东西总有个毛病：写到不痛快的时候，要停笔想一想，写到痛快的时候，又想，这么痛快的东西还能一气写完吗？自己又要慢慢尝这痛快的滋味，于是又停笔。

过午仍然继续写，始终不算很顺利，自己并没敢想就写完，然而终于在晚饭前写完了，心里之痛快不能描写。

二十二日 又把《红》看了一遍，觉得还不坏，不知道究竟如何。

过午打网球，我现在对网球忽然发生了极大的兴趣，我觉得其中有不可言之妙。

晚上出去散步，萤火明灭，深树丛中，千百成群，真奇景也。

二十三日 早晨进城。

先到美术专科学校替菊田报名。又访伯棠，不遇。到琉璃厂买了几本书，十二点回校。

过午打网球。

晚上又照例出去散步，归来读《近代散文钞》，袁中郎文字写得真好！

二十四日 早晨在图书馆查《康熙字典》。

过午又仿佛无所事事了，找人打网球，找不到，心里颇觉得有点惘然。

晚上同长之在气象台下大吃西瓜，妙极。回屋看明末小品文，更妙。

二十五日 早晨在图书馆看书。

过午打网球，从三点半一直打到六点半，痛快淋漓，不过终于有点累。

二十六日 天下雨。

人又伤了风，半年来没曾伤风了，伤了风总很讨厌，这次仿佛又特别厉害，鼻子老流鼻涕，身上也有点发热，讨厌得不得了。

二十七日 早晨没到图书馆去——不，我记错了，是去过的，不过坐的时间不长，所以一想起来，就仿佛觉得没去过。

过午打网球，从三点半一直打到六点多，也觉得有点累。

晚上同长之在气象台闲谈，看西天一抹黑山，一线炊烟，绿丛中几点灯光，真惊奇宇宙之伟大。

二十八日　早晨一起来就打网球——对网球的兴趣不能算小，本来预备十一点进城，也耽搁了。

过午两点进城，先到大成印刷社，《文学评论》封面印得还好，唯工作太慢。

又替菊田赁房子。同长之访杨大师，今天大师不糊涂，谈了许多话，实在有独到的见解，毕竟不凡。又对我说了许多鼓励的话，叫我不要放弃英文、德文，将来还要考留洋。

六时回校。

我昨天决定翻译Nietzsche的*So Sprach Zarathustra*。

二十九日　因为明天要到车站去接菊田，恐怕误了事，晚上竟失眠起来。

早晨起得很早，八点进城，到车站时间还太早，伫候无聊，一个人到天桥走了一趟，没有什么人。

接到菊田，到庆林公寓布置好了，同他到北海玩了玩，从白塔上看北平，毕竟动人！

三十日　今天又进城——因为艾克约我吃饭。访艾克，他却不在。

又到菊田处，同他到中山公园逛了逛，又到太庙，因为我已经答应替《现代》译一篇Dreiser[1]的小说，所以又匆匆赶回来。

在青年会碰到田德望，他说艾克是星期三请客，他弄错了。

三十一日　今天下雨。

坐在屋里译Dreiser的*When the Old Century was New*[2]。但译得也

1　Dreiser：德莱塞（1871—1945），美国小说家，代表作有《美国的悲剧》《欲望三部曲》等。

2　*When the Old Century was New*：《旧世纪还在新的时候》。

不起劲，我总觉得这一篇没多大意思，但因为字数所限又不能不译这篇。

八月一日 今天早八点同长之进城。

先到大成，《文学评论》已经装订好了，居然出版了，真高兴，印刷装订大体都满意。

访曦晨，他在译*Wind in the Willows*[1]。

访菊田，他去考试了。在艾克处吃了饭，谈了半天，他送我一张Apollo[2]的相片，非常高兴。

同田德望经过什刹海——这地方我还是第一次去，颇是热闹——到北海公园，坐在五龙亭吃茶，一会儿下起雨来，湖上看雨，烟笼远雨［树］，莲摇白羽，不可形容！

回校仍继续译Dreiser。

二日 仍然翻译Dreiser，原文非常好懂，不过没有什么意味，我尤其不喜欢这种自然主义白描的手法，这篇东西终于离我的趣味太远了，所以虽然容易翻译，也觉得没多大意思。

三日 早晨打网球，天气好极了。

过午还预备打，天却下起雨来，只好闷在屋里翻译Dreiser。

北京天气真有点怪，今年夏天始终没热，然而却意外地多雨。

四日 雨仍然在下着。

---

1 *Wind in the Willows*：《柳林风声》。英国作家格雷厄姆的代表作。

2 Apollo：阿波罗，希腊和罗马的太阳神，医疗、音乐、诗、预言、男性美的守护神，是宙斯和勒托的儿子。

闷在屋里翻译Dreiser，过午译完了，我预备看一遍，改一改，明天寄出去。

一译完了，心里又了却了一件事，觉得格外地轻松。

五日　早晨把Dreiser寄了出去。

十一点进城，同菊田到天桥去逛了一趟，又到先农坛，坐着喝了半天茶。

到东安市场，吃了饭，六点回校。

六日　早晨起来打网球，天气好极，场子也好，一直打到九点半。

回来抄《红》，过午抄完了，预备寄给郑振铎，不知道他要不要。

七日　在清华。

八日　在清华。

九日　进城，先访菊田，同赴东安市场买一柳条箱，六时回校。

天阴。

十日　早晨乘洋车到城［成］府买一柳条箱。

十二时乘小汽车同长之进城，心里充满了离情。乘平沪车，同行有长之、菊田。

十一日　夜三点到济。细雨蒙蒙，非常讨厌，疲乏已极，又睡。

北大日记

卷下

1946年9月21日—1947年7月15日

北 平

二十一日 昨天在饭馆子里喝了茶，结果是失眠一夜。五点起来轮班看行李，同姜秉权先生谈了半天。吃过早点，叫了辆洋车，把行李放上，同姜到车站去，九点多车开。沿路每一个站都有碉堡，守卫森严，令人胆战。在车上几乎每站都买东西吃，以唐山烧鸡为最好。九点五十分到北平。我在黑暗中看到北平的城墙，不知为什么忽然流下泪来。北大派阴法鲁[1]、孙衍畋，到车站上去接，坐汽车到沙滩红楼住下。

二十二日 夜里虽然吃了安眠药，但仍没睡好，早晨很早就起来了，洗过脸，到外面澡堂去洗了一个澡。回来，阴同孙在这里等我，我们一同出去到一个小馆里喝了一碗豆浆，吃了几个烧饼，阴就领我去看汤锡予先生。我把我的论文拿给他看，谈了半天。临出门的时候，他告诉我，北大向例（其实清华也一样）新回国来的都一律是副教授，所以他以前就这样通知我，但现在他们想破一次例，直接请我做正教授，这可以说喜出望外。又同阴到东厂胡同去看傅孟真[2]先生，他正要出门，

1 阴法鲁(1915—2002)，山东肥城人。北京大学中文系教授。著名古典文献专家，音乐史、舞蹈史专家。

2 傅孟真：傅斯年（1896—1950），著名历史学家、古典文学研究专家、教育家。

在院子里坐了会儿。就出来坐洋车到国会街去取行李，取了回来，到理学院对面小馆里吃过午饭，回来躺下，无论如何也睡不着。起来整理了一下书籍，步行到东安市场去。别了十一年，市场并没改变，看了看旧书摊，忽然头昏起来。买了点吃的东西就回来，吃完就睡。

二十三日 夜里仍是失眠，早晨七点起来，洗过脸到外面去吃早点的时候，遇到阴，一同吃过，就到他的宿舍里去，谈了谈他的研究范围，去了许多他的朋友。十一点到院长家去见汤先生，他领我到校长室去见胡适之先生，等了会儿，他才去。同他对面谈话，这还是第一次，我只觉得这名声大得吓人的大人物有点外交气太重。在校长室会到杨振声、朱光潜、邓恭三，出来吃过午饭，回来躺了会儿，又出去雇洋车到国会街取箱子。刚回来，汤先生来谈了半天我的研究计划。他走后，我就出去，到那小馆吃过晚饭，就去找蒋豫图，一直谈到八点才回来。

二十四日 夜里睡得格外地好，早晨七点起来，洗过脸，到外面吃过早点，就到大学图书馆去。我想看一看究竟有些什么书，尤其是关于梵文的。结果，虽然找到几本可用的书，但大体说来，总还是太少。出来坐洋车到东长安街邮局去送了几封信，到买旧东西的摊子那里去看了看。外国人回国的很多，东西不能带都卖掉了，结果就形成了这些摊子。到大陆银行，领出稿费，到市场去买了个热水壶，就到东来顺去吃饭，羊肉做得真好，心里大乐，真觉得北平是世界上最好的住家的地方了。回来躺下休息了会儿，到院长家去了趟，回来看吐火罗文，想念Brāhmī字母[1]。五点到中老胡同看沈从文先生，谈了会儿。坐洋车到帅府胡同去替幼平送东西，回到理学院对面的小馆里，吃过晚饭就回来。

---

1 Brāhmī字母：一种发源于北印度的音节字母，吐火罗文最初是由这种字母书写的。

二十五日 夜里睡得还好，早晨天刚明就起来了。洗过脸，出去吃过早点，回来看了会儿书。九点到文学院院长办公室去，汤先生还没有去。我就到图书馆去，十点前又回去。汤先生拿给我几卷西藏文佛经看，我劝他买下来。在那里遇到姚从吾[1]。出来就到北平图书馆去，丁浚先生领我到书库里去参观，这里的梵文、巴利文的书都不少，是我万没想到的。又到楼下去会了一位彭先生，是蒙古人，他专管西藏文、蒙古文佛经，也会一点梵文。一点前出来，到理学院对面小饭铺吃过午饭，就回来躺下休息了会儿。四点出去，先到东四邮局寄了几封信，就到马大人胡同去看姚从吾，一直谈到快天黑才出来。到东四一个饭馆里吃过晚饭，到市场去逛旧书摊，居然买到一本*Buddhist Mahayana*[2]。大喜过望，另外又买到Thomas Mann的*Buddenbrooks*[3]，回来就睡。

二十六日 早晨七点前起来，没有出去吃早点，只在家随便吃了点东西。十点到文学院院长办公室去看汤先生，谈了谈我的研究计划，范围放得太宽了，原来他只是想替学生要一个课程表。出来去看杨丙辰先生，他被人家给戴上了一顶汉奸的帽子，一肚子牢骚。说起来如悬河泻水，一直到一点半才乘机辞了出来，到骑河楼清华同学会去了趟。买了几个烧饼回来，吃了当午饭，吃完研究汤先生给我看的那张功课表。三点到会计处去领钱，让我五点前去拿支票。回来躺下休息了会儿，五点前又回去把支票领出来，就到中老胡同去看朱光潜先生，坐下谈了谈，又去看冯至[4]，六点出来到那

---

1 姚从吾（1894—1970），河南襄城人，历史学家。

2 *Buddhist Mahayana*：*Buddhist Mahayana Texts* 的简写，即《大乘佛教经文》。

3 *Buddenbrooks*：《布登勃洛克一家》。

4 冯至（1905—1993），原名冯承植，字君培，河北涿州人。现代诗人、翻译家、教授。

小饭铺里吃过晚饭。遇到阴法鲁，同他到理学院，等他吃完饭，一同到他屋里去，看汤先生让我看的唐代卷子。谈到八点多回来。

二十七日 早晨六点就起来，七点多出去到一个小摊上，站着喝了杯豆付［腐］浆，就到清华同学会去等汽车。八点车开，闷在里面什么也看不到，九点前到清华园。一别十一年，今又重逢，心里思绪万端。先到新南院五十二号去替陈寅恪师看房子，又到办公处同何汝楫谈移入后家具问题。清华并不像报纸上登的那样破坏得厉害，这也是一点安慰。出清华到成府去看佟忠良，他还在地里做工。我找到他同他谈了谈陈先生的近况。步行到海淀，坐洋车到西直门，上电车的时候，钢笔被扒去。它随我十六年，走了半个地球，替我不知写了多少万字，今一旦分离，心里极难过。到四牌楼吃过午饭，坐洋车到中国银行汇家三十万元，到琉璃厂商务〈印书馆〉去买了几本书。又到东安市场买了一支Parker51[1]，作为今天损失的补偿。六点前回来，随便吃了点东西当晚饭。

二十八日 早晨七点起来，洗过脸，出去吃过早点，回来写给陈寅恪师一封信，开始写下学年研究计划。十点前到图书馆去，进书库里去查书，主要是看关于佛教方面的书，并把唐写本《妙法莲华经残卷》同大正新修《大藏经》对了下。十一点多回来，接着写研究计划。十二点出去到理学院对过小馆里去吃过午饭，回来躺下休息了会儿，起来把研究计划写完。五点去找阴同孙，谈了会儿。六点我们到东安市场去，我请他们吃涮羊肉，已经十几年没有吃了，真可以说是天下绝美。吃完同阴买了点东西，一同走回来。

---

1 Parker51：派克51钢笔。

二十九日　星期日　早晨七点起来，洗过脸，吃了几块干点心，抄下学年研究计划。九点多去找阴，问他邓恭三的住址，说是在东厂胡同一号，去了，他已经出去了。从那里又到内务部街去看梁实秋先生，走进大门，一看门上糊了白纸，心里一惊，一打听，原来他父亲死了，我于是也没有进去。就到市场去，看了几个旧书摊，买了几本书，到润明楼吃过午饭，就步行回来，躺了会儿也没能睡着。刚起来，吕宝东来，胡谈八扯，一直到六点他才走，我也出去又回到市场买了份《世界日报》，仍然回来，吃了两个小面包当晚饭，因为没电，就躺下。

三十日　早晨七点多起来，洗过脸，吃了一个小面包。没有出去吃早点，念*Tocharische Sprachreste*[1]，主要目的在研究Brāhmī字母。九点到图书馆去查书，十点去看汤先生，不在。回来看书看到十一点，又回去，同汤先生谈了谈东方语文系的课程。出来到图书馆要了个借书证，借了三本书，出来到景山居饭馆去吃午饭，吃完同杨翼骧[2]一同回来，到我屋里谈了会儿才走。躺下睡了一觉，起来看今天新借到的书。五点出去到景山附近散了散步，买了几个烧饼回来。吃过，休息了一会儿，刘□□[3]来找，一直谈到九点多才走。

十月一日　早晨七点起来，洗过脸，吃了几块饼干当早点，念*Tocharische Sprachreste*。九点到国立北平图书馆去，又见到丁濬先生，谈了谈借看善本书的规矩，我自己把Odenberg[4]编的*Vinaya Pitakam*[5]借出

1　*Tocharische Sprachreste*：《吐火罗语残卷》，西克（Sieg）、西克灵（Siegling）合著。

2　杨翼骧（1918—2003），山东金乡人。教授、史学史专家。时任北京大学史学系助教、讲师。

3　日记原文此处空两字。

4　Oldenberg：奥登伯格，全名赫尔曼·奥登伯格，德国学者。

5　*Vinaya Pitakam*：巴利文《律藏》。

来，把*Cullarvagga V.33.1*抄下来。下楼的时候，遇到隋树森[1]，谈了会儿就出来。到景山居吃过午饭，回来躺下睡了会儿，起来看了点书，心里乱得很。四点多出去散了散步，回来的路上遇见杨丙辰先生。回来吃了几片饼干，自己根本不想吃东西，把老舍的《骆驼祥子》看完。

二日 早晨不到六点就起来了，洗过脸，看Copleston *Buddhism*[2]。心里直恶心，不想吃东西。九点汤锡予先生来，同他到办公室，请他给我写了个保证书，就到图书馆去替东方语文系开书单。这书单还真不好开，因为目录是分年编的，十一点我就坐车到国立北平图书馆去，找到丁濬先生，也不得要领。一点前回来，人直想作呕，不想吃东西，躺下休息了会儿。起来，杨翼骧同李炳泉[3]、刘时平[4]来，请我做《益世报》的特约撰述。他们走后，我又到图书馆去，有些书的价钱还是没法确定，只好回来。两点到市场去，买了本书，到润明楼去，崔金荣请客，同请的有朱光潜先生、陈乐桥，还有一位救济分署署员。吃完饭，同朱先生一同回来，风大，很冷。

三日 早晨七点前起来，洗过脸，吃了几片饼干，念*Tocharische Sprachreste*。九点半隋树森来，我们一同出去。我先到院长办公室，把书单交给汤先生，就同隋到隆福寺去。这是一条有名的旧书店街，我以前还没有来过，我因为钱已经不多了，不想再买书。但一看到书就非买不行，结果又买了两万元的书，旧书真便

1 隋树森（1906—1989），字育楠，祖籍山东招远，生于北京。元曲研究专家。

2 Copleston *Buddhism*：雷金纳德·科普尔斯顿所著《佛教：源起与现状，在摩揭陀和锡兰》。

3 李炳泉（1919—1969），山东济南人，曾就读于西南联合大学地质系、复旦大学外文系，时任《益世报》记者。

4 刘时平（1915—1999），内蒙古包头人。1946 年毕业于西南联合大学历史系。时任北平《益世报》采访主任。

宜得要命，其实不够纸钱。他们自己也说，看着书卖出去，心里真痛，不卖又没钱吃饭。一直看到两点还没完，我到一个饭馆里吃过午饭就回来，看了会儿书。四点到图书馆去看报，忽然看到《益世报》上登了篇访问我的记录，我于是就到市场去买了份《益世报》，不由得到书摊上去看了趟，结果又买了一本。决意十天不上馆子，只啃干烧饼。回来吃了几块饼干，因为没有电，很早就躺下。

四日 早晨七点多起来，洗过脸吃了几片饼干。自己有许多信要写，但却懒于动笔。今天决意清理一部分，于是就开始写。九点半出去，走在太阳里，觉得浑身舒服。到东四邮局送了几封信，又到一家旧书店去看了看，没买什么，仍然回来。肚子里饿得很，吃了几个烧饼，就着花生米，也算解决了午饭。又写了两封信。十二点半到图书馆去看了会儿报，到阅览室去念荻原云来[1]《实习梵语学》，念得有点头痛。三点到文学院新楼去看了看，回来看《文艺时代》《东南日报文史》。邓恭三来谈，他走后，我也出去到景山居吃了碗挂面，回来看了会儿书，屋里冷得受不住，就躺下。

五日 早晨六点多起来，洗过脸，看了会儿书，出去吃过早点，回来坐下想看书，但屋里是真冷，无论如何也坐不下去，拿了书到图书馆去。坐在太阳里看Copleston *Buddhism*，念《实习梵语学》。十一点回来看了看报。十二点一刻到理学院去吃饭，据说家伙不全，不能开，出来到景山居吃完。一点同孙衍畋坐大汽车，先到哈德门外一个玻璃工厂去参观吹玻璃，这还是生平第一次见。看完又坐汽车到北大梵学院去，看了看大礼堂宿舍，又到日本人创立的新市区去

1 荻原云来（1869—1937），日本净土宗僧人，佛教梵语学者。

参观。房子挺整齐，只是太低，太单调，也不见得美。再看房子里面，地板、门窗都让我们大国民拆掉去烧了火。四点多又坐车回来，出去洗了个澡。六点多到理学院去吃过晚饭，回来写了封信，就睡。

六日　星期日　早晨六点多起来，洗过脸，吃了几颗花生当早点，看了会儿书。九点多出去到东城去访崔金荣，不在，就去找姚从吾，我很喜欢他，健谈，直爽，不装模作样。我本来预备回来，但他非留我吃午饭不行，吃完同他的小女孩玩了会儿，就同他出来到中德学会去。这里房子很好，很整洁，书也不少，尤其是普鲁士学士院的刊物让我动心，现在却没有人管了。德国现无力出钱，中国也没人出，无论什么事情一到坏中国人手里准糟。从那里出来一同到前圆恩寺〈胡同〉去看毛子水[1]、郑华炽[2]，谈到四点出来。坐车回来，看了会儿报。六点到理学院去吃饭，吃完到豫图家去看长之，他昨天刚到，但没有人在家，回来长之却在这里等我。谈到九点，又陪他出去走到景山才回来。皓月当空。

七日　早晨六点多起来，洗过脸，吃了几颗花生当早点，看了会儿书。八点到图书馆去，念《实习梵语学》，看Copleston *Buddhism*，十一点回来。看到汤先生的条子，就到院长办公室去。他告诉我，他刚同胡适之先生谈过，让我担任新成立的东方语文学系的主任，我谦辞了一阵，只好接受。同姚从吾回到屋里，看了看我带来的书，十二点他走，我就同杨翼骧到理学院去吃饭。吃完回来躺下，想休息一会儿，但神经很兴奋，只是睡不着。三点半到豫图家去看长之，同他到国立北平图书馆去。丁先生领我们看了看书库，出来到北

1　毛子水（1893—1988），浙江衢州人。1922年与姚从吾等人同赴德国入柏林大学专治科学史，1930年回国任教于北京大学史学系，讲授科学史、文化史等课程。1932年担任北京大学图书馆馆长。

2　郑华炽（1903—1990），广东中山人。光谱学家、物理教育家。北京大学教授，时兼任北京大学教务长。

海去玩了玩。已经十一年没来了，外面也没什么改变。六点回到豫图家，不久就吃晚饭，吃的是炸酱面，其味绝美，谈到八点半回来。

八日　早晨六点就起来了，洗过脸，看了会儿书，出去吃早点的时候，遇到阴法鲁。吃完就到图书馆去，念《实习梵语学》，九点多回来，看了会儿报。十点阴法鲁来等长之，长之只是不来，他就走了。十点半长之来，我们一同坐洋车去看梁实秋先生，谈了会儿，出来到东安市场东来顺，我请他吃涮羊肉，吃完就去看旧书摊。我买了本逸见梅荣著的《印度美术史》。从市场走到隆福寺，到文渊阁去，长之想买泷川的《史记》[1]，没买成。一同回到红楼，阴法鲁、杨翼骧都来谈。长之走后，我到朱光潜先生家送了报纸，就到理学院去吃饭，吃完到东华门大街去理发，生了〈一〉肚子气，理完回来已经七点半。

九日　早晨七点前起来，洗过脸，吃了几颗花生米，就算吃了早点。写了封信，念《实习梵语学》。九点半汤锡予先生来，把东方语文学系的卷宗都带给我，谈了会儿就走了。我也出去到东四邮局送了两封信，到王府井大街擦了擦皮鞋，回来看了会儿报。十二点到理学院去吃饭，吃完回来，躺下休息了会儿，想睡一下，但睡不着。只好起来，三点到松公府孑民先生纪念堂去开教务会议，见了胡适之先生，他又不认识我了。讨论大一课程问题和青年翻译官入学问题，五点半散会，同姚从吾走了段〈路〉，回来坐了会儿，就到理学院去吃饭，吃完回来八点睡下。

十日　今天是双十节，早晨七点前起来，洗过脸，又是吃花生米当早点，吃完写给俞晶一封信。九点前到松公府前面去等汽车，

1　指日本汉学家泷川资言编撰的《史记会注考证》，此书是继三家注之后，对《史记》研究成果最重要的总结和梳理，集《史记》问世以来，两千年来注家、学者对其研究之大成。

遇到清华同学徐仁，一同〈坐〉汽车到国会街去参加北大开学典礼。十点开始，胡校长发表演说，很精彩。十一点半散会，同姚从吾出来，找了个小饭馆随便吃了点饭，就到西单商场去逛旧书摊，结果买了本Reichelt[1]的*Truth and Tradition in Chinese Buddhism*[2]，一本梶芳光运《原始般若经の研究》，一本《学文》第一期，有我的散文《年》。一直逛到三点半才分手。我步行到汤先生家去，看他收藏的巴利文书籍。五点回来，休息了会儿。六点到理学院去吃饭，吃完到阴法鲁屋里去闲谈，九点多才回来。

十一日　早晨六点半起来，洗过脸，又是吃花生当早点。八点到图书馆去，看了会儿杂志，找到余先生，商量要一间研究室。回来给长之打了个电话，让他来，不久他来了，我们就去看俞平伯先生。谈了会儿出来到东安市场去吃涮羊肉，这东西真是天下绝美，百吃不厌。吃完又去逛旧书摊，本来不想买什么书，因为钱已经快光了，结果仍然买了几本。三点分手，回来人非常倦，躺下休息了会儿。起来给郑西谛先生写了一封信，看《文艺复兴》。六点前到理学院去吃饭，吃完同萧厚德到他屋里去谈了会儿才回来。

十二日　早晨六点就起来了，洗过脸，看了会儿书，七点半到外面小铺里吃过早点，就到图书馆去借了《燕京学报》，开始写《学术研究的一块新园地》。十点多到楼上见到余先生，领了一把钥匙，我在图书馆里要了一间研究室，到研究室里去看了看，就回来看了会儿报。十二点前到理学院去吃饭，吃完回来。躺了会儿，

1　Reichelt：艾香德（1877—1952），挪威传教士，民国时期来到中国，是一位深受佛教影响的人物。

2　指《中国佛教的真理与传统：中国大乘佛教的研究》。

照例睡不着。两点多起来，又到图书馆去，借出了《大师［唐］三藏法师玄奘传》。四点坐公共汽车到东西［四］去看常风瑑[1]，一直谈到五点多，又坐公共汽车回来，到理学院吃过晚饭就回屋来。

十三日　星期日　早晨六点起来，洗过脸，吃了几颗花生当早点，就开始抄《学术研究的一块新园地》。以为长之不久就可以来，一直等到十点多还不见来，于是我就一个人到松公府去看杨振声先生，谈得非常痛快。十一点回来，长之已经来了。我们一同去看邓恭三，不在，我们就到东四去，找了一个饭馆。吃过午饭，坐电车到天桥下了车，到天坛去。我以前在照片里看到许多次了，每次都忍不住惊叹。现在真地［的］来到了，看到一切比照片上还要伟大千倍，我真觉得这是世界上最美的建筑，没有法子来形容。我们徘徊在里面，胸膛里凭空仿佛充满了什么，恋恋不舍地离开。出来又到天桥市场去逛了逛，便坐电车回来。六点前去吃饭，吃完到阴法鲁屋里去闲谈，八点半回来。

十四日　早晨六点起来，洗过脸，根本没吃早点，就开始抄《学术研究的一块新园地》，抄完就到图书馆去，念了点《实习梵语学》，写《关于北大东方语文学系》。十点半回来一趟，不久又回到图书馆去。十二点前到理学院吃过午饭，回来洗了洗手，又到图书馆去，写《关于北大东方语文学系》。自己现在有了一间研究室，颇为方便，下午有太阳，这是宿舍里没有的。四点回来，不久李炳泉来，谈了会儿，把那篇文章给了他。五点半到理学院去吃饭，又出了问题，厨子只是煮不出面来，大家乱成一团，八点才吃完，到阴法鲁屋去闲谈，九点半回来。

1　常风瑑（1910—2002），山西榆次人。1929年秋考入清华大学外国文学系，1946年至1952年在北京大学西语系任教，是“京派”重要作家、书评家。

十五日 早晨六点半起来，洗过脸，没吃早点，自己的钱又快光了，只好让肚子受点委屈。八点多到图书馆去，写《关于北大东方语文学系》，念《实习梵语学》。九点多周祖谟[1]先生来谈，他是中国音韵学专家，不过自谦得太厉害，令我不好意思。他走后我就出来到后门去买了两瓶酒，到豫图家去为他父亲祝寿。同长之谈了谈，就回来到理学院吃过午饭，回来坐了会儿，又回到图书馆去写《关于北大东方语文学系》，念《实习梵语学》。四点去访从文，不在，就回来。五点半到豫图家里，他们让我回去吃晚饭，今天是正式的酒席，菜都作［做］得很好，吃完谈到九点回来。

十六日 早晨六点半起来，洗过脸，吃了几颗花生当早点。写了两封信，出去送了，就到图书馆去，念《实习梵语学》。十点前出来到外交部街去看阎故声，他昨天来看我，我不在家。谈到快十一点出来，就一直走回来。休息了会儿，到理学院去吃饭，吃完就到图书馆去，休息了一会儿，写《关于北大东方语文学系》，念《实习梵语学》。三点半到东安市场去买了份《大公报》，胡适之编的《文史周刊》今天创刊。回来看《文史周刊》，人非常疲倦。六点前到理学院去吃饭，吃完回来。正在看着书的时候，忽然又停了电，就摸索睡下。

十七日 早晨六点起来，洗过脸，看了会儿书。八点前出去吃早点，遇到阴法鲁，吃完就到图书馆去，写给Prof. Waldschmidt[2]一封信。到文学院院长办公室去找汤先生，不在。回来在路上遇到，

1　周祖谟（1914—1995），字燕孙，北京人。中国文字、音韵、训诂、文献学家。时任北京大学中文系教授。

2　Waldschmidt：恩斯特·瓦尔德施米特（1897—1985），德国佛教、印度学家。1935年作者留学德国哥廷根大学时，向他学习梵文、巴利文和佛学。

同他谈了谈课程问题，就到国立北平图书馆去，见了蒙古彭先生，问他藏文《方广大庄严经》的书经，他也不清楚，就回到图书馆来，写《关于北大东方语文学系》。十二点到理学院吃过午饭，回来休息了会儿，又到图书馆去，写《关于北大东方语文学系》。四点到中老胡同去看从文，又没遇到，回来接到安平索稿的信，立刻回复。六点前到理学院去吃饭，吃完同大家到阴法鲁家里去闲谈，九点才回来。

十八日 早晨六点半起来，洗过脸，又没吃早点，看了会儿书。八点到图书馆去，把《关于北大东方语文学系》抄完。到教务处把课程表交上，回到图书馆，找到余先生，想把《大正新修大藏经》借到研究室里去。他领我去同彭鉴先生谈，彭先生原来留日研究梵文和印度哲学多年。刚回到研究室，彭鉴先生就去谈，口若悬河，滔滔不绝，一直到十一点半才完。我连忙看了点儿书，十二点到理学院去吃完［饭］，吃完回到研究室，睡了会儿，醒来心里又乱起来。回到宿舍来看Copleston *Buddhism*。四点多长之来，我们到松公府找到孙衍�，同他一起到市场去。今天高中同学聚餐，我先同长之去看了看旧书摊，才到东来顺去。同学到的不少，大半都是七八级的，吃完谈到九点才分手，我同阴法鲁、杨翼骧走回来。

十九日 早晨六点多起来，洗过脸，什么也没吃，看了会儿书。八点就到图书馆去，念梵本《方广大庄严经》，只感到工具书不够用，连一本巴利文字典都没有，彭先生又领我到上面借了两部佛教大辞典。十二点到理学院去吃饭，吃完回来休息了一会儿，到秘书处去填了个表，算是报了到。三点多去找长之，同他出来坐公共汽车到前细瓦厂〈胡同〉去看王静如，谈到五点多。出来步行到前门，又转弯一直走到天安门，从那里再往东走，在一个小摊上每个人吃了两碟地瓜。又到另一个摊上，吃了碗炸丸子，算是解决了晚饭，到豫图家谈到八点多回来。

二十日　星期日　早晨不到六点就起来了，洗过脸，出去吃了碗豆浆、两个烧饼回来。长之来，坐了会儿，同他到中老胡同去看沈从文，一直谈到十点多才出来。到松公府去看杨振声，谈了会儿。到校长室去看邓恭三，谈到十一点半。出来到一个小铺里吃过午饭，就步行到中山公园去。别来十一年，不见一点改变。找了个桌子坐下喝了点茶，就去看《新民报》主办的画展，第一展览室奇糟。到水榭看徐燕荪[1]个人画展，非常满意。又去看《新民报》第二展览室，是西洋画，更糟，展览字的屋子也不见佳。最后到美术家协会画展去看，还不坏，出来分手。我坐洋车到东四去看姚从吾，不在家，就回来，休息了会儿，看了看报。六点前到理学院去吃饭，吃完回来。八点多王森田[2]来，我们预备让他在东方语文学系作［做］事，谈到十点才走。

二十一日　早晨六点半起来，洗过脸，吃了几个炒栗子当早点。八点到图书馆去，念梵本《方广大庄严经》。九点半到文学院院长办公室去见汤先生，谈了谈王森田的事情。回到研究室又念《方广大庄严经》。到书库去查了几本书，十二点到理学院去吃饭，吃完去看了看报，回来坐了会儿，到东安市场去重刻了一块图章，看了看旧书摊。三点到翠花胡同北大文科研究所去开会，出席的是文科研究所的委员会，五点散会。回来看了会儿书，六点到理

1　徐燕荪（1899—1961），原名徐存昭，河北深州人。原北京中国画院副院长，中国美术家协会会员。

2　王森田（1912—1991），字森田，号雨农，河南新安人。现代著名藏学家、宗教学家、因明学家、古文字学家。

学院去吃饭，吃完到阴法鲁家去谈天，八点多回来。

二十二日 早晨六点半起来，洗过脸，吃了几个栗子当早点。八点到图书馆去，念《方广大庄严经》，九点半回来，立刻就出去到骑河楼清华同学会。长之已经在车上，我也上去。十点半多到清华，先到图书馆三院各处看了看，破坏得真不成样子，三院几乎完全没有了。又到新大楼宿舍里去看了看自己住过的房子，不胜今昔之感。到兴华食堂吃过午饭，先去看张季，他同梅校长都不在。又去看吴晗，谈了会儿，他也把费眉喊了过去。闲谈到一点多，吴陪我们去找朱自清，他原来还没有搬过去。我同长之就到校门口坐上汽车，两点半回到骑河楼。回来喝了点水，立刻又到松公府去开教务会议，快到六点才散，到理学院吃过晚饭，到孙衍秋屋去看他哥哥，说了会儿就回来了。

二十三日 早晨六点半起来，洗过脸，也没吃早点。八点多到北楼东方语文学系办公室去看了看。出来到华北居士林去看王森田先生，他居所藏书很多，颇为羡慕。七点同他回到北楼，规定了一下办公时间，领他看了看书库。他刚走，彭先生就来找我，送给我他作的诗词，谈了会儿就走了。十二点到理学院吃过午饭，回来坐了会儿。回到图书馆研究室，念《方广大庄严经》。三点半到东安市场去买了份《大公报》，回来看报，写信。五点半到理学院去吃饭的路上，遇到长之，同他到一个小饭馆里吃过晚饭，又回来坐了会儿，他才走。

二十四日 早晨六点半起来，洗过脸，没有吃早点，就到豫图家去取箱子，坐三轮回来，箱子上了铁条开不开。九点到下面去开会，讨论联大东西的分配，北大、清华、南开都有代表参加，挤满了一屋。同陈福田[1]谈了谈，陈福田说清华本来替我预备一个德文教授的位置，现在我既然来北大，只好作罢。梅校长主席讨论到十一点，没有什么结果，散会。费眉到我屋里来坐了会儿。十二点到理学院去吃饭，吃完到图书馆去看了看报，到研究室念《方广大庄严经》，写给Prof. Haloun[2]一封信。五点前回来，看了会儿书，写给纪风之一封信。六点前到理学院去吃饭，回来看旧笔记，都是自己抄的，八点睡。

二十五日　早晨六点多起来，洗过脸，没吃早点。看了会儿书，八点到图书馆研究室去，念《方广大庄严经》。王森田来，谈了谈他访美的情形。他走后，我到阅览室去查书，想把关于《儒林外史》的那篇文章完成。十二点到理学院去吃饭，吃完回来，盖了一个图章，到松公府把领薪水的单子交给阴法鲁，就到研究室去，仍然念《方广大庄严经》。又到书库去查关于《儒林外史》的材料，才发见［现］有一部分材料别人已经发现了，心里很难过。回来看《徐孝穆集》。六点前去吃饭，下着雨，回来到石峻屋去闲谈，十点回来。

二十六日　夜里风大，很冷，早晨六点半起来，洗过脸，喝了碗开水。八点到图书馆去，把写给Prof. Haloun的信抄好，九点多回来。等王静如，他好半天只是不来，我又回到图书馆，冯至来谈，十一点前王静如来，冯先生就走了。同王谈了半天吐火罗问题，十二点同他出来，分手后到四牌楼，买了点栗子给姚从吾先生的小孩子，他请我吃午饭。今天同请的人颇多。有毛子水、冯文潜[3]、邓

1　陈福田（1897—1956），出生于夏威夷，外国语言学家、西洋小说史专家。1923年起执教于清华大学。

2　Haloun：古斯塔夫·哈隆。作者留德初期时任哥廷根大学汉学研究所所长，后任教英国剑桥大学。

3　冯文潜（1896—1963），字柳猗，河北涿州人。是周恩来在南开中学时的同学，冯至的叔叔。

嗣禹[1]，还有几位南开的教授。饭很好，吃完又喝茶闲谈。三点多同毛、冯出来，走到红楼，冯先生到我屋里坐了会儿才走。我到图书馆研究室去看了会儿书，五点回来，看克家寄来的《侨声报·副刊》。六点前到理学院去吃饭，吃完就回来，外面非常冷。

二十七日　星期日　早晨七点前起来，洗过脸，没吃早点，写给叔父一封信。屋里非常冷，简直冻得手足麻木，写字都感到不方便。十点邓恭三来，告诉我，陈寅恪师已经到了北平，当天就迁到清华去了。他走后，我再也受不住，出去到太阳里去站了会儿。十二点到理学院去吃饭，吃完回到屋里，仍然是受不住，又拿了本书到操场旁边太阳里去。三点前回来，任继愈[2]、阴法鲁、杨翼骧相继来，我们一同出去逛小市，买了床褥子，坐洋车回来送下，又回去到车市市场取出图章来。到东来顺去，阴同杨请我同任氏夫妇吃饭，吃完回来到阴屋里去闲谈，九点回屋。

二十八日　早晨七点前起来，洗过脸，八点多就到景山前去等汽车。到前门下车，步行到西交民巷中国银行去，汇了十万元给叔父，又到邮政局寄了几封信到欧洲去。到北京饭店法文图书馆去看了会儿书，他那里关于梵文和印度的书居然不少，挑了两本，钱不够，答应他下午再去，就回来。到东方语文学系办公室，去同王森田先生谈了谈，到图书馆研究室去看了会儿书。十二点到理学院去吃饭，吃完，到研究室坐了会儿。一点多坐洋车到北京饭店去拿书，一本是*Buddhism in*

1　邓嗣禹（1905—1988），字持宇，湖南常宁人。汉学家、历史学家。与林语堂、陈寅恪等同为哈佛燕京学社成员，师从著名汉学家费正清先生。

2　任继愈（1916—2009），山东德州人。著名哲学家、宗教学家、历史学家，国家图书馆名誉馆长。1942—1964年在北京大学哲学系任教。

Translation[1]，一本是*Buddha's Teachings*[2]。回来又到研究室去写《大学外国语教学法刍议》。四点回来，从文来，谈闲话，我把印度美术书籍拿给他看，这是一位很可爱的人。他走后，我不久也到理学院去吃饭，吃完同阴法鲁、王金钟来我屋里闲谈，八点他们走。

二十九日 早晨七点起来，洗过脸，吃了几颗花生当早点，看了会儿书。九点前出去到魏家胡同去看长之，他新搬了家。谈到十点回来，到文学院院长办公室去看了看汤先生，又到东方语文学系办公室去坐了会儿，就到图书馆研究室去念《方广大庄严经》。十二点到理学院去吃饭，吃完回来，看报。两点前李炳泉同杨翼骧来，谈了会儿就走了，我又到研究室去念《方广大庄严经》。四点多回来，看了点杂书。六点前到理学院去吃饭，吃完回来看*Dua Aspests of Mahāyāna Buddhism*[3]。

三十日 早晨六点半起来，洗过脸，八点前到图书馆研究室去，念《方广大庄严经》。屋里很冷，自己又没有衣服，真有点难过。十点半到北楼东方语文学系办公室去，同王先生谈了谈，十一点多又回到研究室。十二点到理学院去吃饭，吃完回来了一趟，立刻又回到研究室，写《大学外国语教学法刍议》。三点出去买了份《大公报》，回来放下，又出去到□□街[4]去逛市场，买了床毡子，坐车回来，看了会儿书。五点半到豫图家去，长之生日，他请我们吃面。谈到八点，同长之出来到杨丙辰先生家里去看看，九点半回来。

---

1 *Buddhism in Translation*：亨利 · 克拉克 · 沃伦所著《佛学的翻译》。

2 *Buddha's Teachings*：《佛陀的教诲》。

3 *Dua Aspests of Mahāyāna Buddhism*：《关于大乘佛教的两个方面》。

4 日记原文此处空两格。

三十一日 早晨六点半起来，洗过脸，看了会儿书，八点到图书馆研究室去，念《方广大庄严经》。十点到北楼东方语文学系办公室，看《摩尼教入中国考》。不久胡适之先生来，他刚从南京回来，说了几句话就走了。我拿出关于*Cullavagga V.31*的那篇文章，看了一遍，添写了一段。十二点前到秘书处去了一趟，出来就到理学院去吃饭。吃完回来，立刻又回到图书馆研究室，但心里只是安不下。两点出去到前细瓦厂〈胡同〉王静如家去拿书，谈了会儿。出来到西单买了点水果，坐洋车去看汤锡予先生，他有病躺在床上。谈了会儿，回来。六点前到理学院去吃饭，吃完到阴屋里去闲谈，九点回来。

十一月一日 早晨不到六点就起来了，外面还没亮。洗过脸，看了点书，七点半出去吃了点早点，就到图书馆研究室去，念《方广大庄严经》。张光奎同刘次元来，张原来是译员，现在要入北大念梵文。我拿了证件到教务处去问，郑先生到国会街去开会，我就到东方语文学系办公室去，看《摩尼教流行中国考》[1]。十二点到理学院去吃饭，吃完回来拿了报就回到图书馆研究室去。休息了会儿，张光奎又来，谈了会儿就走了。念《方广大庄严经》。四点到教务处见了郑华炽先生谈了谈，回来写了一段《胭脂井小品序》的跋。六点前，到理学院去吃饭，吃完回来看Meillet[2]，*Einführung in die vergleichende Studie der indoeuropäischen Sprachen*[3]。

二日 早晨六点半起来，洗过脸，吃了许多花生为早饭。八点到图书馆研究室去，念《方广大庄严经》。九点半张光奎来，我告

1 原文如此，两次书名不同。

2 Meillet：安东尼 · 梅耶（1866—1936），法国语言学家，研究领域遍及希腊语、拉丁语、日耳曼语、凯尔特语、波罗地语、吐火罗语等。

3 此句意为：《印欧系语言比较研究导论》。

诉他我见郑教务长的经过。我领他到松公府看了看布告就到北楼东方语文学系办公室去，看周祖谟先生送给我的《读书周刊》。十二点到理学院去吃饭，吃完回来，把《胭脂井小品序》的跋写完，就出去坐车去看长之，把稿子交给他，谈了会儿。出来到东四送了封信，坐公共汽车到东安市场去，看了看旧书摊，拿了三本以前订下的书。四点多回来，看《西域南海史地考证译丛续编》。六点前到理学院去吃饭，吃完回来，看《南海史地考证译丛》。

三日　星期日　早晨快到七点才起来，洗过脸，看了会儿书。八点前出去吃了点早点，遇到阴法鲁，回来拿了书就到图书馆去，预备第一年梵文的讲稿，看《佛游天竺记考释》。十一点回来，崔金荣来谈，到十二点才走，我连忙赶到理学院去吃午饭，以为晚了，其实还没开饭。吃完回来，石峻[1]、王金铳、杨翼骧到我屋里来玩，我请他们吃花生。他们刚走，我就出去，到市场附近理了理发，理完买了份《大公报》就回来，看了会儿报。崔金荣又回来，说北大聘他做讲师。他刚走，长之来，我同他出去到大学食堂去吃饭。吃完他坐车走，我也就回来看报，看《佛游天竺记考释》。

四日　早晨快到七点才起来，洗过脸，吃了点花生当早点。八点到图书馆研究室去，念《方广大庄严经》，到书库去看了看，上去同毛子水先生谈了谈，把全套《大正新修大藏经》借到研究室去。看着把书运去排好，就到东方语文学系办公室去，常凤瑑在那里等我，谈了半天闲话。他走后不久，我也出来到理学院去吃饭，吃完回来，洗了洗手，又回到研究室看了点书。两点前到北楼去，今天本来我有课，《方广大

1　石峻（1916—1999），湖南永州人。哲学史专家、佛学家、教育家。1934年考入北大哲学系，1938年留校任教，做其导师汤用彤的助手。

庄严经》汉梵藏本之研究，本来不预备有学生，果然没有，大喜。回到研究室念《方广大庄严经》，四点回来。不久就出去坐公共汽车到西四，步行到常镂青家去，他请我吃晚饭，同请的有田价人[1]、王森田，吃的烤牛肉，很好，谈到九点多才出来，外面没了车，步行回来。

五日 早晨七点起来，洗过脸，仍然是吃花生当早点。八点到图书馆研究室去，下了一夜雨，现在还没有停，念《方广大庄严经》。十点到北楼东方语文学系办公室去，看*Mocdonell Jauskrit Srassencar*，吴晓铃去，谈了会儿。十一点我下楼去上汤先生的魏晋玄学研究，十二点下课，到理学院去吃饭。吃过午饭，回来看了看报，又回到研究室。雨仍然没停，天昏地暗，人一点兴致都没有。到书库里去查了查书，五点回来，六点到理学院去吃饭，吃完回来，到任继愈屋里去坐了会儿，八点多回来。

六日　星期三 早晨七点前起来，洗过脸，八点到图书馆研究室去念《方广大庄严经》，十点到北楼东方语文学系办公室去，随便看了点带去的书。十二点到理学院去吃饭，吃完回来，洗了洗脸，休息了会儿，到图书馆研究室去看了看。两点到北楼去上第一堂梵文，居然有两个学生，一个女生，一个男生，都是四年级，我随便谈了谈，因为联大学生还没有搬来，就没有正式讲功课。三点下课回到研究室，看了点书。六点前到理学院去吃饭，吃完回来，看报，看书。

七日 早晨七点起来，洗过脸，吃了点花生，八点到图书馆研究室去，念《方广大庄严经》，九点多出去到骑河楼清华同学会。去赶汽车，路上遇到王森田。十点半到清华，下了车一直到陈寅恪

1　田价人（1904—1997），又名田绪范、赵范。

先生家里去，在那里遇到余冠英[1]、许骏斋[2]，一直谈到十二点多才出来。到校长办公室，梅校长又不在那里，到华兴食堂吃饭的时候，遇到毕树棠先生，他请我吃午饭。吃完又到大门口去上汽车，车上遇见Prof. Winter，一直谈了一路。在西单下车，到□□□[3]去修理了一下钢笔，坐洋车到中国银行，想去取钱，但没有图章，就坐车到北京饭店去，Vetch同那俄国人都不在。出来到王府井大街去取洗好的衣服又回去，同Vetch谈了半天，他非常拉拢，知道我在北大任教，想介绍一个教东土耳其语的人。五点多坐洋车到理学院吃过晚饭，刚回来，孙福堂来，谈了会儿就走了。

八日 早晨七点起来，洗过脸，写给婉如、延宗一封信。七点半出去吃了两个烧饼，喝了一碗豆腐浆，就到研究室去，念《方广大庄严经》。九点到北楼去听汤先生的课，但是他没去，就到系办公室去，写《论翻译》。十二点到理学院吃过午饭，回来看了看，又回到研究室去，念《方广大庄严经》，写《论翻译》。四点前回来，接着写。五点半到理学院去吃饭，吃完回来，看报。

九日 早晨六点就起来了，洗过脸，吃花生当早点，看了会儿书。八点出去坐汽车到故宫前门，下了车，步行到中国银行去取了十万块钱。坐洋车到北京饭店法文图书馆去看了看，买了本*Meghadūta*[4]。坐洋车回来，到系办公室去，看*Meghadūta*的英文序，下去同汤先生谈了谈。

---

1 余冠英（1906—1995），江苏扬州人。中国古典文学专家。1931年毕业于清华大学，后在清华大学、西南联大等校任教。

2 许骏斋：许维遹（1900—1950），山东威海人。著名语言文字学家、古籍研究专家。1932年毕业于北京大学中文系，后任教于清华大学。

3 日记原文此处缺字。

4 *Meghadūta*：印度古代诗人迦梨陀娑的著名诗作《云使》。

十二点到理学院去吃饭，刚吃完回来，长之来，坐了会儿，到［就］领他去看了看图书馆和我的研究室，一同去访从文，谈了会儿，又去看贺麟先生。出来我们就去看梁先生，只有他太太在家，谈了会儿，我们就到市场东来顺，吃过晚饭，又去逛书摊，买了几本，八点前回来。

十日　星期日　早晨七点起来，洗过脸，写了封信，八点前到外面去吃早点，吃完本来想到图书馆去，但关着门，就回来写《论翻译》。十一点到理学院去，在太阳里椅子上坐下来，看王静如的《论吐火罗及吐火罗语》，十二点多去吃饭。吃完回来，休息了会儿，到青年会去看金石书法展览，大半都是篆刻。看完到市场去买了点东西就回来，到图书馆研究室，去念《方广大庄严经》。三点半回来看《大公报•星期文艺》和《文史周刊》。五点半到理学院去吃饭，没有椅子，因为给学生抢完了，只好站着吃，回来看《印度古佛国游记》。

十一日　早晨七点起来，洗过脸，喝了一杯可可。八点出去洗澡，洗完回来，放下东西就到图书馆研究室去，念《方广大庄严经》。汤先生去，告诉我马坚[1]先生已经来了。十一点到北楼系办公室去，写《论翻译》，庞静亭忽然去了，他前天才到。谈了会儿，同他回到屋里来看了看，就到对门一个小馆里去吃饭，吃完同他到翠花胡同汤先生家里去。我因为有事先回来，两点到北楼去看了看，立刻回来。不久马坚同向觉明[2]先生来，坐了会儿，向先生先走了。我同马先生谈了半天招收回教学生问题，领他到松公府秘书处去报到，到图书馆要了张借书证，到书库里去参观了一下，就到北

1　马坚（1906—1978），字子实，云南个旧人，伊斯兰教学者。1945年后，先后任云南大学、北京大学东方语言系教授。

2　向觉明：向达（1900—1966），湖南溆浦人。曾任商务印书馆编译员、北平图书馆编纂委员会委员兼北京大学讲师。

楼系办公室去，又遇到向先生，他也进去谈了谈。五点前出来，马先生回家，我也回来。五点多，冯文潜先生来，谈了会儿就走了，我也立刻赶到理学院去吃饭，吃完回来，王森田先生来，谈到九点走。

十二日　今天是孙中山先生诞辰，学校放假。早晨七点起来，夜里下了半夜雨，现在还没停，洗过脸，到外面喝了碗豆浆，吃了几个油条，回来写《论自费留学》。九点王森田来，我们一同出去到东四清真寺去访马坚、马松亭[1]。马松亭是回教间人，办理成达师范，老头儿很精明强干，谈了谈送回教学生到北大来的事情。他又领我们参观大殿、图书馆、浴室。十二点前才出来，坐车回来，到理学院吃过午饭，回来写《论自费留学》，一直写完。五点前出去在街上走了走，六点半到理学院去吃饭，吃完回来，田价人来谈了会儿，又到石屋里坐谈，一直到十点才回屋来。

十三日　早晨七点前起来，洗过脸，八点多到图书馆研究室去，念《方广大庄严经》，那里终于还是太冷，就到北楼系办公室去。天气真有点怪，忽地冷起来，已经结了冰。十二点到理学院吃过午饭，回来看了看，又回到图书馆研究室去，两点到北楼去上课。下了第一堂课的时候，在休息室遇到Wilhelm，谈了谈。又去上课，四点下课，休息了会儿，四点半马坚同了马松亭先生来，是回拜我们，又谈了谈送回教学生到北大来的事情，五点走。五点半到理学院去吃饭，吃完，萧厚德、石峻到我屋里闲谈，吃花生。不久郑曼的弟弟来，我到孙衍畋处借了一床毡子回来，他就睡在这里。

1　马松亭（1895—1992），名寿龄，以字行，北京人，回族。中国现代伊斯兰经学家、教育家、社会活动家，著名伊玛目（教长）。

十四日 早晨七点前起来，洗过脸，领了郑弟去吃早点，吃完他到国会街去，我就回来。八点到图书馆研究所去，念《方广大庄严经》。十点到北楼系办公室写《论翻译》。汤先生去谈了谈招收回教学生的问题。十二点到理学院吃过午饭，就到北平图书馆去，借出了*Vinayapitaka*[1]来对了对，又借了几本别的书。丁先生领我到善本阅览室去看了看，里面冷得要命，坐不住，就回来。五点多到理学院去吃饭，吃完回来到杨翼骧屋里去闲谈，八点半回来。

十五日 夜里极冷，早晨七点起来，洗过脸，到外面吃过早点，就到图书馆研究室去，念了点《方广大庄严经》。九点到北楼去听汤先生的课，但他没去。等了半天就出去坐车到市场，到五洲书局去看了看那本梵文文法，到东长安街邮局，寄稿子给安平，步行回来到北楼系办公室，看Winternitz[2]的《印度文学史》。我忽然想到译*gātaka*[3]，现在今［先］计划写一篇序。十二点到理学院吃过午饭，回来看了看，就到图书馆研究室去。两点到北楼去上课，三点下课到研究室去念《方广大庄严经》，四点回来，写了几封信。五点到孙衔眏处送毡子，送完就到理学院去吃饭，吃完回来，长之在这里等我，谈到八点走。

十六日 夜里非常冷，早晨七点前起来，洗过脸，到外面吃过早点，就到图书馆研究室去，念《方广大庄严经》。十点到北楼去上周燕孙先生的古音研究，十二点下课到理学院吃过午饭，又回到研究室查了查书，回来拿了本书，就出去到碾儿胡同去看周燕孙，谈了许

---

1 *Vinayapitaka*：《大藏经》。

2 Winternitz：莫里茨·温特尼茨（1863—1937），奥地利印度学学者。曾在牛津大学做研究，致力于印度学资料、文献的整理。

3 *gātaka*：巴利语《佛本生经》。

多音韵学上的问题。四点前出来，坐洋车到东四清真寺去看马子实先生，坐了会儿就回来。一直到图书馆去看了点书，五点到理学院去，在院子里走了走。吃过晚饭回来，看了会儿书，灯灭了，就睡。

十七日　星期日　早晨七点起来，洗过脸，到外面去吃早点，吃完回来写《巴利文佛本生经译序》，袁家骅[1]先生来访，谈了会儿，十点半走了。我因为屋里太冷，就拿了书到理学院去，在太阳里找了个椅子坐下，晒得很舒服。十二点半多吃过午饭，回来坐了会儿，到图书馆研究室去看了会儿书。三点到东安市场去买了份报，回来就到研究室去，查《大藏经》。五点多到理学院去，吃过晚饭，回来看报，写《本生经译序》。

十八日　早晨七点起来，洗过脸，到外面吃过早点就到图书馆研究室去，查《大藏经》。九点半回来，写《巴利文佛本生经译序》，十点马坚来，同他到东方语文学系办公室去，商议阿拉伯文组学程，商议完抄好，到下面送给汤锡予先生。回来拿了钥匙到研究室取出图章来，又回到北楼把一个领罐头的表交给工友，就到理学院去吃饭。吃完就到北平图书馆去，坐在大阅览室看了会儿书，又找到丁先生留了一间研究室，进去看关于佛教的书。五点前回来，到研究室去念《方广大庄严经》，五点半去吃过晚饭，回来看报。

十九日　早晨六点半起来，洗过脸，出去吃过早点就到图书馆研究室去，念《方广大庄严经》。九点多到事务组去领了一个单子，到礼堂去领了一张铁床，送回来，就到北楼东方语文学系办公

1　袁家骅（1903—1980），江苏沙洲（今张家港）人。著名语言学家。1932年毕业于北京大学英文系，曾任上海北新书局编辑、北京大学助教。

室去。十一点去上汤先生的课，十二点下课到理学院吃过午饭回来，休息了会儿。到研究室，先坐了会儿，又回来，遇到田价人，到我屋里谈了会儿。他走后，我又到研究室去看了看。三点到松公府蔡先生纪念堂去开教务会议，五点半散会，到理学院吃过晚饭，回来，支好床，看Winternitz的《印度文学史》。

二十日　早晨七点前起来，洗过脸，出去吃早点。吃完到图书馆研究室去，念《方广大庄严经》，到书库里去查了几本书。十点半到北楼系办公室去，看王森田开的书目。十二点前到院长办公室去看汤先生，谈回教学生入学问题。谈完到理学院去吃饭，吃完回来。休息了会儿，到研究室去看了会儿书。两点到北楼去上课，四点下课，步行到东四邮局送了封挂号信给《大公报》，回来。五点半到理学院去吃饭，吃完回来，长之来，谈到八点走。

二十一日　夜里睡得不好。早晨七点前起来，洗过脸，出去吃过早点，就到图书馆研究室去，念《方广大庄严经》。九点到松公府去要了张履历表，又到秘书处去问了问抽签的事情，就到北楼系办公室去。十点马子实带了十一个回教学生去，他们入北大当试读生，我领他们到注册组去办理手续，办完我又回到系办公室。十二点到理学院吃过午饭，就到北平图书馆去，看关于佛教的书，我想把巴利文小品*V.33.1 sakāya niruttiyā*释义与巴利文佛典写起来。王森田去，丁先生领我们去见馆长袁同礼[1]，谈借书的事情。五点前回来，到理学院坐了会儿。吃过晚饭，回来看报。

1　袁同礼（1895—1965），字守和，河北徐水人。著名图书馆学家、目录学家。北平图书馆（即今国家图书馆）的奠基者，中国现代图书馆事业的先驱。

二十二日 早晨七点前起来，洗过脸，出去吃过早点，就到图书馆研究室去，念《方广大庄严经》。九点到北楼去上汤先生的课，十点下课，到系办公室去。马先生领了学生去，我领他们到红楼去看了看布告，又回到办公室，写《论中国人的道德》。十二点到理学院去吃饭，吃完回来看了看，又到研究室去。两点到北楼去上课，三点下课，到阴法鲁屋里去，他刚从济南回来，替我带来点衣服。回来打开箱子一看，皮袍、棉袍都有，心里悲喜交集，自己漂泊十年，没有人管自己的衣服，现在总算又有人想到自己了。五点半到理学院去吃饭，吃完回来，翻译《一个婆罗门和罐子的故事》。

二十三日 早晨六点半起来，洗过脸，出去吃过早点，就到图书馆研究室去，念《方广大庄严经》。九点多到北楼系办公室去。九点半十一个回教学生来，我看了看他们选的课，他们就走了。十点去听周祖谟的古音研究，十一点下课，到办公室坐到十二点，就到理学院去吃饭。吃完回来看了看，又回到图书馆念《方广大庄严经》。三点半到东四邮局送了两封信，慢慢地向南走去，走过一个拍卖行，进去看了看拍卖的情形。走到青年会看了一个画展。四点半到袁同礼家里去，陆续到的有冯至、毛子水、郑昕[1]、郑华炽，我们讨论中德学会存留的问题。六点出来到市场润明楼吃晚饭，到东来顺去，任继愈请客，我不高兴吃，所以先吃了。看他们吃完，一同回来。

二十四日　星期日 早晨七点起来，洗过脸，出去吃早点，回来，念西藏文。十点到长之家去，坐了会儿，同他到东四十条北大教员宿舍去看向达先生和郑昕先生。十二点出来坐电车到青年会去

1　郑昕（1905—1974），安徽庐江人。1927年赴德国柏林大学哲学系学习。回国后，曾任北京大学、西南联合大学教授，北京大学哲学系主任。

看了看画展，就到东来顺去吃饭，又吃涮羊肉。吃完去逛旧书摊，四点到杨丙辰先生家里去，不在。到松公府阴法鲁屋坐了会儿，又去找废名[1]谈了谈，他正研究佛学，似乎已经着了迷。分手回来，看了会儿书，王森田来。五点半一同出去，我到理学院去吃饭，吃完，石峻同萧厚德来屋里闲谈，九点走。

二十五日 早晨六点多起来，洗过脸，出去吃过早点，就到图书馆研究室去，念《方广大庄严经》。十点到北楼系办公室去，不久汤锡予先生去，谈了谈回教学生的事情。他走后，我就看《宋人小说类编》。十二点到理学院吃过午饭，回来，休息了一会儿，又回到研究室，念《方广大庄严经》，今天成绩很好，念得很多。四点多回来，不久冯文炳先生来，又谈佛学，他已经钻了牛角〈尖〉，我没意思作陪。五点半他走，我也出去到理学院去吃饭，吃完回来又出去洗了一个澡，回来看《宋人小说类编》。

二十六日 早晨六点多起来，洗过脸，出去吃过早点，就到图书馆研究室去，念《方广大庄严经》。十一点前到北楼系办公室去看了看，就下去听汤先生的课。十二点下课到理学院去吃饭，吃完回来坐了会儿，到研究室去念《方广大庄严经》。两点到秘书处问了问，就出去到东四邮局送了两封信，到清真寺马子实家，不在，就到东安市场去，拿着文凭照了张相。四点回来，又到图书馆去看《宋人小说类编》，五点到理学院去吃饭，吃完回来。今天风非常大，天阴，冷。

二十七日 早晨七点起来，洗过脸，出去吃过早点，就到图书馆研究室去，念《方广大庄严经》。十点到北楼东方语文学系办公室去，

---

1 废名：冯文炳。

不久马坚去，谈了谈借读的问题，同他到秘书处去了一趟。又回到北楼，有一个化学系的女生要转东方语文学系，我觉得颇有趣。十二点到理学院吃过午饭，回来看了看。两点到北楼去上课，四点下课，那位化学系的女学生又来。四点半到东安市场取出照片，天已经晚了，买了点吃的东西回来。今天非常冷，吃完冷得坐不住，就躺下看书。

二十八日 夜里非常冷，早晨七点起来，洗过脸，吃了一个昨晚剩下的烧饼，就到图书馆研究室去。八点半到北平图书馆去会王森田，一同去看彭先生。我又同王出来查《西藏大藏经》目录。十点半我先回来，到出纳组领来支票，就到金城银行去交上。到北楼系办公室去，钟小姐在，我给她讲了讲梵文字母。十二点前到金城把款取出来，到理学院吃过午饭，回来坐了会儿。出去坐洋车到交通银行去，汇家二十万元，又领十三万元的稿费，到商务去买了几本书，又到前门买了点布，坐公共汽车回来。五点多到理学院去吃饭，吃完回来，屋里冷得坐不住，看向达的《印度现代史》。

二十九日 早晨七点前起来，洗过脸，出去吃过早点，到图书馆研究室去，念了点《方广大庄严经》。九点到北楼上汤先生的课，十点下课，到办公室去，马子实在那里等我，一谈就谈到十一点多，他才走。我没能作声，心里很难过，白牺牲时间，但又没办法，这系主任我干着也无聊。同王森田到图书馆去交涉到北平图书馆去借书，十二点到理学院去吃午饭，吃完回来看了看，到研究室坐了会儿。两点到北楼去上课，三点下课。回来看了看，又回到图书馆，念西藏文。五点到理学院去吃饭，吃完回来，看《宋人小说类编》，天气更冷了。

三十日 早晨七点前起来，洗过脸，吃过早点，就到图书馆研究室去，屋里太冷，简直坐不住，也没能念《方广大庄严经》。十点前到北楼东方语文学系办公室去，不久马子实陪了马松亭先生来了，谈到十点多走，我赶快跑上楼去听周祖谟的课。十二点下课，到理学院吃过午饭，回来看了看，又到研究室去，彭鉴先生来谈。三点半到市场附近理了理发，到南夹道买了双袜子，又到“郭纪云”去修理钢笔。六点前到东来顺去，我今天请客，王森田、丁浚、彭鉴、马子实都陆续到了，我们就开始吃饭，八点吃完，出去买了双鞋就回来了。

十二月一日　星期日　早晨大概七点前起来的，洗过脸就出去吃早点，吃完回来，屋里冷得坐不住，勉强看*sakāya niruttiyā*的论文。十点多到图书馆去坐了会儿，看了看阅览室里的参考书。十一点半到理学院太阳里找了个椅子坐下，太阳不厉害，也不暖。吃过晚饭回来，屋里更显得像冰窖。迟疑了一会儿，就去找长之，谈了会儿，同他到隆福寺去逛旧书店，一直逛到天黑。买了几部，到四牌楼吃过晚饭，坐三轮车回来，天气似乎比昨天晚上暖了点。

二日　早晨七点起来，洗过脸，出去吃过早点，就到图书馆研究室去。不久，钟小姐来，给她讲了一个小时的梵文文法。九点多坐洋车到王府井大街取出修理好的表，又到“郭纪云”取出钢笔就回来。到北楼系办公室去，心里只是乱得很，不能安心工作。十二点多到理学院去吃饭，回来看了看，又到图书馆去校看*sakāya niruttiyā*论文的稿子。两点到北楼去上课，三点下课，回到研究室念《方广大庄严经》。五点到理学院吃过晚饭，回来看了看，又到研究室去，八点半回来。

三日　早晨七点前起来，洗过脸，出去吃过早点，就到图书馆研究室去，念《方广大庄严经》。崔金荣来，坐了会儿就走了。九点半到训导处去了趟，回去看了看，就到北楼系办公室去。昨天晚上开始写《一个故事的演变》，现在接着写。十一点下去上汤先生的课，十二点下课，到理学院去吃饭，吃完就到北平图书馆去。那里还没有升［生］火，冷得要命。自己已经伤了风，鼻涕大流不止。看了几本关于佛教的书，三点半回来，到研究室念《方广大庄严经》。五点多到理学院去吃晚饭，吃完回到寝室，看郑振铎的《中国文学论集》。

四日 夜里鼻涕流得很多，早晨起来，洗过脸出去吃过早点，就到图书馆研究室去。头上热得很，脑筋昏昏的，大概热度很高，也不能作［做］什么事情，随便看了点书。十一点到北楼系办公室去，头仍然是昏，十二点到理学院去吃午饭，吃完回到研究室休息了会儿。两点到北楼去上课，两点五十分下课，又回到研究室，头虽然是昏成一团，勉强把*Pañcatantra*里那一段关于一个婆罗门打破罐子的故事译出来。五点半又到理学院去吃饭，吃完回到寝室就睡下。

五日 夜里鼻涕仍然是流，睡得不好，早晨七点半起来洗过脸，出去吃早点。吃完到研究室去，头同昨天一样昏，勉强念《方广大庄严经》，抄《一个故事的演变》。十一点到北楼系办公室去，看郑振铎的《中国文学论集》。十二点到理学院去吃饭，吃完到翠花胡同文科研究所，找到汤先生，他领我看了看房子。出来回到宿舍里看了看，我就坐洋车到西交民巷中国银行领了九万元，到前门外买了点纸，又坐车到南夹道小市买了件毛衣。四点前回来，到研究室来念了点书，五点半到理学院吃过晚饭，回到寝室就睡。

六日 早晨七点起来。夜里人似乎发过烧，今天起来浑身酸痛。

洗过脸，出去吃过早点，就到图书馆研究室去，身上一点力气都没有，头也昏昏的。九点到北楼去上汤先生的课，下了课到系办公室去抄《一个故事的演变》。十二点前回到图书馆来看了看，就到理学院去吃饭，没有胃口。吃完回到研究室，休息了会儿。两点到北楼去上课，三点下课，又回到研究室，念《方广大庄严经》。五点同阴法鲁谈了谈，这位先生极偏而固执。六点吃过晚饭，回到红楼，看了点书，八点睡。

七日 早晨七点多才起来，洗过脸，出去吃过早点就到研究室去，念《方广大庄严经》。十点到北楼去上周先生的课，十二点下课，到文书组去问了问，就到理学院去吃饭。吃完步行到南夹道小市去逛了逛，走到永兴洋纸行买了点纸，又到市场去，无意之中买妥了一部《太平广记》。三点多回来，抄巴利文小品*Cullavagga V.33.1 sakāya niruttiyā*之释义。五点到理学院去，等到五点半才吃晚饭，吃完回到宿舍，《太平广记》送了来，但没有电，点上蜡烛看了点就睡了。

八日　星期日 夜里吹了一夜风，早晨还没停，天气陡然冷起来，我的屋里都结了冰，可想见其冷。洗过脸，出去吃早点，冷风像刀子一般。吃完到图书馆研究室去，抄巴利文小品*V.33.1 sakāya niruttiyā*释义。郑用熙[1]同了他的朋友来，十一点走。十二点多到理学院去吃饭，吃完却来了难题。图书馆关了门，自己屋里冷如冰窖，又有风，简直不知还应该到什么地方去。结果还是回去。郑又去谈了会儿，他刚走，我就上床盖上被子，只有这一个办法了。五

1　郑用熙（1927—　），浙江台州人。1946年就读于清华大学化学系，1950年毕业后留校任教，曾任北京大学和清华大学教授、清华大学分析中心主任和化学系离退休党支部书记。

点起来到理学院吃过饭，到阴法鲁屋去闲谈，九点前回去。

九日 风又刮了一夜，屋里冷得要命。早晨起来，全屋里只要可以结冰的都结了冰。洗过脸出去吃过早点，就到研究室去，这里也没有火。勉强坐了会儿，就到北楼去。在系办公室里坐下，抄*Cullavagga V.33.1*的论文。十二点前到松公府秘书处去了趟，就到理学院去吃饭，吃完回到研究室，休息了会儿。两点到北楼去上课，三点下课，回来抄论文。四点半到东安市场去，今天王森田在东来顺请客，同座的有吴晓铃、常风、马子实，八点多吃完，又谈了会儿，才出来分手回红楼宿舍。

十日 早晨七点多起来，洗过脸，出来吃过早点，就去洗澡，水很热，洗得颇痛快。洗完回去放下东西，就到研究室去，抄*Cullavagga*论文，心里总是乱得很，不能安心工作。十一点到北楼去上汤先生的课，十二点下课，到理学院吃过午饭，就到北平图书馆去。那里仍未升［生］火，只查了本书，看了看报，就回来抄论文。五点半到理学院去吃饭，吃完回到宿舍，屋里居然很暖，真是大喜过望。看《太平广记》。

十一日 早晨七点多起来，洗过脸，看《太平广记》，因为一点也不饿，没出去吃早点。八点半到图书馆研究室去，抄论文。崔金荣来，谈了会儿就走了。十一点到北楼系办公室去，校看论文，十二点正想去吃饭，但一想到那饭，心里就想吐，半路上买了两个烧饼就回来。吃完休息了一会儿，两点到北楼去上课，三点下课，回来抄论文。但文思极涩滞，自己写文言文简直有点写不来了。五点多到理学院去吃晚饭，吃完回到宿舍，看《太平广记》。

十二日 早晨七点起来，洗过脸，看《太平广记》。八点出去吃早点，吃完到研究室去抄论文。愈来愈撇［别］扭，急得头上直冒火。十一点到北楼系办公室去，看了看论文稿子。十二点到理学院去吃饭，现在一点胃口都没有，简直一天不吃东西也不要紧。吃完回到研究室休息了会儿，两点到板厂胡同中德学会去。同刘东之谈了谈，借了几本德文书回来。回到研究室，又抄论文，无论如何也觉得撇［别］扭。五点多到理学院去吃晚饭，吃完回到宿舍看《太平广记》。

十三日 早晨七点起来，洗过脸，看了会儿《太平广记》。八点出去吃早点，吃完到研究室去，抄论文。九点到北楼去，想去上汤先生的课，但汤先生请了假。就到系办公室去，校看论文稿子。十一点多回到研究室来。十二点到理学院去吃饭，吃完回来，休息了会儿，两点又到北楼去上课，三点下课。回到宿舍去看了看，又刮起风来，到处是土，非常讨厌。回到研究室，抄论文，彭先生领我到书库里去看善本书，万没有想到北大有这么多善本书。五点半到理学院去吃饭，吃完回到红楼看《太平广记》。

十四日 早晨七点起来，洗过脸，出去吃过早点，就到研究室去抄论文。十点到北楼去上周祖谟先生的课，十二点下课到理学院去吃饭，吃完，回到宿舍去看了看，又回到研究室把论文抄完。这篇文章虽然不长，但却给了我许多苦恼，我觉得文言文颇不适合写学术论文，以后还是用白话文吧！今天过午有意到隆福寺去，但结果是没有去成，五点半到理学院去吃过晚饭，回到红楼，看《太平广记》。

十五日　星期日 七点多起来，洗过脸，到外面吃过早点，就到图书馆研究室去，看《西藏文法》和《现代西藏》。十点多回到红楼，又出去，想去看汤先生，但遇在门口，他似乎去看别人。我就回去，坐了会儿，看了点《太平广记》，又回图书馆来看了会儿杂志，回到研究室，看《现代西藏》。十二点到理学院去吃饭，吃完回到红楼，不久长之去谈了谈，同他到中老胡同看从文、朱孟实、冯君培，但一个都没看到。分手到汤先生家中看了看，又到隆福寺文奎堂、修绠堂去买了几部书，回来吃过晚饭，回去看《太平广记》。

十六日 早晨七点起来，洗过脸，出去吃过早点，就到图书馆研究室去，念《方广大庄严经》，开始替《文艺复兴》写《德国文学的主潮》[1]。十一点到北楼东方语文学系办公室去，十二点出去到麟三元去吃午饭，吃完回到研究室，休息了一会儿。两点到北楼去上课，三点下课，到长之家送给他一篇稿子，谈了谈就回来。又到麟三元去吃晚饭，吃完回来，抄论文。看《太平广记》，现在觉得《太平广记》自己可用的材料并不太多。

十七日 今天是北大成立校庆，放假一天。早晨七点多起来，洗过脸，吃过早点，看了看学生出的壁报。图书馆不开门，又回来写《德国文学的主潮》。十一点到马祖圣[2]家里去闲谈，一直谈到十二点，同他出去到对门小饭馆里吃午饭，不久邓嗣禹也去了，吃完谈了半天才散。回来休息了会儿，出去坐洋车到西四，又走了段路到新华书局去看书，买了一部《纪批苏诗》，一部《洛阳伽蓝记》，又坐车回来。自己买了几个烧饼，吃了当晚饭，修绠堂小伙计把明世德堂《列子》送来。抄论文，看《洛阳伽蓝记》。

---

1 后作者更名为《现代德国文学的动向》，《文艺复兴》第3卷第3期，上海，1947。

2 马祖圣（1911— ），广东中山人。1934年清华大学化学系研究生毕业，1938年获芝加哥大学哲学博士学位。1954年被聘为美国纽约州立大学副教授，1958年晋升为教授。

十八日　夜里刮了一夜风，早晨七点起来，洗过脸，吃了点昨天买的面包，就到图书馆研究室去，写给李健吾一封信，抄论文。十一点到北楼系办公室去，看Franz Koch的*Geschichte deutscher Dichtung*[1]。十二点前出去买了几个烧饼，回来吃完，又回到研究室，抄论文。两点到北楼去上课，三点下课，就到蔡孑民先生纪念堂去开教务会议，一直到三点半才去了几个人，就改为谈话会，主要讨论的是校务通则，天已经黑下来才散会。到麟三元吃过晚饭，回来看了会儿书。

十九日　早晨七点前起来，洗过脸，出去吃过早点，就到图书馆研究室去，写《现代德国文学的动向》。十一点到北楼系办公室去，看Koch的*Geschichte deutscher Dichtung*。十二点到麟三元吃过午饭，回来看了看，又回到研究室，把论文抄完，同彭鉴先生谈了谈。出来遇到马祖圣，同他到事务组去问伙食的情形，回来到王金钟屋里去坐了会儿。又回到研究室去写《现代德国文学的动向》。长之去，坐了会儿，一同到对门馆子里去吃饭，吃完到刘安义家去坐了会儿。七点出来，分手回来，看《太平广记》。

二十日　早晨七点起来，洗过脸，出去吃过早点，就到图书馆研究室去，看*Geschichte deutscher Dichtung*。九点到北楼去上汤先生的课，十点下课回去。仍然看*Geschichte deutscher Dichtung*，写《现代德国文学的动向》。十一点前到北楼系办公室去，写给Prof. Kern一封信。十二点前同王森田到红楼事务组要了一间房子，领他到我屋里看了看修绠堂新送来的几部书。就出去到建协去吃饭，吃完回来看

1　此句意为：弗朗兹 · 科克所著的《历代德国作家作品集》，书名为编者所译。

了看，就又到研究室去。两点到北楼去上课，三点下课，回到研究室，写《论东方语文学的研究》。五点多到建协去吃饭，吃完回来，抄《关于东方语文学的研究》，写《现代德国文学的动向》。

二十一日 夜里睡得不好。早晨七点前起来，洗过脸，抄《关于东方语文学的研究》。八点到北楼地下室去，想吃早点，但还没有，只好仍然出去吃。吃完到研究室去抄《关于东方语文学的研究》。十点到北楼去上周祖谟先生的课，下了课，同马先生谈了谈，又去上。十二点下课，同文奎堂的张宗序回来拿书。回到北楼地下室想去吃饭，但已经没有了，只好又出去到麟三元去。吃过午饭，到研究室去，头有点昏，人疲倦得很。三点多回来，看了看，就到从文家去，一直谈到天黑。他邀我到东来顺去吃羊肉，同行的还有赵全章。吃完坐洋车回来，写《现代德国文学的动向》。

二十二日　星期日 夜里睡得又不好。早晨七点起来，洗过脸，出去吃过早点，就到图书馆研究室去，把《关于东方语文学的研究》抄完，写《现代德国文学的动向》。十一点回来，看了看，又回到图书馆，看Winternitz的《印度文学史》。十二点到北楼食堂去吃饭，吃完回来，休息了会儿，到东安市场去。今天大风，尘土飞扬，非常讨厌。买了点稿纸、几本书。六点前回来，屋里非常冷，什么事情也不能作［做］。五点前出去吃晚饭，吃完回来，看Winternitz的《印度文学史》，八点前睡。

二十三日 早晨七点起来，洗过脸，出去吃过早点，到图书馆研究室去。写《梵文〈五书〉[1]：一部征服了世界的寓言集》。不久

1　“五书”应为“五卷书”。下文同。

钟小姐去，问梵文问题，牟有恒[1]也去，谈他的毕业论文。牟走了，钟小姐一坐谈到快十一点才走。我出来寄封挂号信给天津《大公报》，就到北楼系办公室去。十二点前到地下室吃过午饭，回来看了看，又回到研究室，写《梵文五书》（*Pañcatantra*）。两点到北楼去上课，三点下课，领牟有恒到书库里去查书。四点到研究室去，写《梵文五书》。五点到北楼地下室去吃饭，吃完回来写《梵文五书》。

二十四日　夜里简直等于没睡，早晨六点多起来，洗过脸，写《梵文五书》。八点前出去，吃过早点，到图书馆研究室坐了会儿，回来拿了衣服去洗澡，洗完到研究室去，写《梵文五书》。十一点到北楼去听汤先生的课，十二点下课，到地下室吃过午饭，回来看了看，刚回到研究室，长之去，谈了会儿就走了。仍然写《梵文五书》，因为没睡好觉，精神不太好。三点半回来到红楼地下室去理发，理完回来看了点书。五点到北楼地下室去吃饭，吃完到研究室看了看，回来把《梵文五书》写完。

二十五日　夜里仍然睡得不好。早晨六点起来，外面天还没亮，洗过脸看了点书。八点前出去吃过早点，到图书馆研究室去，抄《五卷书》，不久崔金荣来，阴法鲁也来，谈了半天，同阴法鲁到秘书处去借支十二月份薪津。十一点到北楼系办公室去，抄《五卷书》。十二点到地下室去吃饭，吃完到研究室去抄《五卷书》。两点到北楼去上课，三点下课，同钟莉芳回来拿了点atakrire，又回到研究室，写了几封信。四点出去到东安市场，买了几份《大公报》，就到东兴楼去，长之请客，请到许多人，徐悲鸿、黎锦熙、周炳琳、沈

1　牟有恒：牟安世（1924—2006），四川富顺人。中国社会科学院历史研究所研究员。

从文、冯至、魏建功、焦菊隐、张佛泉、赵迺抟、费青、向达、郑叶、杨人梗、吴作人、吴恩裕、楼邦彦，吃完八点多回来。

二十六日 夜里吃了片Abasin[1]，睡得还可以。早晨六点起来，洗过脸，写给郑西谛先生一封信。八点前出去吃早点，吃完到图书馆研究室去，抄《梵文〈五卷书〉》，十点前到出纳组领出了汇票，到金城银行取了钱，就到邮局去寄钱给家里。寄完到北楼系办公室，抄《梵文〈五卷书〉》。十二点到地下室吃过午饭，回来看了看，又到研究室去，休息了一会儿，抄《梵文〈五卷书〉》。四点到朱孟实先生家里去，常凤瑑、徐士瑚在那里。他们走后，我又坐了会儿才回来。不久又出去到小小食堂，吃过晚饭，到研究室去坐了会儿，回来抄《梵文〈五卷书〉》。

二十七日 早晨六点多起来，洗过脸，写给金克木一封信。八点到北楼吃过早点，就到研究室去抄《梵文〈五卷书〉》。九点到北楼去上汤先生的课，十点下课，到系办公室把《梵文〈五卷书〉》抄完，又了了一件心事，念《西藏文法》。十二点到地下室去吃饭，吃完，回到研究室，休息了会儿。两点到北楼去上课，三点下课，领王太庆去图书馆，教给他查梵文字典的方法。回到研究室，不久彭先生来，一谈谈到四点半。他刚走，我就出去买了几个烧饼，回来吃了，看Winternitz的《印度文学史》，外面大风。

二十八日 早晨六点半起来，洗过脸，随便看了点书。八点前出去吃过早点，到图书馆研究室去，写给Prof. Kern一封信。十点到北楼去上周祖谟先生的课，十二点下课，到地下室去吃过午饭，回来看了

---

1 Abasin：阿巴辛，镇静催眠药。

看，又到研究室去，休息了一会儿，写给Itockes一封信，上去看了看报，回来。早晨常风琢说徐士瑚要来看我，但一直等到五点也不见踪影。于是就出去到东安市场去，买了两本书。六点到东来顺去，马子实请客，有一位杨敬之先生，非常健谈，吹胡子瞪眼，很有意思。八点半回来。

二十九日 夜里睡得极坏，吃了片Abasin，早晨七点起来，洗过脸，出去吃过早点，就到图书馆研究室去，写《现代德国文学的动向》，写得非常不痛快。十点回来，坐了会儿，出去遇到阴法鲁领了庄孝惠来，同他们回到红楼问了问房子。下去分手到卫德明[1]家去，他不在家，只好又回来。一点也不饿，买了几个烧饼吃了当午饭，吃完去找阴法鲁，不在。又回来休息了会儿，两点前又去找阴法鲁，仍然不在。就到北楼去听朱光潜先生讲关于新诗的几个问题。三点出来，又去找阴法鲁，又不在，回来，看了看书。五点前又出去看了看壁报。吃过晚饭，回来写《现代德国文学的动向》。

三十日 早晨六点多起来，洗过脸，看《西藏文法》。八点前出去吃过早点，到图书馆研究室去。今天北大学生为美兵强奸中国女孩子事罢课，我心里也乱得很。写《现代德国文学的动向》，郑用熙来，谈了会儿，王太庆来，一直谈到十一点半。他们走后，我到北楼系办公室去写了两封信。十二点下去吃过午饭，回来，从窗子里看学生在大操场里集合。又到研究室去，王太庆领了一位同学来问瑞士的情形。两点半出来寄了几封信，就到长之家去，谈克家的职业问题。四点半回来，看了点书，出去吃过晚饭，回来电灯忽然灭了。到图书馆研究室中坐了会儿，回来，刚躺下，庄孝惠[2]来，

1 卫德明（1905—1990），德国人，生于青岛。著名汉学家，是德国汉学家卫礼贤之子。时任北京大学教授，并主持北京德中学会工作。

2 庄孝惠（1913—1995），山东莒南人。实验胚胎学家和细胞生物学家。

谈了很久才走。

三十一日 夜里又吃Abasin，睡得仍然不好。早晨六点起来，念《西藏文法》。八点前出去吃过早点，到图书馆研究室去，写《现代德国文学的动向》。十点前到教务处去了趟，从那里就到北楼系办公室去，看Franz Koch的*Geschichte deutscher Dichtung*。十一点下去上汤先生的课，十二点下课。到地下室吃过午饭，回来看了看，又到研究室去，写《现代德国文学的动向》。头里昏成一团，现在自己的脑筋真不行了。五点前到外面小吃铺里吃过晚饭，回来看报。今天是所说除夕，但自己一点年的感觉也没有，八点就上床睡。

一月一日 早晨六点多起来，洗过脸，看了会儿书，八点出去吃早点。今天是元旦，但外面一点也看不出过年的气象来。吃完早点回来，把回国以后在报纸上发表的文章剪下来贴到一个本子上。九点半到长之家去，坐了会儿，同他去看梁实秋先生，谈到十二点多。他留我们吃饭，吃完又坐了会儿，出来到平安去看电影：《空中堡垒》，是美国十大名片之一，但却没什么意思。五点多出来到一个书店里去买了本书，就到杨丙辰先生家里去，谈到七点，我们要走，但他非留我们吃晚饭不可，吃完谈到九点回来。

二日 早晨七点起来，洗过脸，八点前出去吃早点，吃完回来，写《现代德国文学的动向》。庄孝惠来，谈了半天闲话。他走后，我也出去，到西城常凤瑑家谈了会儿。坐洋车到头发胡同去看田价人，谈了会儿，同他出来到西单商场大众书店去看了看旧书，就到砂锅居去吃白肉。我久闻砂锅居大名，白肉确实不坏，但其余都又脏又烂，不知何以出这样大名。吃完坐公共汽车到东安市场，买了两本德国小说，就回来，休息了会儿。五点前出去吃饭，吃完回来看Blunck的*Von Geistern unter und vüber der Erde*。

三日 早晨七点前起来，洗过脸，出去吃过早点，回来写《现代德国文学的动向》。我觉得自己写抒情散文不比全国作家中的任何人坏，但一写论文，却是异常别扭，原因我还没找出来。十二点同马祖圣、邓嗣禹到北楼去吃饭，吃完回来休息了会儿，崔金荣来。三点半同马、崔到松公府蔡先生纪念堂去参加胡适之先生邀请的茶会，里面人太多，简直连站的地方都没有。同几个人谈了谈就回来。不久马也回来了，谈了会儿，一同到市场东来顺去吃饭，吃完又到旧书摊买了几本书，八点回来。

四日 早晨六点半多起来，洗过脸，看了点书。八点出去吃早点，吃完到图书馆研究室去写《现代德国文学的动向》。九点半出来寄了封信，就到北楼系办公室去，十点去上周祖谟先生的课，十二点下课。到地下室去吃过午饭，坐洋车到东城东总布胡同国立北平艺术专科学校去找李苦禅，结果在宿舍里找到了，谈了会儿。三点回来到研究室去写《现代德国文学的动向》。四点回来，袁家骅先生来，谈到五点多走。我出去吃过晚饭，回来看报。唐兴耀来谈了会儿就走了。

五日 星期日 早晨六点半起来，洗过脸，念《西藏文法》。

八点出去吃早点，吃完到研究室去写《现代德国文学的动向》。九点半出去，到西城李苦禅家去，外面大风，尘土蔽天，非常讨厌。他拿出他买的画给我看，谈到十一点多。出来到西单商场去逛了逛旧书摊，到砂锅居吃过午饭，坐洋车回来，人非常倦，休息了会儿，看《苦雨斋序跋文》。四点钟古斋主人温德润来，拿给我几件敦煌残卷看，其中一件是Brāhmī字，可惜只是些字母。他走后，我出去买了块烤红薯，回来吃了当晚饭，看《苦雨斋序跋文》，到王利器[1]屋去了趟。

六日　早晨六点起来，洗过脸，念*Meghadūta*。然后出去吃早点，吃完到图书馆研究室去，开始抄《现代德国文学的动向》。九点到外面买了点稿纸，到邮局去寄了几封信，又回到研究室抄《现代德国文学的动向》。十一点前到北楼系办公室去，马松亭送了许多书来，下去到汤先生屋去同他谈了谈。十二点前到地下室去吃饭，吃完回来，不久黄明信[2]来，他是北平人，却做了喇嘛，非常怪。同他谈了谈，两点到北楼去上课，下了课又到研究室同黄明信谈到四点，一同去看汤先生，他不在家，我们回到北大，我仍然到研究室去。五点到对面去吃饭，吃完回来看报。

七日　早晨六点半起来，洗过脸，修改《现代德国文学的动向》。八点前出去吃过早点，到研究室去抄论文。十点到北楼见到汤先生，同他谈谈黄明信的事情，到东方语文学系办公室去抄论文。十一点下来去上汤先生的课，十二点下课，回来看了看，出去到小馆里匆匆吃了点东西，就到骑河楼去赶汽车到清华去。一点半到了，先到陈寅恪先生家里去看他，谈到三点。出来到图书馆去看毕树棠，谈到四点。又到平斋去看郑用熙，四点半又到大门外去上汽车，六点前回来。到对面小馆吃过饭，回来到马祖圣屋里去闲谈，八点回屋。洗了洗脸，就睡觉了。

1　王利器（1912—1998），重庆江津人。著名国学大师。曾任四川大学、成华大学、北京大学、政法学院讲师、副教授、教授。

2　黄明信（1917—　），湖北沔阳（今仙桃市）人。20世纪40年代任华西边疆研究所助理研究员，长住拉卜楞寺从事藏传佛教文化研究。

八日　早晨六点多起来，洗过脸看了会儿书，八点出去吃过早点，到图书馆研究室去，写给Fran Oppel、王钧冀、张勋泽各一封信，出来到邮局寄了，仍然回去抄《现代德国文学的动向》。十点半到北楼系办公室去抄论文。十一点半到文学院院长办公室，同汤先生谈了谈昨天的经过。到地下室吃午饭的时候，遇到老常，吃完回到我的研究室去闲谈，他走后，休息了会儿，两点到北楼去上课。三点下课，到中老胡同朱孟实先生家去送稿子，谈了会儿，回来坐洋车到东四清真寺去见马松亭先生，谈到六点才出来。在一个小馆里吃过晚饭，回来拿了东西去洗澡，回来看报。

九日　早晨六点多起来，洗过脸抄《现代德国文学的动向》。八点出去吃过早点，到研究室去抄论文。十点到北楼系办公室去，仍然抄。十一点马坚先生来，不久那十一个回教同学来，我领他们到松公府去见胡校长。胡校长对他们说了几句话，就辞了出来。又到训导处见陈香屏，谈公费和房子的问题。回去替他们盖了图章，就到地下室去吃饭。吃完到研究室去，休息了会儿，抄论文。两点多回来看了看，到邮局领出稿费，又到研究室去写了封信。回来徐书琴来了，他是高中校友，谈到五点走。我出去吃过晚饭，回来看报，抄论文。

十日　早晨六点多起来，洗过脸，念《西藏文法》。八点出去吃过早点，到研究室去，还没能作［做］多少事，已经快要到九点。就到北楼去上汤先生的课，十点下课，以为黄明信会来，等了半天，不见踪影，回到研究室。钟莉芳来，不久向达带了赵万里来，谈了会儿。他们走后，又回到北楼，见了见汤先生，回到研究室抄论文。十一点半又到系办公室看了看，下去吃午饭，吃完到研究室去休息了会儿。两点到北楼去上课，三点下课，听林宁平的演讲：《中国哲学之特点》四点多同王森田坐洋车到西城去看黄明信，不在，又坐车回来。吃完晚饭回来，马祖圣、邓嗣禹同了周一良[1]来，周也是学梵文的。不久长之来，周先走了，长之谈到九点多才走。

十一日 昨晚谈话太多，躺下睡不着。吃了片Abasin。早晨六点多起来洗过脸，抄论文。八点前吃过早点，到研究室去，想抄论文，但替周一良查《大藏经》，没能抄成。十点到北楼去上周祖谟先生的课，十二点下课，同向达坐洋车到北平图书馆。今天袁守和请客，同桌的有胡适之先生、陈援庵[2]先生、向达、周一良、赵万里、邵循正[3]、容肇祖[4]。吃过午饭，看了几部宋版书，听胡先生谈《水经注》，我看他真有点着迷了。又到楼下去看满蒙藏文，四点前出来坐洋车回来，到松公府去参加纪念蔡孑民先生八十岁生辰，胡先生、何思源[5]、汪敬熙[6]、钱端升[7]相继演讲。散会出去吃过晚饭，回来看报，马祖圣来谈。

十二日　星期日 早晨七点多才起来，洗过脸，出去吃过早点，

1　周一良（1913—2001），安徽东至人，历史学家。时任燕京大学中文系副教授。

2　陈援庵：陈垣（1880—1971），广东江门人。历史学家、宗教史学家、教育家。

3　邵循正（1909—1973），福建侯官（今福州）人。历史学家，时任清华大学历史学系教授。

4　容肇祖（1897—1994），广东东莞人。中国哲学史研究专家、民俗学家和民间文艺学家。时任北京大学哲学系教授。

5　何思源（1896—1982），山东菏泽人，教育家。时任北平市市长。

6　汪敬熙（1898—1968），浙江杭州人，生于山东济南。小说家、中国现代生理心理学家。1934年任中央研究院心理研究所所长。

7　钱端升（1900—1990），字寿朋，上海人。法学家、政治学家。历任清华大学、中央大学、西南联大、哈佛大学教授，北京大学法学院院长。

到图书馆研究室去，抄论文，查《大藏经》。十一点回来了一趟，不久又回去，十二点到北楼地下室去吃饭，吃完回来看了看，就到东安市场去。今天风又很大，非常讨厌。看了看旧书摊，买了一本德文Frenssen的小说，一本*Hatim' s Tales*。三点多回来，看《大公报》《学生报》《北平时报》。人又伤了风，非常难过，屋里非常冷，事情也作［做］不下去。四点半出去，到中老胡同教员宿舍送了两本杂志，到东斋去看马坚和徐仁，都不在。到外面食堂吃过晚饭，回来看报，抄论文。

十三日　早晨七点前起来，洗过脸，出去吃过早点，到图书馆研究室去抄《现代德国文学的动向》。九点到松公府文书组，想去取教员证，但还没办完，又回到研究室，接着抄。十一点前到北楼系办公室，抄论文。马子实去，谈到十二点多，他走后，我就下去吃饭。吃完回来看了看，又回到研究室。两点到北楼去上课，三点下课，回来看了看，黄明信已经来过又走了。回到研究室，写了封信，到邮局送了。就出去到地政局去看董世兰、徐书琴，都不在，到北平图书馆去同丁先生谈了谈。五点多回来，到北楼地下室去吃饭，遇到马祖圣，吃完一同回来。看报，九点睡。

十四日　早晨六点多起来，洗过脸，对着稿纸坐了半天，才勉强写了点，写的是《西化问题的侧面观》，昨天开始的。八点出去吃过早点，到研究室去抄《现代德国文学的动向》。整天为这些无聊的事忙，心里真不痛快。十点到秘书处去借了研究补助费，又回到研究室，仍然接着抄。十点半到北楼去，汤先生请假，就到办公室去抄论文。十二点前到地下室去吃饭，吃完回来看了看。又回到研究室，休息了会儿，抄论文。到书库里去看了看，四点回来，不久正谊同学董世兰来谈，六点走，我也随着出去，吃过晚饭，回来抄论文。

十五日 夜里睡得不好。早晨六点多起来，洗过脸，把《现代德国文学的动向》抄完，心里仿佛去掉了一块石头，异常舒畅。八点出去吃过早点，到图书馆研究室去写《西化问题的侧面观》。十点到出纳组领出支票，到金城银行取出钱来，又到邮局去寄钱。寄完到北楼系办公室去，看了看以前写好的课程表。十二点前到地下室去吃过午饭，回来看了看，又回到研究室。两点到北楼去上课，三点下课。出去买了点纸，到图书馆去看新到的杂志。五点到外面小馆吃过晚饭，回来看报，精神不好，很早就睡。

十六日 早晨六点多起来，洗过脸，念西藏文，写《西化问题的侧面观》。八点出去吃过早点，到图书馆研究室去，写《西化问题的侧面观》，一直写，心里很痛快。十一点到北楼系办公室，没能作［做］什么事就到了十二点，到地下室吃过午饭，回来看了看，又回到研究室，休息了一会儿。到书库里去看中央研究院集刊，回到研究室抄《西化问题的侧面观》。四点前回来，看了会儿报。五点回来，到庄孝惠屋里去谈了谈，同他和她［他］侄女一同出去吃过晚饭，又到我屋里来闲谈，徐仁来，谈到九点多走。

十七日 夜里吃了两片Abasin。早晨快到七点才起来，洗过脸，出去吃过早点，到研究室去抄《西化问题的侧面观》。九点到北楼去上汤先生的课，下了课，去找汤先生谈了谈。又到秘书处去问薪水问题，最后到文书组要了一封公函。回到红楼到合作社要了一张面粉票，就到北楼系办公室去。十二点下去吃过午饭，到马子实家坐了会儿。回来，两点到北楼去上课，下了课同邓嗣禹、老常谈了谈。回到红楼到地下室去搬了一袋面，累了一身汗。五点到对面小馆吃过晚饭，回来抄论文。

十八日 早晨六点多起来，洗过脸，抄了点论文。八点出去吃过早点，到研究室去，抄论文。九点到出纳组预备去领薪水，以为已经一切就绪，但我认识北大还不够，到了才知道，还是一塌糊涂。到秘书处去交涉，结果是把支票领出来了。十点到北楼去上课，十一点多下了课。到金城银行取出钱，到邮局寄钱给家里，寄完到北楼地下室去吃饭，吃完回到研究室休息了一会儿。两点半到北楼去听胡适之先生的演讲《宋代理学产生的背景》。到底他的叫座能力大，人多得要命，连外面都是人，讲得却也真好。简直是一个享受，四点多讲完，到东安门大街理了理发，到市场附近一个馆子里吃过晚饭，回来。阴法鲁来谈，庄孝惠也来。

十九日 星期日 早晨七点多起来，洗过脸，出去吃过早点，就到图书馆研究室去抄《西化问题的侧面观》，但心里乱得很，不能安静工作下去。十点半回来，马祖圣同苗仲华来，原来就是大闹瑞士使馆的那位先生。同他们出去到景山去逛了逛。我这是第一次上景山，往南看，看到皇宫景色美极。下来到松公府去吃饭，吃完又到苗屋里去闲谈。两点多回来，看《洛阳伽蓝记》。四点半张天任、王太庆、牟有恒来，我们一同到东安市场东来顺去吃烤肉，吃完谈了半天，回来王同牟又到我屋里来谈，到快十二点才走。

二十日 早晨七点半起来，洗过脸，因为不饿，就到图书馆研究室去抄《西化问题的侧面观》。十一点前到北楼系办公室去，看新收到的《雄风》。十二点下去吃饭，遇到常凤瑑，吃完一同回到系办公室，闲谈到两点，上去上课。三点下课，看了会儿报，回到图书馆，到阅报室去看报，四点回来。雪从夜里就下起来，一天没停，本来想出去跑跑玩一下，也出不去。五点到对面小馆吃过晚饭，回来看报，看《雄风》。

二十一日 早晨七点前起来，洗过脸，出去吃过早点，到图书馆研究室去抄《西化问题的侧面观》。十点到北楼系办公室去，不久牟有恒去，谈了谈岑仲勉[1]的一篇文章。汤先生去，请我今天晚上到他家去过年。十一点下去上汤先生的课。十二点下课到地下室吃过午饭就回来，立刻又出去到东安市场去，买了许多年糕之类的东西，预备送人。三点多回来，长之来，同他一块冒雪去逛北海。登上白塔一看，景色美到不能形容。雪始终没停。五点回来，沈从文来，请我去过年，可惜已经有约了。他走后，我就同阴法鲁、石峻、冯文炳到汤先生家去，谈了会儿，吃了顿很丰盛的晚饭，一直谈到过了十二点才回来，这古城里充满鞭炮声。

二十二日 今天是旧历元旦，早晨很早就醒了，躺到七点多起来，洗过脸，吃了两块点心。抄《西化问题的侧面观》，但心绪不好，抄不下去，到庄孝惠屋里去闲谈了半天。十点半一个人出去到隆福寺街去看了看，没有人，就到东安市场去，人也很少，只好到东来顺去吃饭，吃完想到吉祥〈影戏院〉去听戏。想了想又走出来，买了点水果回来。牟有恒来，谈了半天。他走后，人觉得非常疲倦，躺下睡了会儿。马坚来，他走了，我又躺下。天黑下来的时候，庞静亭来，谈了会儿也就走了。吃了几块点心当晚饭，看报，八点就睡。

二十三日 早晨八点前起来，洗过脸，吃了几块点心，八点半

---

1 岑仲勉（1886—1961），广东顺德人。历史学家。撰著《佛游天竺记考释》。

同庄孝惠出去到骑河楼去赶汽车。他忽然心血来潮，不去了。我于是就一个人坐汽车到清华去。下了汽车，到陈寅恪先生家，本来还想到学校里去看几个人，谁知一谈就到了十二点。陈先生学问之渊博，我还不能窥其涯矣，中国当代没有一个人能同他比的。在他那里吃过午饭，到学校里去了趟，各处都关着门。两点又坐汽车回来到东安市场吉祥影戏院去看“小蘑菇”的杂耍，非常热闹。五点多出来到东来顺去吃饭，遇到长之，吃完同他坐洋车到他家去闲谈。九点回来，苗仲华来谈，又到马祖圣屋里去谈了会儿，十一点半才睡。

二十四日 早晨很早就醒了，躺到七点多起来，洗过脸，到外面去吃早点，还没开市，到北楼去，却已经封了火，饿着肚子上汤先生的课。下了课，钥匙锁在研究室里了，费了好大劲才弄开门。长之来，我们去看杨振声，不在。我们就坐洋车到西单去找严灵，在她那里坐了会儿，一同到白云观去。我久仰白云观大名，今天还是第一次来。里里外外看了看，规模非常大，只是没有〈卖〉吃的，饿得有点难过。快到两点我们才离开那里，坐骡车到西便门，步行到西单，两个还营业的馆子都封了火，到一个小铺里吃了点元宵，就坐车回来。人非常倦，休息到五点，到北楼吃过晚饭，回来，八点就睡。

二十五日 夜里一夜大风，天气陡然冷起来。早晨起来，茶杯里都结了冰。洗过脸，同马祖圣、邓嗣禹到北楼地下室去，我请他们吃年糕。一直等到快九点才炸完。吃完到图书馆去写给安平一封信，回来查了通信处，到邮局寄了，就到北楼系办公室去。十二点到地下室去吃饭，遇到老常，吃完一同到中老胡同去看沈从文。谈到两点回到图书馆抄《西化问题的侧面观》，人有点头昏，回来看了看。五点半到中老胡同去，先去看朱光潜先生，六点到沈从文屋去坐了会儿，一同去吃饭，吃完又同到他屋里谈到八点回来。

二十六日　星期日　早晨七点半起来，洗过脸，出去看了看，仍然没有早点可吃。到图书馆研究室去看了看，拿了几张纸，到阅览室去查类书，关于中国相法的一部分。十点到长之家里去，谈到十一点半回来。到北楼地下室去吃午饭，吃完回来，看了会儿报，躺下，脑袋里昏成一团，却偏睡不着，起来抄《西化问题的侧面观》。今天外面仍然很冷，虽然太阳很好。四点多出去了趟，想买点面包、烧饼什么的，但什么都没有，只好回来。五点到北楼去吃饭，吃完回来抄《西化问题的侧面观》。

二十七日　早晨七点前起来，洗过脸，出去吃过早点，到图书馆研究室去抄《西化问题的侧面观》。九点出来到后门北大街买了点江米红糖，送给马子实，他太太刚生了小孩子。送完仍然回去，查关于“三十二相八十种好”的记载。十点多到北楼系办公室去，研究怎样做东方语文学系课程指导书。胃里似乎有毛病，什么东西也不想吃。十二点回到研究室，休息了会儿，抄《西化问题的侧面观》。两点到北楼去上课，三点下课，回到研究室抄论文。四点前回来，出去买了几个烧饼，回来打开一盒凤尾鱼，就着吃了当晚饭，抄《西化问题的侧面观》。马祖圣来谈，九点睡。

二十八日　夜里梦非常多，没能睡好。早晨七点起来，洗过脸，出去吃过早点，到图书馆研究室把《西化问题的侧面观》抄完。开始写《近十年来德国学者研究东方语文的成绩》。十点多到北楼系办公室去，十一点下去上汤先生的课，十二点下课同汤先生谈了谈学生公费的问题。到地下室吃过午饭，看了看报，就到长之家去。谈了会儿，我一个人到中德学会去，不久刘先生也来了，我查了几本书，坐下谈到四点多才回来，到图书馆去查了查《图书集成》。五点到对面小饭馆里去吃饭，吃完回来，看报。钟莉芳来，问梵文问题，接到Prof. Sieg的信，大喜欲哭。

二十九日 夜里吃了两片Abasin。早晨七点起来，洗过脸，出去吃过早点，到图书馆研究室去。昨天Prof. Sieg信上说Prof. Siegling死了，我心里很难过，今天写一篇纪念他的文章。还在写的时候，彭先生来，不久周祖谟先生也来。他们走后，我仍然写，十一点多到北楼系办公室去。十二点到下面去吃饭，吃完回到研究室，把那篇文章写完。两点到北楼去上课，三点下课，同庄孝惠到东安市场去买书，逛了半天旧书摊，每人买了一抱，回来到对面小馆吃过晚饭才回屋来。随便看了点书，十点前睡。

三十日 早晨七点前起来，洗过脸，出去吃过早点，到图书馆研究室去，写《近十年来德国学者研究东方语文的成绩》。九点后回来了一趟，到邮局寄信和《西化问题的侧面观》给安平。十点多到北楼系办公室去，写《近十年来德国学者研究东方语文的成绩》。十二点下去吃过午饭，同王森田到马子实家里去，约了他一同坐洋车到厂区去逛旧书摊，那里已不像以前我在北平念书的时候热闹。买了几部书，又到火神庙去看古玩字画，看玩［完］到前门搭汽车回来。五点到对面小饭馆吃过晚饭，回来感觉浑身疲倦。八点多马同庄来，九点半睡。

三十一日 昨晚因为太兴奋，躺下无论如何睡不着。早晨七点前起来，洗过脸，出去吃过早点到图书馆去，写《近十年来德国学者研究东方语文的成绩》。九点到北楼去上汤先生的课，十点下课，回到红楼，到合作社领了一袋奶粉，到邮局寄一篇论文给金克木。回到研究室，钟莉芳来，十一点她走。我到北楼系办公室，写《近十年来德国学者研究东方语文的成绩》。十二点下去吃过午饭，同老常回来，谈到一点半。到研究室拿了书，就到北楼去上课，三点下课，本来想到市场去，想了想，又没去成。回来写论文，五点出去买了点饼，回来。马子实送我的门框胡同的牛肉，就着吃起来，冯至来，一直谈到我吃完才走。不久牟有恒来，谈了会儿就走了，九点多睡。

二月一日 早晨七点起床，洗过脸，出去吃过早点，到图书馆研究室去，写《近十年来德国学者研究东方语文的成绩》。九点回来，同庄孝惠去看周瑞琎，没有遇到，就又回到研究室去。十点到北楼去上课，十二点前下课，到下面吃过午饭，回到研究室休息了会儿。一点半多回来，两点后到骑河楼清华同学会去开同学会，有梅校长演讲。一直开到快六点才散会，回来的路上顺便买了几个烧饼，回来吃完。阴法鲁来，谈了会儿就走了。

二日 星期日 早晨七点起来，洗过脸，出去吃过早点，就到图书馆研究室去，看了会儿报，开始写《红楼梦小品之一：伶人》。十点多回来，不久同庄孝惠到东安市场去逛了逛旧书摊。十二点到六国饭店去参加留德同学会聚餐，到的人非常多，我并没想到北京有这么多留德同学。吃着饭的时候，把主持人选出来。两点半散会，同沈殿华还有别人到他家里去，他已经有了三个孩子，活泼、可爱。一直谈到五点才出来，坐汽车回来。自己吃了点面包，就着牛肉，吃完写《伶人》。

三日 早晨六点才起来，洗过脸，写《伶人》。八点吃了两片面包，就到图书馆研究室去，写《近十年来德国学者研究东方语文的成绩》。十点多到北楼系办公室去，接着写。十一点半下去吃过午饭，回到研究室休息了一会儿，两点到北楼去上课，三点下课，找常凤瑑谈了谈，回来。四点坐汽车去看长之，我猜着他病了，果然，谈了会儿，豫图去。一直坐到外面黑下来才步行回来，到对面小饭铺吃过晚饭，回来看书，九点睡。

四日 早晨六点多起来，洗过脸，因为没有把稿子带回来，不能写什么，念《西藏文法》。八点出去吃过早点，到图书馆研究室去坐一会儿，看了看报，八点半回来拿了衣服到澡堂去洗澡，洗完回来放下衣服，又到研究室去。十点多到系办公室看了看，十一点下去上汤先生的课，十二点到地下室吃过午饭，到阴法鲁屋里去坐了会儿。一点半同他到东安市场去，我想买一件春大衣，跑了几家，结果订做了一身。两点半回来，在屋里吃了点点心。又到研究室去，写《伶人》。五点多到对面小饭铺里吃过晚饭，回来写《伶人》。马祖圣、庄孝惠相继来，谈了会儿就走了。九点姚从吾来，谈到九点半走。

五日 早晨七点前起来，洗过脸，吃了片干面包，写《伶人》。八点到研究室去，把《伶人》写完，回来写好信封，就到邮局去寄给安平。回到研究室，写了封信，又到阅览室去看《图书集成》。十一点到北楼系办公室，十一点半下去同汤先生谈了谈。下去吃过午饭，回来看了看，又回到研究室休息了会儿。两点到北楼去上课，三点下课同王森田、石峻坐汽车到雍和宫去，先去见西藏政府驻平办事处处长，是一个在北平地位最高的喇嘛，他不大会说中国话[1]，有一个翻译。我的目的就〈是〉请他教我藏文。他先把字母念了遍，又把拼音讲了讲，最后念藏文《心经》。我的藏文程度虽然还不太高，但也得了许多奥妙，五点辞了出来。王先生说，平常人来见他，都要磕头，今天我没磕头，他居然还站起来迎送，可以说是殊礼。我们顺便去逛雍和宫，先看大殿，最后看著名的欢喜佛。出来到北新桥等电车，一等就是半天，上去后感觉车走得像牛一般。到北海下车，到王先生家去，他请我们吃晚饭，吃完八点半同石先生一同回来。

六日　七点起来，洗过脸，吃了点蜜供当早点。八点到图书馆研究室去，看了会儿报，到阅览室去查《图书集成》关于数学的一部分。我前几天忽然查到中国的数学也受印度的影响。十一点到北楼系办公室去，十二点下去吃过午饭，又到阅览室去看《图书集成》。三点到长之家去，他的病还没全好，严灵去了，我们俩替他升［生］好炉子。五点出来到姚从吾家里去，坐了会儿。五点半出来到东厂胡同去看胡适之先生，他病了，有几天没到学校里来办公，上下古今乱谈了一阵。邓恭三去了，约我到他家去吃晚饭，我就辞了出来，到恭三家吃过晚饭，八点半回家。

七日　早晨七点起来，洗过脸，吃了点蜜供当早点。八点到图书馆研究室去，看了会儿报，写《近十年来德国学者研究东方语文的成绩》。九点到北楼去上汤先生的课，十点下课，到邮局领了稿费来，同办事处主任朱家源谈了谈，他是我清华的同学。十一点到合作社看了看，人太多，就到北楼系办公室去，写论文。十二点前到下面吃过午饭，吃完回来看了看，回到研究室。休息了会儿，两

1　指汉语。

点到北楼去上课，三点下课，到松公府去开教务会议。五点散会，到合作社买了点糖同肥皂。到东安市场去试大衣，还没完。到东来顺吃过晚饭，回来，看报。屋里太冷，八点半就睡。

八日 早晨七点起来，洗过脸，吃了几块蜜供。八点到图书馆研究室去，看了看报，到阅览室去看《图书集成》。十点到北楼去上周祖谟先生的课，十二点下课。到地下室去吃过午饭，回到研究室休息了会儿。三点到北楼礼堂去听汤先生的公开讲演《中印文化之融合》，主要说的是印度文化虽然影响了中国，但中国的文化并没有因而完全改观。四点半讲完，同常风瑑到市场东来顺去吃肉饼，吃过逛旧书摊，又买了几本书，回来牟有恒来谈，十一点半才走。

九日 夜里吃了片Abasin，早晨六点就醒了，七点前起来，洗过脸，吃了几块蜜供，孙衍眣来，我们一同吃。他走后，我就到图书馆去查《康熙字典》。九点半，到东四牌楼邮局送了封快信，到长之家去。梁实秋先生和豫图在那里，一直谈到十二点多同豫图出来。分手回来到对面小馆吃过午饭，回来休息了会儿。三点多出来坐汽车到李广桥去看一位神父司徒先生，谈到五点出来。坐汽车回来，因为不饿，只吃了几块蜜供当晚饭，八点多睡。

十日 早晨七点起来，洗过脸，出去吃过早点，到图书馆研究室去，写《近十年来德国学者研究东方语文的成绩》。到阅览室去查书，十一点前到北楼系办公室去，十二点到地下室去吃饭，吃完，到阅览室去查书。两点到北楼去上课，三点下课，休息了会儿，看了会儿报，到图书馆书库里去查书。四点半回来，肚子里觉得很饿，五点就到对面小馆去吃饭，吃完回来，看《风俗通义》，但不久灯灭了，点上蜡烛看了点，八点睡了。

十一日　昨晚躺到十二点多还没睡着。早晨七点起来，洗过脸，出去吃过早点，到图书馆研究室去，进书库去查书。九点回到研究室，看李俨的《中国算学史》，十点到北楼系办公室去，十一点下去上汤先生的课，十二点下课到地下室去吃午饭，吃完回到研究室休息了一会儿。两点多回来了趟，到邮局寄了封信，又回到研究室看钱宝琮[1]的《中国算学史》。五点到对面小馆吃过晚饭，回来，看报，看钱著《中算史》。不久就灭了灯，点上蜡，马同阴来谈。

十二日　早晨七点前起来，洗过脸，出去吃过早点，本来想买份报看，但一夜没电，印刷大概也受了影响，等到十点才买到一份。全国烽火遍地，金价、物价高涨，人心浮动，我们中国的前途一片黑暗。念Brāhmī字母，到书库去查《太平御览》。十点半到北楼系办公室去，十二点前到地下室去吃饭，吃完到常凤瑑屋里去谈了谈。两点到北楼去上课，三点下课，回到研究室，看《中国算学史》。雪下了一天，现在还没停。四点半回来，五点出去吃晚饭，吃完回来看《世纪评论》，几次灭灯，大怒，躺下睡。

十三日　早晨七点起来，洗过脸，出去吃过早点，到图书馆研究室去。九点赵万里来，同他一同出去到景山上汽车，到前门里去看一个古玩商人，他有很多梵文、畏兀儿文、藏文残卷，只有三片是用Brāhmī字母写的，索价三十万元，真是骇人听闻。十一点前出来到中国银行把剩下的钱取出来。到商务印书馆去了趟，坐车到东

1　钱宝琮（1892—1974），浙江嘉兴人。数学史家、数学教育家。在《中国算学史》中，他列举出十四项证据来说明中国数学对印度数学的影响。

安市场，到东来顺吃过午饭回来，现在吃的东西天天在涨，真令人发怒。到研究室去看那三片Brāhmī残卷。四点回来一趟，又出去，五点到北楼地下室吃过晚饭，同马祖圣到他屋里去闲谈，又没有电，不久邓嗣禹也来了。八点我同马出去买了一盏灯。回来，电来了，看了会儿报。

十四日 早晨七点起来，洗过脸，出去吃过早点，到图书馆研究室去看了会儿报。九点到北楼去上汤先生的课，十点下课到教务处去送课程指导书，回到办公室，没能做什么事情。十一点半到地下室去吃午饭，吃完到图书馆阅览室去查书，两点到北楼去上课，三点下课。到长之家去，今天很冷，风非常大。谈到五点回来，到对面小馆吃过晚饭回来，王太庆来，李新乾送书来，屋里非常冷，他们走后我就睡。

十五日 早晨七点半起来，洗过脸，念《西藏文法》。八点出去吃过早点，到图书馆研究室去，看了会儿报，九点半到北楼系办公室去，十点上周祖谟先生的课，十二点下课。到地下室吃过午饭，到图书馆看了看，就出去到景山前等汽车，等到两点汽车才来。坐到中山公园下来，到方雨楼家去送梵文残卷，谈了会儿出来，到琉璃厂商务印书馆去买一本胡适的《论学近著》，但太贵没买成。坐汽车到东安市场取出大衣就又回来，风很大，冷。五点半出去吃过晚饭，回来点上洋油灯看报，看陈寅恪先生的《唐代政治史述论稿》，九点睡。

十六日 **星期日** 早晨七点起来，洗过脸，出去吃过早点，到图书馆研究室去，看了会儿报，到阅览室去查《诗经》《易经》

《礼记》《孟子》等书的索引，找关于数学的材料。十一点半到阴法鲁那里去，谈到十二点多，他留我吃饭，吃完一同到东单大楼去看电影*The Daltons Ride Again*。美国玩意儿反正离不了女人与手枪，这是美国文化的具体的象征。五点前出来，到东安市场分手。我上公共汽车到西单鼎古斋去还书帐［账］，同刘掌柜的谈了谈，坐洋车回来。风仍然很大，天气仍然很冷。吃过晚饭回来看报，九点睡。

十七日 早晨七点起来。屋里的茶杯都结了冰，其冷可知。洗过脸，吃了几块蜜供。八点到图书馆去，看了会儿报，借了一部《玉函山房辑佚书》，看了一部分。十一点到北楼系办公室去，下去同汤先生谈了谈，十二点前到下面去吃饭，同向达、常凤瑑谈了半天，回到研究室休息了一会儿。两点到北楼去上课，三点下课，正想回来看看，路上遇到严灵，于是就陪她去参观图书馆，在书库里看了个遍，又领她看研究室。五点到长之家去问豫图的事情，他忽然被捕，真令人焦急。六点回来。吃过晚饭，到赵全章屋里去坐了会儿，九点睡。

十八日 夜里非常冷，屋里又结了冰。早晨七点起来，洗过脸，吃了几块蜜供就到图书馆去。九点到邮局去寄信，又回到研究室，写给Prof. Waldschmidt一封信。十点半到北楼系办公室里，十一点半到地下室去吃饭，吃完回到研究室，休息了一会儿，看《玉函山房辑佚书》，到书库里去查了几本书。三点到豫图家去，同他太太谈了谈。四点回来，到图书馆去坐了会儿，五点到北楼去吃饭，吃完又到图书馆去，但又灭了灯，只好回到这冰窖里来了，八点睡。

十九日 早晨七点起来，洗过脸，吃了几块蛋糕。八点到图书馆研究室去，看《唐代政治史述论稿》，像这样的书才值得一写，值得一读。十一点到北楼系办公室来，汤先生来谈了谈，十一点半多下去到地下食堂吃饭，吃完回到研究室休息了会儿。两点到北楼找到马子实先生，说了几句话，又回到研究室念*Pañcatantra*。四点彭先生同马先生到研究室来闲谈，他走后不久我就到北楼去吃饭，吃完到研究室坐了会儿。六点半回来，屋里仍然像冰窖，外面风仍然大，八点睡。

二十日 早晨七点起来，屋里又结了冰，其冷可知。洗过脸，吃了几块蜜供，到图书馆研究室去看《唐代政治史述论稿》。九点到长之家去，风大得要命。同他一块到雍和宫去看打鬼剧，报上说是十点开始，但一问才知道是过午才开演，在太阳里站了会儿。向觉明、汤先生和一群北大人全来了，我们到蒙藏委员会驻平办事处去坐了会儿，他们要招待我们，一位副处长陪我们回到雍和宫在客厅里坐下，仍然是等。许多喇嘛站在那里敬烟倒茶，领我们去逛大殿。又回去，遇到杨敬之。一直等到三点才开始打鬼，人太多，也没能打好，只是虚应故事，一会儿就完了。我同长之到修绠堂去了趟，分手回来。吃过晚饭，理了理发。回来，屋里又冷得很，七点多就睡。

二十一日 早晨七点起来，洗过脸，出去吃过早点，到马子实家去了趟，就到图书馆研究室去，念*Pañcatantra*。十一点前到北楼系办公室去，不久刘有信去，领他到注册组去办理退学手续。又回到办公室，十一点半下去吃饭，吃完回到研究室，仍然念*Pañ-catantra*。不久头就昏起来，回来看了看，外面天气很好，已经不像头两天那样冷了，回去仍然念*Pañcatantra*。五点前到北楼去吃饭，吃完回来，李荣来谈。八点才走，我又看了会儿书，九点半睡。

二十二日 早晨七点起来，洗过脸，吃了几颗花生当早点，八点到图书馆研究室去，念*Pañcatantra*。到书库里去查了查书，借了一部赵一清作的《三国志注补》，回到研究室看起来。十一点到北楼系办公室去，在教员室里遇到蒯叔平，谈了半天。十一点半下去吃午饭，吃完回来看了看，又回去。三点到松公府蔡先生纪念堂去参加汤先生茶会，胡适与朱孟实都到了。五点出来，到市场去买了两份报，到中原书店去看了会儿书，回来吃了点花生当晚饭。到李荣屋里去闲谈，回来看《中央研究院集刊》，十点庄孝惠来，十一点走。

二十三日 星期日 夜里失眠，吃了半片Phanodorm[1]。早晨七点起来，洗过脸，吃了几颗花生当早点，八点到图书馆研究室去，抄*Pāliāsīyali*，一直抄了一早晨才抄完。十二点到松公府蔡先生纪念堂去，胡适之先生请客，同请的有陈垣、沈廉士[2]、余嘉锡[3]等，吃完谈到快三点才辞了出来。回来看了看就到豫图家去，他居然已经被放了，真是大喜过望。谈到五点半多回来，到北楼吃过晚饭，到王利器屋里去借书，又回到李荣屋去闲谈。八点多回屋，马祖圣来谈，不久就走了。潘家洵[4]来告诉我，王岷源来了，我于是就出去到

1 Phanodorm：芬那达明，安眠药。

2 沈廉士（1887—1947），陕西汉阴人，中国语言学家。

3 余嘉锡（1884—1955），字季豫，湖南常德人。当代著名目录学家、古文献学家。曾任辅仁大学文学院院长、国文系教授、中国科学院语言研究所专门委员等职。

4 潘家洵（1896—1989），江苏苏州人，翻译家。

袁家骅家去看他，谈到十点半多才回来。

二十四日 早晨七点前起来，洗过脸，出去吃过早点，到图书馆研究室去。九点多岷源去，我领他到总办事处去办手续，办完又回到北楼来看房子，本来不成问题的，然而也要打电话，费许多手续，这是北大作风。把房子弄好，到北楼去看了看，就到地下食堂去吃饭，吃完一同回到研究室，他坐了会儿，走了。我看《大藏经》。汤锡予先生来，拿给我一张Brāhmī文的拓片。在他来以前长之同豫图来过。五点岷源来，六点一同到北楼去吃饭，吃完到中老胡同去拿东西。回来严灵来。马祖圣、庄孝惠来谈，十点睡。

二十五日 早晨五点就醒了，躺到六点多起来，洗过脸，看了会儿书，八点前出去吃过早点。到图书馆研究室去，随便看了点书，九点到北楼办公室去留了一个条，就坐洋车到北平图书馆去。找到丁先生，领我到书库里去查巴利文佛典，我想看一看全不全。十一点多回来到系办公室去看了看，下去吃过午饭，回到研究室，休息了会儿，回来看了看，又回去，寄给Prof. Sieg一封信。五点方雨楼来，谈到六点走。我到北楼吃过晚饭，回，看报，李新乾来，岷源来。他们走后，我到石峻屋里去谈了会儿，他又跟到我屋里来看书，十一点睡。

二十六日 早晨很早就醒来。七点起来，洗过脸，吃了几颗花生当早点，八点到图书馆研究室去，到书库里去借了部书。九点岷源来，同他一同到金城银行去领钱，领出来就到邮局去汇钱给家里，汇完到北楼系办公室去看了看，到下面同汤先生谈了谈，就到地下食堂去吃饭。吃完回到研究室休息了会儿，回来看了看，又回去。外面忽然下起雪来。五点前到北楼吃过晚饭，回来看报。李新乾来，拿给我一本元版《庄子》看。岷源来谈，我又到庄孝惠屋里去闲谈。十点邓嗣禹来谈，十一点睡。

二十七日 早晨六点半起来，洗过脸，喝了杯牛奶粉，就到研究室去，念西藏文。无论什么学问都不容易。十点多到北楼系办公室去，开始写一篇短文，谈一个在中国和欧洲都有的笑话。十一点半下去吃过午饭，到阴法鲁屋去闲谈。等他吃完饭，我们一同出去到大华去看电影《双凤缘》。五点前出来到东安市场去逛旧书摊。回来还没上楼，遇到王利器，告诉我汤先生找我到胡校长家去开会，我立刻坐上洋车去了。原来是为了学生罢考的事情，一直讨论到八点。吃过晚饭又谈了谈，我就同朱孟实出来，回来先到阴法鲁屋去谈了谈，十点半出来。

二十八日 早晨七点起来，洗过脸，喝了杯牛奶粉，就到研究室去。本来预备到清华去，又怕今天开会，终于没去成。把《一个流传欧亚的笑话》写完，到北楼系办公室去看了看。十一点半下去吃午饭，吃完遇到岷源，回来看了看，立刻又回来［到］图书馆去。看了学生这情形，简直是一群土匪。我们这些所谓教授拼上命也不过造就一群土匪，一点意义都没有。我心里非常撇［别］扭，很想辞职，或去作［做］生意，或去作［做］官，我觉得什么都比作［做］教书匠好。三点又回来了趟，仍然回去，心绪很乱。四点多出去买了点花生米、馒头，回来吃完看报，到李荣屋去谈。岷源、庄孝惠来谈。

三月一日 早晨七点起来，洗过脸，喝了杯牛奶粉，到图书馆研究室去看了看，就到骑河楼去等汽车，到燕大下来，到朗润园去，找Fuchs，谈到十一点。出来到城府邮局去领出稿费来，就到清华去，先到东里吃过午饭，到图书馆去看了看。阅报室关了门，没有办法，到大礼堂前面去坐了会儿，忽然起了风，立刻就下起雨来。到第一院去站了会儿，又回到图书馆，遇到毕树棠，正在谈话的时候，吴晗来了。三点到陈寅恪先生家里去，我把我的论文*sakāya niruttiyā*的解释念给他听，他说可以在中央研究院历史语言研究所集刊上发表。五点出来，又坐汽车回来。到北楼吃过晚饭，到阴法鲁屋去谈了谈，回来，九点睡。

二日　星期日　夜里一夜大风，天气又忽然冷了起来。早晨七点起来，洗过脸，喝了杯牛奶粉。八点到图书馆研究室去，随便看了点书，李新乾来。刚走，马子实来，谈了会儿就走了。十一点半到北楼去吃过饭，回到研究室，看了会儿书，回来看了一趟，又回去，风大得惊人。五点到北楼地下食堂去吃晚饭，吃完回来，看了会儿报。外面的风似乎小了点，屋里也不像刚才那样冷了。不久向先生来，他说他听到钢和泰[1]夫人要卖书，让我写一封德文介绍信，明天到她家去看。到处找打字机找不到，我出去到马子实家，请他明天代表我出席教务会议。回来到杨人楩屋，把信打好，十点多睡。

三日　早晨七点起来，洗过脸，吃了几片饼干，看《西域南海史地考证译丛》。九点同邓嗣禹到图书馆去，见了毛先生，就同邓坐胡校长的车到奥国府去找钢和泰的太太，看她要卖的书。结果是大失所望，根本没有什么有价值的书。出来坐汽车到北京饭店看了

1　钢和泰（1877—1937），俄国男爵，汉学家、梵语学者。著名学者陈寅恪与胡适都曾跟随钢和泰学习梵文。

会儿书，又同邓到秀鹤去看书，看完坐公共汽车回来。到系办公室去看了看，下去吃过午饭，回到教研室休息了会儿，心绪乱得很，想买书，但没有钱，急得心焦如火。四点出去买了几个馒头，回来吃完。向先生来谈，常凤瑑来，六点前他们走。我到李荣屋去谈了谈，又到楼上找苗仲华，一直谈到十点多才回来。

四日 早晨七点起来，洗过脸，吃了几片饼干，八点前到图书馆研究室去，写给袁守和先生一封信。八点半到北平图书馆去，会到王森，一同进去，查西藏《甘珠尔》[1]。费了好半天劲才把书找到，一直快到十二点才把《根本说一切有部杂事》里我想用的一段找到。下去看了看报就出来，在三座门一个小馆里吃了几个烧饼、油条。回来到研究室去，休息了会儿，去找阴法鲁打电话要书，遇到严灵，领她到研究室去谈了谈。她走后，我回来拿了衣服去洗澡，洗完到北楼吃过晚饭回来，到李荣屋去谈了会儿，九点睡。

五日 早晨七点起来，洗过脸，吃了几块饼干，喝了杯牛奶粉。八点到图书馆研究室去，看《大藏经》，想把变文的“变”字研究一下。到阴法鲁屋里去了趟，到秘书室写借条借研究补助费，遇到岷源，同他到北楼系办公室去看了看。他走后，看*Die Sprachwissenschaft*[2]，Jandfeld-Husen著。十二点前下去吃过午饭，回到研究所，休息了会儿，回来看了看，又回去，念王森田抄的西藏文译本《根本说一切有部杂事》。觉得学一种文字真不容易。五点到北楼去吃饭，吃完同邓嗣禹、杨翼骧回屋来谈了谈。他们走后，

---

1 《甘珠尔》：意译为教敕译典，也称正藏译典，为西藏所编有关佛陀所说教法之总集，包括经藏与律藏两大部分。

2 *Die Sprachwissenschaft*：《语言学》。

李荣来谈。他不久就走了，看*Die Sprachwissenschaft*，九点睡。

六日　早晨七点起来，洗过脸，吃了几片饼干，念《西藏文法》。八点前到图书馆研究室去，看*An Introduction to Modern Linguistics*[1]，Palmer著。九点出去到后门邮局去取信，回到研究室又看了会儿。十一点多到北楼系办公室去，十一点半下去吃过午饭，回到研究室休息了会儿。一点半到东安市场去看了看书，买了部*Mahāvamsa*[2]的英译本。三点回到研究室念西藏文。四点半到北楼地下食堂去吃饭，吃完回来看报。七点前李新乾来，拿了几本书走了。九点睡。

七日　早晨六点半起来，洗过脸，念《西藏文法》，吃了几片饼干，仍然接着念。不知从什么时候起下起雪来，地上已经积了很厚，但仍然未停。八点半冒雪到图书馆去。看*Modern Linguistics*，念《西藏文法》。十一点到北楼系办公室去，雪又不知道从什么时候起停了，出了太阳。十一点半下去吃过午饭，到洗衣铺取出衣裳，回来看了看，又回去。余秘书去谈，休息了会儿，念藏文《根本说一切有部杂事》，念《西藏文法》。四点多出去买了点花生米、面包回来吃了，屋里冷得很。到庄孝惠屋里去坐着，看了半天书，八点多回来就睡。

八日　早晨七点起来，一夜大风，屋里又成了冰窖。喝了杯牛奶粉。八点到图书馆去，还没有开门，到北楼去等了半天，又回

1　*An Introduction to Modern Linguistics*：《现代语言学导论》。

2　*Mahāvamsa*：《大史》，亦名《大王统史》，佛教史籍。早期巴利文的斯里兰卡王朝与佛教的编年史。

去。门开了，进去念西藏文。马子实去，谈了会儿就走了。十点多到北楼系办公室去，念西藏文。十一点半下去吃过午饭，又回去坐了会儿，回来看了看，屋里冷得坐不住。冒风到修绠堂、文奎堂去看了看，回来想到北楼办公室去，但工友不在，进不去，只好回来，围了毡子看《西藏文法》，仍然是冷。五点前到北楼吃过晚饭，回来到庄孝惠屋里来看书，九点前回来睡。

九日　星期日　早晨七点半起来，洗过脸，喝了杯牛奶粉，吃了几块饼干，等到九点到图书馆研究室去，那里也是冷，勉强念《西藏文法》。十一点半到北楼去吃饭，吃完到阴法鲁那里去，在院子里晒了会儿太阳，等他吃完午饭，我们一块儿到女青年会去参加李鲸石结婚典礼。人到得非常多，一直到四点多婚礼才举行，我总觉得不中不西、不伦不类。我们出来到市场遇到庄孝惠，去看了看旧书，回来在庄屋里坐了会儿，到阴那里去吃饭，八点半回来。

十日　夜里醒来，好久没有睡着。早晨七点起来，洗过脸，吃了几片饼干，屋里冷得要命。八点到图书馆去，没有开门。回来等到八点半多又回去，门开了，但研究室里也是冷，仍然坐不住，就到北楼系办公室去看*Introduction to Modern Linguistics*。十一点半下去吃午饭，吃完回来，冷得受不了，下去到太阳里去站了会儿。等岷源吃完，一同到南夹道去逛小市，从那里到中原书店去看旧书。四点回来，外面风和日丽，屋里还是冬天。五点田价人来，坐了会儿，领他到北楼地下食堂去吃晚饭，吃完，他就走了。回来看了会儿书，八点多就睡。

十一日　夜里梦非常多，没有睡好。早晨七点前起来，洗过脸，吃了几片饼干，喝了杯牛奶粉，看*Introduction to Modern Linguistics*。九点到研究室拿了书到北楼系办公室去，把*Introduction*看完，看*Sprachwissenschaft*。十一点半下去吃过午饭，又回到办公室去念西藏文《方广大庄严经》关于数的那一部分。邓嗣禹去，送给我一篇文章让我转寄，文章写得很坏，又有别字，有点不知趣。两点多回来，到庄孝惠屋里去谈了会儿，回来看了会儿书，出去到东厂胡同去访张政烺[1]，不在。回来，不久长之来，闲谈了会儿，到北楼吃过晚饭，又回来闲谈，他八点半走，我九点多睡。

十二日　早晨七点前起来，洗过脸，吃了几片饼干，围上毡子念西藏文，看*Die Sprachwissenschaft*。今天是孙中山逝世纪念日，放假，图书馆同北楼都去不成，只好待在屋里挨冻。十一点半到北楼地下食堂吃午饭，吃完回来，仍然围上毡子，稍稍休息了一会儿，又看*Die Sprachwissenschaft*。两点前出去到市场同文书店去看梵文书，回来后身上很难过，好像病了似的，躺下睡了会儿。王利器来，告诉我文渊阁有一部《世说新语》，我立刻就去看了看，并不大好。买了几个烧饼，回来吃完看报，看《读书通讯》，八点多又没了电，我也就睡了。

十三日　早晨七点前起来，洗过脸，吃了几块饼干，看了会儿书。八点多到图书馆去，九点多回文书店把我昨天订的《女师大学术季刊》送了去。九点半到北楼系办公室去，看关于中国古代大数记法的笔记，又回到图书馆到书库里去查《抱经堂全集》。十一点半回到北楼，到地下食堂吃过午饭，到图书馆阅览室去看Jesperson[2]

1　张政烺（1912—2005），山东荣成人。研究中国古代史的专家，在古文字学、古文献学等领域有很高的造诣。1946年曾受聘到北京大学历史系任教授。

2　Jesperson：奥托 · 叶斯柏森（1860—1943），是享誉国际的丹麦语言学家，被公认为百年来英语语法的最高权威。

的*Language*[1]。两点又回到北楼系办公室，看《女师大学术季刊》，写了几封信。五点前下去吃过晚饭，回来同王岷源到冀老先生屋里去坐了会儿，回屋来看报，外面大风如吼，屋里很冷。八点灭灯，就睡。

十四日 早晨七点起来，洗过脸，吃了几片饼干。八点多到图书馆去，在西文阅览室找了个有太阳的地方坐下，看Jesperson，*Language*。十点前到北楼系办公室去，接着看。马先生去，一闲谈就谈到十一点半。他刚走，我就下去吃饭，吃完回来看了看，又回到图书馆楼上，看Jesperson。到书库里去查了查书。三点同冯至到毛子水屋里去，等他讨论中德学会的事情。我因为还要去开教务会议，谈了会儿就到松公府去。今天讨论二分之一不及格是否退学的问题，空气颇紧张。四点多散会，到马子实家去，他不在，又回到图书馆看书。五点到北楼去吃晚饭，吃完回来。又出去到东厂胡同去看张政烺。谈到八点半回来，邓嗣禹同周一良来，一直谈到快十一点才走，先到我屋里，后到邓屋里，最后又到王岷源屋里。

十五日 早晨七点起来，洗过脸，出去到对门小饭馆里吃了两个烧饼，就到图书馆去。还没开门，在太阳里站了半天，门开了进去，看*Language*。十点多到北楼系办公室去，写给Prof. Sieg一封信。十一点半同王森下去到地下食堂去吃饭，吃完同他一同到隆福寺文渊阁去看藏文佛经。看完又到修绠堂去看敦煌写经。出来又到一家书铺去看了看书，分手后去看长之，不在。到大佛寺佛经流通处去看了看，回来，休息了会儿。四点出去到豫图家去，他请我们吃饭，不久长之、豫图同一位高公都来了，最后来的是黄氏夫妇。

---

1 *Language*：《语言论：语言的本质、发展和起源》。

吃了一顿非常丰富的晚餐，谈到九点半回来。

十六日 昨晚吃得太多，半夜里醒了，胃里很难过，半天没睡着。早晨七点起来，洗过脸，看了会儿《西藏文法》，八点多到图书馆去，看Jesperson。十点回来，董剑平来，谈到十一点，一同到松公府去看阴法鲁，胡天禄在那里。坐了会儿，我们就出来。分手到北楼地下食堂吃过午饭，回来，屋里仍然是冷，人又疲倦。脱了衣服躺下，偏又无论如何睡不着。三点起来到对面操场里太阳里去站了会儿，四点回来，忽然觉得浑身难受，六点就上床躺下。

十七日 早晨勉强起来，人仍然很难受，一点东西都不想吃。洗过脸，到图书馆大阅览室里去坐下看*Language*。十点前到北楼系办公室去，十一点的时候，人发烧，热度很高，头昏眼花，支持不住，就回来躺下，一直糊里糊涂地躺到过午四点，牟有恒来，才起来，同他闲谈了半天。他走后，又到岷源屋里去同常凤瑑闲谈，回来仍然躺下。天黑的时候，有人叫门，起来一看，是张政烺，同他谈了谈，他就走了。我仍然睡下。

十八日 早晨七点半起来，人似乎好多了。胃里也有点觉得饿，想吃东西。洗过脸，出去到对面小馆里吃了几个烧饼，就到图书馆去看*Language*。十点到邮局去寄信，同朱家源谈了谈。十点半到北楼系办公室去，又下去同汤先生谈房子的问题。回到办公室，马子实去，十二点多走。下去吃过午饭，回来，躺下睡到三点起来，其实没睡着。到图书馆去看了看报，又看*Language*。五点到北楼地下食堂去吃饭，吃完回来，到李荣屋里去闲谈了会儿。七点半回来，又没了电，就睡。

十九日 早晨七点起来，洗过脸，出去喝豆浆吃烧饼，吃完到研究室去看了看。就出去等汽车到前门去，下了车走到门框胡同，买了一斤酱牛肉，又回到前门坐汽车回来。到北楼系办公室去，韩镜清来，谈了会儿就走了。十一点半下去吃饭，吃完同杨翼骧到楼下去理发，理完上楼来休息了会儿，又到图书馆去看了会儿书。三点到翠花胡同去找汤先生，一同去看Bagchi[1]，不在，我就回来。牟有恒来，谈了会儿，又到图书馆研究室去谈了半天。五点多到北楼吃过晚饭，到图书馆坐了会儿回来。七点前到从文家去，他太太来后我还没去看过。他两个小孩子很可爱。谈到九点多回来，他送了我一本《月下小景》。

二十日 早晨七点起来，洗过脸，出去吃过早点，到图书馆去，在阅览室里坐了会儿，到研究室去查西藏文。十点汤先生领了Bagchi去，谈了几句话，我就领他去参观书库，又到北楼系办公室去看了看，十一点送他走。今天风简直像发了疯，大得要命。十一点半下去吃过午饭，到阴法鲁屋去谈了谈，又回到图书馆。三点半到北楼去看了看报，到研究室去看Jesperson，预备讲义。五点下去吃饭，吃完到图书馆去念西藏文。七点多回来，屋里又冷起来，八点躺下，十点又起来，仍同周一良、邓嗣禹、王岷源闲谈，十点半睡。

二十一日 夜里又吃安眠药，早晨七点起来，洗过脸，出去吃过早点，就到图书馆去。九点到北楼去听汤先生的课，十点下课，回

---

1 Bagchi：师觉月（1898—1956），印度佛学家、汉学家。通晓古汉语、梵语和中亚语言，专门从事中印佛教文化交流史的研究。

到研究室等Bagchi，但他没来。我到金城银行领出三月份的薪水。十一点到北楼系办公室去，看Jesperson。十一点半下去吃过午饭，回来喝了点水，两点又到北楼去上课，只有钟莉芳一个人，谈了几句话，就下课。遇到岷源，同他一同去看长之，谈了会儿，同坐洋车到北京饭店去，我买了一本Kellogg的*A Grammar of the Hindi Language*[1]。逛了逛小市回来，到对门小馆吃过晚饭，回来看《世纪证论》。

二十二日　夜里又出汗，足见神经又有了毛病。早晨七点起来，洗过脸，吃了点饼干。八点到图书馆去，看了会儿报。九点到北楼去上课，是语言学，今天是第一堂。十点下课，同Wilhelm谈了谈，又去上周祖谟的课。十二点下课，到下面吃过午饭，到图书馆抄给Prof. Waldschmidt的信。两点前回来，三点又回去。四点到阴法鲁那里去，胡天禄已经在那里，不久庄孝惠也去了。我们就出发，坐汽车到中山公园去。今天是高中校友聚餐，到的人数真不少，我们在来今雨轩吃饭，是西餐。吃完八点才散会，出来回家。到庄孝惠屋里去谈了半天。十点半睡。

二十三日　星期日　早晨七点前起来，洗过脸，吃过几块饼干，八点到图书馆去看了看，九点前回来，九点多到翠花胡同去看Bagchi。谈到十点半才回来，同岷源去坐洋车到北大医院去看杨振声先生，坐到十一点半出来，到辟才胡同去看黄明信，不在。就同岷源坐车到市场东亚楼去，不久，秦瓒、苗仲华、邓嗣禹也去了，我们一同吃过午饭，到市场里面去逛了逛。三点多回来，休息了一会儿，看Otto Jesperson，*Language*。五点多到北楼吃过晚饭，回

1　*A Grammar of the Hindi Language*：《印地语语法》。

来，看Jesperson。牟有恒来，立刻就走了。我仍然看Jesperson。

二十四日 早晨七点起来，洗过脸，出去吃过早点，就到图书馆去。外面风大得要命。九点前到北楼系办公室去，看Jesperson。马子实去，王岷源去，常风瑑去，还有王森田的一位朋友去，闹嚷嚷一早晨，没能作［做］什么事。十一点半下去吃午饭，吃完到图书馆去，看Jesperson。两点半到北楼教员休息室看报。三点上课，四点下课，回到红楼到合作社去领了一个社员证。五点到北楼吃过晚饭，到苗仲华屋里去闲谈，九点回来。

二十五日 早晨六点半起来，洗过脸，喝了杯牛奶，八点到图书馆研究室去，看了会儿书。九点到邮局去寄钱寄信，一寄就是一个钟头。十点回到研究室，Bagchi来找我，我们一同出去到国立北平图书馆去，丁先生领我们到书库里去看了看，我们又拜访了袁守和一下，十一点半回来。到北楼吃过午饭，到阴法鲁屋里去闲谈。两点回来看了看，回到研究室看Jesperson。三点回来拿了东西去洗澡，洗完回来放下东西，回到研究室，方雨楼来找，五点半走。到北楼吃过晚饭，回来看了会儿报，李荣同石峻来谈，九点多石走。王岷源来，他走后，我又到李荣屋去闲谈，十点才睡。

二十六日 早晨七点前起来，洗过脸，念《西藏文法》。八点到研究室去，坐了会儿，肚子里忽然饿起来，出去吃了几个烧饼、油条。又回到研究室，抄*sakāya niruttiyā*释义。十点前到北楼系办公室去，查西藏文字典。十二点下去同王、常吃午饭，吃完到图书馆去休息了一会儿，看了看报。两点到北楼去上课，三点下课，回来找到岷源同苗仲华，一同出去，坐洋车到中山公园去玩，看了三个画展，又步行到长安市场去逛旧书店，买了《史语所集刊》。七点半去吃饭，吃完八点半回来，十点睡。

二十七日 早晨七点前起来，洗过脸，看了会儿书。八点到图书馆去，写给Fran Oppel、王钧冀、孙陵、王福山各一封信。九点到邮局寄了。九点半到翠花胡同找Bagchi送给他书，谈了会儿，同他到隆福寺修绠堂去看书。十一点半回家，到北楼系办公室去看了看，下去吃过午饭，同岷源回来，刚躺下想睡一会儿，郝叶江来，访［询］问东方语文学系的情形。不久□[1]福堂来，马子实来，两点半他们走。三点到松公府去开教务会议，仍然是讨论二分之一不及格的问题。结果是推翻四次的议决案，心里非常不痛快。到北楼吃过晚饭，回来阴法鲁来，谈到七点多走。我看了点书，十点睡。

二十八日 六点半起来，洗过脸，出去吃早点，吃完到图书馆研究室去。九点到北楼去上汤先生的课，十点下课，到系办公室去，本来想看一点书，马子实去，一谈就到十一点多。十一点半到教务处去了趟，十二点同马、王到马家去，他请我们吃饭。吃完坐了会儿，回到研究室。两点到北楼去上课，三点下课，回到研究室，严灵来，坐了会儿就走了。我到阅览室去查书，五点到北楼吃过晚饭，坐车到长之家去。严灵在那里，她先走。我等长之吃过晚饭，一同到平安去看电影*Deserizory*，七彩片，还满意。十点多回来，到岷源屋谈到十一点。回来睡。

二十九日 今天是青年节，放假，七点前起来，洗过脸，出

1 原文难以辨认。

去吃过早点，回来看书。九点到翠花胡同去找Bagchi，同他一同到故宫博物院去。我虽然以前在北平住了四年，故宫博物院我还没来过，里面扫得很干净，松木蓊郁，宛如仙境。一个院子套一个院子，简直数也数不清。有的屋子里还有东西陈列，古画、磁［瓷］器、鼎彝都有。我们一直逛到十二点，这一路还没逛完，仓仓促促出来。坐洋车到市场去，到润明楼，我请他吃午饭，结果每个人吃了两份，我们一同走回来。分手回来休息了会儿，到岷源屋里去闲谈，回屋念西藏文。五点前到中老胡同冯至家坐了会儿，到北楼吃过晚饭，到杨丙辰先生家坐了会儿，只他太太在家。回来，念西藏文，十点睡。

三十日　星期日　早晨六点多起来，洗过脸，看了会儿书，八点前出去吃早点，吃完到图书馆去看了看，不久回来，念西藏文。十点出去到豫图家去，不久长之也来了。十一点半长之、豫图、我同豫图太太的弟弟和蒋龙翔出来到北海逛了一圈，从后门出去到什刹海烤肉季去吃烤肉，这次口味比在东来顺好多了。饱吃一顿，两点半多了才回来，休息了会儿。郝叶江来了一位北大同学贺君来，也是新闻记者，谈到四点走。我又躺下休息了会儿，五点多出去遇到阴法鲁。同他坐车到紫光去看电影《小飞象》，是卡通片。散场回来到小小食堂吃过晚饭，回来看西藏文。

三十一日　早晨七点前起来，洗过脸，看了会儿书，出去吃过早点，到图书馆研究室去。因为看了Bagchi一篇文章，我自己的论文也要极大改作，今天早晨就思索怎样把新材料加进去。七点Bagchi来，我领他到书库找了本书，要了一个借书证，又领他到邮局去了趟。十一点多他走，我到系办公室去看了看。十二点下去吃饭，吃完看到外面下起雨来，到办公室去坐了会儿，回到研究室看了会儿书。两点到北楼去上课，一上两堂，人颇疲倦。回到图书馆，听说周一良来，赶忙回来，没遇到。到岷源屋，谈了谈，就到外面小小食堂去吃饭，吃完回来，看了会儿书。到庄孝惠屋里去坐了会儿，十点多睡。

四月一日 早晨六点才起来，洗过脸，看了会儿书。出去吃过早点，到图书馆研究室去，改做*sakāya niruttiyā*释义。十点多到北楼系办公室去，没能作［做］什么事。汤先生来，谈买书的事情。十一点下去上汤先生的课，十二点下课，到地下食堂吃过午饭，回到研究室。两点前回来看了看，又回去到书库里去查了几本书。三点出去坐洋车到北京饭店去，买了一本Pischel的*Śakuntalā*[1]。我好多年来想买的一本书，现在居然买到了。外面风非常大，刚回来，吕宝东来，王岷源也到我这里来闲谈，张铁弦[2]来。六点同吕、王到松公府去吃饭，吃完到冀老先生屋里去闲谈。十点前回来，不久睡。

二日 早晨六点多起来，洗过脸，出去吃过早点，到图书馆研究室去，念西藏文。七点到北楼系办公室去，随便看了点书，就到了十一点，同王森田讨论西藏文化问题。十一点半下去到地下食堂吃过午饭，回到研究室，休息了会儿。两点到北楼去上课，三点下课，又回到研究室，精神只是不集中，没能作［做］什么事情。五点的时候，身上忽然觉得难受起来，走路腿也发软。到对面小馆吃了点东西，一摸头上像火一样热，大概在发烧。吃完回来，坐不住，就收拾躺下。

---

1 *Śakuntalā*：《沙恭达罗》，印度古代诗人和戏剧家迦梨陀娑的作品。

2 张铁弦（1913—1984），吉林人。曾在北京图书馆、伪国立北京图书馆研究所任职，1949年后历任北京图书馆代理秘书长、副馆长，人民文学出版社编译。

三日 昨夜吃了半片Phanodorm，一夜安睡。早晨起来，居然没了病。洗过脸，出去吃过早点，到图书馆研究室去念西藏文。写《我们应该同亚洲各国交换留学生》。十一点半到北楼去找熊秘书谈写信给埃及公使的事情，谈完就到办公室去，看*language*。十二点下去吃过午饭，回来，外面风非常大。从北楼走到红楼就等于过一关。躺下睡了会儿，老常来。两点半回到研究室，到书库去查书，想写一篇《外国文里的复词编义》。五点到北楼地下食堂吃过晚饭，回来，牟有恒来，谈到十点多才走。

四日 今天学校放春假一天，早晨七点起来，洗过脸，出去吃过早点。回来，把《我们应该同亚洲各国交换留学生》写完，看Jandfeld-Husen，*Die Sprachwissenschaft*。十二点同岷源到理学院对面小馆去吃饭，吃完回来，躺下休息，但躺下还不久，浑身就发起冷来，现在毫无疑问是疟疾复发，浑身抖成一团，呼吸也感到困难，发过冷，又照例发热，一直躺在床上，呻吟辗转，睡又睡不着，真可以要命。

五日 夜里睡得也不好。早晨醒了，头仍然是痛。但八点就有课，又不能不早起来。洗过脸，什么也不想吃，就到图书馆去，拿了书到北楼去上课。十点下课，又去上周先生的课。他没去，大概早请假了。我到注册组去了趟，交涉替Bagchi印讲义。十一点回来，头昏得要命，赶快躺下，午饭也没有吃，一直躺到两点。起来到注册组去了趟，从那里到翠花胡同去看Bagchi。两点半回到注册组，拿了印好的讲义到北楼去，Wilhelm来。不久胡校长、汤先生同Bagchi来，三点Bagchi开始讲，题目是*The Foundation of Indian*

Civilization。胡校长用英文做了一个介绍。四点讲完，回来，又躺下休息。六点半同岷源到袁家骅家去，他请我们吃晚饭，吃完谈到九点，到沈从文家看了看，十点回来。

六日 夜里一夜没睡，人烧得一塌糊涂，最少有41度，当然一点都睡不着。第二天人更烧得一塌糊涂，躺在床上，呻吟不停。简直连头都抬不起来，一口水都没有喝，当然更谈不到吃东西。今天是礼拜天，我把门关了，屋里就成了一座地狱，我就是这里面受煎熬的鬼。似乎有人来，敲过门，我当然不能起来开，就这样在发昏中过了一天。

七日 早晨醒了，人似乎好了一点，但仍然发烧，不能抬头，只能喝一点水，东西一点都不能吃。想遍了世界上的东西，只有想到德国的食物的时候，胃里还不作呕。勉强起来，下去看周瑞琏大夫，也没说出所以然来。回来仍然躺下，一到过午，烧又来了，躺在床上呻吟不止，我让工友给豫图打了个电话，六点他来，测试温度是40.5度，高得惊人。他走后，我仍然发烧，吃了他给的药，有几次想吐。

八日 早晨醒了觉得病好一点，但人仍然是糊里糊涂，东西当然一点都不想吃，而且一想到就作呕。躺在那里，浑身难过且不说，实在也真无聊，翻一个身，要费半天劲。虽然时常有人来看，但我不能同他们谈多少话，脑筋似乎已经停止了作用，也没有什么很清晰的思想。过午豫图来，测试温度是39.8，比昨天减了，但他并不满意。今天过午严灵来。

九日 同前几天一样，早晨人似乎清醒一点，但仍然不能起来，连欠一欠身都困难。一到过午仍然发烧。六点豫图来，温度38.5，比昨天又减了。他说，验血的结果，没有大妨碍。本来他希望我能到医院去化〈验〉，现在没必要了，我也很高兴。

十日 早晨醒了，觉得确实比前几天好，但仍然不能抬头，东西仍然不能吃。起来到便所去一次，就像唐僧到西天取一次经。过午豫图来，测试温度，结果是36.8，是正常温度。我谢天谢地，不要再吃出汗的药了。出了汗，浑身是水，被子、枕头、衬衣都是湿的，但又不敢动，怕伤风。这滋味比发烧过40度还难过。

十一日 比昨天又好了，但却并不像我想的那样快，仍然是起不来。勉强喝一点稀粥，一点胃口都没有。一点想吃的意思也没有。不吃也行。

十二日 今天精神似乎更好了。早晨醒了，躺了很久，仍然到外面小馆去叫稀饭喝。到后来，觉得力量够了，于是慢慢穿上衣服起来。现在连走都有点困难了，我还要学步。午饭也是从外面叫来的。无聊的时候，想看一点书报，但一看就头痛，只好放下。

十三日 夜里睡得还好，早晨醒来，觉得很舒服，到盥洗室洗了洗脸，叫了一碗小米稀饭，只是一点胃口都没有。坐不了一会儿，头仍然昏，只好又躺下。十二点叫了碗稀饭、炒鸡子，勉强吃了点，吃完躺下休息。本来想出去洗洗澡，但看样子是出不得门了。晚上没吃什么东西，糊里糊涂躺下，大概十点多才睡去。

十四日　早晨起来，精神觉得似乎更好了一点，八点到外面去洗了一个澡，洗完顺便到对面小馆去吃了点东西，回来到楼下去理发，理〈完〉发穿好衣服，到北楼去看了看。到办公室去坐了会儿，又到研究室去看了下，到对面小馆吃过午饭回来。躺下休息了会儿，长之同严灵来，谈了会儿就走了。清华学生自治会代表陈干来请我去演讲，王静如来，谈了半天。今天过午来的人多，我的精神有点支持不住，头有点痛起来，赶快躺下，没吃晚饭。晚上马祖圣来。

十五日　早晨六点多起来，洗过脸，八点到外面去吃早点，本来不饿，但也居然吃了不少。吃完回来休息了会儿，到研究室去看了看，又回来休息了会儿。十点半到北楼去，先到办公室去看了看，又下去同汤先生谈了谈，人有点支持不住。回来，十二点出去吃过午饭，回来睡了会儿，起来觉得无聊得很，不能看书，一看头就昏，但坐着无事也真难过。五点到冀老先生屋里去坐了会儿，六点前出去吃过晚饭，回来看了会儿报，八点睡。

十六日　早晨六点起来，洗过脸，随便看了点书，八点出去吃早点，吃过回来，还是不敢太用脑。九点到研究室去看Palmer，Jesperson。目的在于整理出一个讲的程序。但不久头就昏痛起来。到书库里去查了查书。十一点出来到松公府事务组去了趟，就到对面小馆去吃饭，吃完回来躺下休息了会儿。两点前到研究室去坐了会儿，两点到北楼去上课，三点下课回来，外面简直就是夏天，出了一身汗。休息了一会儿，五点半到对面去吃饭，吃完回来休息了会儿，出去到翠花胡同去看Bagchi。九点回来。

十七日　早晨七点起来，洗过脸，看了会儿书，八点出去吃早点，吃完回来看*Die Sprachwissenschaft*。九点多到图书馆研究室去，写了两封信，到书库里去查了本书，就到北楼系办公室去。头忽然昏起来，没能作［做］什么事，只看了看报。十二点半下去吃饭，吃完回来，躺下睡到两点，起来看*Die Sprachwissenschaft*。外面风非常大，五点半阴法鲁来，同他一同到对面小馆去吃晚饭，遇到杨翼骧。还在吃着的时候，忽然一阵头晕，几乎倒下。吃完回来就躺下。九点李新乾来，拿给我几本书看。

十八日 早晨六点半起来，洗过脸，七点半出去吃早点，吃完到图书馆研究室拿了书，八点到北楼去上课，九点下课，又听了一堂汤先生的课。十点到邮局去寄了两封信，回到研究室，写了两封信。人虽然好了，只是头晕，不知道是什么毛病。到北楼系办公室去坐了会儿，十二点前下去吃饭。吃完回来躺下睡到两点，起来到研究室去查《大藏经》。三点回来，四点到理学院去开教授会，人到的很多，但一开就是四个钟头，真有点受不了，连胡先生这老是当主席的都吃不消了。同马祖圣到对面小馆吃过晚饭回来，休息一会儿，十点睡。

十九日 早晨六点才起来，洗过脸，看了会儿书，七点半出去吃过早点，就到北楼去。八点上语言课，九点下来，休息了会儿，又上课。十点下课，又去听周祖谟的课，一直到十二点。下了课，到下面去吃过午饭，回来休息了会儿，三点回到北楼。不久汤先生同Bagchi去，三点Bagchi开始演讲，四点多讲完，Bagchi先走，汤先生同我谈了几件事情。回来石峻来谈了会儿。五点出去，遇到王森田，同他一同到市场去逛了逛旧书摊，到中原公司买了点东西。到东来顺吃过晚饭，坐车回来。钟莉芳同一位邓先生来，带了一位姓李的孩子，要学梵文。他们走后，找到杨翼骧屋里去谈了会儿，九点才回来。

二十日　星期日　早晨七点起来，洗过脸出去吃过早点，回来看了会儿书，就到图书馆研究室去，抄《我们应该同亚洲各国交换留学生》。郑用熙去，谈到十一点半走，我看了看报，到北楼吃过午饭，回来躺下休息了会儿。外面风大得要命，因而影响了人的精神，觉得心里烦得很，起来抄《我们应该同亚洲各国交换留学生》，一直抄完。到外面小馆吃过晚饭，回来，严灵来，坐了会儿就走了。看关于中国古代大数记法的材料。马祖圣来谈。十点到楼上去找苗闲谈，十一点睡。

二十一日　夜里庄孝惠来打地铺，因而失眠，吃了半片Phanodorm。早晨七点前起来，洗过脸，出去吃过早点，到图书馆拿了书，就到北楼去上课。十点前下课，到邮局寄稿子给《大公报》，回来看了看，到书库去查了本书。十一点多到北楼系办公室去看了看，十一点半下去吃饭，遇到马祖圣，吃完回来躺下睡了会儿。两点又到邮局去寄信给汤德全。三点到翠花胡同文科研究所去开会，到会的有胡适之、汤用彤、朱光潜、向达、郑天挺[1]、陈雪屏[2]、周祖谟。五点散会，回来换了衣服，到市场去定做了一身西服。回来到对面小馆吃过晚饭，回来到王岷源屋谈了半天。

二十二日　早晨六点多起来，洗过脸，写*sakāya niruttiyā*释义。七点半出去吃过早点，到图书馆研究室去，抄《一个故事的演

1　郑天挺（1899—1981），福建长乐人。曾任西南联合大学教授、总务长，北京大学教授、文科研究所副所长。

2　陈雪屏（1901—1999），江苏宜兴人。曾在北大理学院心理系任教。

变》。九点李雅珊同胡□□[1]去，谈补课的时间。他们刚走，孙德宣去，他旁听我的语言学。谈到快十一点他才走。我到北楼系办公室看了看，十一点下去上汤先生的课，十二点下课，同汤先生到秘书处去见郑先生。十二点半到北楼去吃午饭，吃完回来，袁家骅来，谈了会儿就走了。我到研究室去抄论文，两点半到Bagchi那里去，同他到公安局走了趟，又到中山公园去，坐下喝了点汽水。五点半回来，到对面小馆吃过晚饭。回来，牟有恒来，不一会儿就走了。把论文抄完，到杨翼骧屋去送下，回来，十点睡。

二十三日　早晨六点才起来，洗过脸，看Palmer，*Modern Linguistics*。七点才出去吃早点，吃完到北楼去，今天补课，从八点讲到十点，下了课，到出纳组去算薪水账，算完回来了一趟。朱家源来，谈了会儿就走了。我到图书馆去看了看，就到北楼系办公室去，十一点半下去吃饭。现在物价一天数涨，有钱也买不到米面，想起来就令人发愁。吃完回来躺下休息了会儿，两点前回到研究室，念西藏文，写清华演讲稿子。五点到市场去买了份《大公报》，有我的一篇文章，到东方去试衣服，在一个小馆里吃过晚饭，回来看报，看Palmer。

二十四日　早晨六点半起来，洗过脸，看Palmer，七点才出去吃过早点，到图书馆研究所去，看*Die Sprachwissenschaft*，九点多回来拿借书证回去借了本书。张宗序送了几本书去。十点半到北楼系办公室去，十一点马坚去就闲谈起来。十二点他才走。下去吃过午饭，回来休息了会儿，又回到研究室，看《一切经言义》关于大数

1　日记原文此处为空格。

记法的记载，查*Saddharma Puarīka Sūtra*[1]。因为工作太多太紧张，头有点昏。五点多回来，到外面走了走，到对面小馆吃过晚饭，到研究室拿了本书，在操场里遇到周一良同邓嗣禹。站住谈了半天，回来看报。看Kielhorn[2]。

二十五日　早晨六点多起来，洗过脸，写《我们应该多学外国语言》，七点才出去吃过早点，就到北楼去。八点上梵文，九点下课，又去上汤先生的课。十点下课，到松公府去看杨振声，到秘书长室送下书单，回来了趟，又回去找郑华炽，不在。就到北楼系办公室去，十一点才下去吃饭，吃完又到松公府去了趟，仍然没找到郑华炽，回来，休息了一会儿，起来写文章。三点到研究室去，看*Saddharma Puarīka Sūtra*，四点去看Bagchi，把他的稿子拿给他。回来到研究室去看《大藏经》，六点前到北楼去吃晚饭，吃完回来，看讲义，写文章。

二十六日　早晨六点半起来，洗过脸，写文章。七点半出去吃早点，吃完到北楼去上课，先上语言学，十点下课，又听了一堂周祖谟先生的古音研究。十一点到金城去领四月份薪水，十一点半领完，坐洋车到中山公园去。《益世报》社长刘豁轩在来今雨轩请客，到的有梁实秋、沈从文、朱自清、长之、俞平伯、废名等。吃完同从文、常风在公园里走了走。两点半回来，在北楼看了会儿报。三点Bagchi演讲，讲完我送他回去，谈到五点半回来。刘先生来，坐了会儿就走了。出去吃过晚饭，回来看报。

1　*Saddharma Puarīka Sūtra*：梵文《妙法莲华经》。

2　Kielhorn：基尔霍恩，德国语言学家。

二十七日　星期日　早晨七点前起来洗过脸，出去吃过早点，到研究室去拿了点东西，就到汤先生家去，同他们一同到骑河楼去等车，长之在那里。到了清华，因为今天提前纪念校庆，校友都返校，非常热闹。我们先去看陈寅恪先生，坐了会儿，同长之到里面各处去看了看。十一点到大礼堂去参加庆祝会，胡适之先生演讲。十二点半到体育馆去聚餐，里面挤满了人。吃完饭，球类比赛，我各处乱看了一阵。到图书馆找毕树棠没找到，又回去看球，见到许多熟人。六点到吴晗家去，他请我吃晚饭，那里已经有许多人。张东荪[1]去看了看就又走了，吃完到大礼堂去听音乐会，里面挤满了人。只听到有人唱，但不见其人。我在里面挤了会儿就出来。九点多坐车回来。到北大已经十点多。

二十八日　早晨六点多起来，洗过脸，七点才出去吃早点，吃过到图书馆拿了书，到北楼去上课。十点下课，同汤先生谈了谈买陈寅恪先生书的问题。回到研究室，预备清华演讲稿，马先生去闲谈。十一点半多下去吃午饭，吃完回来休息了一会儿，两点回到研究室，预备讲稿。三点到北楼去上课，四点下课。晚饭同杨翼骧一同到对面小馆去吃，吃的凉面，很好。

二十九日　早晨六点半起来，洗过脸，看了会儿书，七点半出去吃早点，吃完到图书馆去，查《一切经音义》，到书库里去查了几本书。十点多到北楼系办公室去，没能作［做］什么事情。十一点下去上汤先生的课，十二点下课，同汤先生到秘书长办公室去看

1　张东荪（1886—1973），浙江杭州人。现代哲学家、政治活动家、政论家、报人，曾任中国民盟中央常委、秘书长。

郑天挺，谈买陈寅恪师书的事情。十二点半回去，到地下食堂吃过午饭，回来休息了会儿。两点到研究室去，两点半Bagchi来，陪他借了两本书。一同到北海公园去，从白塔下可以看整个故宫，他也认为是奇景。五点多回来，出去洗了个澡。吃过晚饭去理发，因为太疲倦，很早就睡了。

三十日 早晨六点半起来，洗过脸，补记病时候的日记。七点半到外面去吃早点，吃完到图书馆研究室去，看自己预备在清华演讲的稿子。九点多出来送了封信。十点回来，到北楼下面合作社买了疋布，就到北楼系办公室。在那里反正［做］不了什么事情。十二点回来，一点同王岷源到松公府蔡先生纪念堂，胡校长请客，有Jellife、Bagchi、Bura、袁同礼，梅贻宝[1]、朱孟实、汤先生，还有许多本校的陪客。两点多回来，休息了会儿。三点半到骑河楼上汽车到清华去。下了车，先到陈寅恪先生家，看了看他的书，问了他几个问题。六点到吴晗家去，吃过晚饭，一同到善斋找到学生会的负责人，一同到同方部[2]。八点开始演讲，九点半才完，题目是介绍三种新发现的语言。回到辰伯[3]家，同一位吴先生、一位陈先生、郑用熙谈到十一点，他们走后，我就睡。

五月一日 夜里一夜没能睡，因为昨晚谈话过多。早晨七点前起来，到外面去呼吸了点新鲜空气，景色虽好，只是有点冷。七点半回去，洗了脸，吃了早点，就到大门去上汽车。八点半回来，

1 梅贻宝（1900—1997），天津人。与其兄长清华大学校长梅贻琦教授齐名。

2 同方部，清华园最早的建筑，曾长期作为每年八月二十七日祭奠孔子的地方，其意为“志同道合”者相聚的地方。

3 吴晗的字。

到图书馆研究室去坐了会儿，就到北楼系办公室去，到松公府找刘钧，没找到。回去吃过午饭，到东安市场想去取衣服，还没好。回来，陈兆枋[1]来，已经几年没见了，三点前他走。我身上已经发起冷来，又遇到汪殿华[2]太太，谈了几句话，勉强到松公府把Bagchi的稿子送下。回来就躺下，先是发冷，浑身打战，后又热。严灵、郝叶红、贺家宝来。晚上浑身出了一阵大汗，似乎好了。

二日　早晨勉强起来，因为近来老是病，真不好意思。洗过脸，到外面吃过早点，到北楼去上课，下着雨。九点下课，又去听了汤先生一堂课，十点同汤先生谈了谈买陈寅恪师的书的问题。同王森田到注册组去见刘先生。回来仍然躺下。十二点前到邮局去寄了封信，到外面小馆吃了点东西，回来躺下，但又睡不着。真有点无聊，起来坐着又感觉支持不住，只好躺着看看书报。五点多又起来，到对面小馆去吃了点东西，回来等送衣服的来，所以没躺下。但结果只是不来，我只好再躺下。十点的时候，听到外面操场上学生纪念“五四”的歌声。

三日　夜里仍然发烧，出了点汗。早晨七点前起来，洗过脸，到外面小馆吃过早点，就到北楼去上课。十点下课，又去听周先生的课，已经筋疲力尽。幸而他只上了一堂。十一点他到我办公室来讨论他说的《洛阳伽蓝记》问题。十二点前他走，下去吃过午饭，回来躺下休息了会儿，两点半起来，到北楼教员休息室去看了会儿报。三点汤先生同Bagchi去，开始演讲，四点半完，在休息室里坐

1　作者的清华同学。

2　汪殿华（1910—1987），江苏常熟人。曾任北京大学医学院药科教授。

了会儿，我们就分手回来，我仍然躺下。五点半出去吃了点东西，回来坐在椅子上看下面操场里开“五四”纪念晚会，胡适之先生演讲，我开了窗子，能听得很清楚。十一点睡。

四日　星期日　今天是“五四”。早晨七点前起来，洗过脸，出去吃了点东西，就到图书馆去，先参观“五四”史料展览会，出来到王府井大街取出定作［做］的衣服，回来，坐在窗前看外面赛球。十一点半到北市去看了看，北大校友正在那里开会。转回来，到外面吃过午饭，就回来躺下。闫世雄来，坐了会儿就走了。我仍然躺下，有时候起来写《我们应该多学习外国语言》，人仍然头昏发烧。阴法鲁来邀我到中山公园去看牡丹，我只好陪他去，牡丹开的［得］不大，已经有败意，只有藤萝花很好。回来在对面小馆吃过晚饭，回到屋里仍然躺下，外面大操场里学生在举行营火会，一直到夜深。

五日　早晨七点前起来，洗过脸，吃过早点，到图书馆拿了书就到北楼去上课，十点前下课，人真有点累了。到注册组替峻岑领证书，到秘书处去借书，到文书组去交入合作社的表。回到图书馆研究室写了封信给叔父。到北楼系办公室去，十二点前下去吃过午饭，回来躺下一直睡到两点多，起来又到北楼去上课。四点下课，同燕树棠谈了谈。回来仍然躺下休息，人仍然头昏。五点半又去吃了点东西，坐洋车到豫图家去，不久就回来。周一良来，谈了好久才走。

六日　早晨六点半起来，精神觉得特别好。洗过脸下去到外面吃过早点，就到图书馆去，把《我们应该多学习外国语言》写完，步行到干面胡同第一卫生试验所去，见了豫图。他领我去查血，透视肺部，都没毛病。十点半坐车回来，到出纳组领出支票，到金城银行领出钱。十一点到北楼去上汤先生的课，十二点下课，同汤先生谈了几件事，到下面去吃午饭，只吃了两个鸡子做成的一碗汤。回来休息了会儿，两点到邮局去寄钱。寄完到研究室等Bagchi，同他到书库里查了几本书。坐车到北平图书馆去，见了丁先生，借了几本书。见了见袁守和，出来到北楼去喝了点汽水，回到Bagchi家休息了一会儿，一同到市场东亚楼去吃饭，他请客。八点才回来。

七日 早晨六点才起来，洗过脸，出去吃过早点，就到图书馆去，先写给周一良一封长信。到书库里去查书，十点半到北楼系办公室去，一到了就有事。忙着预备明天的演讲，汤先生第一讲。十二点前下去吃完午饭，回去看了看，王森田刚碰了钉子回去，我也不大高兴。立刻到翠花胡同去见汤先生，不在。回来躺下等，三点半又回到汤先生家。同他谈了谈，他立刻打电话交涉车辆。我回到学校，到事务〈组〉问好〈车辆〉。坐洋车到王森田家去，告诉他交涉的情形，仍然坐车回来。吃过晚饭，回来人很倦，十点睡。

八日 昨晚躺下，一直到十二点还没睡着，吃了半片Phanodorm。早晨六点多起来，洗过脸，出去吃过早点，到图书馆去，抄了抄文章，预备写一篇《中国经过龟兹语从梵文借来的字》。九点多到事务组去看了看，又到文书组催公文，一直看到王森田上车，到北平图书馆去接收西藏文《甘珠尔》。我又到注册组印稿，回到北楼拿纸，回到图书馆，仍然不能作［做］事，又回到北楼系办公室，杂七杂八，不知道为什么那样许多事。十二点下去吃过午饭，回到图书馆，书已经到了，看他们搬进去。回来躺了会儿，两点半回到北楼，找到汤先生。三点是东方语文学系学术公开演讲的第一讲，主讲人就是汤先生，题目是《佛典翻译》，五点才完。同汤先生谈了谈，五点半吃过晚饭回来，看Palmer。

九日 早晨六点前就起来了，洗过脸，看了会儿书。七点半出去吃过早点，到图书馆拿了书，到北楼去上课。九点下课，又去上汤先生的课，十点下课，回来了趟，把峻岑的证书寄走。又回到北楼，到办公室去坐了会儿。十二点前下去吃过午饭，回来躺下睡了会儿，两点起来。到研究室去，遇到邓嗣禹带了两个美国人参观，其中的一个叫Charles B. Fahs[1]，我陪他走了走，看了看书库，谈了谈东方语文学系的情形。三点多到松公府去开教务会议，五点多散会，回来拿了大衣，到北楼吃过饭，到中老胡同去看从文，他病了。又到朱孟实先生那里坐了坐，看了看他的太太和小孩子。回来外面下着雨，抄《我们应该多学习外国语言》。

十日 早晨六点才起来，洗过脸，出去吃过早点。到北楼去上课，十点下课，又上周祖谟的课，十二点下课，下去吃过午饭，回来躺下睡了会儿。两点半，回到北楼，看报，三点Bagchi、汤先生来，Bagchi开始演讲，四点多讲完。我坐洋车到板厂胡同中德学会去参加会议，六点开完会，回来吃过晚饭，回来看报。今天在中德学会第一次见张星烺[2]，另外去的有叶企孙、袁守和、郑华炽、贺麟、郑昕、冯至、杨业治[3]等。

---

1 Charles B.Fahs：查尔斯 · B.法斯，时为美国东方学会会员。

2 张星烺（1881—1951），江苏泗阳人。历史学家，对中西交通史有深入研究。

3 杨业治（1908—2003），生于上海。1931年至1935年在德国海德尔堡大学日耳曼语文系从事研究工作。回国后，任清华大学、西南联合大学教授。

十一日　星期日　早晨七点前起来，洗过脸，出去吃过早点，到图书馆研究室去。九点回来，九点半坐洋车到西四北麻状元胡同去看董剑平，谈了会儿，他非要留我吃午饭不可，他今天请客。我只好坐下，谈到十二点，陆续去了几个客人，都是中学教员，两点多才吃完午饭，又坐了会儿就出来。走到西四，坐洋车回来，今天天颇热，躺下睡了会儿。起来抄《我们应该多学习外国语言》，六点出去吃过晚饭，回来躺了会儿，方雨楼来，坐了会儿就走了。他走后我把《我们应该多学习外国语言》抄完。

十二日　早晨六点起来，洗过脸，看了会儿书，七点半出去吃过早点，到研究室看了看，到北楼去上课。十点下课，到邮局拿出钱来，坐三轮到阜成门外圣母会去买酒，地方非常远，天非常热，土非常多。买了出来，又坐三轮回来，到系办公室去看了看，到楼下面吃过午饭，回来躺了会儿。严灵来，谈到三点才走。我也就到松公府孑民纪念堂开会，是校务会议。一开就是三个半钟头，真可以说是疲劳轰炸。到北楼吃过晚饭，回来遇到严灵同郝叶红，同她们回来，告诉她们开会的经过，她们走后，看报。

十三日　早晨六点多起来，洗过脸，看了会儿书，七点半出去吃过早点，到图书馆研究室去，写了几封信。九点坐洋车到浙江兴业银行去取钱，取完仍然坐车回来。到北楼系办公室去看*Die Sprachwissenschaft*。十一点下去听汤先生的课，十二点下课，下去吃过午饭，回来躺下睡到两点。起来，到研究室去，两点半Bagchi来，借了几本书，我送他回去。回来去找阴法鲁谈了会儿，同他一同到王府井大街中原公司买了两件衬衣，又到市场里面买了点。回来谈了会儿，同他到小小食堂去吃饭，吃完到图书馆去看了看报，回来看报、看讲义。

十四日 早晨六点起来，洗过脸，看了会儿书，七点半出去吃早点，吃完到北楼去上课。八点半下来，回来拿了酒，到骑河楼上汽车到清华去。下了车，到陈寅恪先生家，开始开一个详细书目。他要把关于梵文的书卖给北大。一直到十二点才完，在他〈家〉吃过午饭，谈了几个问题，就又坐汽车回来。休息了会儿，到研究室去看《一切经音义》，五点半到北楼吃过晚饭，回来看了会儿报。马行汉同杨金魁来，我同他们一同到东四清真寺去看马松亭先生，讨论送研究生的事情，十点才回来。

十五日 早晨六点半起来，洗过脸，看了会儿书，七点半出去吃过早点，到图书馆研究室去，看《一切经音义》。十点前到北楼系办公室去，十点马松亭先生来，我同他到翠花胡同去看汤先生，仍然谈送研究生的问题。十一点多领他看了看文科研究所的情形。回来到系办公室去看了看，就下去吃饭，吃过回来休息了一会儿，两点多下去买了一袋面，三点同李廷揆[1]到市场去打乒乓球。打了一会儿。浑身就疲惫不堪，幸而任继愈夫妇、萧厚德、石峻来了，他们接着打。五点多回来，因为出汗太多，到澡堂去洗了个澡，吃过晚饭，回来看报。

十六日 早晨六点起来洗过脸，看书，七点半出去吃过早点，到研究室拿了书，到北楼去上课，十点下课。回到研究室，写了封信，十一点到松公府去看胡校长，谈买书的事情。十一点半到系办

1 李廷揆（1916—2000），河南叶县人。曾分别在西南联大、云南省立英语专科学校、中法大学、北京大学任教。是北京外国语大学法语系的创始人之一。

公室去看了看。十二点下去吃饭，吃完回来休息了会儿。两点坐洋车到北大医院去看马子实，从那里到北平图书馆去，先看了看张全欣，就到阅览室去抄*Mahaj jātakamālā*。五点半回来的路上，遇到豫图，同他到他家去，谈了半天，吃过晚饭，八点回来。

十七日　早晨六点起来，洗过脸，看了会儿书，七点半出去吃过晚［早］饭，到北楼去上课，十点下课。又去听周祖谟的课，一直到十二点。下去吃过午饭，同老常到中老胡同去看沈从文，两点前回来，躺下休息了会儿。三点前到北楼去，三点Bagchi开始演讲，四点多讲完，我送他到家，坐下谈了会儿。回来吃过晚饭，坐三轮到长之家去，他不在家，就回来。看了会儿报，想写一篇《东方语言学的研究与现代中国》，同时当作讲稿。

十八日　星期日　早晨六点起来，洗过脸，看了会儿书，七点半出去吃过早点，看了看学生贴的壁报。回来，看了会儿书。九点到图书馆研究室去，抄《海棠花》。开始写一篇论文《木师与画师的故事》。郑用熙来，坐了会儿就走了。十一点半到北楼地下食堂去吃午饭。清华昨天已罢课，今天来了许多学生，都闹嚷嚷挤在北楼。吃完回来休息了会儿，外面刮起大风来。抄《海棠花》。郑用熙来，六点同他到北楼去吃晚饭。吃完遇到严灵，说青年军就要打到北大来了，他们同北大宣传队起了冲突。回来把《海棠花》抄完，已经睡下了，郑用熙来，睡在这里。

十九日　早晨六点多起来，洗过脸，出去吃过早点，到图书馆研究室拿了书到北楼去，学生开始罢课，回到研究室，写、抄《木师与画师的故事》。十点坐洋车到北大医院去看马子实和毛子水。

回来，到系办公室看了看，下去想去吃饭，但饭所里挤满了学生。到新开的四川馆子里吃了一顿，回来躺下休息了会儿。三点去找杨翼骧，又同他去找李廷揆、萧厚德，一同到市场去打球，打到五点，出来到帽子店里看了看。回来到对面小馆去吃饭，遇到阴法鲁同孙树本[1]，吃完回来，看报。

二十日 早晨六点多起来，洗过脸，出去吃过早点，到图书馆研究室去，写《东方语言学的研究与现代中国》。十一点到北楼系办公室去看了看，十一点半下去到地下食堂去吃饭，吃完出来，走到操场上，看到学生已经聚了很多，今天他们大游行。各大学到了的学生有万余人。我回来休息了会儿，两点到研究室去，开始翻译吐火罗文《木师与画师的故事》。三点Bagchi去，陪他借了两本书，他走后，我也就回来，风仍然很大。六点前到对面小馆去吃饭，吃完回来，看《孽海花》。

二十一日 早晨六点多起来，洗过脸，出去吃过早点。到图书馆研究室去抄《东方语言学的研究与现代中国》，郑用熙来，不久就走了。回来看了看，到楼上苗仲华屋里去谈到十一点，到北楼系办公室去看了看，十一点半下去吃午饭，吃过回来休息了会儿，看了看报。两点前回到研究室，翻译吐火罗文《木师与画师的故事》。四点回来，人很倦，不知道是什么原因。翻译吐火罗文。五点半出去吃过晚饭，回来阴法鲁来，他刚走，长之来。九点周一良来，同周一良、王岷源谈到十点多。

---

1 孙树本（1911—2002），浙江绍兴人。数学家，北京理工大学教授。

二十二日 早晨六点多起来，洗过脸，七点半出去吃过早点，到图书馆研究室去，把吐火罗文《木师与画师的故事》译完。抄《东方语言学的研究与现代中国》。十一点到北楼系办公室去，十一点半下去吃过午饭，回来躺下休息了一会儿，起来人反而更觉得疲乏，真是怪事。两点到图书馆去看了看报，抄论文。肚子里忽然饿起来，眼前都有点发花，赶快出来买了点咸菜、米面饼子。回来吃了，看报，看《世纪评论》。六点又出去到小馆里去喝了一碗汤。回来把《东方语言学的研究与现代中国》抄完。

二十三日 早晨六点多起来，洗过脸，看《根本说一切有部杂事》。七点半出去吃早点，听说昨晚东城戒严，物价一日三涨。回到学校才知道朝阳大学混打一团，今天学生仍又罢课。到北楼去看了看，到图书馆去写《木师与画师的故事》。十一点到系办公室去看了看，十一点半下去吃午饭。吃完回来躺下，似乎睡了会儿。两点起来，到研究室抄《木师与画师的故事》。四点到市场去买了份《大公报》，有我的一篇文章。从那里到翠花胡同去看Bagchi，同他去看汤先生。五点半回来，Fuchs来，谈了半天才走。同马到北楼去吃晚饭，吃完回来看报。

二十四日 早晨六点起来，洗过脸，看《根本说一切有部杂事》，七点半出去吃过早点，回到学校，才知道学生仍然罢课。到研究室去抄《木师与画师的故事》。十一点到北楼系办公室去看了看，十二点前到下面去吃饭，比昨天晚上的价又涨了很多，这日子真不容易过。吃过回来，睡到两点多才起来，又到研究室，去抄《木师与画师的故事》。五点到阴法鲁屋里去坐了会儿，回来休息了会儿。六点出去吃过晚饭，到长之家去，又不在。回来把《木师与画师的故事》抄完。

二十五日　星期日　早晨快到七点才起来，洗过脸，出去吃过早点，回来，看《根本说一切有部杂事》。九点到图书馆研究室去，找材料，想写一篇论文讨论中国文里的吐火罗借字。十一点多回来，陈行健来，谈到十二点多，同王岷源、蒋硕杰[1]、陈到四川小馆去吃饭，吃完回来又坐了半天他才走。睡了会儿，起来看吐火罗文文法。四点到杨振声屋里去开会，推荐留美候选人，六点散会，到对面小馆吃过晚饭回来，阴法鲁、萧厚德、严灵来，阴法鲁最后走。

二十六日　早晨六点半起来，洗过脸，出去买了两个炸糕，回来吃完到北楼去。八点上课，十点下课，回到研究室休息了会儿，又出去买了四个炸糕，只吃了一半，觉得不行，又出去到小馆里吃了点东西，回来躺下休息了会儿。起来，两点半到北楼去，今天真热。三点上课，四点下课，同赵万里[2]谈了谈。到研究室去看了看，到书库去查书，五点多回来，六点前出去吃晚饭，吃完回来。阴法鲁来，不久严灵来，他们走后，我看了点书，十点睡。

二十七日　早晨六点起来，洗过脸，看《根本说一切有部杂事》。七点半出去吃过早点，到研究室去写了两封信，九点到金城〈银行〉去领薪水，外面一阵暴雨。领完到邮局去汇钱，汇完到北楼去等汤先生，他没来。到办公室去坐了会儿，十一点半下去吃饭，吃完回来休息了会儿。两点回到研究室，看佛经，三点Bagchi

---

1　蒋硕杰（1918—1993），湖北应城人。1946年曾任北京大学经济学系教授。

2　赵万里（1905—1980），浙江海宁人。国学大师王国维的同乡兼门生，著名文献学家、敦煌学家，精于版本、目录、校勘、辑佚之学。

来，谈了几个问题，陪他借了本书，一同走到翠花胡同，找汤先生，不在。回来拿了东西到市场去了趟，回来整理了下屋里的东西，到对面小馆吃过晚饭，又到汤先生家去，同他谈了谈买书送学生的事情，回来理了理发，上楼来看报。

二十八日 早晨六点多起来，洗过脸，出去买了两个炸糕，回来吃了。八点到研究室去写了封信，出去到一个修理自行车的铺子里把雨衣补好，到骑河楼上汽车到清华去。先去看邵循正，看了看他的书，又同他到陈寅恪先生家里去，谈了谈买书的事情。十二点前到园子里东记吃过午饭，到图书馆第一院去看了看，两点坐汽车回来。到澡堂去洗了一个澡，回来到研究室去。六点前到对面小馆去吃饭，吃完回来看报，长之来，畅谈甚快，十一点走。

二十九日 早晨六点多起来，洗过脸，出去买了几个炸糕，回来吃了，看《根本说一切有部杂事》。八点前到研究室去，看了点书，气很闷。九点多就到北楼系办公室去，写了几封信。十一点下去同汤先生谈了谈买书的问题，回去让王先生写了几张布告。十二点到对面小馆去吃饭，吃完回来刚躺下想休息一会儿，外面狂风暴雨，我突然想到研究室的窗子没关，立刻冒雨飞奔到图书馆，关了窗子又回来。两点多回去，看*Die Sprachwissenschaft*。四点前到邮局去取钱，出来遇到Bagchi，回到我屋里坐了会儿，又一同出去坐洋车到东单。我想去逛小市，但没找到，到东安市场去看了看就到东来顺去吃饭，吃完回来。

三十日 早晨六点起来，洗过脸，出去买了几个炸糕，回来吃完。到北楼去上课，十点下课，到办公室去看王森田写的布告，坐车到东四十条去看马子实。十二点回来，吃了点面包、花生米，吃完躺下休息了会儿。两点半到楼下合作社去，人太多，仍然回来。三点半周一良来，我们一同到北楼去。今天是东方语文学系的第二次公开学术演讲，周主讲，题目是《佛教翻译文学》，听的人不太多。汤先生也去了，讲完在休息室坐了会儿。周、汤先生、王岷源一同回到我屋里，谈了半天闲话，一同出去吃饭，我同王请客。吃完到秦先生屋里去闲谈，十点周去，我也就回来。

三十一日 早晨六点前起来，洗过脸，出去买了几个炸糕，回来吃了，看了会儿书。八点前到图书馆研究室拿了讲义，到北楼去上课，十点下课，又上周祖谟先生的课。十二点下课，到对面小馆吃过午饭，回来躺下休息了会儿。两点汪殿华来，谈了会儿，我送他到秘书处，就到北楼去。不久Bagchi也来了，我们一同到第八教室去，Bagchi演讲，四点讲完，在休息室坐了会儿。同他到东安市场去买东西，六点多坐车回来，吃完晚饭，同马到操场里去看学生咏诗演剧，九点回来。

六月一日　星期日 早晨六点多起来，洗过脸，出去买了几个炸糕。回来吃了，八点到研究室去看了看，回来，九点多到Bagchi家去，同他一同坐洋车到天坛去。今天风又相当地大，非常讨厌。我领他各处看了看，十二点回来。到对面小馆吃午饭，回来，休息了一会儿，两点多同马到市场去打乒乓球，打到四点，逛了逛市场回来，人非常疲倦，躺下休息了一会儿。六点同马到对面小馆去吃饭，吃完回来看了会儿书，九点灭了灯，我也就躺下。

二日 早晨六点多起来，七点出去吃早点，看到桥头堆了麻袋、铁网。原来今天学生决定罢课、游行，这是戒备的布置。回来，八点到研究室去了趟，九点到操场里去看学生开会，胡适之先生也来讲演。听完就到市场去，凡是通北大的路口都断绝行人，我绕路才走出去，买了点东西，看了看书摊，到一个小铺吃过午饭，又走回来。朱家源来，我请他吃杨梅。他走后，我躺下休息了会儿，到中老胡同去看沈从文。回来到对面小铺去吃饭，吃完回来同马到东斋去洗澡，看到特务雇的打手，就是一群天桥的叫花子。国民党想不到竟堕落到这一步。洗完回来，也没有心情作［做］什么事。

三日　早晨六点多起来，洗过脸，看了会儿书，七点半出去吃过早点，到图书馆研究室去，今天学生继续罢课。抄介绍中印研究的一篇文章。十点到北楼办公室去看了看，十一点下来同汤先生谈了谈。到邮局送了封信，就到对面小馆去吃饭，吃完回来。躺下睡到一点半，起来，两点到研究室，把文章抄完，看《胡适论学近著》。四点多回来，休息了会儿，阴法鲁来，谈了会儿，同他出去一同吃过晚饭，到操场去逛了一趟，回来看了会儿书，十点睡。

四日　早晨六点起来，洗过脸，看《胡适论学近著》。七点出去买了几个炸糕，回来吃了。八点到研究室去，人很疲倦，看*Die Sprachwissenschaft*。十点半到北楼系办公室去看了看，十一点半到外面小食堂吃过午饭，回来睡到两点半才起来。到研究室去看《四十二章经》。四点多到Bagchi那里去，同他谈了几个问题，找汤先生，不在，出来遇到朱孟实先生。到对面小馆吃过晚饭，回来看《根本说一切有部毗奈耶杂事》。

五日 早晨六点起来，洗过脸，出去买了几个炸糕，吃了。看《根本说一切有部杂事》。八点前到图书馆研究室去，看安世高[1]译的佛经，我主要是想看他译的未名词，尤其是音译。十点多到北楼同汤先生谈了谈钟莉芳的桃色事件，到办公室去坐了会儿。十二点前到对面小馆去吃饭，吃完回来躺下休息了会儿，起来到研究室去，接着看安世高译经。回来看了看，又回去。五点前回来休息了一会儿，出去吃过晚饭，到长之家去，不久严灵也去了。谈到九点多才回来。

六日 早晨六点起来，洗过脸，出去买了几个炸糕，回来吃了，看《根本说一切有部杂事》。八点前到北楼去上课，十点下课，到系办公室去看Sten Konow[2]的《于阗文法》，我主要目的是想把《于阗文法》里面的梵文借字抄下来。十一点半到对面小馆去吃饭，吃完回来，睡到快两点，起来到图书馆去，不久Bagchi来。陪他借了几本书，他走后，我又回去，看*Die Sprachwissenschaft*。五点前回来，休息了一会儿，出去吃过晚饭，回来看了会儿书，马祖圣带了太太来，一同到屋里谈了会儿。看《根本说一切有部毗奈耶》。七点严绮云来，十点半走。

七日 早晨六点起来，洗过脸，出去买了三个炸糕回来吃了，看《根本说一切有部毗奈耶》。八点前到北楼去上课，十点下课，同学生谈了谈。下去同汤先生谈了谈明天到清华去的事情，到秘书处同郑毅生谈汽车问题，回到研究室，坐了会儿，看了看报。到外面小馆吃过午饭，回来，躺到一点多起来，就到研究室去，念*Mahaj jā–*

1 安世高，本名清。佛教学者，是佛经汉译的创始人。于东汉建和元年到达洛阳，译经工作约止于东汉建宁中，在中国活动约三十年。生卒不详。

2 Sten Konow：斯滕•柯诺，挪威语言学家。

takamālā。四点到Bagchi那里去，谈到五点半，回来路上买了四个炸糕，回到楼上吃了当晚饭。看《根本说一切有部毗奈耶》。

八日　星期日　早晨六点起来，洗过脸，出去买了三个炸糕，回来吃了，看《根本说一切有部毗奈耶》。九点坐汽车到翠花胡同，约了Bagchi同汤先生坐车到西城，约了郑天挺，一同到清华去看陈寅恪先生。主要目的是请他们两位看一看书。陈先生非留我们吃午饭不行。我们吃过午饭到学校里面去看了看，又上车进城来，到翠花街看了看新接收的石碑，到陈雪屏家里坐了坐。四点回来，到西老胡同找邵循正，没找到，回到［去］休息了会儿，到外面小馆吃过晚饭，回来看《大藏经》。

九日　早晨六点起来，洗过脸，出去买了三个炸糕，回来吃了，看《根本说一切有部毗奈耶破僧事》。八点前到北楼去上课，十点下课，到办公室坐了会儿，到图书馆阅览室去看Otto Jesperson的*language*。十一点半到外面吃过午饭，回来，马松亭同马子实来，谈了会儿就走了。躺下休息了会儿，起来到图年馆去念*Mahaj jātakamālā*。三点到北楼去上课，四点下课，回来休息了会儿。五点半出去吃过晚饭回来，石峻来，牟有恒来，谈到快十二点才走。

十日　早晨六点多起来，洗过脸，出去买了几个炸糕，回来吃了，看了会儿书。八点到研究室去了趟，八点多出去，路上遇到豫图，到骑河楼上车到清华去。下了车先去看邵循正，同他一同到陈寅恪师家把书价议定。在那里遇到周一良。一同吃过午饭，同周一良步行到燕京〈大学〉，雇三轮一直回到北大。到北楼系办公室看了看，到图书馆研究室去。三点Bagchi来，谈了会儿，送他出来，又回去坐了会儿。回来，在下面看了会儿赛篮球，出去吃过晚饭，回来躺下休息了会儿，又闹痔疮，很不舒服。

十一日 早晨六点起来，洗过脸，出去买了几个炸糕，回来吃了，看了会儿书，躺了会儿。九点到金城银行领出稿费，到研究室看了看。就到北楼系办公室去，汤先生来，谈了会儿就走了，看Jesperson，*Language*。十一点半去见郑毅生，谈昨天交涉书价的情形。又回到北楼文学院院长办公室，同汤先生谈了谈，等到马子实，一同谈招收回教学生的事情。十二点半出去到对面小馆吃过午饭，回来躺下睡到三点才起来，到研究室去看了看，又回来，仍然躺下休息。五点半出去吃晚饭，吃完回来，七点Shibuka来，谈他同钟莉芳的事情，一直到十点才走。

十二日 早晨六点起来，洗过脸，出去买炸糕，回来吃了。八点多到研究室去看了看，九点到北楼系办公室去，开书目，看Jesperson，*Language*。十一点半出去到对面小馆吃过午饭，回来躺下休息了会儿，没能睡着，徐仁[1]来，坐了会儿就走了。两点多下去到合作社买了点江米，回来放下，到图书馆研究室去看Jand，Feldhusen，*Die Sprachwissenschaft*。四点回来躺在床上，看《胡适论学近著》。阴法鲁来，谈了会儿，一同到对面小馆去吃饭，吃完到东安市场去了趟，回来，外面暴风扫过，但没下雨。

十三日 早晨六点起来，洗过脸，出去买炸糕，回来吃了，看了会儿书。八点前到北楼去上课，十点下课，同汤先生谈了谈，又

1 徐仁（1910—1992），安徽芜湖人。著名古植物学家，中国孢粉学奠基人。

去同周炳琳先生谈了谈甄选留学土耳其学生的事情。回到研究室坐了会儿，十一点到秘书处去，又到出纳组领出购书费五千万元，到外面吃过午饭，回来躺了会儿，到石峻屋里开书目。三点到图书馆去看报，三点半到骑河楼等汽车到清华去，下了车到邵循正家，同他一同去看陈寅恪先生，把支票交给他，立刻又回到校门赶汽车回来。吃过晚饭，回到屋里，看《胡适论学近著》。

十四日　早晨六点起来，洗过脸，出去买炸糕，回来吃了。八点前到北楼去上课，先是两点钟的语言，接着又听了两点钟的古音研究。十二点下课，到出纳组拿到钱，到外面小馆吃过午饭，回来休息了会儿，一点多到图书馆研究室去写了封信。看了看报，到北楼休息室去看《胡适论学近著》。三点Bagchi同汤先生来，周一良也来了。三点Bagchi演讲。四点多讲完，我送他回家，回来看了会儿书，外面一阵暴风雨。六点多出去吃过晚饭，坐洋车到东安市场去买了双皮鞋，回来看《胡适论学近著》。十点躺下，只是睡不着，十二点起来，陈庆举来，送了两把竹椅子来，谈了会儿才走。又到庄孝惠屋，同秦瓒、苗仲华、王岷源、蒋硕杰喝了半天酒，两点才回屋睡。

十五日　星期日　早晨仍然是六点就醒了，再也睡不着，起来洗过脸，出去买炸糕，回来吃了，看《根本说一切有部毗奈耶破僧事》。八点到图书馆去，看《后汉书》《三国志》《魏书》。我想写一篇《浮屠与佛》，证明这两个不是同源。十点回来，拿了钱到市场去买了双布鞋，遇到豫图夫妇。坐车回来，吃过午饭，回到楼上，一睡睡到三点半才起来，出去想去洗澡，但今天没水，又回来，看了会儿书。六点前出去吃过晚饭，回来看《文艺复兴》，天气非常热。十点睡。

十六日 早晨六点起来，洗过脸，出去买炸糕，回来吃了，看《破僧事》。八点前到北楼去，今天学生又罢课，根本没有学生去上课。到图书馆研究室看了会儿，九点半坐洋车到第一卫生所去找豫图，他又领我去做X光透视，肺部毫无问题。坐车回来，到秘书处、教务处去同两位郑先生谈了谈，出去吃过午饭，回来睡了会儿。起来到图书馆去看了看报。回来拿东西到东斋去洗澡，洗完回来换了衣服，出去吃过晚饭，八点同王岷源坐洋车到陈兆祊家去，吕宝东也在那里，谈到十点多才回来。

十七日 早晨六点起来，洗过脸，出去买炸糕，回来吃了，看了会儿书，八点前到图书馆研究室去。坐了会儿，到北楼系办公室去看了看，九点到红楼来，去参加分配图书的会议，但没有一个人去。回到北楼，同朱先生谈了谈送学生到土耳其去的事情。汤先生去，我也同他谈这事情。十一点下去上汤先生的课，十二点下课，下去找汤先生，规［约］定替他饯行的日期。吃过午饭，回来睡到两点多，起来到研究室去。三点Bagchi去，谈了会儿，陪他借了几本书，到合作社买了点东西，送他回家，又回到图书馆去看了看报。五点回来，休息了会儿，五点半出去吃过晚饭，看赛篮球的，一直到七点多才上楼来，看了会儿书，十点睡。

十八日 早晨六点前起来，洗过脸，出去买炸糕，回来吃了。七点半坐大吉普车到西四六合大院陈师曾[1]家运木器，都装上汽车，一直开到清华陈寅恪师家，把木器卸下，把书籍搬上，休息了会

1 陈师曾（1876—1923），又名衡恪，江西义宁（今修水）人。被公认为民国初年北京画坛最有名望的画家。

儿。仍然回北大来，到图书馆把书籍搬到研究室，到北楼去同周炳琳先生谈了谈送学生到土耳其的事情，到办公室去看了看。十二点前又同汤先生谈甄选留土学生的事情。到金城银行同吕宝东、籍孝石谈了谈，出去吃过午饭，回来休息了会儿，到研究室把书籍整理了下。请毛子水看了看，回来开始念暹罗文。五点半出去吃过晚饭，回来看了会儿书，屋里非常热。

十九日　早晨六点起来，洗过脸，出去买炸糕，回来吃了，看《酉阳杂俎》。八点到图书馆研究室去，十点前到北楼系办公室去，看王先生写信。下去同汤先生谈了谈甄选留土学生的事情。领他到研究室去看了看陈先生的书，又回到研究所，周炳琳先生来，也是谈放学生的事。十二点多到外面小馆吃过午饭，回来休息了会儿，严灵来，两点多领她到研究室去看书。四点回来，三个回教学生来，谈到五点走。出去到东斋洗了个澡，出来遇到汤先生，回来放下东西，到外面吃过晚饭。回来，念暹罗文。十点前周一良来，谈到十点半走。

二十日　早晨六点起来，洗过脸，七点出去到对面小馆吃过早点。回来拿了书，到北楼去上课，十点下课，到文书组去请求免费汇兑，到注册组去交试题。一切办完，到红楼地下室去参加联大书籍分配会议。我选出了几本书，十一点就出来，到金城〈银行〉去领出六月份的薪水，回到图书馆放下，到外面小馆去吃饭，吃完回来，睡了会儿。两点到图书馆去，三点Bagchi去，立刻就走了。到孑民纪念堂去开教务会议，五点多散会。同汤先生到图书馆找到马同王，一同坐洋车到西单大陆春去，我们替汤先生饯行[1]，吃完谈到九点才出来，又坐洋车回来。

1　1947年汤用彤休假赴美国加州伯克利大学讲中国佛教史。

二十一日 早晨六点多起来，洗过脸，出去买炸糕，回来吃了。到北楼去上课，一直到十二点才完，同老常、王森田到四川饭馆去吃午饭，吃完回来睡了会儿，起来到图书馆去看了看报。两点半到北楼去，不久Bagchi也去了。三点他开始讲演，四点多讲完，坐了会儿，我送他回家，在他那里坐了会儿才回来。有两个学生来找，他们走后，我就同马祖圣出去吃饭，吃完到沈从文家里去看他，他病还没有好。八点回来，看了会儿书，九点多就睡。

二十二日 星期日 早晨六点多起来，洗过脸，出去到对面小馆吃过早点，回来拿了书，到图书馆去查字典，九点前到北楼去。今天考试留土学生，九点开始，朱孟实先生、熊正文[1]、马坚、王森田、阴法鲁都去了，十一点汤先生也去，十二点多考完。到对面小馆去吃饭，大雨倾盆，街上水流成河，吃完回来睡了会儿。三点起来，看了会儿书，四点到东安市场去买东西。五点回来，饿得很，吃了点面包和粽子。六点去看冀老先生，从那里下楼去吃晚饭，吃完回来看《酉阳杂俎》。

二十三日 今天是农历端午节。早晨六点前起来，洗过脸，看了会儿《根本说一切有部毗奈耶破僧事》，吃了几个粽子当早点。七点半多到北楼去，八点上课，十点下课，到系办公室去坐了会儿。十二点回来拿了东西，坐三轮到府学胡同周祖谟先生家去，他请我去过节。谈了会儿，吃过午饭，又坐了会儿，两点多回来。遇

---

1 时任北京大学法学院（辖法律、政治、经济三系）周炳琳院长的秘书和北京大学总办事处的秘书。

到长之，同到图书馆研究室去坐了会儿，他走后，我就到北楼去上课。四点下课，到图书馆去看了会儿报，回来休息了会儿。五点半到外面小馆吃过晚饭，回来看《酉阳杂俎》。

二十四日 早晨六点起来，洗过脸，七点多去吃过早点，八点到图书馆研究室去，看了会儿书。九点多到北楼系办公室去，十一点下去上汤先生的课，十二点下课，到外面小馆吃过午饭，回来躺下睡了会儿。阴法鲁来。三点多到研究室去，到书库里去查书，外面天阴得很黑，里面又没有电，什么也看不见，只好出来。到北楼系办公室去，五点到文学院办公室去开审查留士学生成绩委员会，六点半开完。到研究室放下书，就到孑民先生纪念堂去，今天Bagchi请客，被请的有胡适之先生、Jellife、汤先生、向达、朱孟实先生、王岷源、邓嗣禹、郑天挺、王森等，吃完谈了会儿，同向达出来到修绠堂去看书，一直到十一点才回来。

二十五日 早晨六点起来，洗过脸，出去买炸糕，回来吃了，八点到图书馆研究室去。九点马理小姐来，我告诉她怎样写书目，就出来等阴法鲁，然后同他坐汽车到前门中国航空公司去订票，据说九月十五才走得成，又坐汽车到中央航空公司。回来到系办公室去，一位王小姐在那里等我。十二点多回来，吃了两块炸糕、半块玉蜀黍饼子，躺下休息了会儿，两点前到图书馆研究室去。三点Bagchi来，同他坐洋车到北海静心斋，北平图书馆分馆去查书。不久王森田也去了，我们看了看书，就出来看了几座庙、九龙壁、小西天。坐船到漪澜堂。出了前门坐车回来，吃过晚饭，到东斋去洗了个澡，回来后严灵来，谈了好久才走。

二十六日 早晨六点起来，洗过脸，出去买炸糕，回来吃了。八点到图书馆研究室去，随便看了点书，九点半到邮局送了封信，十点半到北楼系办公室去，十一点多出去又买了几个炸糕，回来吃了。睡到两点起来，到图书馆去看了看报，到研究室去看《酉阳杂俎》。四点多回来，看《颜氏家训》。五点半出去吃过晚饭，到外面去看足球赛，遇到严灵。十点回来，看《颜氏家训》，这书确实不坏，无怪周作人屡次赞美。

二十七日 早晨六点起来，洗过脸，出去买炸糕，回来吃了。八点到北楼去上课，九点下课。又上汤先生的课，十点下课到校长办公室同邓恭三谈了谈，胡校长来了，谈了会儿佛典翻译的问题。到北楼系办公室去看了看，十一点半到外面小馆吃过午饭，回来睡到两点，起来到研究室去，看*Mizurice* Ⅲ，今天天气非常热。四点多回来看《酉阳杂俎》。七点同秦瓒、王岷源、庄孝惠到正昌番菜馆去，我们替邓嗣禹饯行，苗仲华、周一良等已经在那里等我们。吃完九点多回来，周一良同来，谈到十一点走。外面大风。

二十八日 早晨六点起来，洗过脸，出去买炸糕，回来吃了，八点前到北楼去上课，先是两堂语言学，十点下课。又去听中国古音研究，十二点下课。到对面小馆吃过午饭，回来躺下睡了会儿，两点前到图书馆研究室去，看*Mizurice*。两点半到北楼教员休息室去看了会儿报，Bagchi来。三点他开始讲，四点多讲完，谈了会儿。我送他回去，又坐下闲谈了半天。回来吃过晚饭，到东斋洗过澡，坐洋车去看长之。八点多同他去看梁实秋先生，一直谈到十一点半才回来。

二十九日　星期日 早晨六点多起来，洗过脸，出去买炸糕，回来吃了，八点到图书馆研究室去。八点半出去到骑河楼上汽车到清华去，下了车就去看陈寅恪先生。谈了几个问题，浮屠与佛的问题也谈过。不久周一良来了，我们就没再谈下去。十二点吃过午饭，到校内去看了会儿打棒球的，两点又坐汽车回来，休息了会儿，看《颜氏家训》。五点半出去吃过晚饭，回来长之来，同他到外面一个小馆吃过晚饭，一同到北海去沿着海散了一大圈步。有月亮，有风，景色非常美。十一点才回来。

三十日　早晨六点起来，洗过脸，出去买了两个炸糕，到小食堂吃完，回来。八点到北楼去上课，十点下课，坐洋车到中央航空公司去订飞机票。到市场去买了点东西，回来到办公室去看了看，十二点到小食堂吃过午饭，回来躺下休息了会儿。两点到图书馆去看报，三点到北楼去上课，四点下课，到图书馆研究室去等Bagchi，他没来，我就到翠花胡同文科研究所去，先把巴利文字典送给汤先生，又到Bagchi那里坐了半天。五点半出来，吃过晚饭回来，看了会儿报，下去看了看赛排球的，回来看《酉阳杂俎》。

七月一日　早晨六点起来，洗过脸，出去买了几个烧饼，回来吃了。八点到图书馆研究室去，看《妙法莲华经》。十点到北楼系办公室去，汤先生来，我同他到他屋里谈了谈吴晓铃问题。十一点上汤先生的课，十二点下课，到研究室放下书，到外面小馆吃过午饭，回来睡到两点，起来到研究室去，看《南传大藏经》目录。四点回来，到邓嗣禹屋里去，翁独健[1]在那里，周一良不久也来了。一直谈到五点半，出去吃过晚饭，回来看报，看《胡适论学近著》。周一良来，同到

1　翁独健（1906—1986），原名翁贤华，福建福清人，史学家、教育家。曾先后任云南大学、北平中国大学、燕京大学等校教授。

王岷源屋去谈了会儿，又同去邓嗣禹屋，十一点回来。

二日　早晨五点半起来，送邓嗣禹走。外面下了一夜雨，把外面操场下成一片汪洋。七点多出去吃过早点，八点到图书馆研究室去，到书库里去看了看，借了本书。十点到北楼系办公室去，马松亭来访，坐了会儿就走了。到文书组拿了封信，又到图书馆去同余秘书谈了谈，回到北楼同汤先生谈了谈。十二点半到王金钟屋里去吃饭，吃完，李廷揆来，一直谈到两点，回来睡了会儿觉，到图书馆去看张天翼《团圆》。崔金荣来，谈到五点，出来到东斋洗了一个澡，吃过晚饭回来，思索怎样写《浮屠与佛》。

三日　早晨六点起来，洗过脸，七点出去吃过早点，回来看了会儿书。八点到图书馆研究室去，八点半出去坐洋车到交通银行去汇钱。十点半回来，到系办公室去同老常谈到十二点，出去吃过午饭，回来睡了会儿。起来，两点半到研究室去，写了几封信，到邮局送了。步行到东安市场去买了两份报，又坐洋车回来。天气非常热，回来不久就听到隐隐雷声，停了一会儿，就大雨倾盆，里面还夹杂雹子。这雨真大，几分〈钟〉的工夫，后面操场就下成了一片汪洋。雨刚停，就出了太阳，出去一看，街上成了河。吃过晚餐回来，看《丹凤街》。

四日　早晨六点前起来，洗过脸，出去买了四块炸糕，回来吃了。八点前到北楼去上课，只把学生叫到办公室里随便谈了谈。九点到汤先生家去，他领我看了看我要搬去住的房子，去看Bagchi，他又病了。十点回来，到研究室去看了会儿书，十一点前到系办公室去，十一点半到外面吃过午饭，回来睡了会儿。两点到研究室去写《浮屠与佛》，到书库里去提了一批书到研究室去。四点半回来，看了会儿书，六点前出去吃过晚饭，到市场去逛旧书摊。遇到向觉明，谈了半天。回来写《浮屠与佛》。

五日 早晨五点半起来，洗过脸，写《浮屠与佛》，七点出去买了几个炸糕，回来吃了，八点前到图书馆研究室去。刚坐下，崔金荣来，仍然是谈他解聘的事情。九点王鑫来，谈到十点走。到书库里去查书。十一点到北楼办公室去，向觉明来，又谈了半天。十二点出去吃过午饭，回来睡了一觉。两点多到图书馆去看了会儿报，到研究室去坐了会儿，天气非常热，只好回来。四点到东斋去洗澡，洗完回来看《〈郁〉达夫短篇小说集》。六点前出去吃过晚饭，坐洋车到长之家去，他不在。回来写《浮屠与佛》，天气异常闷热。

六日 早晨六点起来，洗过脸，出去买了几个炸糕。正在吃着的时候，长之来。谈了会儿，我们一同下去，他回家，我到图书馆去，写《浮屠与佛》。十点多上楼，去看了会儿报。回来，看了会儿书，十一点半到外面小食堂吃过午饭，回来躺下睡到两点起来。天气虽然仍是热，但比夜里已经好多了。三点外面刮起风来，不久就下起雨来。六点半同秦、庄、王、蒋还有另外一位女演员到四川小馆去吃饭，肚子里很难受，而且有点发烧。吃完回来到庄屋里看他们打Bridge[1]，不久就回来。

七日 夜里果然开始冷起来，一夜起来了四五次，又没有电，每次点灯，苦极。早晨醒了，头昏痛，试了几次想起来，但不行，只好躺在床上了。八点多三个学生来考试，十点考完。十二点马子实同王森田来，谈到一点走。我仍然抬不起头来，东西一点也不能吃。过午Fuchs

---

1 Bridge：桥牌。

来，坐了会儿就走了。晚饭后阴法鲁来，他刚走，任继愈来，王岷源同庄孝惠来。我仍然只能躺在床上，但人觉得似乎比早晨好多了。

八日 早晨七点多起来，人已经好多了，任继愈送了一碗稀饭来，喝下去，觉得很受用。八点多崔金荣来，谈了会儿就走了，我出去到图书馆研究室去看了看，到书库里去查书。十点到北楼去，同汤先生谈了几句话，到办公室去坐了会儿，回到红楼，到合作社去买了点白糖，到对面小馆吃过午饭，回来休息了会儿。三点到书库里去查了查书，回来，拿了东西到东斋去洗澡，洗完回来，看了会儿书。六点前出去吃晚饭，吃完回来休息了会儿，七点到Bagchi那里去，谈了会儿，到汤先生家去看了看，就回来。

九日 昨晚吃了半片Phanodorm。早晨六点起来，洗过脸，出去吃过早点，回来，开始写一篇小品文《送礼》。九点到翠花胡同看Bagchi，同他一块儿到汤先生家去，他今天坐飞机到上海去。送行的人很多，遇到Eche、胡适之夫妇。出来坐洋车到中央航空公司去了趟，回来去找郑华炽谈了谈。到北楼同阴法鲁谈了谈，同他到他那里吃过午饭，回来睡了会儿。天气很热，起来看《牛天赐传》。到图书馆去看了看报。六点到外面吃过晚饭，刚回来，外面一阵暴雨。不久后面操场就下成了湖。田价人来，谈到十一点走。

十日 早晨六点前起来，洗过脸，出去吃过早点，回来看了会儿书。八点到图书馆研究室去，想写《送礼》，但文思涩滞，一点也写不出。到北楼系办公室去坐了会儿，看通报。十一点多回到图书馆研究室，十二点前Bagchi去，我们去见胡校长，坐他的车到六国饭店去接印度大使，他们一共来了三个人：他、他的太太和秘书。先领他们参观图书馆和我们系里的藏书，然后到孑民纪念堂去吃饭，吃完谈到两点他们走，我送他们出来，又回去同胡校长等讨论印度学生学中文的事情。三点回来，休息了会儿，到图书馆去看了会儿报。五点半出去吃过晚饭，到东四十条去看马子实，坐了会儿，又同他到向觉明家，十点多回来。

十一日　早晨六点多起来，肚子始终没好，现在更坏了。洗过脸，出去吃过早点，到图书馆研究室去。九点马子实来，我请他卖一两金子，他走后，我本来想到西什库教堂去看静亭，走出去，又回来了。到秘书处借支了四十万，又回到图书馆写《浮屠与佛》。十一点半回来，十二点出去吃午饭，吃完回来躺下睡了会儿，起来，马子实送钱来，谈了会儿就走了。我又到图书馆去看了会儿报，回来躺了会儿，六点出去吃过晚饭，回来人很难受，肚子总是不舒服痛快。

十二日　早晨六点多起来，洗过脸，出去吃过早点，八点到图书馆研究室去，写《浮屠与佛》。九点到出纳组领了支票，到金城银行取出钱来，就坐三轮到前门外全聚原去取钱，全是小票，抱了一大堆。到信远斋买了点东西，到中国航空公司去问了问，回来找到阴法鲁，我们立刻又坐车回到中国航空公司，票仍然没买到。到撷英番菜馆吃了顿很丰盛的午餐，坐车到东安市场买了点东西，回来休息了会儿。到研究室去，遇到Bagchi，他只拿了几本书就走了。我回来整理了下箱子。看沈从文的《湘行散记》，六点多出去吃过晚饭，牟有恒、严灵来。他们走后，九点多就睡。

十三日　**星期日**　早晨六点起来，洗过脸，出去吃过早点，八点到图书馆研究室去看了看，回来崔金荣来，仍然是谈他解聘的事情。他走后，我就到翠花胡同去看Bagchi，从那里出来，到东安市场去看了看。在东来顺吃过午饭，回来休息了会儿。三点又出去，先到仁寿堂买了点菜，又到中原公司买了一只煤油炉、一个锅。回来看张恨水的《虎贲万岁》。六点多吃过晚饭，到长之家去，谈到十点回来，外面大风，有雷闪。

十四日 早晨六点起来，洗过脸，出去买了几个炸糕，回来吃了，九点到图书馆研究室去，写《浮屠与佛》。十一点前到教务处去了趟，又到秘书处同郑毅生谈了谈印度学生借家具的问题，到系办公室去看了看。十二点同杨翼骧到理学院对过小馆去吃饭，吃完回来，休息了会儿，朱家源来，坐了会儿就走了。到图书馆去看了看报，回来同王岷源找Bagchi一同到东厂胡同去看房子，但没有钥匙，我坐洋车回到学校拿了一把回去，结果又少拿了一把，终于没能进去。回来到东斋去洗了个澡，回来洗了几件衣服。六点出去吃饭，吃完回来看《虎贲万岁》。

十五日 早晨六点起来，出去吃过早点，八点到研究室去看了看。九点同阴法鲁到中国航空公司去，等了一早晨，满以为很有希望，结果碰了一个钉子。又到中央航空公司去试，仍没有结果，回来已经十一点。到对面小馆吃过午饭，回来看到朱家源的名片，让我立刻带了行李到中国航空公司去，这真是晴天霹雳。两点多又同阴法鲁到中国航空公司去，居然买到了票。五点回来，休息了会儿，七点同王岷源到六国饭店去，今天印度大使请客，请的有胡适、李宗仁、何思源、梅贻琦等。十点多同胡先生、Bagchi一同坐胡先生的汽车回来。

1947年9月2日—1947年10月5日

北　平

二日　早晨同莱甫到中央航空公司去，见了王主任，他说尽可能帮忙。我以为今天又走不成了，心里颇发急。希元、翼如同声吾也去了，都陪我在那里等，后来终于买好飞机票。同希元、翼如到一个小馆吃过午饭，到一个铺子里坐了会儿，两点上汽车，开到飞机场。遇到岳少辅、吴培申。飞机两点半开，四点一刻到〈北〉平，中途曾遇雨。坐汽车到中央航空公司领出行李，回到学校，到北楼吃过晚饭，到长之家去。九点回来。

三日　夜里人非常疲倦，早晨到系办公室去写了封信，出来到邮局寄了，同朱家源谈了半天。遇到Bagchi，又同他谈了谈。吃过午饭，人非常疲倦，躺下大睡。三点多马子实来，谈到四点多走。我到中老胡同去看朱孟实先生，不在家。回来到北楼吃过晚饭，同阴法鲁到翠花胡同Bagchi那里去，吴晓铃也在那里，谈了半天回来。

四日　早晨到图书馆去看了看，彭先生来谈了半天闲话。到出纳组办好手续，到大陆银行领出八月份的薪水，回到图书馆研究室。十一点Bagchi来，同他去看郑毅生，分手。到北楼吃过午饭，回来休息了会儿。盛澄华来，不久老常来，他们走后，我去找Bagchi，同他一同去看那几位印度学生。五点半回来，吃过晚饭，同阴法鲁去看汤太太，又去看邓恭三，不久张政烺也去了，九点回来。

五日 早晨到图书馆研究室，拿了钱就到前门外交通银行去汇钱，十点多回来，到北楼系办公室写给叔父一封信。吃过午饭，回来躺下睡了会儿，严灵来，谈到三点走。到图书馆研究室去写《浮屠与佛》，五点回来到楼上苗仲华屋去坐了会儿。六点到北楼吃过晚饭，同阴法鲁到市场去逛旧书摊，回来写《浮屠与佛》。

六日 早晨到研究室去写《浮屠与佛》，写给Prof. Kern一封信。到北楼系办公室去坐了会儿，看了看报。吃过午饭，回来睡了会儿，阎世雄来，谈到五点多走。吃过晚饭，同阴法鲁到“郭纪云”去修理钢笔，又到市场去逛了一趟。我就到梁实秋先生家去，一直谈到快十点才回来。

七日　星期日 早晨七点起来，九点到图书馆研究室去写《浮屠与佛》，终于写完了。但脑筋已经有点受不了了，渐渐昏痛起来。吃过午饭，回来睡了一觉，起来到东安市场去买了份天津《益世报》。坐车回来，看了会儿报，看茅盾的《第一阶段的故事》。吃过晚饭，同王金钟、阴法鲁去北海玩，九点多回来。

八日 早晨八点到研究室去，把《浮屠与佛》看了一遍，写了几封信。现在人精神总是不好，头昏眼花，而且健忘，无论什么也记不住，真叫人不痛快。十一点到北楼系办公室去，同马子实谈了谈，又找朱孟实先生谈了几个问题。十二点多下去吃过午饭，回来睡了一觉。三点到图书馆研究室去，严灵同雷先生也去了。又校改《浮屠与佛》。五点回来看了会儿书，六点吃过晚饭，同杨翼骧到银行公会去参加国剧学会开会，名伶如王凤卿、王瑶卿等都现身说法，讲演他们的感想或经验。十二点半才回来。

九日　夜里居然睡得很好。早晨九点到北海北平图书馆去找李德启，结果白等了半天，他根本没去。同彭喇嘛谈了谈，回来到系办公室写了封信。吃过午饭，回来睡了会儿，又到研究室去，没能作［做］什么。四点到东斋去洗澡，吃过晚饭，到豫图家去，九点回来。一片黑暗。

十日　早晨八点到图书馆研究室去，抄《浮屠与佛》，阴法鲁来，陪他回去了趟，回来仍然抄。十一点到北楼系办公室去，李德启在那里，谈了会儿才走。十二点吃过午饭，回来休息了会儿，又回到研究室去抄。四点多坐三轮到金鱼胡同去看袁同礼，不在，又回来，抄《浮屠与佛》。六点去吃晚饭，吃完回来到庄孝惠屋里闲谈了半天。

十一日　早晨到研究室去抄《浮屠与佛》，十一点Prof. Bagchi来，同他到书库里去借了两本书，一同去看胡校长，我把王耀武主席的信交给他，谈了半天印度学生房子的事情，出来陪他到邮局汇了钱。到北楼吃过午饭，回来休息了会儿，又到研究室去抄《浮屠与佛》。三点到孑民纪念堂去开教务会议，六点还没散，我只好溜出来，吃过晚饭，又到研究室抄了会儿，回来又抄。

十二日 早晨八点到图书馆研究室去抄《浮屠与佛》。十一点Bagchi来，同他到文书组去盖了一个印，要了一个徽章。分手后到系办公室去。十二点下去吃过午饭，回来躺下睡了会儿，两点多又到研究室去，写了两封信，抄《浮屠与佛》。吃过晚饭，同阴法鲁、石峻到北海去玩，在揽翠轩坐到九点多回来。

十三日 夜里一夜无眠，苦极。早晨六点半起来，八点到研究所去拿了封信，到北楼找到阴法鲁，九点一同坐汽车出城去，先到燕京去看翁独健，又到清华拐了个弯，就到颐和园去。在沈从文那里坐了会儿，杨金甫先生同去，就到他屋里去，闲谈了半天。外面下起雨来，午饭吃到湖里的活鱼，味鲜美。吃完同阴法鲁出来逛了一周，远望湖里烟雾弥漫，一片荷花，景象美极了。四点坐汽车回来，又坐洋车到"郭纪云"去修理钢笔。回来吃过晚饭，同阴法鲁、王金钟到医院去看任继愈。九点回来。

十四日　星期日 早晨七点多起来，抄《浮屠与佛》。八点半到图书馆研究室去，仍然抄。十二点到北楼吃过午饭，回来，躺到两点多才起来，把《浮屠与佛》抄完。又去了一件心事，大喜。看了会儿新杂志。六点前到北楼去，吃过晚饭，到Bagchi那里去闲谈了会儿，印度学生Khan去。九点回来。

十五日 半夜里忽然流起鼻涕来，极为狼狈。早晨七点多起来，八点到研究室去，写了几封信。九点出来领出钱来，到邮局汇了。又回到研究室去，钟莉芳去，谈选课问题。十一点到北楼系办公室去，今天庆容、盈宝、阎世雄、翁独健、曾今予、老常都去了。十二点下去吃过午饭，回来休息了会儿。三点回到研究室，Bagchi来，同他到北平图书馆去看书。看完去看了看袁守和，回来吃过晚饭，理了理发，九点多就睡。

十六日　早晨七点起来，外面大雨。到图书馆去的时候，淋得浑身湿透。到北楼系办公室去，写《论伪造证件》。一直到十一点，终于写完了，心里虽然很高兴，头却有点受不了，只是昏痛。吃过午饭，回来躺了会儿。又回到图书馆，看报，到书库里去查书，写信。头愈来愈痛，回到屋里来，看到婉如的信，连忙回到图书馆，又写信，头已经昏痛，有点抬不起来了。吃过晚饭，到市场去看旧书。八点回来，外面很冷，已经是秋天了。

十七日　早晨七点起来，八点到图书馆研究室去。开始写一篇关于留学政策的文章。十一点到北楼系办公室去，张光奎去找，仍然是谈入学的问题。十二点下去吃过午饭，回来休息了会儿，回到图书馆，看了看报。写了一封信，到邮局寄了。四点到Bagchi家，去开印度学生辅导委员会，去的有胡适、朱光潜、我同王岷源。六点回来，吃过晚饭，回来写《论现行的留学政策》。

十八日　早晨八点到研究室去，写了封信。九点到文科研究所，同戴文魁谈了谈，到Bagchi屋里去坐了会儿。回来就到北楼系办公室去，看学生选课，抽空写给王耀武一封信，好久没写中国字[1]，极别扭。吃过午饭，到骑河楼上汽车到清华去。先到图书馆去看毕树棠，又去〈看〉李广田。四点去看陈寅恪先生，把《浮屠

1　指用毛笔写字。

与佛》念给他听了一遍。吃过晚饭，回来已经八点多。同李荣讨论《浮屠与佛》的问题。

十九日 早晨八点到图书馆研究室去，写《论现行的留学政策》，九点多到北楼系办公室去。十点周祖谟先生来，我又同他讨论《浮屠与佛》的问题。十一点回到研究室看了看。十二点吃过午饭，回来躺了躺，到图书馆去看报。四点想去洗澡，但没有水。到北楼去看回教学生考试。回到研究室，长之同严灵来。六点去吃晚饭，鼻涕忽然大流不止，嗓子很痛，非常狼狈。到图书馆去休息了会儿，回来仍然大流不止。

二十日 早晨七点起来，补写《浮屠与佛》，九点前到图书馆研究所去，接着写。十点到北楼系办公室去，抄写好的稿子，看学生选课。十二点多吃过午饭，回来睡了会儿，又回到研究室去抄《浮屠与佛》。四点到东斋去洗澡，洗完回来看向达的《中西交通史》、姚雪垠的《金千里》，六点到北楼去吃过晚饭，回来到操场里去看他们照电影。

二十一日 早晨七点起来，虽然是星期日，但仍然睡不着。八点多到研究室去写信，写《论现行的留学政策》。十二点多到北楼吃过午饭，回来睡了会儿。三点到市场去买了份报，坐洋车到府学胡同去看周祖谟，谈"佛"字的问题。五点回来，看一位先生的突厥学纲要，是请求审查教授的，极为荒谬。吃过晚饭，到景山外面御河旁边去散步，回来写《论现行的留学政策》。

二十二日 夜里下雨，早晨仍不停。八点到研究室去，九点多到北楼去上课，十点半到校长办公室，同邓恭三谈办《文史周刊》之事。到郑毅生先生处，请他担保借钱。到金城银行把钱借出来，又回到系办公室。十二点多吃过午饭，到Bagchi处谈了谈，回来躺了会儿，周燕孙来。两点到研究室去，重写《浮屠与佛》里面的一段。把钱也寄走了，雨始终没停。六点吃过晚饭，把添的那一段抄完。

二十三日　早晨八点到图书馆研究室去，Bagchi来，立刻就走了。到教务组去交涉汽车。到北楼系办公室去写了封信，出来送了，回去写《论现行的留学政策》。十二点下去吃过午饭，回来到图书馆去看报，把《论留学政策》写完。三点到孑民纪念堂去开教授会，一直到七点多才完，人非常累。回来陈克敏来，已经快二十年没见了，星子来。他们走后，到对面小馆吃了点东西，回来看了点书。

二十四日　早晨八点到研究室去，立刻回来。八点半坐汽车先到新平路找到严灵，同她一同到清华去。从燕京经过的时候，到翁独健家去送了聘书。到了清华，同陈先生谈了谈我的论文，就同他和他太太上汽车，到城内中山公园去，走了一圈，把他们送到西四，我才回来。把书搬到研究室去，出去吃过午饭，回来休息了会儿，到北楼系办公室去看了看，四点到文科研究所去开会。到的人有胡适、朱光潜、唐兰[1]、郑天挺和我，六点开完，回来吃过晚饭。到阴法鲁屋去坐了会儿，回来看《汉魏两晋南北朝佛教史》。

二十五日　早晨七点起来，到图书馆研究室去，看《汉魏两

1　唐兰（1901—1979），浙江嘉兴人。著名文字学家、历史学家、青铜器专家。时任北大教授，代理中文系主任。

晋南北朝佛教史》，《浮屠与佛》里我忽然发现了不妥当的地方，应该改作。十点上梵文，十二点下课，吃过午饭，回来躺下睡了会儿。三点到北楼去看了看，到研究所去改作《浮屠与佛》。六点吃过晚饭，到图书馆看了看，回来，人又伤了风，九点就躺下。

二十六日 早晨六点多起来，八点到图书馆去，看《后汉书•西域传》《魏书·释老志》。九点多到北楼去，十点上课，十一点下课。十二点李德启来，同他一同去看胡先生和郑毅生。十二点半到外面小馆吃过午饭，到图书馆去看关于“浮屠与佛”的书。两点多到北楼去，三点翁独健去，四点同Bagchi到他家去坐了会儿，一同坐三轮到北京饭店法文图书馆，六点回来吃过晚饭，回来看《胡适论学近著》。

二十七日 夜里下雨，早晨还没停。六点起来，研究关于“浮屠与佛”的材料。八点到研究室去，写了封信，十点到北楼去，把残卷拿给唐兰先生看，他判断是假的。十二点吃过午饭，回来睡了会儿。两点多到图书馆去，四点回来到楼下去领面，五点到东斋去洗澡，六点到马子实家去，他请我们吃晚饭，同座的还有向达、马松亭、王森，八点回来。

二十八日　星期日 早晨六点多起来，八点到图书馆去看了看，八点半到Bagchi家去，九点到东厂胡同一号同印度学生坐汽车到颐和园去。我们先到山顶去逛了一趟，已经过了十二点，到一个亭子里坐下，自己烧火煮饭。吃完两点半，去逛排云殿、佛香阁，从铜亭绕下来，从长廊回到我们吃午饭的亭子，喝了茶。四点半上车回来。吃过晚饭，同阴法鲁到邓恭三家去，出来又到市场买了点月饼。

二十九日 早晨七点起来，八点到研究室去写了封信，九点到邮局寄钱给家里。寄完到北楼办公室去，十点上课，十一点下课，领石峻到办公室去看书，十二点下去吃过午饭。回来休息了会儿，到图书馆去看书，到邮局取钱。五点前回来，外面大风，今天是旧历中秋。六点到梁实秋先生家去，他请我吃晚饭，另外还有长之，饭很好，有螃蟹、羊肉。十二点回来。

三十日 早晨八点到研究室去，写了几封信，十点同Bagchi到辅仁大学去看Rahmann[1]，不在家。仍然回来，到北楼系办公室去。梁先生来，谈了会儿才走。我到总办公处去，同胡校长谈请梅校长参加印度学生辅导委员会的事情。吃过午饭回来，起了一篇信稿。到图书馆去写给Prof. Waldschmidt一封信，Vintakaramanam来，讨论梵文的拼音。严灵来，我请她到北楼去吃晚饭，吃完七点半同马坚、王森到长安戏院去，今天荀慧生演红娘。我没想到他这样大年纪还演得这样好。十二点回来。

十月一日 早晨七点起来，八点到研究室去，九点到北楼去上课，十点下课，看*Sanskrit Reader*[2]，十一点半到校长办公室去送信给胡先生。吃过午饭，回来看了看，到图书馆写《从比较文学的观点上看寓言和童话》。Bagchi来，领他到办公处去了趟，又回去写。周一良来谈了谈，吃过晚饭回来，看周一良的《能仁与仁祠》。

---

1 Rahmann：雷冕（1902—1985），当时的辅仁大学校务长。

2 *Sanskrit Reader*：《梵文读本》。

二日 早晨八点到研究室去。九点到北楼系办公室去，看*Sanskrit Reader*。十点上课，十二点下课，吃过午饭，回来看了看，到研究室去，翻译《伊索寓言》，三点去开教务会议。六点到北楼吃过晚饭，回来翻译Pāti文*gātaka*。

三日 早晨五点起来，译*Sihacamma gātaka*[1]。再躺下，终于没睡着。七点起来，八点到研究室去，抄《从比较文学的观点上看寓言和童话》。十点到北楼去上课，十一点下课，同马子实去见郑华炽。吃过午饭回来，李荣、石峻来。同李荣到研究室去，三点到北楼去，翁独健去上课。把《从比较文学的观点上看寓言和童话》写完。四点同Bagchi谈了谈，到图书馆把驴蒙狮皮的故事译完，又译La Fontaine的寓言。吃过晚饭，到文学院办公室同少鲁、星子谈了谈，回来到庄孝惠屋里去同Ham Frankel谈到十一点。

四日 早晨六点起来，写《关于仁祠》。八点到研究室去抄《关于仁祠》。十点到系办公室去，立刻就有学生去改选。十一点同Bagchi去看胡先生，十一点半多仓皇回到北楼，不久又同Bagchi去看郑毅生。吃过午饭，回来看了看，回到研究室翻译*Pañcatantra*。四点多看赛球，到东斋去洗澡。吃过晚饭，到阴法鲁屋去坐了会儿，回来在外面操场里看学生举行庆祝会。张政烺到我这里来闲谈。

五日 **星期日** 早晨六点起来，写《浮屠与佛》。我现在觉

---

1 *Sihacamma gātaka*：巴利文，《披着狮皮的驴》的本生故事。

得早晨工作很好，很静，脑筋也清楚。八点到研究室去抄《柳宗元〈黔之驴〉取材来源考》。十点前回来了趟，又回去抄。十二点到北楼去吃饭，吃完回来躺了会儿，两点多起来，到市场去逛了逛。回来抄《柳宗元〈黔之驴〉取材来源考》。六点前到阴法鲁〈处〉去谈了谈，吃过晚饭，回来有几个学生来找。不久Paranjke同Tegore来，Fränkel来，任诚来。Fränkel一直谈到九点多才走。

跋

季羡林先生是我尊敬的国学大师，但他的贡献和意义又远在其学问之上。我尝问先生："你所治之学，如吐火罗文，如大印度佛教，于今天何用？"他肃然答道："学问不问有用无用，只问精不精。"严谨的治学态度发人深省。此其一令人尊敬。先生学问虽专、虽深，然文风晓畅朴实，散文尤美。就是有关佛学、中外文化交流，甚至如《糖史》这些很专的学术论著也深入浅出，条分缕析。虽学富五车，却水深愈静，绝无一丝卖弄。此其二令人尊敬。先生以教授身份居校园凡六十年，然放眼天下，心忧国事。常忆季荷池畔红砖小楼，拜访时，品评人事，说到动人处，竟眼含热泪。我曾问之，最佩服者何人。答曰："梁漱溟。"又问再有何人。答曰："彭德怀。"问其因，只为他们有骨气。联系"文革"中，先生身陷牛棚，宁折不屈，士身不可辱，公心忧天下。此其三令人尊敬。

先生学问之衣钵，自有专业人士接而传之。然治学之志、文章之风、人格之美则应为学术界、全社会，尤其是青少年所学、所重。而这一切又都体现在先生的文章著作中。于是遂建议于先生全部著作中，选易普及之篇，面对一般读者，编一季文普及读本。适有磨铁图书领导多方促成，于是有此选本问世，庶可体现初衷。

梁衡

铁葫芦

铁肩担道义　葫芦藏好书